英国のスパイ

ダニエル・シルヴァ
山本やよい 訳

THE ENGLISH SPY
BY DANIEL SILVA
TRANSLATION BY YAYOI YAMAMOTO

ハーパー
BOOKS

THE ENGLISH SPY

BY DANIEL SILVA

Published by K.K. HarperCollins Japan, 2016

Map designed by Nick Springer

ベッツィとアンディ・ラックへ
そして、いつもどおり、妻のジェイミーへ
わが子、リリーとニコラスへ

鉛筆で書いたものを消すときは、
まったく跡が残らないよう注意しなくてはならない。
秘密を守ろうとするなら、
いくら用心してもしすぎることはない。
——グレアム・グリーン著『恐怖省』

泣いている場合ではない。
わたくしは復讐を考えます。
——スコットランド女王メアリ

スコットランド
北海
内海
北アイルランド
エジンバラ
オマー
クロスマグレン
アードグラス
クリフデン
アイリッシュ海
フリートウッド
ハル
(キングストン・アポン・ハル)
ダブリン
マンチェスター
アイルランド
イングランド
セント・ジョージ海峡
バーミンガム
ケルト海
ブリストル
ロンドン
大西洋
ガンワロー入江
リザード岬
イギリス海峡
75km.
0
50mi.
フランス
Copyright © MMXV Springer Cartographics LLC

英国のスパイ

おもな登場人物

ガブリエル・アロン――イスラエルの諜報機関〈オフィス〉の工作員。美術修復師
キアラ――ガブリエルの妻。〈オフィス〉の元工作員
グレアム・シーモア――MI6の長官
アマンダ・ウォレス――MI5の長官
ウージ・ナヴォト――〈オフィス〉の現在の長官
エリ・ラヴォン――〈オフィス〉の元メンバー
ヤーコフ・ロスマン――〈オフィス〉の工作員
ミハイル・アブラモフ――〈オフィス〉の工作員
アリ・シャムロン――〈オフィス〉の元長官
エイモン・クイン――爆弾作りの天才
マギー・ドナヒュー――クインの妻
ビリー・コンウェイ――IRAの元メンバー
マデライン・ハート――ガブリエルの知人
ドン・オルサーティ――コルシカ島のマフィアのボス
クリストファー・ケラー――オルサーティの部下。英国特殊空挺部隊（SAS）の元隊員

第一部

プリンセスの死

1

グスタビア、サン・バルテルミー島

〈オーロラ号〉が出航する二日前の夜にスパイダー・バーンズが〈エディのバー〉で酔いつぶれたりしなければ、あんな悲劇にはならなかっただろう。スパイダーは洋上のシェフとしてカリブ海で最高の評価を受け、癇癪《かんしゃく》持ちだがかけがえのない人材で、糊《のり》のきいた真っ白な上着とエプロンを着けた狂気の天才と言われていた。昔ながらの方法で修業を積んだのち、パリのレストランで働くようになった。それからロンドンへ、ニューヨークへ、サンフランシスコへ移り、やがてマイアミで不運にも解雇されたため、レストラン業界とは永遠に縁を切って自由な海へ出ることにした。現在は、映画スターやラッパーや権力者や見栄っ張りが富を誇示したいときにチャーターする大型船舶で料理の腕をふるっている。

厨房《ちゆうぼう》にいないときは、陸に上がって高級バーのスツールにすわっている。〈エディのバー〉はカリブ海でベスト5に入る店だ。いや、たぶん、世界でもベスト5に入るだろう。スパイダーはその夜、七時に二、三杯のビールからスタートし、九時に庭へ出て木陰でマリワナ煙草をやり、十時には一杯目のバニララムを見つめていた。世の中すべて薔薇《ばら》色という気分だった。ほろ酔いでご機嫌だった。

だが、ヴェロニカを目にしたとたん、夜が危険な方向へ進みはじめた。ヴェロニカは島に来たばかりの女で、ヨーロッパのどこかの出身らしい。日帰り観光客を相手に、となりのしけたバーでウェイトレスをしている。だが、美人だった。「料理に添える花みたいな美貌だな」スパイダーは横で飲んでいた名も知らぬ男に言った。十秒で女に心を奪われた。結婚しようと言った。ナンパするときのいつもの手だ。断られると、それなら二人でシーツに潜りこもうと口説いた。これがなぜか成功して、二人は真夜中に千鳥足で土砂降りの戸外へ出ていった。スパイダーの姿が目撃されたのはこれが最後だった。グスタビアの雨の夜、午前零時三分。ずぶ濡れになり、酔っぱらい、またしても女に惚《ほ》れこんだ男。

ナッソーを本拠地とする全長五十メートルの豪華クルージングヨット〈オーロラ号〉の船長は、オギルヴィという男だった。英国海軍出身の謹厳なるレジナルド・オギルヴィ。スパイダーには最初からいい印象を持っていなかったが、翌朝の九時、クルーとキャビンスタッフの定例ミーティングにスパイダーが現れなかったため、印象はさらに悪くなった。けさは普通のミーティングではない。きわめて重要な船客を迎える準備をしなくてはならないのだ。その女性の身分を知っているのはオギルヴィだけだった。また、船客の一行に警護チームがついていることと、女性がひどくわがままなことも、オギルヴィは知っていた。だからこそ、有名シェフが顔を見せないことに頭を抱えてしまったのだ。

グスタビアの港長に窮状を訴えると、港長は当然ながら地元の憲兵隊へ通報した。ヴェロニカが住んでいる丘の上の小さなコテージの玄関を憲兵二人がノックしたが、人のいる気配はなかった。憲兵は次に島の探索にとりかかり、酔っぱらいや失恋した連中が乱痴気騒ぎの一夜のあとで岸に打ちあげられることの多い場所をまわってみた。〈ル・セレクト〉にいた赤ら顔のスウェーデン人は、その日の朝スパイダーにハイネケンを奢《おご》ったと言った。コロンビエールのビーチを歩く彼を見たと言う者もいた。また、裏はとれていないが、トイニーの荒野で月に向かって悲しげに吠《ほ》える生きものがいたという目撃談もあった。

憲兵隊はすべての手がかりを丹念に追った。島中くまなく捜索したが、どれも無駄骨に終わった。日没の数分後、オギルヴィは〈オーロラ号〉のクルーを集めて、スパイダーが姿を消したことと、かわりのシェフを大至急見つけなくてはならないことを伝えた。クルーは島中に散り、グスタビアの海辺の軽食堂からグラン・キュル・ド・サックの海の家まで、いくつもの店をまわった。そして、夜の九時になる前に、思いもよらぬ場所で希望どおりの男が見つかった。

その男はハリケーンシーズンの真っ最中に島にやってきて、ロリアンのビーチの端にある木造のコテージを借りた。荷物はごくわずかで、カンバス地のダッフルバッグ、読み古した何冊もの本、短波ラジオ、薄汚れた紙幣数枚とひきかえにグスタビアで手に入れたおんぼろスクーターだけだった。夜遅く、男が床のたわんだベランダにすわってハリケーンランプの光で読書を始めると、椰子《やし》の葉のそよぎや優しい波音のなかに音楽が流れる。ジャズとクラシックが中心だが、たまにレゲエのこともある。一時間おきに本を置いてBBCのニュースに耳を傾ける。ニュースが終わると好みの音楽をやっている局を探し、椰子と海が音楽のリズムに合わせてふたたび踊りだす。

最初のころは、男が長期休暇でやってきたのか、短期滞在なのか、身を隠しているのか、島に永住するつもりなのか、誰にもわからなかった。金には困っていないようだった。朝はカフェでパンとコーヒーを頼み、ウェイトレスにチップをはずむ。午後になると、墓地の近くにある小さな市場の自動販売機でドイツビールとアメリカの煙草を買う。だが、じゃらじゃら落ちてくる釣り銭はけっしてとろうとしない。フランス語はそこそこしゃべれるが、どこのものかわからないアクセントがあった。〈ジョジョ・バーガー〉のカウンターにいるドミニカ人としゃべるときはスペイン語で、こっちのほうがずっと堪能。ただし、例のアクセントが混じっている。カフェのウェイトレスたちはオーストラリア人に違いないと言っているが、〈ジョジョ・バーガー〉のウェイターたちは南アフリカだと言う。カリブ海には南アフリカ出身の白人がどっさりいる。大部分がまっとうな人間だが、合法的でないビジネスに関心を持つ者も多少はいる。

正体ははっきりしないものの、無為に日々を送っているのではなさそうだった。カフェで朝食をとり、サン＝ジャンにあるニューススタンドで一日前のイギリスとアメリカの新聞を買い、ビーチでハードなエクササイズをこなし、バケットハットを目深にかぶって分厚い文芸書や歴史書を読む。一度、細長いボートをレンタルして、トルチュの小島で午後からシュノーケリングをしたこともあった。しかし、男の怠惰《たいだ》な日々は本人が望んだことではなく、やむなくそうしているように見えた。言ってみれば、戦場への復帰を待つ負傷兵、失われた祖国を夢に見る亡命者という感じ。どこが祖国かは知らないが。

空港で入国審査官をしているジャン＝マルクの話だと、男はグアドループ発の便で到着したそうだ。パスポートはベネズエラ、コリン・エルナンデスという変わった名前。イングランド系アイルランド人の母親とスペイン人の父親との短い結婚から生まれたらしい。母親は自称詩人、父親は何やらうしろ暗い商売をやっていた。コリンは父親を憎悪しているが、母親のことは聖女のように崇《あが》めている。札入れに母親の写真を入れて持ち歩いている。膝に抱かれた亜麻色の髪の少年に今のコリンの面影はあまりないが、歳月とはそういうものだ。

パスポートに記載された年齢は三十八。まあ、そんなところだろう。職業は〝ビジネスマン〟。どんな意味にでも解釈できる。カフェのウェイトレスたちはコリンのことを、小説の題材を模索中の作家だと思いこんでいる。片時も本を手放さない理由がほかにある？

ところが、市場の女の子たちがなんの根拠もない荒唐無稽《こうとうむけい》な説を出してきた。グアドループで人を殺し、ほとぼりが冷めるまでサン・バルテルミー島に隠れているというのだ。〈ジョジョ・バーガー〉で働くドミニカ人は彼自身が潜伏中の身なので、この意見を笑い飛ばした。あいつは大嫌いな父親の遺産でのうのうと暮らすただの怠け者だ。島の暮らしに飽きるか、ふところが寂しくなるまでここにいて、そのあと、どこかよそへ行っちまうのさ。一日か二日したら、みんな、やつの名前を思いだすのも苦労することになるだろうな。

ところが、男が島に来て一カ月たったとき、その日常に小さな変化が起きた。〈ジョジョ・バーガー〉でランチをすませてサン＝ジャンのヘアサロンへ出かけ、サロンから出てきたときには、もじゃもじゃだった黒髪が短くカットされて整えられ、ヘアオイルで艶々《つやつや》になっていた。翌朝カフェにやってきたときは、髭《ひげ》を剃《そ》ったばかりで、カーキ色のズボンに糊のきいた白いシャツという装いだった。朝食のメニューはいつもどおりで、大きなカップのカフェクレームと素朴な田舎ふうのパン。食事をしながら、前日の『タイムズ』にゆっくり目を通していた。そのあと、コテージに戻るかわりにスクーターにまたがり、猛スピードでグスタビアへ向かった。その日の正午までに、コリン・エルナンデスと名乗る男がサン・バルテルミー島にやってきた理由が明らかになっていた。

男はまず、〈カール・グスタフ〉という格式ある古いホテルを訪ねたが、男が本格的な修業を積んでいないことを知ったコック長は面接してもくれなかった。〈マヤ〉のオーナーには丁重に追い払われた。〈ウォール・ハウス〉〈オーシャン〉〈ラ・カンティーナ〉でも同じだった。〈ラ・プラージュ〉へ行ってみたが、そっけない対応だった。〈イーデン・ロック〉〈グアナハニ〉も同じく冷淡だった。

男はくじけることなく、名もなき小さな店をまわって運試しをしようとした。空港のスナックバー、通りの向かいにあるクレオール料理の店、〈ロアシス〉というスーパーマーケットの駐車場で営業しているピッツァとパニーニの小さな店〈ル・ピマン〉。この店でようやく幸運の女神が微笑《ほほえ》んでくれた。勤務時間と給料のことでシェフがオーナーと口論したあげく、やめたばかりだったのだ。男は〈ル・ピマン〉の狭苦しい厨房で料理の腕を披露したあと、その日の午後四時にはここで働くことになった。最初のシフトは同じ日の夜だった。客の評判は上々だった。

男の料理の評判が小さな島に広まるのに時間はかからなかった。以前は近所の連中と常連客しか来なかった〈ル・ピマン〉が、ほどなく新しい客であふれかえり、誰もが謎のシェフを褒め称えるようになった。〈カール・グスタフ〉が男をひきぬこうとし、〈イーデン・ロック〉〈グアナハニ〉〈ラ・プラージュ〉もそれに続いたが、どこもすべて失敗だった。それゆえ、スパイダーの失踪が明らかになった日の夜、〈オーロラ号〉の船長レジナルド・オギルヴィが予約なしで〈ル・ピマン〉にやってきたときは、いささかあきらめムードだった。バーで三十分ほど待たされたあとで、ようやくテーブルへ案内された。前菜を三種類、メイン料理を三種類オーダーした。すべてを軽く味見して、短時間でいいからシェフと話がしたいと頼んだ。十分後にシェフがやってきた。

「腹がすいてたのかい？」幾皿もの料理を見おろして、コリン・エルナンデスという名の男が訊《き》いた。

「いや、それほどでも」

「だったら、なぜここに？」

「きみの腕が評判どおりかどうかを確かめたくて」

オギルヴィは片手を差しだし、自己紹介をした。名前と職業、そのあとに船の名前。コリン・エルナンデスという男は不審そうに片方の眉を上げた。

「〈オーロラ号〉って、スパイダー・バーンズの船だろう？」

「スパイダーを知ってるのか」

「たしか、一緒に飲んだことがあるような……」

オギルヴィは目の前に立つ男の姿をじっくり見た。ひきしまっていて、筋肉質で、腕力がありそうだ。オギルヴィの鋭い目で見たかぎりでは、荒海を渡ってきた男という雰囲気だ。眉が濃くて太い。頑丈な顎《あご》に意志の強さが出ている。

「ベネズエラから来たそうだな」

「誰がそんなことを？」

「みんなが言ってる。職探しをするきみを追い払った連中が」

オギルヴィの視線は男の顔を離れて、向かいの椅子の背に置かれた手に移った。タトゥーは入っていない。有望だ。インクを使うこの現代カルチャーを、オギルヴィは一種の自傷行為とみなしている。

「酒は？」オギルヴィは訊いた。

「スパイダーほどは飲まない」

「結婚は？」

「一度だけ」

「子供は？」

「いない」

「欠点は？」

「コルトレーンとモンク」

「人を殺したことは？」

「覚えているかぎりではない」

男は笑顔で答えた。オギルヴィも笑みを返した。

「わたしはきみを誘惑して、ここから連れだそうと思っている」オープンエアの簡素な店内を見まわして、オギルヴィは言った。「給料はうんとはずむ。料理をしていないときは自由時間がたっぷりあるから、好きなようにすればいい」

「はずむというと、どれぐらい？」

「週に二千」

「スパイダーはどれだけもらってた？」

「三千」一瞬ためらってから、オギルヴィは答えた。「だが、スパイダーはわたしの船に二シーズン乗っていた」

「だが、いまはもういない。そうだろ？」

オギルヴィは考えるふりをした。「よし、三千だ。だが、すぐに始めてもらいたい」

「出航は？」

「明日の朝」

「だったら」コリン・エルナンデスという名の男は言った。「四千にしてもらおう」

〈オーロラ号〉の船長、レジナルド・オギルヴィは料理の皿をざっと見渡してから、ゆっくり立ちあがった。「朝の八時。遅刻するなよ」

〈ル・ピマン〉のオーナーはフランソワというマルセイユ生まれの短気な男で、男から話を聞くなり不機嫌になった。早口の南部訛《なま》りで侮辱の言葉を次々と浴びせた。仕返ししてやると言った。そのあと、上等のボルドーのボトルが狭い厨房の壁にぶつけられ、エメラルド色の無数の破片となって飛び散った。フランソワはのちに、店をやめるシェフにボトルを投げつけたことを否定するだろう。しかし、一部始終を見ていたウェイトレスのイザベルはフランソワの説明に疑問をはさむことだろう。フランソワはムッシュー・エルナンデスの頭を狙って、短剣みたいにボトルを投げつけたのよ。そしたら、ムッシュー・エルナンデスは一瞬の軽い動きでボトルをよけた。そのあと、長いあいだ冷たい目でフランソワをにらみつけた。どうやって首をへし折ってやろうかと考えてるみたいに。それから、しみ一つない白いエプロンを黙ってはずして、スクーターにまたがったの。

　男はその夜、コテージのベランダにすわり、ハリケーンランプの光で読書をして過ごした。一時間おきに本を置き、砂浜に打ち寄せる波の音と夜風にざわめく椰子の葉音のなかでBBCのニュースに聴き入った。朝が来ると、冷たい海でひと泳ぎしてから、シャワーを浴び、服を着て、カンバス地のダッフルバッグに所持品を詰めた。衣類、本、ラジオ。それから、男のためにトルチュの小島に届いていた二つの品も詰めた。サイレンサーつきのスチェッキン式全自動拳銃と、三十×五十センチの四角い包み。包みの重さは七キロほど。持ち歩くときにダッフルバッグが傾くのを防ぐため、包みはその中心部に置いた。

　七時半、ロリアンのビーチを永遠にあとにして、膝にダッフルバッグをのせ、スクーターでグスタビアの町に入った。港の端に〈オーロラ号〉のきらめく姿があった。八時十分前に乗船、スーシェフを務めるアミーリア・リストというイギリス人の痩せた若い女が彼の船室へ案内してくれた。男はスチェッキン拳銃と七キロの包みも含めて、すべての荷物を戸棚にしまい、ベッドにのっていたシェフコートとズボンに着替えた。廊下でアミーリア・リストが待っていた。男をギャレーへ案内し、乾物類の収納場所や大型冷蔵庫やワインでいっぱいの貯蔵室などを見せてくれた。ひんやりした暗がりのなかで、男はこのとき初めて、真っ白なシェフコートをまとったイギリス女に性的な興味を抱いた。何カ月も女にご無沙汰なので、女の髪に指を触れたときや、柔らかな胸を愛撫《あいぶ》したときの感触が思いだせなくなっていた。

あと二、三分で十時というとき、船内放送があり、クルー全員に対して後部デッキに集合という指示が出た。コリン・エルナンデスという名の男もアミーリア・リストのあとからデッキへ急ぎ、彼女の横に立った。そのとき、〈オーロラ号〉の船尾のほうで黒のレンジローバー二台が止まった。前の車から、楽しげに笑い声をあげる日に焼けた若い女二人と、頬を赤く染めた四十代の色白の男性が降りてきた。片手にピンクのビーチバッグのストラップをかけ、反対の手で抜栓したシャンパンボトルをつかんでいる。二台目のローバーからはアスリートタイプの男性二人が降り、そのすぐあとに重度の鬱病かと思われるような女性が続いた。ピンクのワンピースを着ているが、それがまた半裸のような錯覚を起こさせるデザインだった。つば広の帽子がほっそりした肩に影を落とし、大きなサングラスが磁器のような顔の大部分を隠している。それでも、誰なのかはひと目でわかった。横顔だけで一目瞭然だ。ファッション雑誌のカメラマンや、彼女にしつこくつきまとうパパラッチ連中が愛してやまない横顔。この朝、パパラッチの姿はなかった。珍しくも、尾行を振りきるのに成功したようだ。

女性は墓穴に入るような顔で〈オーロラ号〉に乗りこみ、デッキに集まったクルーの前を言葉も会釈もなしに通りすぎた。コリン・エルナンデスという名の男のすぐ前を通った瞬間、男はこれがホログラムではなく生身の人間であることを確かめるために思わず手を触れたくなり、その衝動を抑えなくてはならなかった。五分後、〈オーロラ号〉はゆっくりと出航し、正午を迎えるころには、お伽《とぎ》の国のようなサン・バルテルミー島は水平線に浮かぶ茶色と緑の影になっていた。前部デッキで飲みものを手に、トップレスの体を横たえてしみ一つない肌を太陽にさらしているのは、世界でもっとも有名な女性だった。そして、一つ下のデッキで前菜用にまぐろのタルタルと胡瓜《きゆうり》とパイナップルを用意しているのは、彼女を殺そうとしている男だった。

2

リーワード諸島沖合

誰もが知っている話だった。興味のない顔をする連中や、世界中に彼女の崇拝者がいることを軽蔑する連中でさえ、泥沼のスキャンダルを詳しく知っていた。彼女はケント州の中流家庭に生まれた内気な美しい娘で、ケンブリッジ大学へ進学した。彼のほうはハンサムで少し年上、英国の未来の国王だった。二人は環境問題をテーマにした学内ディベートで出会い、噂《うわさ》によると、未来の国王がひと目惚れしたらしい。人目を忍ぶ交際が始まった。未来の国王をとりまく人々の手で、娘の身辺調査が入念に進められた。やがて、ラトランド公爵の住むビーヴァー城で開かれる毎年恒例の夏の舞踏会に二人が出席し、城を出るところをゴシップ専門のタブロイド紙に撮られてしまった。バッキンガム宮殿からあたりさわりのない声明が出され、未来の国王と貴族の血筋ではない中流階級の娘が交際中であることを認めた。その一カ月後、数々のタブロイド紙が噂と推測で盛りあがっていたとき、中流階級の娘と未来の国王の婚約がバッキンガム宮殿から発表された。

六月のある朝、二人はセント・ポール大聖堂で挙式したが、式の最中にイングランド南部の空が暗く翳《かげ》って大雨になった。結婚はのちに破綻するのだが、そのさい、最初から呪われた運命だったという記事がいくつかの新聞に出ることとなる。プリンセスは性格の点でも育ちの点でも籠の鳥みたいな王室の生活に向いていなかったし、未来の国王のほうも同じく性格と育ちの点で結婚生活に向いていなかった。数えきれないぐらい愛人を持っていたため、プリンセスも夫への当てつけに護衛官の一人をベッドにひきずりこんだ。報告を受けた未来の国王はその護衛官をスコットランドの僻地《へきち》へ飛ばしてしまった。プリンセスは悲しみに沈み、睡眠薬を大量にのんで自殺を図ったものの、セント・アンズ病院へ救急搬送された。バッキンガム宮殿はインフルエンザによる脱水症状と発表した。夫が病院へ面会に行かなかったのはなぜかという質問に対しては、スケジュールの調整云々《うんぬん》という煮え切らない回答でごまかした。世間は納得するどころか、なおさら疑問に思った。

退院のときには、未来の国王の美しい妻が幸せでないことが王室ウォッチャーの目にも明らかとなった。それでも、プリンセスは世継ぎの息子と娘を出産した。どちらも月足らずの出産で、おまけに難産だった。なのに未来の国王は妻の心を踏みにじり、かつて彼が求婚した女性とふたたびベッドを共にするようになった。プリンセスはそれに対抗するかのように世界的な名声を高め、聖女と称えられている女王陛下の名声を凌《しの》ぐまでになった。慈善活動のために世界中を飛びまわり、おおぜいの記者とカメラマンがプリンセスの言葉や行動を逐一報道した。だが、プリンセスが徐々に狂気の淵《ふち》へ近づいていることには誰も気づかなかった。ついには、プリンセスの承認とひそかな協力のもとで、暴露本にすべてがさらけだされることとなった。夫の不倫、プリンセスの鬱病、自殺未遂、摂食障害。未来の国王は激怒し、報復手段を講じて、妻の常軌を逸した行動をメディアにリークした。やがて、とどめの一撃が……。プリンセスとお気に入りの愛人の情熱的な電話が録音されたのだ。女王の堪忍袋の緒はすでに切れていた。王室の危機に直面し、一刻も早く離婚するよう二人に迫った。一カ月後、離婚が成立した。皇太子夫妻が結婚生活に〝円満に〟終止符を打ったとの声明がバッキンガム宮殿から出された。

プリンセスはケンジントン宮殿の居室をひきつづき使えることになったが、〝妃殿下〟という敬称は剥奪された。女王からワンランク下の敬称を使う許可が出たものの、プリンセスはそれを拒み、本名で呼ばれるほうを選んだ。専属の護衛官も遠ざけた。彼女にしてみれば、身の安全を守る者たちというよりスパイのようなものだ。宮殿側はプリンセスの行動と交友関係をひそかに監視しつづけた。イギリスの情報機関も同じく監視をしていた。

公の場でのプリンセスは世界中から愛される輝かしい存在だったが、閉じたドアの奥では、酒に溺れ、おべっか使いの連中に囲まれていた。ところが、今回の船旅はいつになく同行者が少なかった。日に焼けた女性二人はプリンセスの幼なじみ。抜栓したシャンパンボトルを持って〈オーロラ号〉に乗った男性はサイモン・ヘイスティングズ＝クラークといって、超大金持ちの子爵。プリンセスの贅沢《ぜいたく》な暮らしを支えているのがこの子爵だ。プリンセスは彼のプライベートジェットで世界を飛びまわり、ボディガードの費用も出してもらっている。カリブ海クルーズに同行するあと二人の男性は、ロンドンの民間警備会社から派遣された連中だった。グスタビアの港を出る前に〈オーロラ号〉とクルーをこの二人が調べたが、おざなりなものだった。コリン・エルナンデスという男には簡単な質問をしただけだった。「ランチには何が出るんだね？」

プリンセスの希望により、ランチは軽いビュッフェ形式となった。もっとも、プリンセスも友人たちも料理にはあまり興味がなさそうだった。前部デッキで浴びるように酒を飲み、強烈な日射しのもとで肌を焼き、やがてスコールに襲われて笑いながら特別室に逃げこんだ。そのまま部屋にこもっていたが、夜の九時になると、全員が身だしなみを整え、ガーデンパーティに出るような装いで現れた。後部デッキでカクテルとカナッペを楽しんでから、夕食をとるためにメインサロンへ移った。トリュフ風味のドレッシングで和えたサラダ、ロブスター入りリゾット、骨付きラム、付けあわせはアーティチョーク、レモン・フォルテ、ズッキーニ、ピマン・ダルジル。プリンセスと友人たちは料理を絶賛し、シェフを呼ぶように言った。ようやくシェフが現れると、子供っぽい歓声で迎えた。

「明日の夜は何を作ってくれるの？」プリンセスが尋ねた。

「それはサプライズということで」独特のアクセントでシェフが答えた。

「まあ、うれしい」プリンセスがシェフに向けた微笑は、彼が無数の雑誌の表紙で見てきたのと同じものだった。「サプライズって大好き」

船のクルーは少人数で、全部で八人しかいないため、陶磁器、グラス、銀器、鍋とフライパン、調理器具などの片づけはシェフと助手がやるしかなかった。プリンセス一行が特別室に戻ったあとも、二人は長いあいだ皿洗いを続けた。泡立つ湯のなかでときおり二人の手が触れ、彼女の骨ばったヒップが男の腿《もも》に押しつけられた。一度など、狭いリネンクロゼットですれちがった瞬間、とがった乳首が男の背中に二本の線を描き、男の股間に電流と血液を送りこんだ。それぞれ自分の船室にひきとったが、数分後、男の船室のドアにひそやかなノックが響いた。彼女が黙って抱きついてきた。愛の行為を演じる無言劇だ。

「間違いだったかもしれないわね」終わってから、女が彼の耳元でささやいた。

「なんで？」

「これから長いあいだ、一緒に働くことになるわけでしょ」

「そう長くはないさ」

「ここに腰を落ち着ける気はないの？」

「ときと場合によりけりだ」

「どういうこと？」

男はそれ以上何も言わなかった。彼女は男の胸に頭をのせて目を閉じた。

「おれの船室に泊まるのはまずいぞ」

「わかってる」眠そうな声で彼女は答えた。「ちょっとだけ」

男は長いあいだ身じろぎもせずに横たわっていた。アミーリア・リストが彼の胸に頭をのせて眠り、〈オーロラ号〉が上下左右に揺れるあいだ、これからなすべきことを頭のなかで整理した。午前三時になるまで待って、ベッドからそっと抜けだし、裸のまま船室を横切って戸棚まで行った。音を立てないよう気をつけながら、黒いズボンをはき、セーターと黒い防水コートを着た。次にサイズ三十×五十センチ、重さ七キロの包みの包装紙をはがして、電源とタイマーを起爆装置に接続した。包みを戸棚に戻し、スチェッキン拳銃に手を伸ばしたとき、背後で女の動く音がした。男はゆっくりうしろを向き、闇のなかで女を見つめた。

「それ、なんなの？」

「いいから寝てろ」

「赤い光が見えたけど」

「おれのラジオだよ」

「午前三時になんでラジオなんか聴くのよ？」

男が返事をする前に、ベッドの横のスタンドがついた。アミーリアの目が男の黒ずくめの服装をとらえ、次に、男が手にしたサイレンサーつきの拳銃を凝視した。叫ぼうとして口をあけたが、声をあげる暇もないうちに、男のてのひらに顔をふさがれていた。逃れようとしてもがくと、耳元で男が優しくささやいた。「怖がらなくていい。痛みは一瞬だ」アミーリアは恐怖に目を大きくした。次の瞬間、男が渾身《こんしん》の力でアミーリアの頭を左へねじって脊髄《せきずい》を切断し、息絶えた彼女をそっと抱きしめた。

レジナルド・オギルヴィが深夜の見張りに立つことはめったにないが、今夜は有名な船客の安全が気にかかるため、真夜中すぎに〈オーロラ号〉のブリッジに出ていた。コーヒーカップを片手に持ち、ブリッジに備えつけられたコンピュータで天気予報を調べていたとき、コリン・エルナンデスという名の男が黒ずくめの服装でデッキの昇降口に姿を見せた。オギルヴィははっと顔を上げ、「何をしている?」と問いただした。しかし返事はなく、かわりに、サイレンサーつきのスチェッキンから飛んできた銃弾がオギルヴィの制服をひきさき、心臓を破壊した。

コーヒーカップが派手な音を立てて床で砕け散った。即死のオギルヴィがその横にどさっと倒れた。オギルヴィを殺した男は足音を忍ばせて操船装置に近づき、船の進路をわずかに修正してから、昇降階段を下りていった。メインデッキは無人だった。救命ボートを一艘、黒い海面に下ろし、乗りこんでからロープを切った。

男は満天の星空のもとで波間を漂いながら、〈オーロラ号〉が東の大西洋航路のほうへ向かうのを見守った。船長を失った幽霊船。腕時計の夜光文字盤をチェックした。ダイヤルがゼロを指したところで、ふたたび顔を上げた。さらに十五秒たった。爆弾が不発に終わったのではないかというかすかな不安に襲われた。だが、ようやく水平線に光が炸裂《さくれつ》した。高性能爆薬のまばゆい真っ白な光。続いて、二次爆発を示すオレンジイエローの光と炎。

遠雷の轟《とどろ》きのような音が聞こえた。あとは救命ボートの側面に波が打ち寄せ、風が吹いているだけだった。男はボタンを押して船外機のスイッチを入れながら、沈みはじめた〈オーロラ号〉を見守った。それから救命ボートを西へ向け、スロットルを開いた。

3

カリブ海――ロンドン

　惨事の到来を最初に告げたのは、〈ペガサス・グローバル・チャーターズ〉のナッソー支社から本社への報告で、全長五十メートルの豪華クルージングヨット〈オーロラ号〉に定期連絡を入れたが応答がないというものだった。〈ペガサス〉のオペレーション・センターではただちに、リーワード諸島海域を航行する貨物船と旅客船のすべてに協力を要請した。すると数分もしないうちに、リベリア船籍のタンカーのクルーから、午前三時四十五分ごろ異様な閃光《せんこう》を目撃したとの連絡が入った。その後ほどなく、グスタビアの南南東約百六十キロの海域で〈オーロラ号〉の救命ボートが無人で漂っているのを、コンテナ船のクルーが目撃している。同じころ、二キロほど西の海域では、救命胴衣やその他の残骸が浮遊する光景に個人所有の帆船が遭遇している。〈ペガサス〉の社長は最悪の事態を覚悟したうえで、キングストンにあるイギリス高等弁務官事務所に電話をかけ、〈オーロラ号〉が消息を絶った、おそらく沈没したものと思われる、と名誉領事に報告した。社長は次に船客名簿を送った。かつてのプリンセスの本名も含まれている。「人違いだと言ってくれ」信じられないという口調で名誉領事が言ったが、〈ペガサス〉の社長は、その船客は間違いなく未来の国王の妻だった女性だと答えた。領事はただちにロンドンの外務省へ電話を入れ、外務省では重大な事態と判断して首相のジョナサン・ランカスターに連絡した。ここからが本当の危機の始まりだった。

首相は午後一時半に未来の国王に電話連絡を入れたが、英国民と世界に公表したのは夜の九時になってからだった。ダウニング街十番地の黒い玄関扉の外に深刻な顔で立った首相は、その時点で判明している事実を述べていった。未来の国王の妻だった女性が、サイモン・ヘイスティングズ゠クラークと幼なじみの女性二人を誘ってカリブ海へ出かけた。一週間のクルージングの予定で、サン・バルテルミー島で豪華ヨット〈オーロラ号〉に乗りこんだ。〈オーロラ号〉とはいっさい連絡がとれず、船体の残骸が発見されている。「プリンセスが無事に見つかることを願ってやみません」首相は厳粛な口調で言った。「しかし、最悪の事態も覚悟せねばならないでしょう」

捜索一日目は遺体も生存者も発見されなかった。二日目も三日目も同じだった。ランカスター首相は女王と協議を重ねたのちに声明を出した。政府は今後、民衆から愛されたプリンセスは亡くなったという想定のもとで動くというものだった。カリブ海では、捜索チームが遺体よりも船体発見のほうに全力を傾けていた。時間はかからないはずだった。予想どおり、わずか四十八時間後に、フランス海軍の無人潜水艇が水深六百メートルの海底に横たわる〈オーロラ号〉を発見した。ある専門家はこのビデオを見て、船体に激しい損傷が見られる、爆発したのはほぼ間違いない、と言った。「問題は、事故なのか、意図的なものなのかということです」

信頼できる世論調査の結果によると、国民の大多数がプリンセスの死を信じないと言っていた。〈オーロラ号〉の二艘の救命ボートの片方しか見つかっていないことに、人々は希望をつないでいた。大海原を漂流中か、もしくは、無人島に流れ着いているに違いない、と主張した。ある無責任なウェブサイトには、リーワード諸島にあるモントセラト島で目撃されたなどという情報が出た。ドーセット州の海辺で静かに暮らしていると言う者もいた。陰謀説の好きな連中は、プリンセスを亡き者にしようという計画があったのだと言いだした。計画したのは枢密院、実行に移したのは英国秘密情報部、通称MI6。長官のグレアム・シーモアはその説を全面的に否定する声明を出すよう迫られたが、頑強に拒んだ。

「あんなものは〝説〟でもなんでもない」テムズ川に面したMI6の本部で開かれた緊急ミーティングの席で、シーモアは外務大臣に言った。「頭の悪い連中が作ったお伽話に過ぎないのだから、まともに相手にする気になれません」

しかし、心のなかではすでに、〈オーロラ号〉の爆発は事故ではないという結論に達していた。フランスのきわめて優秀な諜報《ちょうほう》機関、DGSEの長官も同じ意見だった。船の残骸のビデオ映像を分析した結果、〈オーロラ号〉は船内に仕掛けられた爆弾によって爆発炎上したものと判断された。だが、爆弾を船内に持ちこんだのは誰なのか。爆発させたのは誰なのか。DGSEがもっとも怪しいとにらんだのは、行方不明の〈オーロラ号〉のシェフのかわりに雇われた男だった。フランス側からMI6のほうに、男がグスタビア空港に到着したときの不鮮明なビデオ映像と、商店の防犯カメラのぼやけた画像何枚かが送られてきた。「船と一緒に沈むような男には見えん」シニアスタッフのミーティングの席で、シーモアは言った。「どこかにいるはずだ。こいつの正体と潜伏場所を突き止めろ。願わくはフランスの連中よりも先に」

ＭＩ６では映像と写真をコンピュータで検索した。一致するものが見つからなかったので、昔ながらの方法による捜索に切り替えた。革靴をすり減らし、現金でぎっしりの封筒をちらつかせる方法。現金はもちろんアメリカドルだ。スパイの世界という地獄では、ドルの信用度がいちばん高い。ベネズエラの首都カラカスのどこを捜しても、男の手がかりはなかった。詩人の魂を持つイングランド系アイルランド人の母親も、商売をやっていたというスペイン人の父親も見つからなかった。男のパスポートに記載された住所はカラカスのスラム街の廃屋だった。電話番号はとっくに使用停止になったものだった。ベネズエラの秘密警察に潜入させてある情報屋は、その男とカストロのつながりについて噂を聞いたことがあると言った。キューバの諜報機関に近い情報源からは、コロンビアの麻薬カルテルに関する噂が入ってきた。コロンビアの首都ボゴタでは、信頼のおける警官がこう言った。「以前はそうだったかもしれないが、麻薬王の連中とはとっくに縁を切っている。最近の噂だと、ノリエガの元愛人の一人とパナマで暮らしてるそうだ。パナマの銀行に数百万預けて、プラヤ・ファラヨンの海辺にコンドミニアムを持っている」だが、ノリエガの元愛人はそんな男は知らないと言い、銀行の支店長は一万ドルの賄賂《わいろ》とひきかえに、銀行の記録を調べたがその男性名義の口座は見つからなかったと言った。ファラヨンのコンドミニアムはどうかというと、隣人に尋ねても男の外見はほとんど記憶になく、覚えているのは声だけとのことだった。「変わったアクセントだったな。オーストラリアから来たみたいな。いや、南アって感じかな」

謎の容疑者の探索をグレアム・シーモアは贅沢な執務室で見守っていた。スパイの世界で最高級と言っていい部屋だろう。アトリウムに造られた英国式庭園、歴代の長官が使ってきたマホガニー製の特大デスク、テムズ川を見渡せる大きな窓、古いりっぱなグランドファーザー時計。この時計は英国秘密情報部の初代長官、サー・マンスフィールド・スミス・カミング自身が製作したものだという。執務室が豪華すぎて、シーモアはくつろげない。遠い昔、シーモアは凄腕《すごうで》の工作員だった。ただし、MI6ではなくMI5。内務省管轄の情報機関だ。そこでめざましい活躍をしたのちに、MI5本部のテムズ・ハウスからすぐ近くのヴォクソール・クロスへ、すなわち、ＭＩ６の本部ビルへ移ることになった。ＭＩ６長官を外部から迎えたことに立腹した者もいるが、ほとんどの者が〝故郷への帰還〟とみなしている。シーモアの父親がかつてＭＩ６の伝説的職員だったからだ。かつて父親が恭《うやうや》しくその前に立ったであろう長官のデスクに、いまは壮年期を迎えた息子がすわっている。

だが、権力を手にすると、無力さを感じることも多くなる。現場を離れて長官という地位についたシーモアも、ほどなくその犠牲となった。むなしい捜索が続くなかで、ダウニング街と宮殿からのプレッシャーに悩まされ、ひどく神経質になっていった。ヴィクトリア朝時代のインク壺《つぼ》と書類の署名に使っているパーカーの万年筆の横に、捜索のターゲットの写真が置いてある。どことなく見覚えのある顔だった。どこか別の戦場で、別の国で出会った人物かもしれない。情報部のデータベースが〝ノー〟と言おうが関係ない。シーモアは政府のいかなるコンピュータのメモリより、自分の記憶のほうを信用している。

というわけで、工作員たちが見当違いの手がかりを追い、結果を出せずに苦労しているあいだ、シーモアはヴォクソール・クロスの最上階にある金ぴかの檻《おり》で独自の探索を進めることにした。まず膨大な記憶を探ったが、何も見つからなかったので、ＭＩ５時代のケースファイルの閲覧請求をおこない、すべてに目を通した。だが、そこでも収穫はなかった。そして、十日目の午前中、シーモアのデスクの電話が静かに鳴りだした。その呼出音はウージ・ナヴォトからのものだ。イスラエルが誇る諜報機関の長官。シーモアは躊躇《ちゅうちょ》したが、用心深く受話器を上げて耳に当てた。例によって、イスラエルのスパイの親玉は儀礼的な挨拶を省略した。

「そちらでお捜しの男をわれわれが見つけたかもしれない」

「誰なんだ、その男は?」

「古い友達」

「そちらの? それとも、こちらの?」

「おたくのほうだ。われわれには友達はいない」

「名前を教えてくれるか」

「電話ではだめだ」

「いつロンドンに来られる?」

電話が切れた。

4

ヴォクソール・クロス、ロンドン

ウージ・ナヴォトはその夜十一時少し前にヴォクソール・クロスに到着し、エレベーターですぐさま長官室へ案内された。グレイのスーツはナヴォトのたくましい肩のラインにぴったりだが、首が太いため、白いシャツは襟元のボタンをはずしたままだ。プロボクサーみたいな鼻の上に縁なし眼鏡をかけている。イスラエルの人間だとひと目で見抜く者はほとんどいないだろう。ユダヤ人だとも思わないはずだ。これがナヴォトのキャリアにプラスとなった。かつての彼は〝カッツァ〟だった。彼が所属する組織の用語で、覆面工作員という意味。ナヴォトはさまざまな言語と偽造パスポートの束を武器にしてテロリスト組織に潜入し、世界に広がるスパイと情報屋のネットワークを作りあげた。ロンドンではクライド・ブリッジズという偽名を使っていた。勤務先はどこかのビジネス用ソフトウェア会社で、ヨーロッパ担当のマーケティング部長。英国内で何度か作戦を成功させた。そうした作戦を阻止するのが当時のシーモアの任務だったが、いまのシーモアにはもう過去の遺恨はない。それがスパイどうしの関係というものだ。きのうの敵は今日の友。

ナヴォトはヴォクソール・クロスに何度も来ているので、シーモアの執務室の豪華さを称える言葉は省略した。秘密の世界の住人たちが顔を合わせれば職業上のゴシップにひとしきり花が咲くものだが、それも省略した。ナヴォトがひどく寡黙な理由はシーモアにもわかっていた。長官としての最初の任期が終わりに近づき、次の男に席を譲るよう首相から言われているのだ。次の男というのは、シーモアも数えきれないほど一緒に仕事をしたことのある伝説の工作員。その伝説的人物がナヴォトを残留させる方向で話をまとめたという噂だ。前任者の残留とは、なんとも慣習を無視したやり方だが、伝説的人物は慣習など気にしない男だ。危険を承知で進むのがその男の最大の強み。シーモアに言わせれば、ときに破滅のもとともなる。

ナヴォトのたくましい右手から下がっているのは、コンビネーションロックつきのステンレスのアタッシェケースだった。ナヴォトはそこから薄いファイルフォルダーをとりだしてマホガニーのデスクに置いた。書類が入っていた。長さにして一ページ。シーモアは内容に目を通した。インク壺の横に置いてある写真にちらっと目をやり、低い声で悪態をついた。ウージ・ナヴォトがりっぱなデスクの反対側で薄笑いを浮かべた。MI6の長官に未知の事柄を伝えられるというのは、頻繁《ひんぱん》にあることではない。

「情報源は誰だ?」シーモアは尋ねた。

「もしかしたら、イラン人かもしれん」ナヴォトの返事は曖昧《あいまい》だった。

「そこからの情報はMI6にも定期的に入ってくるのかね？」

「いや」ナヴォトは答えた。「われわれに独占権がある」

MI6、CIA、イスラエルの諜報機関はイランの核兵器開発を阻止するため、十年以上にわたって緊密に協力してきた。この三つの機関が力を合わせてイランの核サプライチェーンに対抗し、膨大な技術データと情報を共有してきた。イスラエルがテヘランに最高の情報源を確保しているのは周知の事実だが、その身元をイスラエルがけっして明かそうとしないため、アメリカも英国もいらだっている。ナヴォトが確保したスパイというのはイランの情報省VEVAKの人間ではないかと、シーモアは推測している。VEVAKの人間は油断がならないので有名だ。西側の現金とひきかえに本物の情報をよこすこともあれば、素知らぬ顔ででたらめを並べることもある。

「そいつの言葉を信じるのか」シーモアは尋ねた。

「信じていなければ、ここには来なかっただろう」ナヴォトは一瞬黙りこみ、それから続けた。「おそらく、きみも信じているはずだ」

シーモアの返事がなかったので、ナヴォトはアタッシェケースからさらに書類をとりだし、最初の書類と並べてデスクに置いた。「これはわれわれが三年前にMI6へ送った報告書のコピーだ。この男とイランのつながりは当時からわかっていた。また、ヒズボラ、ハマス、アルカイダなど、雇ってくれる組織さえあれば、この男が相手かまわず働くこともわかっていた。つきあう相手を神経質に選ぶタイプではないわけだ」

「わたしがＭＩ６へ移る前のことだ」

「だが、いまはきみの担当だ」ナヴォトは書類の下のほうを指さした。「見てのとおり、われわれはやつをとりのぞく作戦を提案した。こちらで実行しようとまで申しでた。なのに、こちらの寛大な申し出にきみの前任者はどう反応したと思う?」

「当然、断っただろうな」

「偏見のひどいやつでね、男には指一本触れるなときっぱり言った。よけいな騒ぎになるのを恐れたのだろう」ナヴォトはゆっくりと首を振った。「おかげで、こんな修羅場になってしまった」

室内は静まりかえり、古いグランドファーザー時計の針の音がするだけだった。ようやく、ナヴォトが静かに言った。「あの日はどこにいた、グレアム?」

「あの日とは?」

「一九九八年八月十五日」

「爆弾テロのあった日か」

ナヴォトはうなずいた。

「よく知ってるくせに。ＭＩ５だ」

「つまり、きみはテロ対策のチーフだった」

「ああ」

「ならば、きみの責任範囲だ」

シーモアは無言だった。

「何があったんだ、グレアム？　やつはどうやって逃げおおせたんだ？」

「手違いがあった。最悪の手違いだ。キャリアを破滅させるに充分なほどの」シーモアは二つの書類を手にとり、ナヴォトに返した。「やつがなぜこんなことをしたのか、イランの情報源から何か聞いてるかね？」

「昔の戦いに戻った可能性がある。もしくは、誰かに頼まれて動いた可能性もある。いずれにせよ、やつをなんとかしなきゃならん。一刻も早く」

シーモアは返事をしなかった。

「こちらの提案はいまも有効だぞ、グレアム」

「なんのことだ？」

「われわれの手でやつを処分する」ナヴォトは答えた。「それから深い穴に埋めて、古い問題が二度と表面に出てこないようにする」

シーモアは無言で考えこんだ。「その種の仕事を任せられる人間は一人しかいない」ようやく言った。

「無理かもしれん」

「子供が生まれるから？」

ナヴォトはうなずいた。

「予定日は？」

「極秘事項だ」

シーモアはちらっと笑みを浮かべた。「説得すれば、その男は任務をひきうけてくれるだろうか」

「なんとも言えんが」ナヴォトは曖昧に答えた。「わたしに交渉を頼みたいなら喜んで」

「いや、こっちで交渉する」

「問題がもう一つある」しばらくしてナヴォトが言った。

「一つだけ？」

「やつはあの地域にあまり詳しくない」

「だったら、わたしがガイド役を紹介しよう」

「知らない相手とは組まないやつだぞ」

「じつを言うと、かなり親しい間柄だ」

「MI6の人間か」

「いや」シーモアは答えた。「いまはまだ」

5

フィウミチーノ空港、ローマ

「どうしてわたしの乗る便が遅れてるの？」キアラが訊いた。

「整備のトラブルかもな」ガブリエルは答えた。

二人がいるのはファーストクラスの出発ラウンジの静かな一隅だった。どこの都市もみな同じだとガブリエルは思った。誰も読まない新聞、生ぬるくなったピノグリージョのボトル、薄型テレビの大画面に音もなく映しだされるCNNインターナショナルの番組。思いかえしてみると、ガブリエル自身はこういう場所でキャリアの三分の一を過ごしてきた。妻と違って、待つことはまったく苦にならない。

「どうして搭乗のアナウンスがないのか、インフォメーション・デスクのかわいい女の子に訊きに行く気にはなれないし」

「どうして？」

「どうせ何も知らないんだもの。でね、わたしの聞きたくないようなことを言うに決まってる」

「なぜいつもそう悲観的なんだ?」

「あとでがっかりせずにすむから」

キアラは微笑して目を閉じた。ガブリエルはテレビの画面に目をやった。ヘルメットと防弾チョッキ姿の英国人リポーターがガザ空爆の最新ニュースを伝えている。CNNが英国のリポーターを好んで使うのはなぜだろう、とガブリエルは不思議に思った。アクセントのせいかもしれない。真実などひとことも含まれていないニュースでも、英国のアクセントで報道されれば信憑性《しんぴょう》があるように聞こえるものだ。

「なんて言ってるの?」キアラが訊いた。

「ほんとに知りたいのかい?」

「時間つぶしになるから」

ガブリエルは目を細めてテロップの文字を読んだ。「数百人のパレスチナ人が戦いを逃れて避難していた学校を、イスラエルの戦闘機が攻撃した。少なくとも十五人が死亡、数十人が重傷」

「そのなかに女性と子供は何人ぐらい?」

「全員らしい」

「学校が空爆の本当の狙いだったの?」

ガブリエルはブラックベリーに短いメッセージを打ちこみ、イスラエル諜報機関の本部があるキング・サウル通りへ安全なルートで送信した。本部に勤務する連中はそこを〈オフィス〉と呼んでいる。

ブラックベリーに視線を据えたまま、ガブリエルは答えた。「本当の狙いは通りの向かいの家だ」

「誰が住んでるの？」

「ムハンマド・サルキス」

「助かったのかしら」

「たぶん、だめだっただろう」

「学校のほうは？」

「空爆被害は受けていない。被害を受けたのはサルキスと家族だけだ」

「あのリポーターに誰かが本当のことを教えてあげなきゃ」

「なんの役に立つ？」

「あら、悲観的ね」

「がっかりせずにすむ」

「わたしの便が遅れてる原因を調べてちょうだい」

ガブリエルはふたたびブラックベリーのキーを叩いた。すぐに返事があった。

「ハマスのロケット弾がベン＝グリオン空港近くに着弾したそうだ」

「わたしの目的地がロケット弾の火に包まれたことを、インフォメーション・デスクのかわいい女の子は知ってると思う？」

ガブリエルは無言だった。

「あなた、ほんとに望んでるの？」キアラが訊いた。

「何を？」

「わたしに言わせないでよ」

「こういうときに長官になることを本気で望んでるのかどうかって意味かい？」

キアラはうなずいた。

「こういうときは」テレビ画面に映しだされる戦闘と爆発の映像を見つめながら、ガブリエルは言った。「ガザへ飛んでいって同胞と一緒に戦いたくなる」

「軍隊は嫌いな人だと思ってたけど」

「嫌いだよ」

キアラはガブリエルに顔を寄せ、目をあけた。その目はカラメル色で金色の斑点が散っている。キアラの美しい顔に歳月はなんの跡も残していない。大きくなったおなかと薬指の金の指輪がなければ、遠い昔にヴェネツィアのユダヤ人街《ゲットー》で彼が出会った若い女のままと言ってもいいほどだ。

「ぴったりね」

「何が？」

「ガブリエル・アロンの子供が戦時中に生まれること」

「幸運に恵まれれば、出産までに戦争が終わるかもしれない」

「さあ、どうかしら」キアラはフライトボードに目をやった。三八六便テルアビブ行きは〝遅延〟となっている。「早く出発してくれないと、イタリアで産むことになりそう」

「まさか」

「あら、いいじゃない」

「二人で計画を立てたじゃないか。計画どおりにやらなくては」

「ほんとは」キアラがいたずらっぽく言った。「二人でイスラエルに戻る計画だったでしょ」

「そうだな」ガブリエルは微笑した。「事情が変わった」

「いつもそうなんだから」

　七十二時間前、ガブリエルとキアラはコモ湖のそばにある教会で、世界でもっとも有名な盗難絵画を見つけだした。カラヴァッジョ作《聖フランシスと聖ラウレンティスのキリストの降誕》。ひどく損傷を受けたカンバスはすでにヴァチカンへ運ばれて修復を待っている。ガブリエルは修復の第一段階を自分の手で進めるつもりだった。美術修復師であると同時に敏腕スパイで暗殺者でもある男。イスラエル諜報機関の歴史に残る数々の作戦を指揮してきた伝説の人物。まもなく、ふたたび父親になり、〈オフィス〉の長官になる。

「絵のこととなるとどうしてそんなに頑固なのか、理解できない」キアラは言った。

「わたしが見つけたんだ。自分で修復したい」

「あら、二人で見つけたのよ。でも、出産までに修復を完了するのは無理だって事実に変わりはないわね」

「完了できなくてもかまわない。わたしはただ――」

「自分のマークを残したいの？」

ガブリエルはゆっくりうなずいた。「これが最後の修復になるかもしれない」

テレビのテロップに目を走らせた。

「今度はなんて？」

「プリンセス」

「プリンセスがどうしたの？」

「豪華ヨットの爆発は事故だったらしい」

「信じる？」

「いや」

「じゃ、ニュースでどうしてそんなふうに言ってるの？」

「たぶん、時間稼ぎだろう」

「なんのため？」

「目当ての男を見つけるため」

キアラは目を閉じ、ガブリエルの肩に頭をもたせかけた。鳶《とび》色の髪はところどころ赤褐色と栗《くり》色にきらめき、バニラの豊かな香りがする。ガブリエルは髪にそっと唇をつけて香りを吸いこんだ。不意に、キアラ一人を飛行機に乗せるのは気が進まなくなった。

「フライトボードにはなんて？」

「遅延」

「スピードアップのために、あなたの力で何かできない？」

「わたしの力を過信しすぎだね」

「偽りの謙遜《けんそん》は似合わないわ、ダーリン」

ガブリエルは短いメッセージをふたたびブラックベリーに打ちこみ、キング・サウル通りへ送信した。ほどなく、ブラックベリーがかすかに震動して返信の到着を告げた。

「なんて？」キアラが訊いた。

「ボードを見てくれ」

キアラは目を開いた。エル・アル航空三八六便はあいかわらず〝遅延〟だった。三十秒後、〝搭乗中〟に変わった。

「戦争もこんなふうに簡単に止められればいいのに」キアラは言った。

「戦争を止められるのはハマスの連中だけだ」

キアラは機内持込み用のバッグと雑誌の束を手にとり、ゆっくり立ちあがった。「いい子にしててね。それから、誰かに頼みごとをされたら、例の魔法の言葉を思いだすのよ」

「ほかのやつを見つけてくれ」

キアラは微笑した。それから、ガブリエルに驚くほど情熱的なキスをした。

「かならず帰ってきてね、ガブリエル」

「すぐ帰る」

「ううん、一緒に帰りましょ」

「急いだほうがいい、キアラ。乗り遅れるぞ」

キアラは最後にもう一度彼にキスをした。それから何も言わずに向きを変え、飛行機に搭乗した。

ガブリエルはキアラの飛行機が無事に離陸するのを見届けると、ターミナルビルを出て、フィウミチーノ空港の混雑した立体駐車場へ向かった。目立たないドイツ製のセダンは三階の端に置いてある。いつもどおり車体の下に手を這《は》わせて爆弾が仕掛けられていないかどうか確認してから、運転席にすべりこみ、エンジンをかけた。ラジオからイタリアのポップスが大音量で流れてきた。キアラがいつも鼻歌で歌っている低俗な曲。ガブリエルはBBCに変えたが、戦争のニュースばかりだったので音量を下げた。戦争のニュースを聞く時間は今後いくらでもある。いまから二、三週間はカラヴァッジョに専念だ。

テヴェレ川にかかったカヴール橋を渡り、グレゴリアーナ通りをめざした。通りの向こう端に〈オフィス〉の古い隠れ家がある。スペイン階段のてっぺんに近いところだ。歩道沿いの空いたスペースにセダンを入れ、グローブボックスに入れてあるベレッタの九ミリをとりだしてから車を降りた。冷たい夜気のなかに、炒《いた》めたガーリックと落葉のかすかな匂いが感じられる。秋のローマの匂い。この匂いを嗅ぐと、ガブリエルはいつも死を連想する。隠れ家の玄関前を通りすぎ、ホテル・ハスラー・ヴィッラ・メディチの庇《ひさし》の前も通りすぎ、トリニタ・デイ・モンティ教会へ向かった。しばらくして、尾行されていないことを確認してから、隠れ家のフラットへひきかえした。省エネタイプの電球が一個、入口で弱い光を放っていた。光の輪のなかを通りすぎ、暗い階段をのぼっていった。四階の踊り場に出た瞬間、身をこわばらせた。フラットのドアがわずかに開いていて、引出しを開け閉めする音が聞こえてくる。背中に隠しておいたベレッタを冷静にとりだし、銃身を使ってそろそろとドアを押しひらいた。最初、侵入者の姿はどこにも見えなかった。ドアをさらに二センチほど開けると、キッチンのカウンターの前に立つグレアム・シーモアの姿がちらっと目に入った。片手に抜栓前のガヴィのボトル、反対の手にワインオープナー。

ガブリエルは銃を上着のポケットにすべりこませてフラットに入った。例の魔法の言葉が頭に浮かんだ。

〝ほかのやつを見つけてくれ……〟

6

グレゴリアーナ通り、ローマ

「きみに頼んだほうがよさそうだな、ガブリエル。でないと、怪我人《けが》が出るかもしれない」

シーモアはワインボトルとオープナーを差しだし、キッチンのカウンターにもたれた。グレイのフランネルのズボンと杉綾模様《ヘリンボーン》のジャケット、ブルーのシャツにはフランス製のカフス。個人秘書も警護の人間もいないということは、偽名のパスポートでローマに来たわけだ。いやな予感がした。MI6の長官がお忍びで出かけるのは、深刻な問題を抱えているときしかない。

「どうやってここに入った?」ガブリエルは尋ねた。

シーモアはズボンのポケットから鍵をとりだした。シンプルな黒いメダルがついている。〈オフィス〉のハウスキーピング課、つまり、隠れ家用不動産の取得・管理にあたる部門が好んで使うメダルだ。

「どこで手に入れた？」

「きのう、ロンドンでウージにもらった」

「アラームの暗証番号は？　それも、たぶんウージが教えたんだろうな」

シーモアは八桁の数字を口にした。

「〈オフィス〉のルールに違反している」

「やむを得ぬ事情があったんだ。それに、きみとは何度も一緒に作戦を遂行した仲じゃないか。家族みたいなものだ」

「家族でも、部屋に入る前にはノックする」

「よく言うよ」

ガブリエルはボトルのコルクを抜き、グラス二個にワインを注《つ》いで、片方をシーモアに渡した。シーモアはグラスをわずかに上げて言った。「父親になる日のために乾杯」

「生まれる前の子供に乾杯するのは凶兆だぞ、グレアム」

「だったら、何に乾杯すればいい？」

ガブリエルの返事がなかったので、シーモアはリビングへ行った。見晴らしのいい窓から教会の鐘楼とスペイン階段のてっぺんが見える。しばしそこにたたずみ、家々の屋根の彼方《かなた》をじっと見つめた。自分の荘園館のテラスから領地を眺めているような姿だ。銀色の豊かな髪とがっしりした顎を持つシーモアは典型的な英国の高級官僚だ。指導者となるために生まれ、育てられ、教育された男。ハンサムだが、ハンサムすぎはしない。背が高いが、高すぎはしない。相手に劣等感を抱かせるタイプだ。とくにアメリカ人に。

「なあ」シーモアはようやく言った。「ローマに来たときは、滞在先をどこかよそに見つけたほうがいいぞ。この隠れ家は全世界に知られている。隠れ場所にはならん」

「眺めが気に入っている」

「その気持ちはよくわかる」

シーモアは黒ずんだ屋根の連なりに視線を戻した。何か悩みを抱えている様子だ。そのうち向こうから打ち明けるだろう。いつもそうだ。

「奥さんが今日こちらを発《た》ったそうだな」ようやく、シーモアは言った。

「うちの長官はほかにどんな極秘情報を流してくれた？」

「絵のことを何か言っていた」

「そんじょそこらの絵ではないぞ、グレアム。あれは――」

「カラヴァッジョ」シーモアは先まわりして言った。それから笑みを浮かべた。「たしかに、きみはものを見つける天才だ」

「お世辞のつもりか」

「まあな」

シーモアはワインを飲んだ。ガブリエルはウージがロンドンへ出向いた理由を尋ねた。

「わたしに伝えたい情報があったからだ。こう言ってはなんだが、ああいう立場に置かれた人間のわりには、けっこう元気そうだった」

「どういう立場だ?」

「ウージがもうじき退陣することは、この世界の者なら誰でも知っている。そして、ウージが去ったあとに修羅場が残される。中東全域が戦火のなかにあり、事態は今後よくなるどころか悪化する一方だろう」

「修羅場を生みだしたのはウージではない」

「そうだな」シーモアは同意した。「悪いのはアメリカだ。大統領と顧問たちがアラブの独裁者連中と袂《たもと》を分かつのを急ぎすぎた。大統領はいまや、狂ってしまった世界を前にして、どうすればいいのかわからず途方に暮れている」

「きみが大統領の顧問だったら? グレアム」

「独裁者を復活させるよう助言するだろう。かってはそれで成功した。今度も成功するさ」

「王様の馬みんなと家来みんなでも……」

「何が言いたい?」

「古い秩序は破壊され、もう元には戻せない。そもそも、その古い秩序がビン・ラディンやジハーディストを生みだしたんだ」

「では、ジハーディストがユダヤ人国家をイスラムの聖地から追いだそうとしたら？」

「現にもうやっている、グレアム。それから、念のために言っておくと、英国にとってはあまり利用価値のない連中だ。好むと好まざるとにかかわらず、英国はわれわれと組むしかない」

ガブリエルのブラックベリーが震動した。ガブリエルは画面を見て眉をひそめた。

「どうした？」シーモアが訊いた。

「停戦だ」

「今度はどれぐらい持ちそうだ？」

「ハマスが停戦協定を破ろうと決めるまで」ガブリエルはブラックベリーをコーヒーテーブルに置き、好奇の目でシーモアを見つめた。「きみがこのフラットに来た理由をそろそろ話してもらおうか」

「疫病神を抱えている」

「そいつの名前は？」

「クイン」シーモアは答えた。「エイモン・クイン」

ガブリエルは記憶を探ったが、記憶のなかにその名前はなかった。「アイルランド人か」

シーモアはうなずいた。

「ＩＲＡ？」

「そのなかでも最悪」

「で、疫病神というのは?」

「遠い昔、わたしのミスで人々を死なせたことがある」

「クインの犯行だったのか」

「爆薬に火をつけたのはクインだが、最終的にはわたしの責任だ。これがスパイ稼業の醍《だい》醐味《ごみ》さ。ミスをすればいつもそれに苦しめられ、最後は借金を返さねばならん」シーモアはガブリエルのほうへグラスを掲げた。「それに乾杯しようか」

7

グレゴリアーナ通り、ローマ

午後からずっと空模様が怪しかった。十時半についにどしゃ降りとなり、グレゴリアーナ通りをヴェネツィアの運河に変えてしまった。グレアム・シーモアは窓辺に立って、大粒の雨がテラスを叩くのを見つめていたが、彼の心は希望に満ちた一九九八年の夏に戻っていた。ソ連は過去の記憶になり、ヨーロッパとアメリカは好況を謳歌《おうか》していた。アルカイダの戦士たちは、白書のなかや、将来の脅威をテーマにした退屈きわまりない専門家会議でとりあげられる存在に過ぎなかった。

「われわれは愚かにも、歴史の最終点に到達したつもりでいた。ＭＩ５とＭＩ６を解体し、職員をすべて火刑に処すべきだと提案した国会議員もいたほどだ」シーモアは肩越しにふりむいた。「酒と薔薇の日々だった。錯覚の日々だった」

「わたしは違うぞ、グレアム。当時はこの世界から離れていた」

「覚えている」シーモアはガブリエルに背中を向け、ガラス窓を叩く雨を見つめた。「きみは当時、コーンウォールで暮らしてたんだったな？　ヘルフォード川のほとりにあるあの小さなコテージで。最初の奥さんがスタッフォードの精神科病院に入っていて、きみは入院費を稼ぐために、ジュリアン・イシャーウッドが依頼してくる絵画のクリーニングをやっていた。となりのコテージに少年が住んでいた。名前が思いだせないが」

「ピール」ガブリエルは言った。「名前はティモシー・ピール」

「ああ、そうそう、ピール坊やだ。きみがなぜあの少年をかわいがっていたのか、われわれにはどうしてもわからなかった。だが、やがて、ウィーンの爆弾テロで亡くなった息子さんと同い年なのだと気がついた」

「きみの話をしていたはずだが、グレアム」

「そうだな」シーモアは答えた。

　そのあとで、一九九八年の夏にはＭＩ５のテロ対策のチーフだったことを、必要もないのにガブリエルに告げた。つまり、シーモアはＩＲＡのテロリストどもから英国を守る責任を負っていたわけだ。だが、プロテスタントとカトリックが何世紀も対立を続けていたアルスターにおいてさえ、ほのかな希望が生まれていた。北アイルランドの有権者はベルファスト合意を受け入れ、ＩＲＡ暫定派は停戦条項に従うことにした。ただ、リアルＩＲＡという小規模な強硬派グループだけが武装闘争を続行した。リーダーはマイクル・マクケヴィットといって、ＩＲＡ暫定派で補給局長を務めた男だった。その妻バーナデット・

サンズ＝マクケヴィットは政治団体の〈三十二州統治運動〉を主導していた。ついでながら、一九八一年にメイズ刑務所でハンガーストライキをやって死亡したＩＲＡ暫定派のメンバー、ボビー・サンズは彼女の兄だ。

「そこで、エイモン・クインの登場となる」シーモアは言った。「クインが作戦を立てた。爆弾を製造した。いまいましいことに、爆弾作りの名人だった」

大きな雷鳴に建物が揺れた。シーモアは思わずすくみあがり、それから話を続けた。

「クインはたしかに、高性能爆弾を作ってターゲットのもとへ運ぶ天才だった。ただ、当人は気づいていなかったが、わたしがエージェントを送りこんでやつの監視に当たらせていた」

「その男はどれぐらいのあいだ潜入を？」

「わたしが送りこんだのは女だ。リアルＩＲＡの設立時から潜りこませてあった」

シーモアはさらに話を続け、潜入させたエージェントと情報の扱いには微妙なバランスが要求されると語った。エージェントは組織の上層部に入りこんでいるので、襲撃の詳細を事前に知ることができる。ターゲット、爆発時刻、爆弾のサイズまで含めて。

「こちらとしてはどうすべきか。襲撃を妨害してエージェントの身を危険にさらすのか。それとも、襲撃を実行させ、死傷者が出ないよう万全を期すのか」

「あとのほうだ」ガブリエルは答えた。

「凄腕スパイらしい意見だな」

その戦術が功を奏した。大型自動車爆弾の爆発を何度か阻止し、爆発した場合も被害を最小限に食い止めることができた。もっとも、一九九八年二月には、英本国からの分離に反対するロイヤリストの拠点だったポータダウンの中心部が壊滅的被害を受けている。その半年後、例のエージェントから、組織が大規模な襲撃を計画中との情報が入った。ベルファスト合意が吹っ飛んでしまうほど大規模なものだという。

「どう対処すべきだったと思う？」シーモアが尋ねた。

稲妻が走った。シーモアはワインを飲みほし、そのあとのことをガブリエルに話した。

一九九八年八月十三日の夕方、アイルランド共和国にあるキャリクマクロスという村の住宅団地から、赤のヴォクスホール・キャバリエが姿を消した。ナンバープレートは〝91DL2554〟。車は国境沿いの人里離れた農場へ運ばれ、北アイルランドの偽造プレートがつけられた。次にクインが車に爆弾を仕掛けた。五百ポンドの化学肥料、高性能爆薬を詰めた金属筒、起爆装置、プラスチックの食品パックに入れたその電源、点火スイッチはグローブボックスの中。八月十五日土曜日の朝、クインは車で国境を越えてオマーまで行き、ロウワー・マーケット通りの〈S・D・ケルズ〉というデパートの外に駐車した。

「もちろん、クインが一人で爆弾を運んだのではない。ヴォクスホールにもう一人乗り、偵察用の車に二人が乗り、そして、逃走用の車を別の男が運転していた。男たちは携帯で連絡をとりあい、われわれがそのすべてに耳を傾けていた」

「MI5が？」

「いやいや。英国の国境を越えたら、MI5の盗聴機能は働かなくなる。オマーの爆破計画はアイルランド共和国内で生まれたものなので、GCHQに盗聴を頼むしかなかった」

GCHQというのは英国政府通信本部の略。アメリカの国家安全保障局の英国版だ。午後二時二十分、エイモン・クインらしき男からの電話が傍受された。男は〝煉瓦《れんが》は壁のなか〟と言った。MI5は過去の経験から、爆弾がセットされたという意味だと察した。十二分後、アルスターテレビの本社に匿名電話が入った。〝爆弾を仕掛けた。オマーのメインストリートの裁判所。五百ポンド爆弾。三十分後に爆発〟王立アルスター警察隊がオマーの裁判所周辺から人々を避難させ、爆弾を見つけようと血眼《ちまなこ》になった。警察隊が気づいていなかったのは、見当違いの場所を捜索していたということだった。

「匿名電話の警告が偽りだったのか」ガブリエルは言った。

シーモアはゆっくりうなずいた。

「裁判所周辺のどこを捜してもヴォクスホールは見つからなかった。ロウワー・マーケット通りの数百メートル先に止めてあったのだ。警察隊が避難誘導を始めたとき、知らぬこととは言え、人々を爆弾から遠ざけるかわりにそちらへ追いやる結果となった。だが、それがまさにクインの狙いだった。大量殺人を狙っていた。だから、爆弾を仕掛けた車をわざと違う場所に止めたのだ。自分の組織までも裏切ったわけだ。

三時十分過ぎに爆発が起きた。二十九名が死亡、二百名以上が負傷した。北アイルランド紛争史上、最悪のテロ行為だった。世間から轟々《ごうごう》たる非難を浴びて、リアルＩＲＡは謝罪声明を出さざるをえなくなった。だが、和平への努力は続いた。血で血を洗う爆弾闘争を三十年も見てきて、北アイルランドの人々もうんざりしていたのだろう。

ところが、やがて、プレスや被害者の家族が厄介な質問をしはじめた。リアルＩＲＡはなぜ警察にも保安機関にも気づかれることなく、オマーの街の中心部に爆弾を仕掛けることができたのか。逮捕者が一人も出なかったのはなぜなのか」

「きみはどう対処したんだ？」

「いつもどおりさ。関係機関と協力しあい、ＭＩ５のファイルを燃やし、嵐が通りすぎるのを待った」

シーモアは立ちあがり、グラスをキッチンへ運んで、冷蔵庫からガヴィのボトルをとりだした。「もっと強いものはないのかね？」

「例えば？」

「蒸留してあるやつとか」

「わたしだったら蒸留酒よりアセトンのほうがいいな」

「いまならアセトンのレモンツイスト添えでも大歓迎だ」シーモアは自分のグラスにワインを三センチほど注ぎ、ボトルをカウンターに置いた。

「オマーのあと、クインはどうなった？」

「組織を離れて一人で活動するようになった。世界を股にかけて」

「どういう活動だ？」

「よくあるやつさ」シーモアは答えた。「悪党や有力者の警護。革命家や狂信者用の爆弾製造。クインの姿をちらっと目にすることもたまにあったが、たいていは、うちのレーダーにひっかからないところで動いていた。やがて、イランの情報省がやつをテヘランに招請し、そこで、キング・サウル通りの登場となった」

シーモアはブリーフケースの留め金をはずすと、わずか一ページの報告書をとりだしてコーヒーテーブルに置いた。ガブリエルはそれを見て眉をひそめた。

「それも〈オフィス〉のルールに違反している」

「なんのことだ？」

「〈オフィス〉の機密書類を安全でないブリーフケースで持ち運ぶこと」ガブリエルは書類を手にとって読みはじめた。次のような内容だった。リアルＩＲＡの元メンバーで、オマーの爆弾テロの首謀者だったエイモン・クインはイランの情報省に雇われ、イラクで英米軍に対して使用するための殺傷能力の高いロードサイド爆弾を製造した。レバノンではヒズボラの依頼で、ガザ地区ではハマスの依頼で、同じく爆弾作りに関わった。さらにイエメンまで出かけ、小型の液体爆弾を作ろうとするアラビア半島のアルカイダに手を貸した。このタイプの爆弾ならアメリカのジェット旅客機に持ちこむことができる。報告書の最後に、クインは世界最悪の危険人物の一人で、ただちに排除する必要あり、と書かれていた。

「ウージの提案に応じればよかったのに」

「あとでなら、なんとでも言えるさ。だが、わたしはあれこれ言うつもりはない。ウージは結局、この仕事をきみにやらせただろう」

ガブリエルは報告書を細かくちぎった。

「それではまだ用心が足りないぞ」

「あとで燃やしておく」

「頼みがある。ついでにエイモン・クインも燃やしてくれ」

ガブリエルはしばらく無言だった。「わたしが現場に出る日々はもう終わった」ようやく言った。「いまはきみと同じく、デスクワークが中心だ、グレアム。それに北アイルランドにはなじみがない」

「だったら、きみのために相棒を見つける必要がありそうだ。あのあたりに詳しい人物を。必要に応じて地元民に化けられる人物。エイモン・クインを個人的に知っている人物」シーモアは言葉を切り、さらに続けた。「この条件にあてはまる男を誰か知らないかね?」

「知らん」ガブリエルは無愛想に言った。

「わたしは知っている。ただ、小さな問題がある」

「どんな?」

シーモアは微笑した。「そいつは死んでしまった」

8

グレゴリアーナ通り、ローマ

「本当に死んだのかな?」

シーモアはブリーフケースから写真を二枚とりだして、一枚をコーヒーテーブルに置いた。ヒースロー空港で入国審査を受ける中肉中背の男性が写っていた。

「この男に見覚えは?」シーモアが訊いた。

ガブリエルは無言だった。

「きみだ。もちろん」シーモアは写真の下に表示されている年月日を指さした。「去年の冬、マデライン・ハート事件のときに撮ったものだ。きみは事件を嗅ぎまわろうとして、英国にこっそり入りこんだ」

「そのとおりだ、グレアム。わたしもちゃんと覚えている」

「だったら、マデライン・ハート捜しをコルシカ島から始めたことも覚えてるはずだ。当然だよな。マデラインはコルシカ島で姿を消したのだから。きみは島に着いてほどなく、アントン・オルサーティという男に会いに行った。ドン・オルサーティは島でもっとも勢力を持つ組織犯罪のファミリーを率いている。暗殺を専門とするファミリーだ。ドンはマデラインを拉致した犯人グループに関する貴重な情報をきみにくれた。ついでに最高の腕を持つ暗殺者も貸してくれた」シーモアは微笑した。「思いだしたかね？」

「わたしを監視していたわけか」

「遠くからこっそりと。きみはわたしの依頼を受けて、英国首相の愛人を捜していたのだから」

「愛人とはちょっと違う。彼女は――」

「コルシカ島のあの暗殺者は興味深い男だ」シーモアはガブリエルの言葉をさえぎった。「本当はコルシカの人間ではない。話し方は島民そのままだがね。生まれは英国、特殊《S》空挺《A》部隊《S》の元隊員で、一九九一年一月、イラク西部で友軍からの誤爆を受けたあと戦場を離れた。英国軍部はその男が死亡したものと思っている。気の毒なことに、男の両親も。だが、そんなことぐらい、きみはとっくに承知のはず」

シーモアは二枚目の写真をコーヒーテーブルに置いた。一枚目と同じく、ヒースロー空港を歩く男性が写っていた。ガブリエルより十センチほど背が高く、金髪を短く刈りこみ、肌はサドルレザーと同じ色、肩はがっしりとたくましい。

「撮影されたのは最初の写真と同じ日だ。その数分後。きみの友人はフランスの偽造パスポートで入国した。その日名乗っていた名前はエイドリアン・ルブラン。本名は――」

「言いたいことはわかった、グレアム」

シーモアは写真を重ねてガブリエルに差しだした。

「どうしろと言うんだ？」

「友情の記念に進呈しよう」

ガブリエルは写真を細かくちぎった〈オフィス〉の報告書の横に置いた。「いつから気づいていた？」

「英国の諜報機関では何年も前から、プロの殺し屋としてヨーロッパ全土で暗躍する英国人の噂を耳にしていた。名前がどうしてもわからなかった。〈オフィス〉が雇ったスパイだとは夢にも思わなかった」

「うちのスパイではない」

「ほう、じゃ、何なんだ？」

「昔は敵だったが、いまは友達だ」

「敵？」

「何年か前に、スイスの銀行家グループがわたしを殺そうとしてあいつを雇った」

「運がよかったと思いたまえ。クリストファー・ケラーはいったん契約したら、めったに失敗する男ではない。殺しの天才だ」

「あいつもきみのことを高く評価している」

下の通りでサイレンが高まって消えていくあいだ、シーモアは無言ですわっていた。ようやく言った。「ケラーとわたしは親しくしていた。わたしは快適なデスクでIRAと戦い、ケラーは現場でわたしの指令どおりに動いてくれた。英国の国土を守るために必要な任務を遂行し、最後に大きな代償を払うこととなった」

「あいつとクインはどういう関係なんだ？」

「ケラーからじかに聞くといい。わたしの口から正確に伝えられるかどうか、自信がない」

突風で雨粒が窓に叩きつけられた。室内の明かりが明滅した。

「まだ何も承諾した覚えはないが、グレアム」

「だが、承諾するさ。いやだと言うなら、きみの友人を鎖で縛って英国にひきずって帰り、政府にひきわたして裁判にかけることにする」

「どんな罪で？」

「軍を脱走したプロの殺し屋だ。罪状をでっちあげるぐらい簡単さ」

ガブリエルは微笑しただけだった。「きみのような立場の人間が無意味な脅しをかけるのはよくないな」

「そんなことはしていない」

「ケラーは首相の私生活を知りすぎてるから、脱走云々という罪で裁判にかけるのはまず無理だ。何か他の利用法を考えてるんじゃないのかい？」

シーモアは何も答えなかった。ガブリエルは尋ねた。「そのブリーフケースには他に何が入ってるんだ？」

「エイモン・クインの経歴を記した分厚いファイルだ」

「われわれに何をしろと？」

「何年も前にやっておくべきだったことを。一刻も早くクインを排除してくれ。ついでに、誰がプリンセスの殺害を命じて資金を出したのかも突き止めてほしい」

「クインが闘争に復帰したのかもしれん」

「アイルランド統一のための闘争？」シーモアは首を振った。「その闘争はもう終わった。たぶん、誰かに金で雇われてプリンセスを殺したのだろう。暗殺に関する基本ルールは、きみもわたしもよく知っている。重要なのは誰が銃を撃ったかではない。銃弾の金を誰が払ったかだ」

ふたたび突風が窓を叩いた。明かりが揺らいで消えた。二人のスパイは黙りこんだまま、闇のなかで数分間すわっていた。

「誰がそんなことを言った？」最後にガブリエルが訊いた。

「そんなこととは？」

「銃弾に関するコメント」

「たしか、エリック・アンブラーだったと思う」

沈黙が流れた。

「わたしにはほかに予定があるんだ、グレアム」

「わかっている」

「妻が妊娠中だ。出産が近い」

「ならば、急いで任務を遂行しろ」

「たぶん、ウージもすでに承知したんだろうな」

「あちらが言いだしたことだ」

「わたしが長官に就任したらさっそく、ウージに厄介な任務を押しつけてやる」

稲妻がシーモアのチェシャー猫みたいな笑みを照らしだした。やがて闇が復活した。

「キッチンでワインオープナーを捜していたとき、ろうそくを見たような気がする」

「わたしは闇が好きなんだ」ガブリエルは言った。「思考が明快になる」

「何を考えてる？」

「妻にどう言えばいいかを考えているところだ」

「他には？」

「ある。プリンセスがあの船に乗ることを、クインはどうやって知ったのだろう？」

9

ベルリン――コルシカ

ベルリンのサヴォイ・ホテルは街でいちばん洗練された通りにある。入口から通りまで赤いカーペットが敷かれ、ホテルの前に並んだ赤いパラソルの下に赤いテーブルが置いてある。前日の午後、ケラーは有名俳優がそこでコーヒーを飲んでいるのを見かけたが、今日は誰もいなかった。鉛色《なまり》の雲が低く垂れこめ、冷たい風が街路樹に残った葉を散らしている。ベルリンの短い秋が終わろうとしている。もうじきまた冬になる。

「タクシーでございますか、お客さま」

「いや、いい」

ケラーはホテルのボーイに五ユーロ札を握らせてから、通りを歩きはじめた。チェックインのときはフランスの偽名を使い、映画の世界を取材中のフリージャーナリストということにした。滞在は一泊だけ。その前夜はザイフェルトという質素なホテルに泊まり、そのまた前夜はベッラ・ベルリンという狭苦しいペンションで眠れぬ一夜を過ごした。この三つには共通点があった。いずれもケンピンスキー・ホテルの近くにある。ケンピンスキーがケラーの目的地だった。いまからそこでリビア人に会おうと思っている。リビア内戦ののち、現金と宝石の詰まったスーツケースを二個持ってフランスへ逃亡した独裁者カダフィの、かつて側近だった男である。男は高金利という条件でフランスの実業家二人に二百万ドルを預けていたが、実業家たちはリビア人との取引にうんざりしていた。また、残虐な男という過去の噂に怯《おび》えていた。反体制派の人間の目に杭《くい》を突き刺して喜んでいたという噂がある。実業家たちはドン・アントン・オルサーティに助けを求め、ドンは自分が抱えている暗殺者のなかでもっとも優秀な男に仕事を任せた。ケラー自身も正直なところ、この契約の遂行が楽しみだった。すでに故人となったリビアの独裁者にも、政権を支えた悪党どもにも、けっしていい感情を持ったことがなかった。カダフィはさまざまな組織のテロリストを砂漠のキャンプに招いて訓練を受けさせたが、そこにはIRA暫定派のメンバーも含まれていた。また、IRAに武器や爆薬を供給していたのもカダフィだった。IRAの爆弾テロに使われるセムテックスのほぼすべてがリビアから来ていた。

ケラーはカントシュトラーセを横断し、地下駐車場に続くランプを下りた。地下二階まで行くと、防犯カメラに映る心配のない場所に、オルサーティの組織の者が用意してくれた黒のBMWが置かれていた。車のトランクにサイレンサーつきのヘッケラー&コッホ九ミリが入っていた。グローブボックスにはケンピンスキー・ホテルの客室すべてのドアがあけられるカードキー。ホテルのランドリー部門で働くガンビア出身の男に組織の者が五千ユーロ握らせて手に入れたものだ。ガンビアの男の説明によると、これが使えるのは四十八時間だけ。それが過ぎるとコードが変更され、従業員全員に新しいカードキーが配られる。ケラーはガンビア出身の男が真実を語っているよう願った。もし嘘なら、ケンピンスキーのランドリー部門にほどなく空きが出ることになる。

拳銃とカードキーをブリーフケースにすべりこませた。それから、ボストンバッグをBMWのトランクに入れ、ランプをのぼって通りに出た。ケンピンスキーはファザーネンシュトラーセを百メートルほど行ったところにある大きなホテルで、入口がラスベガスばりのまばゆいライトに照らされ、クアフュルステンダムに面した側がパリふうのカフェになっている。テーブルの一つにリビア人がすわっていた。六十歳ぐらいの男と、漆黒の髪にクレオパトラのような化粧をした、昔は美しかっただろうと思われる女が一緒だった。男はカダフィに仕えていたころの古い仲間という感じ。女は美貌に神経を配っているが、表情はひどく退屈そうだ。おそらく、同席している男の愛人だろう。リビア人のほうは金髪の女が好みだ。金のかかるプロの女。

ケラーは数台の街頭防犯カメラを意識しつつホテルに入った。カメラに映っても気にすることはない。今日は黒っぽいウィッグと度の強い眼鏡で変装している。チェックインしたばかりと思われる客が五人、エレベーターを待っていた。ケラーは先に来たエレベーターをそちらに譲り、次のエレベーターに一人で乗りこんで五階まで上がった。扉が開くと、ホテルの孤独な部屋に戻るのは気が重いという表情で廊下に出た。清掃スタッフが一人、のろのろと会釈をよこしたが、それを別にすれば廊下は無人だった。カードキーはケラーのオーバーの胸ポケットに入っている。五一八号室まで行ってキーをとりだし、スロットにすべらせた。緑色のライトがついて電子ロックがはずれた。ガンビア出身の男の命が延びた。

部屋は掃除をしたばかりだった。それでも、リビア人の強烈なコロンの臭いが残っていた。ケラーは窓辺へ行き、通りを見おろした。リビア人と連れの二人はいまもカフェにいる。テーブルの皿はすでに空《から》になり、コーヒーが運ばれてきていた。あと十分。いや、もっと早いかもしれない。

ケラーは窓に背を向けて室内をゆっくり見まわした。ケンピンスキーご自慢の部屋だろうが、はっきり言って、平凡そのものだ。ダブルベッド、ライティングデスク、テレビ棚、ロイヤルブルーのアームチェア。壁は分厚いので物音が隣室に伝わる心配はないが、弾丸を食い止められるほどの厚さはない。たとえ人体を貫通した弾丸であっても。そのため、ケラーのヘッケラー&コッホには一二四グレインのホロー・ポイント弾がこめてある。命中の衝撃で弾頭がつぶれて広がるタイプだ。これなら、命中した弾丸はそこにとどまってくれる。万が一撃ち損じたとしても、鈍い音を立てて壁にめりこむだけだ。

窓辺に戻ると、リビア人と連れの二人が席を立つところだった。六十歳ぐらいの男がリビア人と握手をしていた。漆黒の髪の女は通りに並ぶ高級ブランドショップのウィンドーに見とれていた。ケラーはずっしりと重いカーテンを閉めると、ロイヤルブルーのアームチェアに腰を下ろし、ブリーフケースからＨＫをとりだした。廊下から清掃スタッフのカートのきしむ音が聞こえてきた。やがて、あたりが静まりかえった。ケラーは腕時計に目をやり、時間を確かめた。あと五分。いや、もっと早いかもしれない。

コルシカ島にうららかな陽光が降りそそぐなか、昨夜マルセイユを出航したフェリーがアジャッキオの港にゆっくり入った。ケラーは乗客の列に並んで船を降り、駐車場へ向かった。古びたルノーのステーション・ワゴンがそこに預けてある。窓もボンネットも土《つち》埃《ぼこり》をかぶっている。風に乗って北アフリカから飛んできたのだろう。首にかけている小さな赤珊瑚《さんご》に思わず手を触れた。コルシカ島の人々は、このお守り《タリスマン》には邪眼《オッキユ》を撃退するパワーがあると信じている。ケラーも信じている。ただ、ケラーがリビア人を殺害した翌朝に北アフリカの土埃が車を覆ったとなれば、タリスマンには彼を守る力がなかったことになる。ケラーの住む村には、邪悪なものを追い払う能力を備えた〝霊能者《シニヤドーラ》〟と呼ばれる老女がいる。あまり会いたくない相手だ。過去と未来をのぞき見る能力もあるからだ。老女はケラーの本当の姿を知るわずかな島民の一人だ。膨大な数にのぼるケラーの罪状と悪行を知っているし、ケラーの死期とその状況までも知っている。ただ、それだけは口が裂けても教えようとしない。「わたしの出る幕じゃないからね」老女はろうそくの燃える客間でケラーに向かってささやくのだった。「それに、人生にどんな終わりが待っているかを知れば、その後の人生が狂ってしまう」

ケラーはルノーの運転席に乗りこみ、島の西側の入り組んだ海岸線沿いに車を走らせた。右手にはターコイズブルーの海、左手には高くそびえる山々。退屈しのぎに、ラジオのニュースに耳を傾けた。ベルリンの高級ホテルでリビア人が殺されたというニュースはなかった。まだ死体発見にも至っていないのかもしれない。ケラーは物音一つ立てずに殺害をやってのけ、部屋を出るときに〝起こさないでください〟のカードをドアノブにかけておいた。いずれ、ケンピンスキーのスタッフがドアをノックすることだろう。返事がないので部屋に入ると、大切な宿泊客の心臓に弾丸が二発、額に一発撃ちこまれている。もちろん、すぐさま警察に電話をし、警察は急いで捜査にとりかかる。捜査線上に浮かぶのは、客室に入るところを目撃されている黒っぽい髪と口髭《くちひげ》の男。殺害の直後だったら男の足どりをつかめたかもしれないが、その姿はすでにティーアガルテンの鬱蒼《うっそう》たる暗がりに消えている。男の身元は結局わからないままだろう。

ケラーは海岸線に沿ってポルトの町まで行き、そこから島の奥へ向かった。今日は日曜、道路はすいていて、丘の上の町々では教会の鐘が鳴り響いていた。島の中央部の小高い場所にオルサーティ一家の住む小さな村がある。ヴァンダル族が侵入し、海辺の島民が安全を求めて山のほうへ移動した時代に、この村ができたと言われている。村では時間の流れが止まっているかのようだ。子供たちは一日じゅう外で遊んでいる。変質者などいないからだ。違法薬物もない。村でドラッグを密売してオルサーティ一家の怒りを買うような売人はどこにもいない。島にはなんの変化もなく、充分な働き口もない。しかし、水と空気がきれいで、景色がよくて、安全だ。人々はおいしいものを食べ、自家製ワインを飲み、子供や年長者と過ごす時間を楽しんでいる。コルシカ島を長く留守にすると、ケラーは島の人々が恋しくなる。島民と同じ服装をし、コルシカ方言を同じようにしゃべり、夜になって村の広場でペタンクに興じるときは、誰かがフランス人やイタリア人を話題にするたびに、みんなと同じように嫌悪の表情で首を振る。村人たちはかつてケラーを〝英国人〟と呼んでいた。いまはただの〝クリストファー〟。仲間にしてもらえたのだ。

オルサーティ一家の古い屋敷はオリーブの木々が茂る村はずれの小さな峡谷にあり、このオリーブからは島で最高のオイルがとれる。銃を持った用心棒が二人、門の前で見張りに立っていた。ケラーの運転する車が門を通り抜けて屋敷への長い車道を進みはじめると、二人は恭しく帽子に手を当てた。ラリチオ松が前庭に影を落としていたが、塀に囲まれた庭では、一家の伝統となっている日曜のランチのために用意された長いテーブルにまばゆい太陽が降りそそいでいた。いまのところ、テーブルは無人だった。みんな、まだ教会のミサに出ているのだろう。教会と縁を切ったドンだけが二階の彼の部屋にいた。ケラーが入っていくと、ドンはオーク材の大きなデスクの前にすわり、革表紙の元帳に目を通しているところだった。肘のところに、オルサーティのオリーブオイルが入った華美なボトルが置いてある。オリーブオイルは一家の合法的なビジネスで、ドンはこれを隠れ蓑《みの》にして、殺しで得た金をロンダリングしている。

「ベルリンはどうだった？」ドンは顔も上げずに訊いた。

「寒かった」ケラーは答えた。「だが、うまくいった」

「面倒は？」

「なかった」

オルサーティは微笑した。元帳を閉じ、黒い目をケラーの顔に据えた。身につけているのはいつもと同じで、ぱりっとした白いシャツ、淡い色合いのコットンで仕立てたゆったりめのズボン、地元の露天市で売っているような革のサンダル。豊かな口髭はきれいに整えられ、硬い黒髪はヘアトニックで艶やかに光っている。昔から日曜の身だしなみにはひときわ神経を遣《つか》う男だ。信仰は捨ててしまったが、安息日の神聖さは大切にしている。この日は悪態をつかないよう心がけ、善なることだけを考え、お抱えの殺し屋連中にも仕事をさせないことにしている。ケラーはもともと英国国教徒で、それゆえ異端者とみなされているが、その彼にとっても、ドンの命令は絶対だ。最近も、ワルシャワで余分に一泊しなくてはならないことがあった。標的だったロシアのギャングを安息日に殺すことを、ドン・オルサーティが許可してくれなかったからだ。

「昼飯までゆっくりしていけ」ドンが言っていた。

「ありがたいお誘いだが、ドン・オルサーティ、迷惑をかけては申しわけない」

「あんたが？　迷惑？」ドン・オルサーティはくだらんと言いたげに手を振った。

「疲れてるんだ」ケラーは言った。「フェリーの揺れがひどかった」

「寝られなかったのか」

「ドンはどうやら、最近フェリーに乗ったことがないようだな」

たしかにそうだ。アントン・オルサーティが警備の行き届いた屋敷の塀の外へ出ることはめったにない。問題を抱えた人間は向こうからドンを訪ねてくる。ドンは彼らを帰らせる。もちろん、高い料金をとったうえで。分厚い茶封筒をとってケラーの前に置いた。

「それは？」

「クリスマスのボーナスだと思ってくれ」

「まだ十月だぞ」

ドンは肩をすくめた。ケラーは封筒を開いてなかをのぞいた。百ユーロ札の束が入っていた。テーブルの真ん中へ封筒を押しやった。

「このコルシカでは」ドンが渋い顔で言った。「贈り物を突き返すのは不作法とされる」

「贈り物は必要ない」

「とっておけ、クリストファー。それだけの働きをしたんだから」

「金はもう充分にもらった、ドン・オルサーティ。夢にも思わなかったほどの大金を」

「しかし？」

ケラーは無言ですわったままだった。

「冒険せねば得るものもなし」ドンの頭にはコルシカの諺《ことわざ》が無限に詰まっているらしい。

「何が言いたい？」

「話すんだ、クリストファー。何を悩んでおるのか、正直に話せ」

ケラーは札束を凝視し、ドンの視線を意識的に避けていた。

「いまの仕事がいやになったのか」

「そういうことではない」

「休暇をとったほうがいいかもしれん。合法的なビジネスのほうに精を出してみるかね？」

「オリーブオイルは解決にはならない、ドン・オルサーティ」

「すると、やはり問題があるわけか」

「そんなことは言ってない」

「言わなくてもわかる」ドンはケラーをじっと見た。「歯を抜けば痛みも消えるぞ」

「歯医者の腕が悪くなければ」

「腕の悪い歯医者より厄介なのが悪い仲間だ」

「悪い仲間を持つよりは、一人ぼっちのほうがいい」ケラーは悟ったような口調で言った。

ドンは微笑した。「あんた、生まれは英国かもしれんが、魂はコルシカ人だな」

ケラーは立ちあがった。ドンが封筒を押してよこした。

「昼飯までゆっくりしていけばいいのに」

「予定がある」

「どんな予定か知らんが、あとまわしにしろ」

「なぜ？」

「あんたに客が来ている」

客の名前を尋ねる必要はなかった。ケラーが生きていることを知っている人間はごくわずかだし、予告もなく訪ねてくるのは一人だけだ。

「いつこっちに？」

「ゆうべ」ドンは答えた。

「なんの用だろう？」

「何も言っていなかった」ドンは狼《おおかみ》のように鋭い目でケラーをじっと見た。「わしの目の錯覚かもしれんが、あんた、急に機嫌がよくなったかい？」

ケラーは返事もせずに部屋を出た。ドン・オルサーティは出ていく彼を見守った。それからテーブルに視線を落とし、小さく悪態をついた。あの男、封筒を忘れていきおった。

10

コルシカ島

クリストファー・ケラーは金の扱いには昔から慎重だった。ざっと計算しただけでも、ドン・オルサーティの仕事で二千万ドル以上を稼ぎ、それを賢く運用して大金持ちになっていた。大部分はジュネーヴとチューリッヒの銀行に預けてあるが、モナコ、リヒテンシュタイン、ブリュッセル、香港、ケイマン諸島にも口座を持っている。ロンドンの大手銀行にも少額の預金をしている。ブリティッシュ・アクセントを持つ支店長はケラーのことを、コルシカ島で隠遁《いんとん》生活を送り、島を離れることがめったにない男だと思いこんでいる。フランス政府も同じ意見だ。ケラーは投資の運用益についても、オルサーティ・オリーブオイル・カンパニーの中欧市場担当の営業部長としてもらっている高額の給料についても、ちゃんと税金を納めている。フランスの選挙の投票に出かけ、フランスの慈善団体に寄付をし、フランスのスポーツチームを応援し、ときには、やむなくフランスの国民健康保険のお世話になることもある。前科はいっさいなく、免許証も無事故無違反。ある重大な点を除けば、クリストファー・ケラーは模範市民と言っていい。

スキーと登山が大の得意なので、フレンチ・アルプスにひそかにシャレーを所有していた時期もあった。現在の住まいは一軒だけ、オルサーティ家の峡谷から一つ離れた峡谷に立つ、ほどよい広さのヴィラだ。黄褐色の外壁、赤い屋根瓦《がわら》、ブルーの大きなプール、そして、朝は太陽がさんさんと降りそそぎ、午後は松の木立が日陰を作ってくれる広いテラス。ゆったりした部屋は田舎風のインテリアで居心地がよく、白、ベージュ、淡い黄色で統一されている。むずかしそうな本で埋まった本棚。ケラーは短期間だがケンブリッジで軍事史を専攻したことがあり、政治や現代の社会問題に関する本をむさぼるように読んでいたものだ。壁には現代アートと印象派のささやかなコレクション。いちばん価値があるのはモネの小さな風景画で、パリにある〈クリスティーズ〉のオークションハウスで人を介して購入した。いま、その絵の前に人が立っていた。片手を顎に当て、軽く首をかしげた人物はガブリエルだった。人差し指の先をなめ、絵の表面をこすってから、ゆっくり首を振った。

「何が気に入らない？」ケラーは訊いた。

「汚れがたまっている。クリーニングさせてくれないか。少し時間をくれれば――」

「いまのままが好きなんだ」

ガブリエルはジーンズで人差し指を拭いてから、ケラーと向きあった。ケラーのほうが十歳下で、背は十センチほど高く、体重は十五キロほど多い。肩と腕はみごとな彫刻のようなたくましい筋肉に覆われている。短い金髪は海風に漂白され、肌はこんがり焼けている。明るいブルーの目、角張った頬骨、がっしりした顎は中央に刻み目。唇にはつねに嘲笑《ちょうしょう》が浮かんでいるかに見える。忠誠心も、恐怖心も、倫理観も持たない男。ただし、友情と愛情がからめば話は別だ。自分の信念に従って生き、どうにか勝利を収めてきた。

「てっきりローマにいると思っていた」ケラーが言った。

「ローマにいたら、グレアム・シーモアがやってきた。見せたいものがあると言って」

「なんだった？」

「ヒースロー空港を歩いている男の写真」

ケラーの薄笑いが消え、ブルーの目が細められた。「シーモアはどこまで知っている？」

「何もかもだ、クリストファー」

「おれの身が危険なわけか」

「条件しだいだな」

「と言うと？」

「シーモアの仕事をきみがひきうけるかどうか」

「どんな仕事だ？」

ガブリエルは微笑した。「きみがいちばん得意とすること」

外のテラスはまだ太陽に支配されていた。二人は錬鉄《れんてつ》の小さなテーブルをはさんで、快適なガーデンチェアにすわっていた。テーブルにはグレアム・シーモアから渡された分厚いファイルがのっている。エイモン・クインという男のテロ活動を記したものだ。ケラーはまだそれを開こうとせず、目を向けようともしない。プリンセスの暗殺にクインが果たした役割をガブリエルが説明するのに聴き入っていた。

ガブリエルの説明が終わると、ケラーは昨年ヒースロー空港で撮られた自分の写真をかざした。「約束したくせに。おれたちが一緒に仕事をしてることはグレアムに極秘にしておく、と誓ってくれたじゃないか」

「わたしが言わなくても、向こうはすでに知っていた」

「なんでだ?」

ガブリエルは説明した。

「ずる賢い悪党め」ケラーはつぶやいた。

「英国の人間だからな」ガブリエルは言った。「当然だ」

ケラーはガブリエルに探るような視線を向けた。「変わったやつだな。こんな事態になったのに、よくまあ平然としていられるものだ」

峡谷の向こうから正午を告げる教会の鐘の音が流れてきた。ケラーは写真をファイルの上に置き、煙草に火をつけた。

「吸わずにいられないのか」ガブリエルは煙草のけむりを手で追い払った。

「おれにどんな選択肢がある？」

「禁煙して寿命を数年延ばすとか」

「グレアムの件だよ」ケラーはむっとした。

「このままコルシカに残り、グレアムがきみのことをフランス側に黙っててくれるよう期待する」

「もしくは？」

「エイモン・クイン捜しに協力する」

「そのあとどうなる？」

「ふたたび国に帰ることができる」

ケラーは片手を上げて峡谷のほうを示した。「ここがおれの故郷だ」

「本当の故郷じゃないだろ、クリストファー。幻想だ。見せかけだ」

「あんたもな」

ガブリエルは微笑しただけで何も言わなかった。教会の鐘の音はすでにやんでいた。ケラーは煙草を揉《も》み消すと、閉じたままのファイルを見おろした。

「おもしろく読めたかい？」

「じつにおもしろかった」

「登場人物のなかに誰か知りあいは？」

「グレアム・シーモアという名のＭＩ５の男」ガブリエルは言った。「それからＳＡＳの士官。コード名しかわからないが」

「どんな名前だ？」

「マーチャント」

「覚えやすいな」

「一九八〇年代の終わりごろ、西ベルファストに一年ほど潜入していたそうだ」

「なぜ潜入をやめた？」

「正体がばれたから。女がからんでいたらしい」

「そのあとどうなった？」

「マーチャントはＩＲＡに拉致されて辺鄙《へんぴ》な農場へ連れていかれ、尋問を受け、処刑された。農場は南アーマーにあった。そこにクインがいた」

風が出てきて松の木を揺らした。ケラーは手からすべり落ちていくものを見るような目で、彼が住む峡谷を眺めた。新しい煙草に火をつけ、それ以降のことを語った。

11

コルシカ島

ケラーを抜きんでた存在にしたのは言語の才能だった。外国語に堪能というのではなく、ベルファストの通りや北アイルランド六州のそれぞれに異なる英語を使い分けることができたのだ。地域によってアクセントが微妙に違うため、人間関係が濃密な狭い田舎でＳＡＳの人間が正体を見破られずに動くのはまず不可能だった。だから、ＳＡＳがＩＲＡのメンバーを追うときや張り込みをするときは〝フレッド〟を、これは〝地元の協力者〟を意味する軍隊用語だが、そうした協力者を使うしかなかった。だが、ケラーの場合は違っていた。北アイルランドのさまざまな方言を地元民並みの速さで大胆にまねる才能に恵まれていた。瞬時にアクセントを変えることもできた。アーマーに住むカトリック教徒から、ベルファストのシャンキル・ロードに住むプロテスタントへ、次はバリマーフィの公営団地に住むカトリックへ。その特異な才能が上官の目に留まらないはずはなかった。ほどなく、ＭＩ５で北アイルランド問題を担当している野心満々の若き諜報員の注意を惹《ひ》くこととなった。

「MI5の若き諜報員というのが、つまり、グレアム・シーモアのことだな」

ケラーはうなずき、さらに話を続けた。一九八〇年代後半、シーモアは北アイルランドに住む密告者からの情報だけでは満足できずにいた。自らの手で西ベルファストの危険地帯へエージェントを送りこみ、IRA幹部と有志たちの動きや交流に関する報告を入手したいと思っていた。通常のMI5職員にこなせる任務ではない。たった一つのミスが命とりになりかねない世界で、どう身を処すかを知っている人間でなくてはならない。ケラーはロンドンの隠れ家でシーモアと会い、任務に就くことを承知した。二カ月後、マイクル・コネリーという名のカトリック教徒に化けてベルファストに潜入。フォールズ・ロードで二部屋のフラットを借りた。隣の部屋に住んでいるのはIRAの西ベルファスト旅団のメンバーだった。英国軍がその建物の屋上に監視所を設けていて、最上階二つを兵舎、オフィスとして使っていた。〈トラブル〉と呼ばれる紛争のいちばんひどかった時期には、兵士たちはヘリで移動したものだった。「地獄だった」ゆっくり首を振りながら、ケラーは言った。「まさに地獄だった」

西ベルファストの住民の多くが職に就けずに失業手当で暮らしている時代だったが、ケラーはほどなく、フォールズ・ロードのクリーニング店で配達係として働きはじめた。おかげで、その近所や西ベルファスト界隈《かいわい》を動きまわっても怪しまれずにすみ、名の通った

ＩＲＡメンバーの自宅と洗濯物に近づけるようになった。めざましい成果だが、単なる偶然ではなかった。クリーニング店を所有・経営しているのが英国情報部だったのだ。

「情報部の極秘作戦の一つだった」ケラーは言った。「首相にさえ内緒だった。バンを何台も所有し、店の奥には盗聴装置とラボがあった。預かった洗濯物を一つ一つ検査して、爆薬の痕跡をチェックし、痕跡が見つかったら、洗濯物の持ち主と自宅を監視下に置くことになっていた」

ケラーは衰退した地域社会の人々と少しずつ近所づきあいを始めた。となりのＩＲＡメンバーが夕食に招いてくれるようになり、一度など、フォールズ・ロードのバーへ誘われたこともあった。組織への参加を執拗に勧められたが、言葉巧みに逃げた。聖パウロ教会のミサには欠かさず出席した。カトリックの儀式と教義については事前の訓練ですでに習得ずみだった。やがて、四旬節の雨の日曜日に、エリザベス・コンリンという美しい娘に出会った。父親はロニー・コンリン、バリマーフィ地区を統括するＩＲＡの指揮官だった。

「その娘と深い仲になったわけか」

「ならずにはいられなかった」

「よっぽど惚れてたんだな」

ケラーはゆっくりうなずいた。

「どうやって会っていた？」

「おれが彼女の寝室に忍びこむのさ。大丈夫なときは、彼女が窓に菫《すみれ》色のスカーフをかけておいてくれる。安普請《やすぶしん》の狭いテラスハウスで、壁なんか紙みたいに薄かった。となりの部屋から父親の立てる音が聞こえてきたほどだ。あのころは——」

「恋に狂ってたわけだ」ガブリエルは言った。

ケラーは無言だった。

「グレアムは知ってたのか」

「もちろん」

「打ち明けたのか？」

「打ち明けるまでもなかった。おれは常時、MＩ5とSASの監視下に置かれていた」

「女と別れるよう、グレアムに言われなかったかい？」

「はっきり言われた」

「で、どうした？」

「別れると答えた」ケラーは答えた。「一つだけ条件をつけて」

「最後にもう一度だけ彼女に会わせてほしいと言ったんだな？」

ケラーは黙りこんだ。やがてふたたび口を開いたときは、違う声になっていた。間延びした母音とがさつな口調は西ベルファストの労働者階級のものだった。いまの彼はクリストファー・ケラーではなく、マイクル・コネリーになっていた。フォールズ・ロードに住むクリーニング店の配達係、ＩＲＡ指揮官の美しい娘に恋をした男。最後の夜、ケラーはスプリングフィールド・ロードにバンを置き、コンリン家の庭の塀をよじのぼった。菫色のスカーフがいつもの場所にかかっていたが、エリザベスの部屋は暗かった。ケラーは音を立てないように窓をあけ、レースのカーテンをかきわけて、そっと忍びこんだ。次の瞬間、側頭部に斧《おの》を叩きつけられたような衝撃を受け、意識が遠のいた。最後に記憶に残ったのはロニー・コンリンの顔だった。

「ロニーがおれに向かって言っていた。おまえはもうじき死ぬんだ、と」

ケラーは縛られ、猿ぐつわをされ、フードをかぶせられて、車のトランクに放りこまれた。車は西ベルファストのスラム街を出て、南アーマーの農家へケラーを運んだ。到着すると、納屋へ連れていかれて叩きのめされた。それから椅子に縛りつけられ、尋問と裁判が始まった。ＩＲＡのなかでも悪名高き南アーマー旅団からやってきた四人の男が陪審だった。検事と判事と処刑人を務めるのはエイモン・クイン、英国兵士の死体から奪ったフィールドナイフで死刑を執行するつもりだった。爆弾を作らせればＩＲＡでクインの右に出る者はいないし、技術者としても最高だが、自分の手で人を殺すときはナイフを好んでいた。

「クインはこう言った。協力すれば楽に死なせてやろう。協力を拒むなら少しずつ切り刻んでやる」

「で、どうなった？」

「運に恵まれた。縛り方がぞんざいだったおかげで、逆におれがやつらを切り刻んでやった。一瞬のことだったから、向こうはやられたことに気づきもしなかっただろう」

「何人？」

「まず二人。それから、相手の銃を拾ってさらに二人を撃った」

「クインはどうなった？」

「利口なやつで、戦いの場から逃走した」

翌朝、英国軍のほうから、辺鄙な場所にあるＩＲＡの隠れ家が襲撃を受けて南アーマー旅団のメンバー四人が殺害されたとの発表があった。クリストファー・ケラーというＳＡＳ隊員が誘拐されたことは伏せてあった。英国情報部がひそかに所有していたフォールズ・ロードのクリーニング店のことも伏せてあった。ケラーは治療のために本土へ空路で搬送された。クリーニング店はいつのまにか閉店した。北アイルランドにおける英国の情報活動にとって大きな打撃だった。

「それで、エリザベスは？」ガブリエルは訊いた。

「二日後に死体となって発見された。頭を剃られ、喉を切り裂かれて」

「犯人は？」

「クインだという噂を聞いた。自分がやると強硬に言いはったらしい」

退院したケラーはヘレフォードのＳＡＳ本部に戻り、休養と体力回復に努めた。ブレコンズ・ビーコンズ国立公園へ出かけてへとへとになるまで長時間歩きつづけ、音を立てずに敵を殺す方法を新入隊員に指導したが、ベルファストでの経験がケラーを変えてしまったことはＳＡＳの上層部から見れば明らかだった。やがて、一九九〇年八月にサダム・フセインがクウェートに侵攻した。ケラーはかつての所属中隊に復帰し、中東へ赴いた。そして、一九九一年一月二十八日の夜、イラク西部の砂漠地帯でスカッドミサイルの発射台を捜索中に、彼の中隊が多国籍軍の戦闘機から攻撃を受けた。友軍による爆撃という悲劇。生き残ったのはケラーだけだった。激怒した彼は戦場を離れ、アラブ人に変装したのち、国境を越えてシリアに入った。そこから徒歩で西へ向かい、トルコ、ギリシャ、イタリアを横断し、最後はコルシカ島にたどりついてドン・アントン・オルサーティのもとに身を寄せた。

「やつを捜したことは？」

「クインを？」

ガブリエルはうなずいた。

「ドンに止められた」

「だが、きみはそれでひきさがる男ではない。そうだろう？」

「まあ、やつのキャリアを逐一追ってはきたけどな。ベルファスト合意のあと、やつがリアルＩＲＡに身を投じたことも、オマーの繁華街に爆弾を仕掛けたことも知っている」

「クインがアイルランドから逃げたあとは？」

「やつの居所を突き止めるために、おれは探索を続けた」

「成果は？」

「あった」

「なのに、一度もクインを殺そうとしなかったのか」

「まあな」ケラーは首を振った。「ドンに禁じられた」

「だが、いまチャンスがめぐってきたぞ」

「女王陛下の情報部のおかげで」ケラーはちらっと笑みを浮かべた。「皮肉だと思わないか」

「何が？」

「クインがおれをゲームから遠ざけ、今度は呼びもどそうとしている」ケラーは真剣なまなざしをガブリエルに向けた。「あんた、本気で首を突っこむつもりか」

「突っこんじゃいけないのかい？」

「個人的な問題だからな。そういうときは修羅場になりがちだ」

テラスが影に包まれていた。青いプールの水面に風が小さな波を立てていた。

「で、おれがひきうけたら？」ケラーが訊いた。「そのあとは？」

「グレアムが新たな英国籍をくれる。仕事も」ガブリエルはいったん言葉を切り、それからつけたした。「きみにその気があるなら」

「どんな仕事だ？」

「ご想像に任せよう」

ケラーは渋い顔をした。「あんただったらどうする？」

「話に乗る」

「そして、このすべてを捨てるのか」

「これは本物じゃないんだぞ、クリストファー」

峡谷の向こうから、一時を告げる教会の鐘の音が流れてきた。

「ドンにどう言えばいい？」

「わたしでは力になれない」

「なぜ？」

「個人的な問題だから」ガブリエルは答えた。「そういうときは修羅場になりがちだ」

その日、夕方六時にニースへ向けて出航するフェリーがあった。ガブリエルは五時半に乗船し、カフェでコーヒーを飲んでから、展望デッキに出てケラーを待った。五時四十五分になってもケラーは来ない。さらに五分、まだ来ない。そのとき、駐車場に入るおんぼろルノーがちらっと見えて、しばらくすると、たくましい肩にボストンバッグをかけたケラーが桟橋を駆けのぼってくるのが見えた。二人はデッキの手すりのそばに並んで立ち、アジャッキオの明かりが闇のなかへ遠ざかるのを見守った。柔らかな夜風がマッキアの香りを運んできた。マッキアとは、島の広い範囲に自生するスクラブオーク、ローズマリー、ラベンダーの豊かな茂みのことだ。ケラーは胸いっぱいに香りを吸いこみ、それから煙草に火をつけた。吐きだされた最初の煙が風にそよいでガブリエルの顔をなでた。

「きみが心変わりしたのかと心配していた」

「そして、あんた一人にクインを追わせると？」

「わたし一人では無理だというのか」

「おれがそんなこと言ったかい？」

ケラーはしばらく無言で煙草をふかした。

「ドンの反応はどうだった？」

「恩知らずの子供にまつわるコルシカの諺を次々と並べた。それから、おれが去ることを承知してくれた」

島の明かりが小さくなった。風にはもう潮の香りしかなかった。ケラーは上着のポケットに手を入れてコルシカ島のお守りをとりだし、ガブリエルのほうへ差しだした。

「シニャドーラからの贈り物だ」

「われわれはそういうものを信じないんだが」

「おれならもらっておくね。修羅場になるだろうと婆さんが予言してたぜ」

「どの程度の修羅場だ?」

ケラーは返事をしなかった。ガブリエルはお守りを受けとって首にかけた。島の明かりが、一つまた一つと消えていった。やがて真っ暗になった。

12

ダブリン

ガブリエルとケラーが翌日からとりかかった作戦は、厳密に言えば〈オフィス〉とMI6の合同作戦だが、英国側の役割は完全に闇のなかで、この件を承知しているのはグレアム・シーモアだけだった。そのため、船と飛行機の手配も、ダブリン空港の長期駐車場で二人を待っていたシュコダのセダンの用意も、〈オフィス〉が担当した。ガブリエルはまず車体の下側に手を這わせ、それから車に乗りこんだ。ケラーも助手席に乗りこみ、渋い顔でドアを閉めた。

「もう少しましな車が用意できなかったのか?」

「アイルランドでいちばん人気のある車だぞ。つまり、目立つ心配がない」

「銃は?」

「グローブボックスをあけてみろ」

ケラーは言われたとおりにした。ベレッタの九ミリが入っていた。装填済みで、予備の弾倉とサイレンサーが添えてあった。

「一挺《ちょう》だけ?」

「戦争に行くわけではない、クリストファー」

ケラーはグローブボックスを閉め、ガブリエルはイグニッションにキーを差しこんだ。エンジンがためらい、咳《せ》きこみ、ようやくかかった。

「やっぱり、シュコダで正解だったと思うかい?」ケラーが訊いた。

ガブリエルはギアを入れた。「どこから始める?」

「バリファーモット」

「バ、バリ……?」

ケラーは出口の標識を指さした。「あっちの方向」

かつてのアイルランド共和国は暴力犯罪とはほぼ無縁で、一九六〇年代の終わりまで、ガルダ・シーハーナと呼ばれる国家警察には警官が七千名しかおらず、ダブリン市に配置されたパトカーはわずか七台だった。犯罪と言っても、泥棒、すりなど、ささやかなものばかりで、たまに強盗事件が起きる程度のこと。暴力がからむ場合も、原因はたいてい痴情か酒、もしくは、この二つを合わせたものだった。

だが、北アイルランドの国境での紛争勃発によって状況が一変した。英国軍と戦うための資金と武器を求めてIRA暫定派が南部の銀行を襲うようになった。ダブリンのスラム街や住宅団地に住むコソ泥連中も暫定派のやり方をまねて大胆な武装強盗を働くようになった。警官数が少なく装備の点でも劣る警察は、IRAと地元の犯罪組織という二重の脅威の前にたちまち屈服した。一九七〇年代のアイルランドには、平穏な日々はもはやなかった。犯罪者と革命家が好き勝手に動きまわる暗黒街になっていた。

一九七九年、アイルランドから遠く離れた場所で起きた二つの事件によって、この国は前以上の無法地帯となり、社会の混乱もひどくなった。事件その一はイラン革命。その二はソ連のアフガニスタン侵攻。その結果、西欧諸国の都市に安物のヘロインが大量に出まわるようになった。ドラッグがダブリン南部のスラム街に入りこんだのは一九八〇年代。その一年後には北部のゲットーもドラッグに蝕《むしば》まれていた。常用者がクスリを手に入れようとあがくなかで、人生が破滅し、家族が崩壊し、犯罪率が急激に高まった。ヤク中が市街地で銃撃戦をくりひろげ、密売人が王になるという、地獄の荒廃地になっていった。

一九九〇年代に経済が飛躍的な発展を遂げたおかげで、ヨーロッパの最貧国だったアイルランドはすばらしく裕福になったが、好景気とともに麻薬の需要も増加した。とくに人気だったのがコカインとエクスタシー。昔のギャングの親分にかわって新たな大物が台頭し、縄張りと市場のシェアをめぐって血みどろの戦いを始めた。昔のアイルランドのギャングは、自分の意見を押し通すさいに銃身を切りつめたショットガンを使ったものだが、暗黒街の新たな戦士たちはＡＫ47やその他の重火器で武装した。マシンガンで蜂の巣にされた死体が住宅団地の通りにころがるようになった。二〇一二年の警察の統計によると、二十五の麻薬組織がアイルランドで死の商売に励んでいるという。一部の組織は海外の組織犯罪グループと組んで利益をむさぼり、ＩＲＡ暫定派の残党もそこに含まれている。

「連中はドラッグに反対だと思っていたが」ガブリエルは言った。

「あっちはそうかもしれんが」北のほうを指さして、ケラーが言った。「こっちの共和国では事情が違う。リアルＩＲＡなど、はっきり言って、ただの密売組織さ。ときにはじかにクスリを売買する。ときにはみかじめ料のとりたてをやる。いちばん多いのは、売人を脅して金を巻きあげることかな」

「資料に出てきたリーアム・ウォルシュという男だが。どういうやつなんだ？」

「あれやこれやとやっている」

いまは夕方のラッシュアワー、対向車のヘッドライトが雨でぼやけていた。だが、ガブリエルが予想したほどのラッシュではなかった。たぶん不況のせいだろう。アイルランドの経済の停滞ぶりはどこよりもひどい。麻薬商売の連中ですら痛手を受けている。

「ウォルシュは根っからの共和国支持者だ」ケラーが説明していた。「父親がＩＲＡだったし、親戚や兄弟もそうだった。ＩＲＡの内部分裂後、リアルＩＲＡに加わり、紛争が事実上終結すると、ダブリンへ移って麻薬商売で財をなした」

「クインとの結びつきは？」

「オマーだ」ケラーは右のほうを指さした。「そこで曲がれ」

車はケネルズフォート・ロードに入った。両側に二階建てのテラスハウスが並んでいる。アイルランドの経済発展とは無縁だったようだが、スラム街というほどではない。

「このあたりがバリファーモットかい？」

「パーマーズタウンだ」

「どっちへ行けばいい？」

ケラーは片手を振って、まっすぐ進むようガブリエルに指示した。灰色の低い倉庫が立ち並ぶ工業団地のへりをまわるとバリファーモット・ロードに出た。その先にみすぼらしい商店街があった。バーゲン中のデパート、バーゲン中のリネンショップ、バーゲン中の眼鏡店、フィッシュ&チップスの店。通りの向かいにはスーパーの〈テスコ〉、その隣はノミ屋。黒革のコート姿の男が四人、入口にたむろしている。いちばん小柄なのがリーアム・ウォルシュだ。煙草を吸っていた。あとの三人も吸っている。ガブリエルは〈テスコ〉の駐車場に入り、空いたスペースに止めた。そこからだとノミ屋がよく見える。

「エンジンはかけたままのほうがいい」ケラーが言った。

「どうして？」

「二度とかからなくなる恐れがある」

ガブリエルはエンジンを切ってヘッドライトを消した。フロントガラスを雨が激しく叩いていた。数秒後、リーアム・ウォルシュの姿がぼやけた万華鏡のような光のなかに消えた。ガブリエルがワイパーを動かすと、ふたたび姿が見えるようになった。ノミ屋の外で黒のベンツが止まった。運転席の窓が開き、ウォルシュがなかの男に話しかけた。

「なかなか立派な人物に見える」ガブリエルは低い声で言った。

「本人もそう見せようとしている」

「だったら、なんでノミ屋の表に立ってるんだ?」

「自分の縄張りに目を光らせてることを他のギャング連中に教えておきたいのさ。去年、まさにあの場所で商売敵がやつを殺そうとした」

ベンツが走り去った。リーアム・ウォルシュは雨の当たらない入口に戻った。

「一緒にいるイケメンどもは何者だい?」

「左の二人は用心棒。あと一人はやつの片腕」

「リアルIRAのメンバー?」

「骨の髄まで」

「銃を持ってるだろうか」

「当然だろ」

「さて、どうする?」

「ウォルシュが動くのを待つ」

「ここで？」

ケラーは首を振った。「駐車中の車のなかでじっとしてるおれたちを見たら、あいつら、警察か商売敵のギャングだと思うだろう。そうなったら、こっちの命はない」

「だったら、ここでじっとしてるのはやめたほうがいいな」

ケラーは通りの向こうにあるフィッシュ＆チップスの店のほうを頭で示してから、車を降りた。ガブリエルもあとに続いた。二人で道路脇に立ち、ポケットに両手を突っこみ、頭を下げて吹き降りの雨を避けながら、車の流れがとぎれるのを待った。

「やつら、こっちをじっと見てるぜ」ケラーが言った。

「きみも気がついたか」

「気づくに決まってんだろ」

「ウォルシュはきみの顔を知ってるのか」

「いまはな」

車の流れがとぎれた。二人は道路を渡ってフィッシュ＆チップスの店の入口へ向かった。

「あんたはしゃべらんほうがいい」ケラーが言った。「異国から人々が押し寄せるような土地ではないからな」

「わたしの英語は完璧だぞ」

「そこが問題なんだ」

ケラーはドアをあけて先に店に入った。狭い店で、床のリノリウムはひび割れ、壁紙ははがれかけていた。脂の臭い、澱粉《でんぷん》の臭い、濡れたウールのかすかな臭いがこもっている。カウンターにかわいい女の子がいて、窓際のテーブルが空いていた。ガブリエルが表の通りに背を向けてすわるあいだに、ケラーがカウンターへ行き、ダブリン南部のアクセントで注文をした。

「みごとなものだ」戻ってきたケラーにガブリエルは低く言った。「一瞬、《ホエン・アイリッシュ・アイズ・アー・スマイリング》を歌いだすんじゃないかと思った」

「あのかわいい女の子から見れば、おれは生粋のアイルランド人だ」

「そうだな」ガブリエルは疑わしげに言った。「ならば、わたしはオスカー・ワイルドだ」

「おれがアイルランド人に見えないっていうのか」

「太陽の下で長いバカンスを楽しんできたアイルランド人ぐらいには見えるかもな」

「おれもそれで行くつもりだった」

「バカンスを過ごした場所は？」

「マヨルカ島。アイルランド人はマヨルカが大好きでね。ギャング連中はとくに」

女の子がテーブルにやってきて、フライドポテトの皿とミルクティーのカップ二個を置いた。立ち去ろうとしたとき、ドアが開き、顔色の悪い二十代半ばの男二人が雨の戸外から飛びこんできた。一瞬遅れて、濡れたコートにタウンシューズの女性が入ってきた。男たちはケラーとガブリエルの近くのテーブルにすわり、ガブリエルにはほぼ理解不能の方言で話を始めた。女性は店の奥にすわった。紅茶だけ注文して、くたびれたペーパーバックを読みはじめた。

「外の様子は？」ガブリエルは訊いた。

「さっきの四人がノミ屋の前に立ってる。一人は雨にうんざりという顔だ」

「ウォルシュの家はどこだ？」

「それほど遠くない。にぎやかな場所に住むのが好きらしい」

ガブリエルは紅茶を飲み、まずそうな顔をした。ケラーがポテトの皿を押してよこした。

「少し食え」

「やめておく」

「なんで？」

「子供の誕生を見届けるまで生きていたい」

「なるほど」ケラーは微笑した。「その年になると、食いものには気をつけないとな」

ガブリエルはさらに紅茶を飲んだ。ケラーはポテトをつまんだ。「南仏のポテトに比べるといまいちだな」とつぶやいた。

「レシート、もらったか？」

「なんでレシートが必要なんだ？」

「ＭＩ６の経理がひどく細かいという噂を聞いたものでね」

「ＭＩ６にこだわるのはやめてくれ。おれはまだ決心してないんだぜ」

「他人に決めてもらうのがいちばんという場合もある」

「ドンみたいな言い方だな」ケラーはまたポテトをつまんだ。「経理の話は本当か」

「会話がとぎれないようにしただけさ」

「おたくの経理はきびしいのかい？」

「最悪」

「だが、あんたにはきびしくない」

「まあね」

「だったら、シュコダよりましな車を用意してくれてもよかったのに」

「シュコダで上等だろ」

「やつがトランクにちゃんと収まればいいが」

「必要なら、蓋をばんばん叩けばいい」

「隠れ家のほうは？」

「すてきなところだ。保証する」

ケラーは信じないぞと言いたげだった。ポテトをもう一個とったが、考えなおして皿に戻した。

「おれの背後の様子は?」ケラーは尋ねた。

「ガキ二人はわけのわからん言葉でしゃべってる。女は本を読んでる」

「なんの本だ?」

「きっとアイルランドの作家だ。ジョン・バンヴィルあたりかな」

ケラーはバリファーモット・ロードに視線を据えたままでうなずいた。

「何が見える?」ガブリエルは訊いた。

「ノミ屋の外に男が一人立ってる。あと三人は車に乗りこむところだ」

「車種は?」

「黒のベンツ」

「シュコダよりましだな」

「はるかにいい」

「さて、どうする?」

「ポテトは残して、紅茶を飲む」

「いつ?」

ケラーは立ちあがった。

13

バリファーモット、ダブリン

二人は発泡スチロールのコーヒーカップを〈テスコ〉の駐車場のごみ箱に捨てて、シュコダに乗りこんだ。今度はケラーの運転だった。この界隈はケラーのほうが詳しい。バリファーモット・ロードの車の流れに加わり、そのあいだを巧みに縫ってベンツの三台うしろについた。片手をハンドルの上部に、反対の手をシフトレバーにかけて、冷静な運転だ。まっすぐ前を見ている。ガブリエルはサイドミラーに視線を据え、背後の車の流れを監視していた。

「どうだ？」ケラーが訊いた。

「みごとだ、クリストファー。ＭＩ６の優秀なエージェントになれる」

「おれが訊いたのは、この車が尾行されてないかどうかだよ」

「されてない」

ケラーはシフトレバーから手を放し、その手で上着のポケットから煙草をとりだした。

ガブリエルはバイザーについている黒と黄色の注意書きを軽く叩いた。「この車は禁煙」

ケラーは煙草に火をつけた。ガブリエルは煙を追いだすために窓を少しあけた。

「ベンツが止まろうとしてるぞ」ガブリエルは言った。

「見ればわかる」

ベンツは新聞販売店の外にある駐車場に入った。数秒ほど誰も出てこなかった。やがて、うしろの助手席側からリーアム・ウォルシュが降り、販売店に入っていった。ケラーは五十メートルほど先まで行って、ピザの持ち帰り専門店の外で車を止めた。ヘッドライトを消したが、エンジンはかけたままにしておいた。

「ウォルシュのやつ、家に帰る前に買いたいものがあったのかな」

「例えば？」

「『ヘラルド』とか」

「新聞なんてもう誰も読まないぞ、クリストファー。そんなことも知らなかったのか」

ケラーはピザ店にちらっと目を向けた。「ピザを二切れ買ってきてくれないかな」

「どうすればしゃべらずに注文できる？」

「何か工夫しろ」

「なんのピザがいい？」

「行け」ケラーは言った。

ガブリエルは車を降りて店に入った。先客が三人いた。列に並んだとたん、温かなチーズとイースト菌の香りに包まれた。そのとき、車の警笛が短く聞こえたので振り向くと、黒のベンツがバリファーモット・ロードを猛スピードで走り去るところだった。あわてて外に戻り、助手席にすべりこんだ。ケラーがバックで駐車スペースを離れて、ギアを入れ、ゆっくり加速した。

「あいつ、何か買ったか？」ガブリエルは訊いた。

「新聞を二種類とウィンストンを一箱」

「どんな顔で出てきた？」

「ほんとは新聞も煙草もほしくないって顔だった」

「常日頃から警察に監視されてるとか？」

「だといいんだが」

「つまり、覆面パトカーに尾行されるのに慣れてるってことだ」

「たぶんな」

「曲がったぞ」ガブリエルは言った。

「見ればわかる」

ベンツは角を曲がり、小さなテラスハウスの並ぶ暗い陰気な通りに入った。車の姿は他になし、商店なし、よそ者二人が身を隠せそうな場所もない。ケラーは道路脇に車を寄せてヘッドライトを消した。通りの百メートル先で、ベンツが車寄せに入っていった。ライトが消えた。四つのドアが開き、三人の男たちが降りた。

「ウォルシュの自宅か」ガブリエルは訊いた。

ケラーはうなずいた。

「女房がいるのか」

「もういない」

「愛人は?」

「いるかも」

「犬は?」

「犬が苦手か?」

ガブリエルは答えなかった。かわりに、四人の男が玄関の奥へ姿を消すのを見守った。

「さて、どうする?」ガブリエルは尋ねた。

「何日か監視を続けて、もっといいチャンスを待ってもいいと思う」

「もしくは?」

「いますぐ拉致してもいい」

「向こうは四人、こっちは二人だぞ」

「一人だ」ケラーは言った。「あんたは来るな」

「なぜだ？」

「〈オフィス〉の次期長官がこんなことに首を突っこんではまずい。それに……」ケラーは上着の膨らみを軽く叩いてみせた。「銃が一挺しかない」

「四対一か」しばらくしてから、ガブリエルは言った。「不利だな」

「とは言え、おれは昔から不利な条件に挑むのが好きでね」

ケラーはそれ以上何も言わずに車を降りると、音を立てないようにドアを閉めた。ガブリエルはセンターコンソールを乗り越えて運転席へ身をすべらせた。ワイパーを動かすと、通りを歩き去るケラーの姿が見えた。両手を上着のポケットに突っこみ、風に向かって肩を傾けている。ガブリエルはブラックベリーをチェックした。ダブリン時間で午後八時二十七分。エルサレムでは午後十時二十七分だ。ナルキス通りのアパートメントに一人ですわっている若く美しい妻の姿と、妻のおなかに心地よく収まっている双子の姿が浮かんできた。雨がフロントガラスを叩き、陰気な通りは水浸しのシュールな絵に変わった。もう一度ワイパーを動かすと、ナトリウム灯の光のなかを通りすぎるケラーが見えた。三度目にワイパーを動かしたとき、ケラーの姿はなかった。

その家はロスモア・ロード四十八番地にあった。外壁はグレイの石造りで、白い縁どりの窓が一階に一つ、二階に二つある。狭い車寄せは一台分のスペースしかない。車寄せの横にはゲートのある通路。そして、通路の横は低い生垣に囲まれた草地だ。どこから見ても品がいい。そこに住む男だけは別だが。

通りに並ぶ家々と同じく、四十八番地も裏に庭があり、その向こうにカトリック系の男子校の運動場が広がっていた。レ・ファニュ・ロードの角を曲がった先に学校の入口がある。正門が開いていた。集会室で父母会の集まりをやっているらしい。ケラーは正門から忍びこみ、スポーツ試合用のラインがひいてあるアスファルトを横切った。不意に、十歳で放りこまれたサリー州の陰鬱な学校での日々がよみがえった。将来を期待される少年だった。いい家庭、成績優秀、生まれついてのリーダー。上級生のいじめはなかった。上級生のほうがケラーを恐れていたからだ。

アスファルトの向こうに雨の雫《しずく》を垂らす木々が並んでいた。ケラーは木々の枝の下を通り抜け、暗い運動場を横切った。運動場の北側は高さ二メートルほどの塀で、蔓草《つるくさ》に覆われている。その塀の向こう側に、ロスモア・ロードに立ち並ぶ家々の裏庭がある。ケラーは運動場の端まで行って、きっちり五十七歩進んだ。それから、音を立てずに塀をよじのぼると反対側へ飛びおりた。濡れた地面に着地したときには、すでにサイレンサーつきのベレッタを抜き、家の裏口に向けていた。家には明かりがついていた。閉じたカーテンの向こうで影が動いた。ケラーは銃を握りしめ、目と耳を凝らした。

九時十分、ガブリエルのブラックベリーが軽く震動した。耳に当ててじっと聞いてから電話を切った。雨が重苦しい霧に変わっていた。ロスモア・ロードには車も人も見当たらない。四十八番地まで車を進め、通りに止めてエンジンを切った。ふたたびブラックベリーが震動したが、今度は無視した。かわりに肌色のゴム手袋をひっぱりだし、車を降りてトランクをあけた。〈オフィス〉が用意してくれたスーツケースが入っている。それをとりだし、庭の小道を通って玄関まで運んだ。玄関ドアを押すとすぐに開いた。なかに入ってそっとドアを閉めた。ベレッタを手にしたケラーが玄関ホールに立っていた。火薬の臭いが充満し、そのなかにかすかな血の臭いが感じられた。ガブリエルがさんざんなじんできた臭いだ。無言でケラーの横を通りすぎてリビングに入った。煙が立ちこめていた。額の中央をきれいに撃ち抜かれた男が三人。あと一人は鼻をつぶされ、顎は大ハンマーで砕かれたかのようだ。ガブリエルは手を伸ばして首の脈を探った。脈が感じられたので、スーツケースのファスナーをあけて作業にとりかかった。

スーツケースには、頑丈な粘着テープ三ロール、使い捨てのプラスチック製手錠一ダース、身長百八十センチの人間を放りこめるナイロンバッグ、黒いフード、ブルーと白のトラックスーツ、布製サンダル、下着二組、救急箱、耳栓、鎮静剤、注射器、消毒用アルコール、コーラン一冊が入っていた。〈オフィス〉はスーツケースの中身を〝携帯抑留パック〟と呼んでいる。しかし、ベテランのエージェントのあいだでは〝テロリストの旅行キット〟として知られている。

呼吸が止まる危険のないことを確認してから、ガブリエルは粘着テープでウォルシュをぐるぐる巻きにした。プラスチック製の手錠は使わなかった。口と目に仕上げのテープを巻いていたとき、ウォルシュの意識が戻りそうになった。鎮静剤で静かにさせた。それからケラーに手伝わせて、ウォルシュをナイロンバッグに押しこみ、ファスナーを閉めた。

この家にはガレージがないため、近所の人間に見られる危険を覚悟のうえで、ウォルシュを玄関から運びだすしかなかった。男たちの死体の一つからベンツのキーが見つかった。ガブリエルはベンツを通りへ移動させ、シュコダをバックで車寄せに入れた。ケラーが一人でウォルシュを運びだして、蓋をあけたトランクに入れた。それから助手席に乗りこみ、運転はガブリエルに任せることにした。それが一番だ。ガブリエルの経験からすると、三人の人間を殺したばかりの男に車の運転をさせるのは、賢明とは言いがたい。

「明かりは消してきたか」

ケラーはうなずいた。

「ドアは？」

「施錠した」

ケラーはベレッタからサイレンサーと弾倉をはずし、三つまとめてグローブボックスに入れた。ガブリエルは車で通りに出て、ふたたびバリファーモット・ロードへ向かった。

「何発撃った?」

「三発」ケラーは答えた。

「警察が死体を発見するまでにどれぐらいかかる?」

「おれたちが心配すべきは警察ではない」

「気分はどうだ?」ガブリエルは訊いた。

「こんな気分は初めてだ」

「それが復讐の困った点さ、クリストファー。気分すっきりってわけにはいかん」

「たしかにな」ケラーは煙草に火をつけた。「しかも、まだ始まったばかりだ」

14

クリフデン、ゴールウェイ州

そのコテージはソルト湖の暗い水面を見おろす高い崖の上に立っていた。寝室三つ、最新設備のそろったキッチン、格調高いダイニングルーム、小さな書斎、石壁の地下室。所有者はダブリンに住む羽振りのいい弁護士で、週に千ユーロの賃貸料を要求してきた。〈オフィス〉のハウスキーピング課は二週間で千五百ユーロにと値下げ交渉をおこない、弁護士のほうも、冬場はめったに借り手がいないため応じることにした。翌朝、弁護士の銀行口座に金が振りこまれた。入金者名は〈タウルス・グローバル・エンターテインメント〉、スイスのモントルーにあるテレビの制作プロダクションで、コテージに滞在するのは〈タウルス〉のエグゼクティブ二名、極秘プロジェクトを抱えてアイルランドに来るとのことだった。少なくとも〝極秘〟という点は本当だ。

コテージはドゥーネン・ロードから百メートルほど奥まったところにあった。手動式のちゃちなアルミのゲートがついていて、そこを抜けると、砂利敷きの車道がハリエニシダとヒースのあいだを抜けて崖の上まで続いていた。崖のてっぺんに老木が三本、北大西洋からクリフデン湾を吹き渡ってくる風を受けてうなだれている。風は冷たく容赦がない。コテージの窓をがたがた揺らし、屋根瓦をひっかき、ドアがあくたびに部屋に吹きこむ。狭いテラスはのんびりできるような場所ではない。カモメでさえここには長居をしない。

ドゥーネン・ロードはちゃんとした道路ではなく、車一台がやっと通れる程度の狭い舗装路だった。観光客がたまにここを通るが、ふだんはたいてい、クリフデンの裏道として使われている。アイルランドの基準からするとクリフデンは若い村で、州長官を務めた大地主のジョン・ダーシーが暴力のはびこる不毛の丘陵地帯コネマラに秩序ある村を造りたいとの思いから、一八一四年に築きあげたという。ダーシーは自分のために城を造り、村人のためには、舗装された通りと、広場と、はるか遠くからでも見える尖塔《せんとう》つきの教会二つを造った。城はすでに廃墟《はいきょ》となっているが、かつて大飢饉《ききん》で人口が激減した村は、いまではアイルランドでもっとも繁栄する地区の一つになっている。

コテージに滞在中の二人のうち、小柄なほうは毎日のように村まで出かけていた。出かけるのはたいてい午前中の遅い時間で、ダークグリーンのオイルスキンのコートをはおり、リュックを肩にかけ、布製の帽子を目深にかぶっていた。スーパーで買い物をし、酒屋でワインを一本か二本買う。買い物をすませると、もっと重大な問題に悩んでいるような様子でメインストリートをゆっくり散歩する。〈ラヴェル画廊〉に立ち寄り、店内の絵をざっと見ていったこともあった。オーナーはあとになって、絵画の知識が尋常ではなかったと言った。どこのものともわからない訛りがあった。ドイツか、もしくは他のどこか。

四日目、男の散歩はいつも以上に短かった。立ち寄ったのは新聞販売店だけ。アメリカの煙草を四箱と『インディペンデント』を買った。第一面にダブリンのニュースがでかでかと出ていた。バリファーモットの住宅でリアルＩＲＡのメンバー三名の他殺死体が発見された。そして行方不明者が一名。拉致されたものと思われる。警察がその男の行方を捜している。リアルＩＲＡのほうでも捜している。

「麻薬商売の連中さ」カウンターの男がつぶやいた。

「物騒な世の中だね」どこのものともわからない訛りで、客は同意した。

新聞をリュックに入れ、次に、気の進まない様子で煙草も入れた。それからダブリンの弁護士が所有するコテージに歩いて戻った。なめし革のような肌をしたもう一人の男は正午のニュースに聴き入っていた。

「もうじきだ」男が口にしたのはそれだけだった。

「いつ？」

「今夜あたり」

その男が煙草を吸うあいだ、小柄なほうの男はテラスに出た。クリフデン湾に嵐が吹き荒れ、風を受けると小粒の弾丸に叩かれている気がした。五分が限界だった。煙と緊張に満ちた屋内に戻った。恥だとは思わなかった。カモメでさえテラスに長居はできない。

ガブリエルは長いキャリアのなかで、不運にも多数のテロリストと出会ってきた。パレスチナのテロリスト、エジプトのテロリスト、サウジのテロリスト、信仰に動かされたテロリスト、喪失に動かされたテロリスト、アラブ世界の貧民街で生まれたテロリスト、物質的に豊かな西側諸国で育ったテロリスト。ガブリエルはときどき、連中が他の道を選んだらどんな業績を残していただろうと考える。優秀な頭脳の持ち主が多く、彼らの鋭い目を見れば、画期的な治療法の発見も、ソフトウェアの作成も、作曲も、詩作も可能だっただろうと思わずにいられない。だが、リーアム・ウォルシュだけはそういう印象がなかった。良心を持たない殺人者で、ろくな教育も受けておらず、人の命と財産を奪うことしか考えていない。

肉体的な恐怖を感じない男で、生まれつきしぶといため、ちっとやそっとでは屈服しない。ここに到着してから四十八時間は、目隠しと猿ぐつわと耳栓をされ、粘着テープでぐるぐる巻きにされて身動きもできないまま、湿気と冷気のひどい地下室に一人きりで放っておかれた。食料なし。水だけは与えられたが、ウォルシュは飲むのを拒否した。用足しの世話はケラーがしたが、飲まず食わずのため、最低限の世話ですんだ。苦境から抜けだす手段はウォルシュには与えられず、当人も求めはしなかった。一瞬のうちに仲間三人が殺されたのを目にして、自分の運命を覚悟した様子だった。

三日目の朝、ウォルシュは喉の渇きに耐えきれなくなり、生ぬるい水を少し飲んだ。正午にはミルクと砂糖を加えた紅茶を飲み、夜になるとふたたび紅茶、それからトーストを一枚食べた。ケラーはそこで初めてウォルシュに声をかけた。「あんた、とんでもない苦境に陥ってるぜ、リーアム」東ベルファストのアクセントで言った。「そこから抜けだすには、おれの問いに正直に答えるしかない」

「おまえは誰だ？」砕かれた顎の痛みをこらえて、ウォルシュが訊いた。

「あんたが決めることだ。正直に答えてくれれば、おれはあんたの親友になる。答えなければ、あんたはお友達三人と同じ運命をたどることになる」

「何が知りたい？」

「オマー」ケラーの言葉はそれだけだった。

四日目の朝、ケラーはウォルシュの耳栓と猿ぐつわをはずし、こういう荒っぽい手段に訴えた理由を説明した。自分はプロテスタントの小規模な自警団のメンバーで、テロの犠牲になった人々のために正義を求める活動をしているのだ、と。アルスター義勇軍との連携をほのめかした。アルスター義勇軍とはイギリスとの連合維持を望むユニオニストの民兵組織で、北アイルランド紛争たけなわのころには、ローマカトリック派の民間人を少なくとも五百名は殺害している。一九九四年に停戦を受け入れたが、プロテスタントが暮らすアルスターの町々はいまも、武装したマスク姿の男たちを描いた壁画で飾られている。壁画の多くに同じスローガンが出ている。〝平和を求め、戦いに備えよう〟。ケラーにも同じことが言えそうだ。

「おれは爆弾を作ったやつを捜している」ケラーは説明した。「なんの爆弾のことかわかるだろ、リーアム。オマーで二十九名の罪なき者を殺した爆弾だ。あの日、あんたはそこにいた。やつの車に乗っていた」

「なんのことかさっぱりわからん」

「あんたはそこにいた。そして、紛争が下火になったあと、やつに連絡をとった。やつはこのダブリンに来た。あんたが面倒を見たが、そのうち手に負えなくなった」

「でたらめだ。全部嘘っぱちだ」

「やつは活動を再開した、リーアム。どこへ行けば見つかるか教えてくれ」

ウォルシュはしばらく無言だった。「教えたらどうする気だ?」ようやく言った。

「あんたには捕虜になってもらう。長期間。だが、命だけは助けてやる」

「でたらめ言うな」

「あんたに興味はない、リーアム」ケラーは冷静に答えた。「やつがどこにいるか教えろ。そうすれば命だけは助けてやる。とぼける気なら、命をいただく。それも、額にピシッと一発とはいかん。痛いぞ、リーアム。激痛だ」

その日の午後はコネマラ全土が嵐に翻弄《ほんろう》された。ガブリエルは暖炉の前に腰を下ろしてフィッツジェラルドの本を読み、いっぽうケラーは風が唸《うな》りをあげる田園地帯に車を走らせて、警察がふだんと違う動きを見せていないかを偵察してまわった。リーアム・ウォルシュは縛りあげられ、猿ぐつわと目隠しと耳栓をされてふたたび地下室に放っておかれた。水も食料も与えられなかった。

「あとどれぐらい？」夕食の席でガブリエルは訊いた。

「もうじきだ」

「前にもそう言ったぞ」

ケラーは黙りこんだ。

「スピードを上げる方法はないか？　警察が踏みこんでくる前にここを離れたいんだが」

「痛みに強いやつだからな」

「水はどうだ？」

「水ならつねに効果がある」

「手を貸そうか」

「いや、いい」ケラーは立ちあがった。「個人的なことだ」

ケラーがいなくなると、ガブリエルはテラスに出て豪雨のなかに立った。五分が限界だった。ウォルシュのような筋金入りの男でも、水責めに長時間耐えるのは無理だろう。

15

テムズ・ハウス、ロンドン

毎週金曜日の夕方、グレアム・シーモアはＭＩ５の長官アマンダ・ウォレスと一杯飲む習慣になっている。時刻は六時と決まっているが、ロンドンが、もしくは、もっと広い世界が危機に見舞われたときは、もう少し遅くなる。シーモアにとっては、週のなかでいちばん気の重いアポイントだ。アマンダはかつてシーモアの上司だった。同じ年にＭＩ５に入り、シーモアはテロ対策課で、アマンダは防諜課で同じように出世の階段をのぼっていった。長官の椅子を狙うレースに最終的に勝ったのはアマンダだった。ところが、シーモアはキャリアが翳りはじめたいまになって、思いもよらぬ最高の褒美を手にした。アマンダにはそれがおもしろくない。シーモアのほうが大きな権力をふるえる立場になったからだ。

シーモアと同じく、アマンダもスパイの遺伝子を受け継いでいる。母親は戦時中ＭＩ５の記録保管室で長時間働いていた。アマンダはケンブリッジを卒業した時点で、諜報の世界に入ることしか考えていなかった。似たような境遇のシーモアとならいい仲間になれただろうが、アマンダはすぐさま彼をライバル視するようになった。シーモアは楽々と成功を収めるハンサムな男。アマンダは不器用で内気な女。知りあってすでに三十年になり、どちらも英国情報機関の二つの最高峰に到達したが、二人の基本的な力関係はまったく変わっていない。

先週金曜日はアマンダがヴォクソール・クロスにやってきたので、いつものルールに従って今週はシーモアがアマンダのところへ出かける番だった。べつだん苦にはならない。いつだってテムズ・ハウスに戻るなつかしさがある。午後五時五十五分、彼の公用車のジャガーが地下駐車場に入り、その二分後、アマンダ専用のエレベーターが最上階まで彼を運びあげた。廊下は夜の病棟みたいに静まりかえっていた。シーモアはいつものように昔の執務室の前で足を止めて、部屋をのぞいてみた。後任者のマイルズ・ケントがパソコン端末をぼんやり見ていた。一週間ずっと眠っていないような顔だ。

「長官のご機嫌はどうだい？」警戒の口調でシーモアは尋ねた。

「かんかんです。急いだほうがいい。女王蜂を待たせちゃいけません」

シーモアは廊下の先にある長官室まで行った。控えの間で男性スタッフが出迎え、すぐさま広い執務室へ案内してくれた。国会議事堂を見渡す窓辺にアマンダが立ち、何やら考えこんでいた。振り向いて腕時計に目をやった。時間厳守を何よりも大切にしている。

「グレアム」アマンダは感情のこもらない声で言った。重要な会議の前にスタッフが用意する分厚い資料に目を通し、そこに書かれた名前を呼ぶかのようだった。それから、にこやかな笑みを浮かべた。鏡の前で必死に練習してマスターしたような微笑。「ようこそ」

艶やかな細長い会議テーブルに飲みもののトレイが用意されていた。アマンダはシーモアのためにジントニックを、自分にはオリーブとカクテルオニオンを添えたドライマティーニを作った。酒に強いのが彼女の自慢だ。スパイに必須の技術だそうだ。数少ないアマンダの長所の一つでもある。

「乾杯」シーモアはグラスをわずかに上げたが、アマンダはふたたび微笑しただけだった。大きな薄型テレビからBBCのニュースが音もなく流れていた。バリファーモットの小さな家の外に警察の人間が立っている。麻薬の売買をやっていたリアルIRAのメンバー三名が、その家で死体となって発見された。

「凄惨《せいさん》な事件ね」アマンダが言った。

「きっと縄張り争いだな」グラスの縁から顔をのぞかせて、シーモアは言った。

「警察内部には疑ってる者もいるわ」

「何かつかんでるのか」

「いいえ、何も。だから警察も焦ってるみたい。ギャングの世界で派手な殺しが起きれば、ふつうは情報が飛びかうものだけど、今回は違う。それに殺害方法のこともあるし。ギャングの抗争だったら、たいてい、室内がオートマチックの弾丸で蜂の巣になるものだわ。ところが、今回の犯人はじつに正確に狙いをつけている。弾丸三発、死体が三つ。警察ではプロの仕事だと確信している」

「リーアム・ウォルシュの居所はわかったのか」

「アイルランドのどこかにいると想定して捜索を進めてるけど、手がかりはまったくなし」アマンダはシーモアを見て、片方の眉を上げた。「まさか、ＭＩ６のどこかの隠れ家で椅子に縛りつけられてるんじゃないでしょうね」

「残念ながら、それはない」

シーモアはテレビを見た。次のニュースになっていた。ジョナサン・ランカスター首相が米大統領との会談のためワシントンに滞在中。期待したほどの成果はなかった。目下、ワシントンでの英国の人気はあまり高くない。ホワイトハウスではとくに。

「あなたのお友達ね」アマンダが冷たく言った。

「アメリカ大統領のこと？」

「ジョナサンのことよ」

「きみの友達でもある」シーモアは言いかえした。

「わたし、首相とは友好関係にあるけど、あなたみたいにはいかないわ。あなたとジョナサンは無二の親友でしょ」

シーモアと首相の強い絆《きずな》のことでアマンダはまだ何か言いたそうだった。だが、かわりにシーモアのために二杯目のジントニックを用意しながら、豊かなオイルマネーを持つアラブ首長国連邦からやってきた大使の妻のことで淫《みだ》らなゴシップを披露した。シーモアも負けじと、リビアの武器専門バザールで携行式対空ミサイルを購入しようとしたブリティッシュ・アクセントの男のことを報告した。あとはぎこちない雰囲気も消えて、情報機関のトップ同士にしかできない会話がくりひろげられた。情報を共有し、秘密を明かし、助言をおこない、途中で二回、笑い声まであがったほどだった。イラクとシリアの情勢を話題にし、中国を話題にし、グローバル経済とそれが防衛に及ぼす影響を話題にし、米大統領を話題にした。世界の問題の多くは米大統領の責任だというのが二人の共通した意見だった。やがて話題はロシアに移った。最近はいつもそうだ。

「ロシアがわが国の金融機関にがんがんサイバー攻撃をかけてくるのよ。それから、政府のシステムと、国内最大のディフェンス・コントラクターのコンピュータ・ネットワークもロシアの標的にされてるわ」

「ロシア側には何か特別な目標でも？」

「はっきり言って、具体的な目標があるようには見えない。とにかくこちらにダメージを与えようと必死みたい。これまでになかった無謀さが感じられるわ」

「ロンドンにいる連中の動きに何か変化は？」

「防諜担当のD4からの報告では、大使館内のスパイ組織レジデンテュラの動きが活発になってるそうよ。何か大がかりなことを企《たくら》んでるのは明らかね」

「ロシアの不法滞在者を首相のベッドに送りこむよりも大がかりなことかい？」

アマンダは片方の眉を上げ、オリーブでグラスの縁をなでた。テレビにプリンセスの顔が映しだされた。プリンセスの遺族から、彼女が力を入れていた活動をさらに進めるために基金を創設するとの発表があった。ランカスター首相が最初の寄付をおこなった。

「何か新しい知らせは？」アマンダが訊いた。

「プリンセスに関して？」

アマンダはうなずいた。

「何もなし。そちらは？」

アマンダはグラスを置くと、しばらく無言でシーモアを見つめた。ついに尋ねた。「エイモン・クインの犯行だってことをどうして黙ってたの？」

返事を待ちながら、アマンダは椅子の腕に爪を軽く打ちつけていた。不吉な徴候。シーモアは真実を打ち明けるしかないと肚《はら》をくくった。少なくとも、真実の一部を。

「黙っていたのは、きみを巻きこみたくなかったからだ」

「あら、信用してくれてないの？」

「きみの名前に傷がつくと困る」

「どうして傷がつくのよ？　オマーの爆弾テロのとき、テロ対策課のトップはわたしじゃなくてあなただったのよ」

「だから、きみがＭＩ５の長官になった」シーモアは言葉を切った。「わたしではなくて」二人のあいだにぎこちない沈黙が広がった。シーモアは出ていきたかった。だが、それはできない。きちんと説明しなくてはならない。

「クインはリアルＩＲＡの指示で動いてたの？」ようやくアマンダが訊いた。「それとも、誰かほかの人間？」

「あと二、三時間で答えが出る」

「リーアム・ウォルシュが白状するのを待ってるの？」

シーモアは返事をしなかった。

「ＭＩ６が正式に認めた作戦なの？」

「極秘だ」

「あなたの得意分野ね」アマンダは辛辣《しんらつ》に言った。「イスラエルと組んでるんでしょ？そう言えば、イスラエルはずっと昔、クインを排除したがってたわね」

「あの時点で提案に応じるべきだった」

「ジョナサンはどこまで知ってるの？」

「何も知らない」

アマンダは低く悪態をついた。めったにないことだ。「この件に関しては自由に動いてくれてけっこうよ。あなたのためじゃなくて、MI5のために言ってるの。ただし、あなたの作戦が英国内に及ぶ場合は、事前に知らせてちょうだい。少しでも世間に洩れたら、あな断頭台にあなたの首がのるよう手配しますからね」アマンダは微笑した。「誤解のないように言っておきますけど」

「それはもう覚悟のうえだ」

「あら、そう」アマンダは腕時計を見た。「ごめんなさい、そろそろ行かないと。来週はあなたのところで？」

「お待ちしている」シーモアは立ちあがると、片手を差しだした。「いつもながら楽しかったよ、アマンダ」

16

クリフデン、ゴールウェイ州

二人はウォルシュを地下室から運びあげ、目隠しをしたまま初めてシャワーを浴びさせた。それから、ブルーと白のトラックスーツに着替えさせ、食べものを少しと甘いミルクティーを与えた。だが、見栄えはいっこうによくならなかった。腫れあがった顔、青ざめた肌、痩せ細った体のせいで、死人が遺体安置所で息を吹き返したように見える。

食事がすむと、ケラーがふたたび警告を与えた。こちらの質問に対してふつうの会話レベルの声で正直に答えれば、手荒な扱いはしない。嘘をついたり、ごまかしたり、わめいたり、愚かにも逃げようとしたりすれば、地下室へ逆戻りとなる。幽閉の条件は前よりずっときびしくなる。ガブリエルは沈黙を通していたが、目隠しと恐怖によって聴覚が研ぎ澄まされたウォルシュは、明らかに彼の存在を察知した様子だった。ガブリエルにとってはそのほうが好都合だ。自分を拘束している相手は一人だけだという誤解をウォルシュに与えないほうがいい。たとえ、その相手が世界最高の腕を持つ殺し屋だとしても。

　尋問のテクニックを正式に学んだことはないケラーだが、もともと才能があるらしく、ウォルシュもケラーの尋問を受けるうちに、躊躇することもごまかすこともなく正直に答えるようになっていた。最初は単純な質問ばかりだった。生年月日。生まれた場所。両親と兄弟姉妹の名前。通った学校。ＩＲＡに勧誘された経緯。ウォルシュは一九七二年十月十六日にモナハン州バリーベイで生まれたと答えた。生まれた場所が北アイルランドからわずか三キロの地点、つまり、緊張が続いていた国境地帯だったことに注目すべきだ。また、生年月日にも注目すべきだ。かつてアイルランド独立運動を指揮したマイクル・コリンズと同じなのだ。学校はカトリック系で、十八歳で卒業してＩＲＡに入った。彼を勧誘した男は、ウォルシュが選んだ人生をけっして美化しようとはしなかった。給料は安いし、つねに危険と背中合わせだ。おそらく、刑務所で何年か過ごすことになるだろう。非業の死を遂げる確率も高い。

「で、勧誘した男の名前は？」ケラーはアルスターの住民のアクセントで尋ねた。

「言うのを禁じられてる」

「おれが許可する」

「シーマス・マクニール」ためらいつつ、ウォルシュは言った。「やつは――」

「南アーマー旅団のメンバーだな」ケラーのほうから言った。「英国軍の奇襲攻撃を受けて死亡し、ＩＲＡの手で栄誉の埋葬をされた」

「厳密に言えば、ＳＡＳとの銃撃戦で死亡したんだ」

「銃撃戦をやるのはカウボーイとギャングだけだぞ。さて、訓練の話をしてもらおうか」

ウォルシュはすなおに話しはじめた。人里離れたキャンプへ送られて、小火器の訓練を受け、爆弾の作り方を教わった。酒をやめ、ＩＲＡのメンバー以外とのつきあいもやめるよう命じられた。半年間の訓練を経てエリート部隊に配属された。そこに爆弾作りの名手で作戦計画も担当するエイモン・クインという男がいた。ウォルシュより何歳か上で、すでに伝説の人物だった。クインは一九八〇年代にリビアの砂漠にある訓練キャンプへ送られた。だが、しばらくすると、クインのほうが指導する側になったという。一九八八年、スコットランドのロッカビー上空でパンアメリカン航空一〇三便が爆破される事件が起きたが、そのときの爆弾の設計図をリビア側に渡したのもクインだった。

「でたらめだ」ケラーは言った。

「なんとでも言うがいい」ウォルシュが言い返した。

「キャンプには他に誰がいた？」ケラーは訊いた。

「大部分がＰＬＯ。それと、ＰＬＯから分離した組織のやつが二人」

「どの組織だ？」

「たしか、パレスチナ解放人民戦線総司令部だった」

「パレスチナのテロ組織に詳しいんだな」

「パレスチナ人民とおれたちには共通点がたくさんある」

「どんな？」

「どちらも人種差別と植民地主義の好きな大国に支配されている」

ケラーがガブリエルを見ると、ガブリエルは黙って自分の手を見つめていた。目隠しされたままのウォルシュが室内の緊張を感じとった様子だ。

「ここはどこだ？」ウォルシュが訊いた。

「地獄」

「どうすれば出してくれる？」

「話を続けるんだな」

「何が知りたい？」

「あんたが最初に加わった作戦の詳細を」

「一九九三年の四月だった」

「アルスター？　それとも、イギリス本土？」

「本土のほう」

「都市は？」

「唯一の重要な都市だ」

「ロンドンか」

「そう」

「ビショップスゲート？」

ウォルシュはうなずいた。ビショップスゲート……。

三月、スタッフォードシャーのニューカッスル＝アンダー＝ライムからトラックが一台消えた。トラックは貸倉庫へ運ばれ、濃紺に塗り替えられた。次にクインが爆弾を積みこんだ。硝酸アンモニウムと燃料油を使った一トン爆弾で、クインが南アーマーで作ってイギリス本土に運びこんだのだ。四月二十四日の朝、ウォルシュはトラックを運転してロンドンに入り、ビショップスゲート九十九番地の外に止めた。金融大手のＨＳＢＣ銀行が入っているオフィスタワーだ。爆発で五百トン以上のガラスが割れ、教会が倒壊し、報道カメラマン一名が死亡した。英国政府はただちに対応策をとり、ロンドンの金融街一帯の交通を遮断した。ＩＲＡはそれにも負けずに、一九九六年二月にエイモン・クインが作ったトラック爆弾でふたたびロンドンを攻撃した。今度はドックランズのカナリーウォーフが標的だった。爆発の衝撃で八キロほど先の窓まで揺れたという。イギリスとアイルランドの両首相は和平交渉の再開を急いで発表した。一年半後の一九九七年七月、ＩＲＡは停戦を受け入れた。「あれが悲劇の始まりだった」リーアム・ウォルシュは言った。

「その年の秋にＩＲＡが分裂したとき、あんたはマクケヴィットとバーナデット・サンズについていったのか」ケラーは訊いた。

「いや。おれはエイモン・クインについた」

ウォルシュの話はさらに続いた。リアルＩＲＡには設立当初から密告者がうようよしていて、そいつらがＭＩ５や警察の秘密の部署に情報を流していた。それでも、リアルＩＲＡは一連の爆弾テロを成功させてきた。一例を挙げれば、一九九八年八月一日にバンブリッジで起きた大規模な爆破事件がある。使われたのは五百ポンド爆弾で、赤いヴォクスホール・キャバリエの車内に仕掛けてあった。爆破予告の電話を入れたが、爆破の場所と時間は教えなかった。その結果、三十三名が重傷を負うこととなり、王立アルスター警察隊の警官二人もそこに含まれていた。五百メートルほど離れた場所でヴォクスホールの残骸が見つかった。これは次なるアトラクションの予行演習だった。

「オマーか」ケラーは低い声で言った。

ウォルシュは無言だった。

「あんたもその作戦チームに？」

ウォルシュはうなずいた。

「どの車に乗っていた？　爆弾を積んだ車か、偵察車か、逃走用の車か」

「爆弾」

「運転席？　それとも助手席？」

「おれが運転する予定だったが、土壇場で変更になった」

「誰が運転を？」

ウォルシュは返事をためらい、それから言った。「クイン」

「なぜ変更になった？」

「作戦に入る前にクインが言いだした。神経がぴりぴりして仕方がない、運転すれば気分も落ち着くだろう、と」

「だが、本当の理由は違う。そうだよな？　クインは自分の思いどおりに事を運びたかった。和平交渉という棺《ひつぎ》に釘《くぎ》を打ちこむのがクインの狙いだった」

「やつは〝頭に弾丸を一発〟と表現していた」

「爆弾を仕掛ける場所は、本当は裁判所のはずだったな？」

「計画ではそうだった」

「クインは駐車場所を探そうともしなかったのか？」

「まあな。ロウワー・マーケット通りまで行って〈S・D・ケルズ〉の外にトラックを止めた」

「あんた、なんで何もしなかったんだ？」

「クインを説得して計画どおりにやらせようとしたが、あいつが聞き入れなかった」

「もっと強く説得すればよかったのに、リーアム」

「エイモン・クインという男のことがわかってないようだな」

「逃走用の車はどこに?」

「スーパーの駐車場」

「で、車に乗りこんだあとは?」

「国境の向こう側へ電話を入れた」

「〝煉瓦は壁のなか〟と言ったんだな?」

ウォルシュはうなずいた。

「爆弾を仕掛けた場所が違うことを、なぜ誰にも言わなかった?」

「言えばクインに殺されてしまう。それに、もう手遅れだった」

「爆弾が破裂したときは?」

「地獄だった」

死と荒廃によって、国境の両側に、そして世界中に憎悪が生まれた。リアルＩＲＡは謝罪を表明し停戦を約束したが、あとの祭りだった。修復不能のダメージを負った。ウォルシュはダブリンに腰を据えて、リアルＩＲＡのために麻薬商売を始めた。クインは潜伏生活に入った。

「どこで?」

「スペイン」

「何をしていた?」

「金がなくなるまでビーチでぶらぶらしてたようだ」

「そのあとは?」

「古い友達に電話をして、ゲームに戻りたいと言った」

「友達とは何者だ?」

ウォルシュはためらい、それから答えた。「リビアのカダフィ大佐」

17

クリフデン、ゴールウェイ州

いやいや、カダフィ大佐本人ではない。ウォルシュはあわてて続けた。リビアの諜報機関にいるカダフィの腹心。砂漠の訓練キャンプでクインはそいつと親しくなった。匿《かくま》ってほしいとクインが頼むと、その腹心の男はまずカダフィに相談し、それからクインを迎え入れることにした。クインはトリポリの高級住宅地の塀に囲まれたヴィラに住み、リビアの治安部隊のためにときたま仕事をするようになった。また、カダフィの地下壕《ごう》をしょっちゅう訪ねて、英国との戦闘の話でこの指導者を大いに楽しませた。やがて、カダフィは同盟国の連中にもクインを紹介した。クインはあちこちの屑《くず》どもと親しくなった。独裁者、将軍、傭兵、ダイヤの密輸業者、イスラム圏の過激派。ロシアの武器商人とも知りあいになった。武器商人はＡＫ47とプラスチック爆弾の入った小さな容器をリアルＩＲＡへ送ることを承知した。ウォルシュがダブリンでその荷物を受けとった。

「その腹心の名前を覚えてるか？」ケラーは訊いた。

「アブ・ムハンマドと名乗っていた」

ケラーがガブリエルを見ると、ガブリエルはゆっくりうなずいた。

「では、ロシアの武器商人は？」

「イワン・ハルコフ。数年前にサントロペで殺された」

「間違いないか、リーアム。本当にイワンだったのか」

「ほかに誰がいる？　イワンはアフリカの武器取引を牛耳《ぎゅうじ》ってて、割りこもうとするやつがいれば片っ端から殺してた」

「では、トリポリのヴィラは？　どこにあったか知ってるか？」

「アル＝アンダルスとかいう界隈だった」

「通りの名前は？」

「カノヴァ通り。二十七番地。だが、時間を無駄にするのはよせ。クインは何年も前にリビアを離れている」

「どういうわけで？」

「カダフィが身辺をきれいにしようと決めたからだ。武装計画を放棄し、アメリカとヨーロッパ諸国に対して国交正常化を提案した。トニー・ブレアがトリポリ郊外のテントでカダフィと握手した。〈ブリティッシュ・ペトロリアム〉がリビアにおける石油採掘権を得た。覚えてるか？」

「覚えてるとも、リーアム」

ウォルシュの話は続いた。

「クインがトリポリに潜伏していることはMI6も知っていた。クインを追放するようMI6の長官がカダフィに迫り、カダフィは承諾した。アフリカ諸国の友人たちに連絡をとったが、クインを受け入れてくれる者はいなかった。そこで大親友の一人に頼みこみ、交渉が成立した。一週間後、カダフィはクインに自分の署名入りの書類を持たせて飛行機に乗せた」

「で、クインを受け入れることにした友人の名前は？」

「当ててみろ。三回以内にな」

その友人とはベネズエラ大統領ウゴ・チャベスだった。ロシア、キューバ、テヘランの法学者たちの盟友にして、アメリカの脇腹に刺さった棘《とげ》。自らを世界の革命運動の指導者とみなし、マルガリータ島にテロリストと急進派の反逆者のための訓練キャンプを設けていた。クインはすぐさまキャンプの輝ける星になった。英国との長い闘争で身につけた破壊的な技の数々を、ペルーのセンデロ・ルミノソからハマスやヒズボラに至るまで、誰にでも伝授した。チャベスもカダフィと同じくクインを優遇した。海辺のヴィラに住まわせ、世界を飛びまわるための外交旅券を与えた。新しい顔まで与えた。

「整形をおこなったのは？」

「カダフィ専属の医者だ」

「ブラジル人？」

ウォルシュはうなずいた。「その医者がカラカスに来て、そこの病院で手術をした。クインの顔を徹底的に作りなおした。昔の写真はもう役に立たない。おれだってわからなかったぐらいだ」

「クインがベネズエラにいるときに会ったのか」

「二回」

「詳しく話してくれ」

「クインがベネズエラへ移った一年後、イラン情報省の上層部の男がひそかにマルガリータ島を訪れた。ヒズボラの同志に会いに来たのではなく、目当てはクインだった。男は島に一週間滞在した。そして、男がテヘランに戻るとき、クインも同行した」

「なぜ？」

「イラン側がクインに武器の製造を頼んだから」

「どんな武器だ？」

「ヒズボラがレバノン南部でイスラエルの戦車や装甲車を攻撃するのに使う武器」

ケラーがガブリエルに目を向けると、ガブリエルは天井のひび割れを凝視しているように見えた。ウォルシュはこの小柄な聞き手の正体を知らないまま、話を続けた。

「イラン側はテヘラン郊外の兵器工場にクインを迎えた。クインは何年も試作を重ねてきた対戦車兵器を完成させた。砲弾が火の玉となって秒速三百メートルで進み、敵の戦車を炎で包みこむ。ヒズボラは二〇〇六年の夏、イスラエルに対してこれを使用した。イスラエルの戦車は木切れのように燃えあがった。ホロコーストの再来のようだった」

ケラーはふたたび横目でガブリエルを見た。ガブリエルはいま、リーアム・ウォルシュにまっすぐ視線を向けていた。

「対戦車兵器の設計を終えたあと、クインはどうした？」ケラーは訊いた。

「レバノンへ移り、ヒズボラのもとで仕事をするようになった」

「どんな仕事だ？」

「主として、ロードサイド爆弾とも呼ばれる即製爆発装置の製造」

「そのあとは？」

「イラン側の意向でイエメンへ送られて、アラビア半島でアルカイダに協力した」

「いまはどこに？」

「知らない」

「嘘をつけ、リーアム」

「嘘じゃない。誓って言うが、どこにいるのか、誰のもとで働いてるのか、見当もつかん」

「最後に会ったのはいつだ？」

「半年前」

「どこで？」

「スペイン」

「スペインは広い国だぞ、リーアム」

「南のほうだった。ソトグランデ」

「会った場所は？」

「マリーナのそばの小さなホテル。とても静かなところだった」

「クインに何か頼まれたのか」

「包みを届けるように言われた」

「なんの包みだ？」

「現金」

「誰に渡す金だ？」

「クインの娘」

「やつが結婚していたとは知らなかった」

「知ってる者はほとんどいない」

「娘はどこに？」

「ベルファストで母親と暮らしている」

「話を続けろ、リーアム」

　英国の情報機関はエイモン・クインの人生と経歴に関して山のような資料を集めているが、大量のファイルのどこを調べても妻子のことは出ていない。たまたま出ていないのではないとウォルシュは言った。クインが大変な手間をかけて家族の存在を極秘にしてきたのだ。ウォルシュは二人の結婚式に立ち会い、その後、クインがテロリズムの世界の国際的スターとして海外で暮らすあいだ、妻子が暮らしに困らないよう、現金の運搬係を務めてきた。スペインのリゾート地ソトグランデでクインから預かった包みには、使用済みの紙幣で十万ポンド入っていた。これまで預かった額のなかで最高だった。

「なぜそんな大金を？」ケラーは訊いた。

「しばらく金を渡せなくなると言っていた」

「理由は言ったか？」

「いや」

「あんたから尋ねなかったのか」

「そんな愚かなまねはしない」

「で、金はそっくりそのまま届けたのか」

「一ポンドに至るまで」

「ささやかなサービス料は頂戴しなかったのかい？　クインにばれる心配はないのに」

「エイモン・クインという男のことがわかってないようだな」

クインが家族に会うためベルファストへこっそり戻ったことはあるのかと、ケラーは尋ねた。

「一度もない」

「家族のほうから会いに行ったこともないのか」

「家族に英国側の尾行がつくのをクインが恐れてたからな。それに、家族にはクインの顔がわからなかっただろう。新しい顔になったから。いまのクインはもう別人だ」

そこでふたたび、整形後のクインの外見が話題になった。ガブリエルとケラーはサン・バルテルミー島で撮影されたクインの写真を持っている。空港のビデオ映像からとったものが数枚、商店の防犯カメラからのピンボケ画像が数枚。だが、クインの顔が鮮明に写っているのは一枚もない。もじゃもじゃの黒髪と顎鬚《ひげ》。ちらっと見てすぐ忘れてしまうタイプだ。だが、リーアム・ウォルシュを使えばクインのモンタージュが作れる。なにしろ、半年前にスペインのホテルの一室でウォルシュと向かいあっていたのだから。

ガブリエルが困難な状況でモンタージュを作ったことは何度もあるが、目隠しされた男の証言をもとに作成するのは初めてだった。本音を言えば、無理な相談だと思っていた。

ケラーがウォルシュに手順を説明した。「この部屋にはもう一人男がいる。格闘と銃の腕は一流だし、スケッチブックと鉛筆の扱いにも長《た》けている。アイルランドの人間でも、アルスターの人間でもない。あんたの口からこの男にクインの外見を説明してくれ。スケッチブックを見るのはかまわんが、男の顔を見ることは禁ずる」

ケラーはウォルシュの目から粘着テープをはがした。ウォルシュはまばたきをした。次に、スケッチブックと色鉛筆を前にしてテーブルの向かいにすわっている人物をまじまじと見た。

「ルール違反だぞ」ガブリエルは冷静に言った。

「やつの外見を知りたいのか。知りたくないのか」

ガブリエルは色鉛筆を手にした。「まず、目からだ」

「緑色」ウォルシュは答えた。「あんたの目と同じ色だ」

それから二時間、休憩抜きで作業が続いた。ウォルシュが説明し、ガブリエルがスケッチする。ウォルシュが訂正し、ガブリエルが描きなおす。真夜中にようやくモンタージュが完成した。ブラジルの整形外科医の腕はたいしたものだ。クインの新しい顔には個性も印象的な点もなかった。だが、通りですれ違ったら、たぶん見分けられるだろう。

スケッチブックを抱えた緑色の目の男は何者なのかとウォルシュが訝《いぶか》っていたとしても、顔には出さなかった。ケラーが粘着テープで目隠しをしたときも、何時間か眠らせておくためにガブリエルが鎮静剤を注射したときも、ウォルシュは抵抗しなかった。意識を失ったウォルシュを二人でナイロンバッグに押しこんでファスナーを閉め、自分たちが手を触れたコテージ内の品々や床や壁を徹底的に拭いてまわった。それからウォルシュをシュコダのトランクに入れ、フロントシートに乗りこんだ。今度はケラーが運転した。

道路はがらがら、雨は気まぐれで、土砂降りになったかと思うと強風を伴う霧雨に変わったりした。ケラーは運転しながら次から次へと煙草をふかし、ラジオのニュースに耳を傾けた。ガブリエルは窓の外に目をやり、黒い丘や、風の吹きすさぶ荒野と湿地を見つめていた。だが、頭のなかにあるのはエイモン・クインのことだけだった。クインはアイルランドから姿を消したあと、世界でもっとも危険な男たちの何人かと行動を共にした。良心に、または政治的信念に従って行動している可能性もなくはないが、ガブリエルにはそうは思えなかった。そんなものを持ち合わせている男ではない。金で雇われたテロリスト、強力なパトロンの命令で殺しを実行する男。しかし、誰がクインを雇ったのか。誰がプリンセスの暗殺を命じたのか。怪しいと思われる人物は何人もいる。だが、いまはクインを見つけることが先決だ。リーアム・ウォルシュを尋問した結果、探るべき場所がいくつか判明した。最有力候補は西ベルファストにある家だ。だが、ガブリエルは心の片隅で、探るなら他の場所にしたいと思っていた。妻子を巻きこむのは気が進まない。だが、クインを見つけるためにはそうするしかない。

ケラーはキラリー港の東端で未舗装道路に曲がり、ヒースとハリエニシダの茂る荒野に入った。小さな空き地で車を止めてヘッドライトとエンジンを切り、トランクをあけるレバーをひいた。ガブリエルはドアハンドルに手を伸ばしたが、ケラーに止められた。「ここにいろ」ケラーはひとことだけ言うと、ドアをあけて雨のなかへ出ていった。

ウォルシュはすでに意識をとりもどしていた。今後のことを説明するケラーの言葉が聞こえてきた。

「協力してくれたから、これ以上危害を加えずに解放してやろう。この尋問のことは口が裂けても仲間に言うんじゃないぞ。それから、クインに警告を送ろうなどと考えるな。そんなことをしたら、おまえの命はない。わかったな、リーアム」

ウォルシュが肯定の言葉をつぶやくのをガブリエルは耳にした。やがて、シュコダの後部が軽く跳ねあがるのを感じた。ケラーがウォルシュに手を貸してトランクから出してやったのだ。トランクの蓋が閉まった。ウォルシュがケラーに片方の肘を支えられ、目隠しをされたまま、ふらつく足でヒースの茂みに入っていった。しばらくのあいだ、聞こえるのは風と雨の音だけだった。やがて、ヒースの茂みの奥で無音の閃光が二回走った。

まもなくケラーが姿を見せた。運転席にすべりこんでエンジンをかけ、バックで道路に出た。騒然とした世界のニュースがラジオから低く流れるなかで、ガブリエルは窓の外をじっと見ていた。ケラーの気分を尋ねるのはやめた。目を閉じて眠った。目がさめると、あたりはすでに明るくなっていて、国境を越えて北アイルランドに入るところだった。

18

オマー、北アイルランド

　国境を越えて初めて入った町はオーナクロイだった。ケラーは石造りのかわいい教会の隣にあるガソリンスタンドで給油をしてから、オマーをめざしてA5道路を北へ向かった。ちょうど、一九九八年八月十五日の午後にクインとウォルシュがやったように。オマーの南の郊外に着いたのは朝の九時をまわったころだった。雨はすでに上がり、雲間から明るいオレンジ色の太陽が顔をのぞかせていた。裁判所の近くに車を止め、ロウワー・マーケット通りのカフェまで歩いた。ケラーは昔ながらのアイリッシュ・ブレックファストを注文したが、ガブリエルはパンと紅茶だけにした。窓に映った自分の姿を見てぞっとした。ケラーはもっとひどい。目が血走っている。ぜひとも髭剃りが必要だ。ただ、メイヨー州のヒースの野で人を殺したばかりの男には見えなかった。

「なぜここに?」朝の町に姿を見せはじめた歩行者を見ながら、ガブリエルは訊いた。

「いいところだから」

「前に来たことがあるのか」

「何回か」

「なんの用で？」

「ここでよく情報屋に会っていた」

「ＩＲＡの？」

「まあな」

「その情報屋はいまどこにいる？」

「グリーンヒル墓地」

「どういうわけで？」

ケラーは片手を拳銃の形にして自分のこめかみに当てた。

「ＩＲＡか」ガブリエルは訊いた。

ケラーは肩をすくめた。「まあな」

朝食が運ばれてきた。ケラーは何日も絶食していたような顔でがつがつ食べはじめたが、ガブリエルは食欲がなくて、パンを少しかじっただけだった。ガラスの破片と人間の手足が散乱する通りを想像した。ケラーを見て、なぜオマーに来たのかとふたたび尋ねた。

「あんたが哀れに思ったりすると困るから」

「何を？」

ケラーは朝食の残りに視線を落として言った。「リーアム・ウォルシュ」

ガブリエルは返事をしなかった。通りの向こう側で、顔に火傷《やけど》の跡のある片腕の女性がブティックのドアの錠をはずそうとしていた。テロの犠牲者の一人かもしれない。あの日は二百人以上が負傷した。男性、女性、ティーンエイジャー、幼い子供。爆弾テロが起きると、政治家も新聞もつねに死者を気にかけるが、負傷者のことはすぐ忘れてしまう。皮膚が焼けただれ、恐怖の記憶に苛《さいな》まれ、セラピーや投薬治療をどれだけ受けても心が安らぐことのない人々。エイモン・クインのような男のせいだ。秒速三百メートルで進む火の玉を作ることのできる男。

「どうなんだ？」ケラーが訊いた。

「いや。哀れには思わない」

カフェの前で赤いヴォクスホールが止まり、男が二人降りてきた。ガブリエルは通りを歩き去る二人を見ているうちに、顔に血がのぼるのを感じた。グローブボックスに入っているタイマーの針がゼロを指すのを待つかのように、車をじっと見つめた。

「きみならどうする？」ガブリエルは不意に尋ねた。

「何が？」

「あの日、爆弾の場所を知っていたとしたら」

「みんなに警告しようとするだろう」

「爆発の寸前だったら？　自分の命を危険にさらしてでも？」

ケラーが返事をする前に、ウェイトレスが伝票をテーブルに置いた。ガブリエルは現金で支払い、レシートをポケットに入れ、ケラーのあとから通りに出た。裁判所は右側だ。ところが、ケラーは左へ曲がり、ガブリエルを連れて明るい色彩の店々を通りすぎ、青緑色のガラスの塔が歩道から墓石のように突きでている場所まで行った。それはオマーの爆弾テロで命を落とした人々の追悼碑で、車が爆発したまさにその場所に建てられたのだった。人々が急ぎ足で通りすぎるなか、ガブリエルとケラーはしばらくそこに立ちつくした。二人とも無言だった。通りすぎる人はほとんどが目を背けていた。通りの向かいで、淡い金色の髪にサングラスの女性がスマホを持ちあげた。写真を撮ろうとしているようだ。ケラーはとっさに背を向けた。ガブリエルもそうした。

「きみならどうする、クリストファー」

「爆弾のことか」

ガブリエルはうなずいた。

「持てる力を総動員して、人々の避難誘導に当たるだろう」

「自分が死んでも？」

「もちろんだ」

「なぜそこまで言い切れる？」

「そうしなければ自分が許せないから」

ガブリエルはしばらく黙りこんだ。やがて、静かに言った。「MI6の優秀な職員になれるぞ、クリストファー」

「MI6の職員なら、テロリストを殺して死体を野原に捨てていくようなことはしない」

「確かにな」ガブリエルは言った。「そこまでやるのは優秀な職員だけだ」

肩越しに目をやった。スマホの女性は消えていた。


クリストファー・ケラーが最後にベルファストに足を踏み入れたのは二十五年前のことで、街の中心部は大きく変わっていた。グランドオペラハウスやユーロパホテルといった目印になる建物がなければ、迷子になっていただろう。通りを巡回する英国兵も、高い建物の屋根に設置された軍の監視所もすでになく、グレート・ヴィクトリア通りを歩く人々の顔に恐怖はなかった。長く続いた血みどろの紛争の痕跡は消し去られていた。ベルファストは観光産業に力を入れはじめ、なぜだか本当に観光客が訪れるようになった。

ベルファストの大きな魅力の一つは魂を震わせるケルト音楽で、紛争の終結とともによみがえっていた。ライブをやっているバーやパブは、大部分が聖アン大聖堂の周囲に散らばっている。〈トミー・オボイルのバー〉はユニオン通りにあり、ヴィクトリア朝時代の赤煉瓦の工場の一階がバーになっている。まだ正午前なので、ドアは施錠されていた。ケラーはインターホンを押し、防犯カメラにすばやく背を向けた。応答がないので、もう一度インターホンを押した。

「開店前だ」声がした。

「字は読める」ケラーはベルファストのアクセントで返事をした。

「なんの用だね？」

「ビリー・コンウェイと話がしたい」

数秒の沈黙。やがて――「忙しいからだめだ」

「おれのためなら時間をとってくれるはずだ」

「あんたの名前は？」

「マイクル・コネリー」

「聞いたことないな」

「昔、フォールズ・ロードの〈スパークル・クリーン〉ってクリーニング屋で働いてた男だと、ビリーに伝えてくれ」

「その店なら何年も前につぶれちまったぜ」

「営業を再開しようかと思ってる」

ふたたび沈黙が流れた。やがて、声が言った。「いい子だから、あんたの顔を見せてくれ」

ケラーは一瞬ためらったのちに、防犯カメラのレンズに顔を近づけた。十秒後、ドアのデッドボルトがはずれた。

「入ってくれ」声が指示した。

「できれば外のほうがいい」

「好きにしろ」

ラガン川から吹いてくる冷たい風にあおられて、建物が影を落とす歩道に新聞紙が舞った。ケラーは上着の襟を立てた。コルシカの峡谷を見渡せる陽光に満ちたテラスのことを思った。いまではもう見知らぬ土地のようだ。子供のころに一度訪れただけの場所。丘陵地帯のかぐわしい香りを思いだすことも、ドンの顔を鮮明に思い浮かべることもできなくなった。クリストファー・ケラーに戻っていた。潜入した日々に戻っていた。

がちゃっと音がしたので振り向くと、〈トミー・オボイルのバー〉のドアがゆっくり開くところだった。細い隙間の向こうに立っているのは五十代後半の痩せた小柄な男だった。幽霊を見たような顔をしていた。ある意味では、幽霊とも言える。

「よう、ビリー」ケラーは愛想よく言った。「また会えてうれしいぜ」

「たしか、死んだはずじゃ……」

「死んでるよ」ケラーは男の肩に手を置いた。「一緒に散歩しよう、ビリー。話したいことがある」

19

グレート・ヴィクトリア通り、ベルファスト

顔見知りが誰もいない場所へ行かなくてはならなかった。ビリー・コンウェイがグレート・ヴィクトリア通りにあるアメリカ資本のドーナツ屋を提案した。ラージサイズのコーヒーを二杯頼んで、奥の隅にあるテーブルを選んだ。横に非常口がある。これはベルファスト特有の病気だ。通りで爆発が起きた場合に備えて、ガラス窓のそばの席にはすわらない。また、表から襲撃犯が入ってくる危険があるので、つねに逃げ道を確保しておく。ケラーは店内に背を向けてすわった。コンウェイはカップの縁越しに他の客を見まわした。

「あらかじめ電話をくれればよかったのに。こっちは心臓発作を起こしかけたぞ」

「電話したら、おれに会うのを承知したかい?」

「いや」ビリー・コンウェイは言った。「たぶん、断っただろう」

ケラーは微笑した。「昔から正直なやつだったな、ビリー」

「正直すぎた。あんたがメイズ刑務所へおおぜい送りこむのに手を貸した」コンウェイは

言葉を切り、それから続けた。「地面の下へ送りこむのにも」

「遠い昔の話だ」

「そんな昔じゃないぞ」コンウェイは店内にちらっと視線を走らせた。「あんたが街を出てったあと、こっちは徹底的に尋問された。連中に言われた。南アーマーのあの農家であんたがおれの名前を吐いたってな」

「吐くもんか」

「わかってる」コンウェイは言った。「もしそうなら、おれはとっくにあの世行きだ」

コンウェイの視線がふたたび店内をさまよった。この男の協力を得て、無数の命を救い、何百万という建物の崩壊を防ぐことができた。なのに、コンウェイに与えられた報奨は、IRAの弾丸に怯えながら残りの生涯を送ることだけだ。IRAは象に似ている。けっして忘れない。そして、裏切者をけっして許さない。

「商売のほうは？」ケラーは訊いた。

「順調だ。そっちは？」

ケラーは曖昧に肩をすくめただけだった。

「最近はどんな仕事をしてるんだ、マイクル・コネリー」

「たいしたことはやってない」

「コネリーは本名じゃなかったんだろ？」

ケラーは渋い顔で、違うと答えた。

「どこでそんなしゃべり方をマスターした?」

「そんなというのは?」

「まるで土地の人間みたいだ」コンウェイは言った。

「才能かな」

「あんたには他にも才能がある。あの農家のときは四対一だった。なのに、あんたのほうが圧倒的に強かった」

「正確に言うと、五対一だ」

「五人目は?」

「クイン」

二人のあいだに沈黙が広がった。

「何年もたってから舞い戻ってくるとは、いい度胸じゃないか」しばらくしてコンウェイが言った。「この街にいるのを連中に見られたら、命はないぞ。和平合意なんか関係ない」

店のドアがあいて、デンマーク人かスウェーデン人かわからないが、観光客が何人か入ってきた。コンウェイはいやな顔をして、コーヒーを飲んだ。

「ツアーガイドが観光客をこの界隈に連れてきて、惨劇の起きた場所を見せるんだ。次に〈トミー・オボイルのバー〉に連れてって音楽を聴かせる」

「おかげで商売繁盛だろ」

「まあな」コンウェイはケラーを見た。「戻ってきた理由はそれかい？　紛争の地をまわるツアーとか？」

ケラーは観光客が通りへ出ていくのを見守った。それからコンウェイを見て尋ねた。

「おれがベルファストを離れたあと、あんたを尋問したのは誰だった?」

「クイン」

「場所は?」

「わからん。ナイフのこと以外はほんとに覚えてないんだ。クインのやつ、英国のスパイだったことをおれが否定するなら目玉をえぐりだしてやる、と言った」

「あんたはどう答えた?」

「もちろん否定したさ。そして、少しばかり命乞いもした。クインは満足そうな顔になった。昔から残酷なやつだった」

ケラーはゆっくりうなずいた。

「リーアム・ウォルシュの噂を聞いたか」コンウェイが訊いた。

「もちろん」

「どういうことだと思う?」

「警察の発表ではドラッグがらみだそうだが」

「警察なんて馬鹿の集まりさ」

「へーえ、何か知ってるのかい？」

「ダブリンのウォルシュの家に誰かが入りこんで、屈強な男三人をいとも簡単に殺したそうだ」コンウェイは言葉を切り、それから尋ねた。「何か心当たりは？」

ケラーは沈黙を通した。

「なぜ舞い戻ってきた？」

「クインを捜しに」

「ベルファストでは見つかりっこない」

「ここにクインの妻子がいるのを知ってたか」

「そんな噂を聞いたことはあるが、名前は知らん」

「マギー・ドナヒュー」

コンウェイは考えこむ様子で目を天井へ向けた。「そうだったのか」

「マギーを知ってるのか？」

「知らない者はいない」

「仕事は？」

「通りの向かいのユーロパ・ホテル」コンウェイは腕時計にちらっと目をやった。「いまなら、たぶんそこにいるだろう」

「子供は？」

「慈悲の聖母教会の付属女子校に通ってる。もう十六ぐらいになるかな」

「自宅はどこだ？」

「アードインのクラムリン・ロードを脇へ入ったところ」

「住所を教えてくれ、ビリー」

「お安いご用だ」

20

アードイン、西ベルファスト

ビリー・コンウェイは三十分もしないうちにマギー・ドナヒューの住所を調べだした。ストラトフォード・ガーデンズ八番地。一人娘のキャサリンと暮らしている。近所の人々はマギーの夫のことを、生死はわからないがたぶんＩＲＡで、ベルファスト合意に反対する人物だろうと見ている。合意への反感はアードインに深く根付いている。紛争がもっとも激しかった時期には、王立アルスター警察隊はこの地区を、パトロールはおろか立ち入ることさえ危険な区域とみなしていた。和平合意の成立から十年以上たっても、カトリックとプロテスタントが衝突をくりかえす暴動の地であった。

夫から受けとる現金以外にも収入を確保するため、マギーはユーロパ・ホテルのロビーバーでウェイトレスをしていた。この日の午後は運悪く、ヨハネス・クレンプという気むずかしい客のテーブルを担当することになった。宿泊カードの住所はミュンヘン、インテリア関係の仕事をしているらしく、出張がずいぶん多いようだ。旅慣れた人間にありがちなことだが、この客もなかなか気むずかしく、サラダがくたっとしている、サンドイッチが冷たすぎる、コーヒーのミルクの味が変だなどと、ランチに文句たらたらだった。さらに困ったことに、客を満足させるのが仕事の哀れなウェイトレスに好意を持ったようだった。だが、世間話をしようとする客に、マギーの応対はそっけなかった。

「長い一日だったかね？」コーヒーのおかわりを注ぐマギーに、客は言った。

「まだ始まったばかりです」

マギーは疲れた笑みを浮かべた。烏《からす》の羽のように真っ黒な髪、白い肌、高い頬骨の上に大きなブルーの瞳。昔は美人だっただろうが、いまは顔にやつれが出ている。ベルファストの暮らしで老けこんだのだろう。いや、美貌を奪ったのはクインかもしれない。

「おたく、土地の人？」客は尋ねた。

「みんなそうです」

「東？　それとも、西？」

「質問ばかりなさるんですね」

「興味があるんだ」

「どんなことに？」

「ベルファスト」客は答えた。

「それでここに？　興味から？」

「残念ながら、仕事だ。だが、午後は空いてるから、街をちょっとまわってみようと思っている」

「ツアーガイドを雇ったら？　みんな、すごく物知りですよ」

「手首を切ったほうがましだ」

「その気持ちはよくわかります」マギーの皮肉も客には通じなかったようだ。「わたしで
お役に立てることが何かありますか」

「午後から休暇をとって街を案内してくれないかな」

「無理です」マギーの返事はそれだけだった。

「仕事が終わるのは何時だい？」

「八時」

「一杯やりに立ち寄るとしよう」

マギーは作り笑いを浮かべた。「お待ちしております」

客は現金で支払いをすませると、グレート・ヴィクトリア通りへ出ていった。シュコダ
の運転席でケラーが待っていた。バックシートにセロファンに包まれた花束が置いてあっ
た。小さな封筒に〝マギー・ドナヒュー様〟ときれいな字で書いてある。

「仕事が終わるのは何時だって？」ケラーが訊いた。

「八時だそうだ。だが、わたしを避けようとしていたのかもしれない」

「愛想よくするように言っただろ」

「テロリストの女房に愛想よくすることは、わたしのDNAに含まれていない」

「女房は何も知らないのかもしれん」

「使用済みの紙幣で十万ポンドもの金を、亭主がどこで手に入れたと思ってるんだ？」

ケラーには答えようがなかった。

「娘のほうはどうだ？」ガブリエルは訊いた。

「三時まで学校」

「そのあとは？」

「ベルファスト・モデル・スクールとのフィールドホッケー試合」

「生徒はプロテスタントか」

「ほとんどが」

「おもしろそうだ」

ケラーは無言になった。

「これからどうする？」ガブリエルは訊いた。

「ストラトフォード・ガーデンズ八番地に花を配達する」

「それから？」

「家のなかを見てまわる」

しかし、二人はその前にまわり道をして、ケラーの凄惨《せいさん》な過去を訪ねることにした。まずは古いディヴィス・タワー。ケラーがマイクル・コネリーと名乗ってＩＲＡの連中と暮らしていた場所だ。それから、すでに廃業したフォールズ・ロードのクリーニング店。ここではそのマイクル・コネリーがＩＲＡの家庭から集めた洗濯物を検査して、爆薬の有無を調べていた。道路のさらに先にあるのはミルタウン墓地。ケラーがひそかに愛しあっていた女、エリザベス・コンリンがクインに殺され、ここの墓に眠っている。

「一度も墓参りしてないのか」ガブリエルが訊いた。

「危険すぎる」ケラーは首を振った。「ＩＲＡがつねに墓を見張ってるからな」

ミルタウン墓地をあとにした二人は、道路の北側にバリマーフィの公営団地を通りすぎ、スプリングフィールド・ロードへ向かった。道路の北側にバリケードが作られ、これがプロテスタントの居住区とカトリックの地域を分けている。いわゆるピースラインがベルファストに初めて登場したのは一九六九年で、宗教がらみの流血沙汰を防ぐための応急処置だった。それがいまではこの街の日常風景になっている。じつを言うと、ベルファスト合意のあと、バリケードの数も長さも規模も拡大するばかりだった。スプリングフィールド・ロードのバリケードは高さ十メートルほどの透明な緑のフェンスだが、アードインのなかでもひときわ緊張度の高いキューパー・ウェイまで行くと、てっぺんにレーザーワイヤがついていて、まるでベルリンの壁のようだ。どちらの側にも壁画がびっしり描いてある。

一時半、ケラーはようやく角を曲がってストラトフォード・ガーデンズに入った。八番地の家は周囲と同じく赤煉瓦の二階建てで、ドアは白、一階と二階に窓が一つずつついている。前庭は雑草だらけ。緑色のゴミ缶が風にあおられてひっくり返っている。ケラーは道路ぎわに車を寄せてエンジンを切った。

ガブリエルは言った。「クインがここじゃなくて、ベネズエラの贅沢なヴィラに住もうと決めたのも無理はない」

「ドアを見たか？」

「錠が一個。デッドボルトなし」

「こじあけるのにかかる時間は？」

「三十秒」ガブリエルは言った。「あのくだらん花束を車に置いていってもいいのなら、さらに短縮できる」

「花は持っていけ」

「どうせ持っていくなら銃のほうが……」

「銃はおれが持つ」

「家のなかでクインの友人たちと鉢合わせしたら？」

「西ベルファストから来たカトリックのふりをしろ」

「信じてもらえるかどうか疑問だな」

「信じさせるんだ」ケラーは言った。「さもないと、あんたの命はない」

「他に何か役に立つアドバイスは？」

「使える時間は五分。一分たりとも超過するな」

ガブリエルは車のドアをあけて通りに出た。ケラーは低く悪態をついた。リアシートに花束が残っていた。

21

アードイン、西ベルファスト

アイルランドの小さな三色旗がドアフレームの錆《さ》びた飾り金具からだらしなく垂れていた。アイルランドの統一という夢と同じく、この旗も色褪《いろあ》せてぼろぼろだ。ガブリエルが玄関ドアの取っ手をまわそうとすると、予想どおりロックされていた。そこで、ポケットから薄い金属ツールをとりだし、若いときに教わったテクニックを駆使して慎重に鍵穴の奥を探った。錠をはずすのにかかった時間はわずか数秒だった。ふたたび取っ手をまわすと、すなおにドアが開いた。家に入り、背後のドアをそっと閉めた。アラームが鳴りだすことも、犬が吠えることもなかった。

午前中に配達された郵便物がむきだしの床に散らばっていた。ガブリエルは封筒、ちらし、雑誌、ダイレクトメールを拾い集めて、手早く目を通した。どれも宛名はマギー・ドナヒュー。十代向けのファッション雑誌だけは別で、娘宛てだった。私信は一通もないようだ。クレジットカードの利用明細書をポケットに入れ、残りは床に戻した。それから居間に入った。

数メートル四方の小さな部屋で、カウチ、テレビ台、花柄のアームチェア二脚が置ける程度のスペースしかない。コーヒーテーブルには古い雑誌とベルファストの新聞の束、そして郵便物。開封済みのもあれば、未開封のもある。そのなかに、〈三十二州統治運動〉というリアルIRAの政治組織からのニューズレターと寄付依頼の手紙があった。ガブリエルはふと思った――この手紙を出した人物は、宛名の女性が爆弾・爆薬作りにかけては組織で最高の腕を持つ男の妻であることを、はたして知っているのだろうか。

手紙を封筒に戻し、封筒をテーブルに戻した。壁には何もなく、カウチの上のほうに、フリーマーケットで売っているようなレベルの、アイルランドの荒れた海の風景画が一枚かかっているだけだった。エンドテーブルの一つに母親と子供の額入り写真があった。ホーリー・クロス教会で子供が初聖体を受けたときのものだ。子供の顔にクインと似たところはなかった。その点だけでも子供にとって幸運と言うべきか。

ガブリエルは腕時計に目をやった。家に入ってから一分半たっている。薄いカーテンを細めにあけて外をのぞくと、一台の車が通りをゆっくり走っていくところだった。車のなかには男が二人。駐車中のシュコダのそばを通りすぎるとき、二人はケラーに注意を向けたようだった。車はそのままストラトフォード・ガーデンズを進み、角を曲がって消えた。ガブリエルはシュコダを見た。ライトは消えたままだ。次にブラックベリーを見た。警告のメッセージも電話も入っていない。

カーテンを放してキッチンへ行った。口紅のついたコーヒーカップがカウンターにのっていた。流し台には洗剤液につけた皿。冷蔵庫をあけてみた。レトルト食品がほとんどで、野菜や果物はなし。ビールもなし。〈テスコ〉で売っているイタリアの白ワインは中身が半分に減っている。

冷蔵庫の扉を閉め、次に引出しを調べた。クリーム色の封筒が見つかった。封筒にクインの手紙が入っていた。

〝預金するときは少額ずつにしろ。チップの金に見えるように……Cは元気か……〟

ガブリエルは手紙を上着のポケットにすべりこませ、腕時計で時間を見た。二分半。キッチンを出て二階に上がった。


さっきの車が一時三十七分にふたたびやってきた。八番地の家の前をふたたびゆっくり通ったが、今度はシュコダの横で止まった。ケラーは最初、気づかないふりをした。それから、無関心な顔で窓を下ろした。

「ここで何してる？」強烈な西ベルファストのアクセントで、運転席の男が言った。

「友達を待ってんだ」ケラーは同じアクセントで答えた。

「友達の名前は？」

「マギー・ドナヒュー」

「あんたの名前は？」助手席の男が訊いた。

「ジェリー・キャンベル」

「どっから来たんだ、ジェリー・キャンベル」

「ダブリン」

「その前は？」

「デリー」

「いつこっちに？」

「よけいなお世話だ」

ケラーの微笑はすでに消えていた。車でやってきた二人の男も同様だった。窓がするすると閉まった。車は静かな通りを遠ざかり、ふたたび角を曲がって消えた。マギー・ドナヒューがいまこの瞬間ユーロパ・ホテルのロビーバーにいることを二人の男に知られるまでに、どれぐらい時間の余裕があるだろうとケラーは考えた。二分ぐらい。いや、たぶんもっと短いだろう。電話をとりだして発信した。

「地元の連中がそわそわしだしたぞ」

「花でも渡しとけ」

電話が切れた。ケラーはエンジンをかけ、ベレッタのグリップを握った。それからバックミラーに視線を据え、さっきの車がふたたび現れるのを待った。

階段をのぼるとドアが二つあった。ガブリエルは右側の部屋に入った。広いほうの部屋だった。床の上と、メーキングしてないベッドに、服が散乱していた。カーテンがきっちり閉めてあり、室内を照らしているのはデジタル時計の赤い光だけだった。ベッド脇のテーブルのいちばん上の引出しをあけ、マグライトでなかを照らした。乾いたボールペン、使用済みの電池、封筒に入った数百ポンド分の古い紙幣、クインからの手紙。娘に会いたがっているようだ。クインがどこに住んでいるのか、どこで会うつもりか、といったことは書いてなかった。オマーの爆弾テロのあとでアイルランドから逃げだして以来、クインは家族にいっさい連絡をとっていない、とリーアム・ウォルシュが言ったが、嘘っぱちだったわけだ。

この手紙をささやかな手がかりのコレクションに加えて、次にクロゼットのドアをあけると、服を調べてみると、明らかに男物と思われるものがいくつか見つかった。ひょっとすると、夫の長い不在中にマギー・ドナヒューが男を作ったのかもしれない。いやいや、服はクインのものかもしれない。ウールのズボンをハンガーからはずし、自分の体に当ててみた。クインの身長はたしか百八十センチ弱。大男ではないが、ガブリエルよりは高い。ポケットを探ってみた。硬貨三枚、ユーロ紙幣、青と黄色の小さな切符が見つかった。切符はちぎれて半分なくなっていた。五八四六という数字が書いてあるが、あとは何もわからない。裏には数センチの磁気データストライプ。

切符をポケットに入れ、ズボンをハンガーに戻してから、バスルームに入った。洗面所の戸棚に男性用剃刀《かみそり》、男性用アフターシェーブ、男性用デオドラントがあった。次に廊下を横切り、もう一つの部屋に入った。きれい好きという点では、クインの娘は母親と正反対だった。ベッドはきちんと整えられ、服はクロゼットにきれいにかかっている。化粧台の引出しを調べてみた。ドラッグも煙草もなし。母親に隠れて何かやっているような形跡はいっさいなかった。エイモン・クインの存在を示すものもなかった。

時間を確かめた。すでに五分たっている。窓辺に立ち、男二人の乗った車が通りをゆっくり走っていくのを見守った。車の姿が消えた瞬間、ブラックベリーが震動した。耳に当てるとクリストファー・ケラーの声が聞こえた。

「時間切れだ」

「あと二分」

「そんな余裕はない」

ケラーはそれだけ言って電話を切った。ガブリエルは室内を見まわした。プロフェッショナルな人間の住まいの捜索には慣れているが、十代の子の部屋となると勝手が違う。プロフェッショナルは巧妙に隠し場所を工夫するが、十代の子は違う。大人はみんな間抜けだと思いこんでいて、その自信過剰が身の破滅となる。

クロゼットに戻って、少女の靴の内側を探った。次にファッション雑誌をめくってみたが、見つかったのは購読申込書と香水のサンプルだけだった。最後に、わずかな本を調べた。アイルランド紛争の歴史に関する本があった。その本のページにガブリエルの求めるものがはさまれていた。

それは一枚の写真で、十代の少女と、つばのある帽子にサングラス姿の男性が写っていた。色褪せた古い建物が並ぶ通りに二人は立っていた。ヨーロッパかもしれない。南米かもしれない。少女はキャサリン・ドナヒュー。そして、となりの男性は父親のエイモン・クインだった。


ガブリエルが八番地の家から外に出たとき、通りは静かだった。金属製のゲートを抜けてシュコダのほうへ歩き、助手席に乗りこんだ。ケラーはカトリックの居住区であるアードインの裏道ばかりを選んで走り、クラムリン・ロードに戻った。やがて、右へ急カーブを切ってカンブレー通りに出てからスピードを落とした。街灯にユニオンジャックがひるがえっていた。目に見えない国境をたったいま越えたのだ。プロテスタントの土地へ無事に戻ったのだ。

「何か見つかったか」ようやくケラーが訊いた。

「たぶん」

「何が？」

ガブリエルは笑顔で答えた。「クイン」

22

ウォリング通り、ベルファスト

「クインとは限らんぞ」ケラーが言った。

「かもな」ガブリエルは答えた。「だが、間違いない。クインだ」

二人がいるのはウォリング通りのプレミア・インにケラーがとった部屋だった。ユーロパ・ホテルの向かいの角にあり、豪華さの点ではるかに劣る。ケラーはエイドリアン・ルブランという名前でチェックインして、ホテルの従業員の前ではフランス訛りの英語を使った。ガブリエルのほうは、陰気なロビーを通るあいだ、いっさい口を利かなかった。

「この場所、どこだと思う?」写真をじっと見て、ケラーが訊いた。

「いい質問だ」

「ビルの看板もなければ、通りには車もない。まるで――」

「やつがきわめて慎重に場所を選んだかのようだ」

「カラカスかもしれん」

「あるいはサンティアゴか。ブエノスアイレスか」

「行ったことがあるのか」

「どこへ？」

「ブエノスアイレス」ケラーは言った。

「何回か」

「仕事？　それとも、観光？」

「観光で行くことはない」

ケラーは微笑して、ふたたび写真に目をやった。「コロンビアのボゴタの中心部に似てるような気がする」

「その言葉を信じるとしよう」

「もしくは、マドリードか」

「かもな」

「切符を見せてくれ」

ガブリエルは切符を差しだした。ケラーは表側をじっくり調べた。次に、裏返して磁気データストライプを指でなぞった。

「何年か前に」ようやく言った。「ドンがある仕事を請け負った。盗難にあうのを好まない連中から莫大《ばくだい》な金を盗んだ紳士がいて、始末するよう頼まれたんだ。紳士はこの写真にあるような街に身を潜めていた。色褪せた美しさを持つ古い街、丘と路面電車の街」

「紳士の名前は？」

「言わないほうがいいだろう」

「街のどこに隠れてたんだ？」

「いまから話す」

ケラーはふたたび切符の表側を調べていた。「紳士は車を持っていなかったので、公共の交通機関を利用するしかなかった。おれは襲撃の一週間前からやつを尾行していた。つまり、おれも公共の交通機関を利用するしかなかったわけだ」

「切符に見覚えがあるのか、クリストファー」

「そんな気がする」

ケラーはガブリエルのブラックベリーを手にすると、グーグルを開き、検索ボックスに何文字か打ちこんだ。検索結果が出ると、その一つをクリックして笑顔になった。

「見つかったのか」ガブリエルは訊いた。

ブラックベリーをガブリエルのほうへ向け、画面が見えるようにした。マギー・ドナヒューの自宅で見つけた切符の完全版がそこに出ていた。

「どこの切符だ？」ガブリエルは訊いた。

「丘と路面電車の街」

「まさかサンフランシスコじゃあるまいな」

「違う」ケラーは言った。「リスボンだ」

「だからって、この写真もリスボンで撮ったという証拠にはならないぞ」

「まあな」ケラーは答えた。「だが、キャサリン・ドナヒューがリスボンにいたことを証明できれば……」

ガブリエルは無言になった。

「あの家に忍びこんだとき、娘のパスポートを見かけなかったか？」

「そういう幸運には恵まれなかった」

「ならば、パスポートを見るための方法を他に何か考えないと」

ガブリエルはブラックベリーを手にして、ロンドンのグレアム・シーモア宛てに短いメッセージを送った。ベルファストのストラトフォード・ガーデンズ八番地に住むキャサリン・ドナヒューの海外渡航歴をすべて調べてほしい、という内容だった。一時間が過ぎ、夕闇が街を包むころに返事が届いた。

英国外務連邦省は二〇一三年十一月十日にパスポートを発給している。その一週間後に、キャサリン・ドナヒューはベルファストでブリティッシュ・エアウェイズの便に搭乗してヒースロー空港へ飛び、一時間半後、リスボン行きの便に乗り換えた。ポルトガルの入国管理局の記録によると、キャサリンの滞在日数はわずか三日、海外渡航はあとにも先にもこれ一度きりだそうだ。

「クインがポルトガルに住んでいたという証明にはならないが」ケラーは指摘した。

「だったら、なぜ娘をリスボンに来させた？　モナコか、カンヌか、サンモリッツでもいいのに」

「金欠だったのかもな」

「もしくは、リスボンにアパートメントを持っているのかも。外国人が出入りしても目立たない界隈にある、チャーミングな古い建物」

「そういう場所をどこか知ってるかい？」

「これまでそういう場所を点々としてきた」

ケラーはしばらく黙りこんだ。「さてと、どうする？」ようやく訊いた。

「この写真と、前に作ったモンタージュを持ってリスボンへ飛び、一軒ずつまわる」

「もしくは？」

「潜伏中の人物を見つける仕事を専門にしている人間を雇う」

「誰か心当たりは？」

「一人だけ」

ガブリエルはブラックベリーをとってエリ・ラヴォンに電話した。

23

ベルファスト――リスボン

二人はリスボンまで行くのに時間をかけることにした。焦りは禁物だとガブリエルが言ったのだ。旅程を慎重に組み、尾行を警戒したほうがいい。クインの姿が初めて視界に入った。噂だけの存在ではなくなった。娘を持つ生身の人間だ。かならず見つけてみせる。そして、排除してやる。

そこで、二人は来たときと同じく、偽名でひそかにベルファストを離れた。ムッシュー・ルブランはプレミア・インのフロント係に急用ができたと言った。ヘル・クレンプもユーロパ・ホテルで似たような作り話をした。ロビーを通り抜けるとき、酔っぱらったビジネスマンのテーブルにウィスキーの特大グラスを運ぶマギー・ドナヒューの姿が見えた。ヘル・クレンプの視線を避けていた。ヘル・クレンプも彼女の視線を避けた。

二人は車でダブリンまで行って空港に車を置き、ラディソン・ホテルにそれぞれ部屋をとった。翌朝はホテルのレストランで別々に朝食をすませてから、別々の飛行機でパリへ向かった。ガブリエルはアイルランドの国営航空のエアリンガス、ケラーはエールフランス。ガブリエルのほうが先に到着した。駐車場に用意されていたシトロエンに乗りこみ、ターミナルビルからケラーが出てくるのを待った。

その夜はフランス南西部のビアリッツで一泊、翌日はスペインのヴィトリアという街に泊まった。ケラーはかつて、ドン・オルサーティに命じられて、バスク地方の分離独立をめざす組織ETAのメンバーをこの街で殺害したことがある。だが、ケラーと昔の日々との絆がほつれはじめていた。日がたつとともにMI6のグレアム・シーモアのもとで働く気になっているのが、ガブリエルにも見てとれた。

ヴィトリアからマドリードへ行き、マドリードからポルトガルの国境沿いにバダホスまで車を走らせた。ケラーはそこからリスボンへ直行しようとしたが、ガブリエルの猛反対にあって西へ向かい、エストリルでシーズン最後の太陽を浴びることにした。海辺に立つ別々のホテルに泊まり、妻も子供も悩みごとも責任もない男として別々に日々を送った。ガブリエルは毎日数時間かけて、誰の監視下にも置かれていないことを確認した。エルサレムのキアラにメールを送りたかったが我慢した。エリ・ラヴォンへの連絡も控えた。ラヴォンは人捜しにかけては世界最高の腕を持つ人物だ。若いころ、〈ブラック・セプテンバー〉のメンバーを、すなわち、一九七二年のミュンヘン・オリンピック襲撃事件の実行犯たちを捜しだしたこともある。〈オフィス〉を離れたあとは個人で調査事務所を開いて、ホロコースト時代に略奪された資産を追い、ときにはナチの戦犯を追うようになった。住居、偽名、新しい妻子など、リスボンにクインの痕跡が何か残っていれば、ラヴォンが見つけてくれるに違いない。

しかし、なんの収穫もないまま二日が過ぎると、さすがのガブリエルも不安になってきた。キャサリン・ドナヒューがリスボンへ出かけたのは友達との旅行だったのかもしれない。または、修学旅行だったのかもしれない。マギー・ドナヒューの家のクロゼットにかかっていたズボンも、リスボンの路面電車の切符も、他の男のものかもしれない。よその土地でクインを捜すことになるかもしれない。イラン、レバノン、イエメン、ベネズエラなど、クインが死の商売に励んできた無数の土地のどこかで。クインは暗黒の世界の住人だ。どこにいても不思議ではない。

しかし、三日目の朝、エリ・ラヴォンから短いが有望なメッセージが入った。〝問題の男はリスボンを頻繁に訪れているらしい〟ラヴォンは正午までにそれを確認し、夕方には住所を探りだしていた。ガブリエルはケラーのホテルへ電話して行動開始を告げた。二人は来たときと同じく、偽名でひそかにエストリルを離れ、リスボンへ向かった。

「やつはアルバレスと名乗っている」

「綴《つづ》りはポルトガル式？　それとも、スペイン式？」

「やつの気分次第だ」

エリ・ラヴォンは微笑した。二人がいまいるのは、リスボンのチャド地区にある〈カフェ・ブラジレイラ〉だった。時刻は九時半、カフェはひどい混みようだ。隅の席でコーヒーの上にかがみこんでいる中年過ぎの男二人には、誰も目を向けもしない。二人は声をひそめてドイツ語で会話をしていた。ガブリエルは母親譲りのベルリン訛りのドイツ語だが、ラヴォンのドイツ語は完全なウィーン訛りだ。セーターの上にしわだらけのツイードの上着、首にはアスコットタイ。髪は薄毛でぼさぼさ。ごく平凡な顔立ちで印象に残らない。これがラヴォンのいちばんの強みだ。どう見ても風采の上がらない男。だが、じつは天性の捕食者で、世界のどんな場所でも、相手にいっさい気づかれることなく、鍛え抜かれた諜報部員や筋金入りのテロリストを尾行することができる。

「アルバレスというのは名字だな。名前のほうは?」ガブリエルは尋ねた。

「ホセと名乗ったり、ホルヘにしたり」

「国籍は?」

「ベネズエラのこともあれば、エクアドルのこともある」ラヴォンは微笑した。「パターンが読めてきたかい?」

「ポルトガル人に化けることはけっしてないわけだ」

「言葉ができないからな。スペイン語もお粗末だ。訛りがひどい」

カウンターの客が何か冗談を言ったらしく、市松模様のタイルの床に笑い声の波が広がり、シャンデリアの淡い金色の光に包まれた高い天井へ消えていった。ガブリエルはラヴォンの肩越しに視線を投げ、となりのテーブルにクインがすわっているところを想像した。しかし、そこにいるのはクインではなかった。クリストファー・ケラーだった。右手にコーヒーカップを持っている。右手なら異状なし、左手は危険の合図。ガブリエルはラヴォンに視線を戻してクインのアパートメントの場所を尋ねた。ラヴォンはバイロ・アルトのほうを顎で示した。

「どんな感じの建物だ?」

ラヴォンは手のしぐさで、〝ほどほど〟と〝最低〟の中間ぐらいであることを示した。

「管理人は?」

「バイロ・アルトに?」

「何階だ?」

「二階」

「忍びこむことはできそうか」

「そんなことを訊かれるとは思わなかったな。どうせなら、〝忍びこむつもりはあるのか〟と訊いてほしかった」

「あるのか」

ラヴォンは首を横に振った。「エイモン・クインのような男の仮住まいが運よく見つかったときは、あわてて飛びこんですべてを水の泡にするような危険を冒すものではない。じっくり監視を続けて、ターゲットが姿を見せるのを忍耐強く待つんだ」

「考慮すべき要素が他にある場合、そんな悠長なことは言ってられない」

「例えば？」

「次の爆弾テロが起きる可能性とか」

「あるいは、誰かさんの女房が双子の出産を控えてるとか」

ガブリエルは渋い顔になったが、沈黙を通した。

「気になるだろうから言っておくと、奥さんは元気だ」

「怒ってるかな？」

「妻は妊娠七カ月、夫はリスボンのカフェ。奥さんがどんな気持ちになると思う？」

「警護のほうは？」

「ナルキス通りはおそらく、エルサレムでいちばん安全な街路だろう。ウージの命令で、警護チームが二十四時間体制で玄関前にはりついてる」ラヴォンはそこで躊躇し、さらに続けた。「しかし、世界中のボディガードをすべて集めても夫のかわりにはならん」

ガブリエルは返事をしなかった。

「ひとつ提案していいか」

「なんなりと」

「二、三日、エルサレムに帰ってこい。アパートメントの監視はあんたの友達とおれの二人で充分だ。クインが姿を見せたら、真っ先にあんたに知らせる」

「わたしをエルサレムに帰したりしたら、こっちにはもう戻ってこなくなるぞ」

「だから提案したんだよ」ラヴォンは低く咳払《せきばら》いをした。「奥さんとしては、あと一カ月ほどでふたたび父親になることを、あんたに自覚してもらいたいことだろう。出産にも立ち会ってほしいだろうし」

「キアラは他にも何か言ってたかい？」

「エイモン・クインのことをちょっと……」

「というと？」

「ウージが作戦のことを奥さんに話したらしい。罪もない女子供を爆弾で吹き飛ばす男どもは、奥さんにとって許しがたい敵だ。家に帰るのはクインを見つけてからにしろと言っていた。それから、クインを殺してほしいそうだ」

ガブリエルはケラーにちらっと目をやった。「わざわざ言われるまでもない」

「そうだな」ラヴォンは言った。「健闘を祈る」

ガブリエルは微笑してコーヒーを飲んだ。ラヴォンが上着のポケットに手を入れ、銀色のUSBメモリをとりだした。テーブルに置いてガブリエルのほうへ押しやった。

「依頼されたとおり、タリク・アル＝ホウラニに関する詳細なファイルを持ってきた。大量の難民が発生した〝アラブの大災厄〟の時代にパレスチナで生まれ、ツインタワーが崩壊する少し前にマンハッタンのアパートメントの階段で射殺された」ラヴォンは言葉を切り、ふたたび続けた。「あんたもその場にいたはずだ。おれはなぜか招待されなかったが」

ガブリエルはUSBメモリを無言で見つめた。そこにはどうしても読む気になれない事柄が含まれている。一九九一年一月の雪の夜、ウィーンでガブリエルの車に爆弾を仕掛けたのがタリク・アル＝ホウラニだった。爆発でガブリエルの息子のダニが死亡し、元の妻リーアは重傷を負った。現在はマウント・ヘルツル精神科病院に入院したまま、記憶という牢獄《ろうごく》に閉じこめられ、炎に破壊された体で生きている。ガブリエルは先日リーアの見舞いに行ったとき、もうじき父親になることを伝えておいた。

「おれもうっかりしてた」ラヴォンは静かに言った。「このファイルの内容はあんたの頭にすべて叩きこまれてるよな」

「まあな。だが、やつのキャリアに関して記憶を新たにしたい点が一つある」

「なんだ？」

「タリクがリビアにいた時期のことだ」

「あんたの勘か」

「たぶん」

「他に何かおれに言いたいことは?」

「会えてうれしいよ、エリ」

ラヴォンはコーヒーをゆっくりかきまぜた。「おたがいさまだ」

二人は〈カフェ・ブラジレイラ〉の有名な緑のドアから外に出て、タイル敷きの広場に入った。フェルナンド・ペソアのブロンズ像がこの広場で永遠の時間を生きている。詩と小説の世界でポルトガル一の名声を得たことへの罰というわけだ。タホ川からの冷たい風が優美な黄色い建物のあいだを吹き抜け、路面電車がチャド広場をがたごと走っていく。ガブリエルはクインの姿を想像した。窓ぎわの席にすわったクイン、整形手術で顔を変えた冷酷なクイン、死の使いのクイン。ラヴォンが丘をゆっくりのぼっていく。ガブリエルは横に並び、暗い通りが織りなす迷路を二人で歩いていった。ラヴォンは足を止めて現在位置を確かめることも、地図を見ることもしなかった。エルサレムの旧市街で進めている発掘の最近の成果をドイツ語で語っていた。ラヴォンは〈オフィス〉から仕事を頼まれるとき以外は、ヘブライ大学の聖書考古学部で非常勤講師をしている。神殿の丘の地下で大発見をしたことから、イスラエルのインディ・ジョーンズと呼ばれている。

ラヴォンが不意に足を止めた。「見覚えはないか?」

「何に?」

「この場所」返事がないので、ラヴォンは向きを変えた。「これでどうだ?」ガブリエルも向きを変えた。この通りには街灯がまったくなかった。暗いせいで建物の形がおぼろになり、特徴も細かい点もわからない。

「二人はここに立っていた」ラヴォンは石畳の通りを何歩か進んだ。「それから、写真を撮った人物が立っていたのはここだ」

「誰が撮ったんだろう」

「たまたま通りかかった人間かもしれん」

「クインは見ず知らずの人間に写真を撮ってもらうようなタイプではないと思う」

ラヴォンは何も言わずにふたたび歩きだし、坂道をどんどん進んでいった。左へ右へと何回か曲がると、ガブリエルは完全に方向感覚を失った。唯一の目印はタホ川で、魚のうろこのように光る水面がときおり建物のあいだに顔をのぞかせる。ようやくラヴォンが歩調をゆるめ、アパートメントの建物の入口のほうを頭で示した。丘の上に並ぶ建物の大部分よりやや高くて、三階建てではなく四階建て。一階の壁は落書きだらけだ。二階の鎧戸《よろいど》が蝶番《ちょうつがい》一個だけで斜めにぶら下がり、花をつけた蔓植物が錆びたバルコニーから垂れている。ガブリエルは入口まで行ってインターホンを調べた。2Bは居住者の氏名なし。ボタンを親指で押すと、ブザーの音が鮮明に響いた。次に、正面ドアの取っ手に軽く触れた。

「これをあけるのにどれぐらいかかると思う?」

「十五秒ぐらいかな」ラヴォンが答えた。「だが、〝辛抱強く待つ者が褒美にありつける〟とも言うし」

ガブリエルは坂の下へ目を凝らした。角のところにマッチ箱みたいに小さなレストランがあり、通りに面したテーブルでケラーが無表情にメニューを見ていた。通りの向かいには角砂糖みたいな形のずんぐりした住宅が二軒。その少し先にもまた四階建てのアパートメントがある。外壁がカナリア色だ。入口のドアを見ると、端の丸まったちらしがテープで留めてあった。賃貸用の空き部屋あり、とポルトガル語と英語で書いてある。

ガブリエルはちらしをはがしてポケットに入れた。それから、ケラーには言葉もかけず視線も向けずに、ラヴォンと並んで丘を下り川のほうへ向かった。翌朝、〈カフェ・ブラジレイラ〉でコーヒーを飲みながら、ちらしに出ていた番号に電話した。そして、正午には敷金と半年分の家賃を払い、部屋を手に入れていた。

24

バイロ・アルト、リスボン

ガブリエルはその日の夕方、妻に愛想をつかされた男という顔でアパートメントに移った。荷物は古びた小さな旅行かばん一個だけ、〝ほっといてくれ〟と言いたげな気むずかしい表情。その一時間後、食料品の袋を二つさげて、エリ・ラヴォンがやってきた。最後はケラー。夜盗のごとく建物に忍びこみ、南アーマーの無法地帯に潜入していたころのように窓辺に腰を据えた。こうして長期の監視が始まった。

アパートメントは家具つきだが、なんとも殺風景だった。リビングの椅子はどれもちぐはぐで、近所のフリーマーケットで適当に買ってきたような代物だ。二つの寝室はまるで苦行僧の独居房のよう。ベッドが二つしかなくても、なんの不便もなかった。つねに誰か一人が窓辺で監視に当たるからだ。たいていケラーが監視役。潜伏していたクインが姿を見せるのを長年待ちつづけただけに、獲物を最初に目にする栄誉は自分のものにするつもりだった。ガブリエルがクインのモンタージュを家族写真のように壁に貼っていたので、それらしき年齢と身長の男が狭い道を通りかかるたびに、ケラーはモンタージュと見比べた。年齢は四十代半ば、身長はたぶん百八十センチ弱。三日目の日の出の時刻に、シャッターが下りたカフェのほうからクインがやってきたように思った。あれはクインの顔だ、と興奮した小声でラヴォンに告げた。歩き方にもクインの特徴が出ていると言った。だが、クインではなかった。あとでわかったのだが、二、三本離れた通りの店で働いているポルトガル人だった。監視のエキスパートであるラヴォンが、それが長期の監視に伴う危険の一つだと説明してくれた。誰を見てもターゲットだと思いこむようになる。逆に、ターゲットが目の前に立っていても、疲労でぼうっとするあまり、まったく気づかないこともある。

アパートメントはガブリエルが一人で借りたものと家主が思いこんでいるため、人前に出るのはガブリエルだけだった。心に傷を負った男、時間をもてあましている男。バイロ・アルトの起伏のある道を散歩し、目的もなく路面電車に乗り、美術館へ行き、〈カフェ・ブラジレイラ〉で午後のコーヒーを飲んだ。そして、タホ川の土手沿いにある緑の公園で〈オフィス〉の使いの男に会い、諜報活動に必要な品が詰まったケースを受けとった。三脚つきの暗視スコープカメラ、パラボリックマイク、安全な無線機、極小サイズの送信機、キング・サウル通りと安全な衛星回路で結ばれているノートパソコン。オペレーション課のチーフからのメモも入っていた。ハウスキーピング課の承認も得ずに独断で隠れ家を調達したガブリエルを軽く叱責する内容だった。また、キアラからの直筆の手紙もあった。ガブリエルはそれを二回読んでからバスルームのシンクで燃やした。そのあと、彼の気分は排水溝に流した灰と同じ暗さになった。

「おれの提案はいまでも有効だぞ」ラヴォンが言った。

「なんのことだ？」

「おれがケラーとここに残る。あんたは奥さんのところに戻る」

ガブリエルの返事は前と同じだったので、ラヴォンがその話を持ちだすことは以後二度となかった。深夜になり、角のレストランのテーブルが片づけられ、静かな通りを雨が濡らすようになっても。外から人影を見られることのないようアパートメントの照明を暗くすると、二人の顔に刻まれた歳月は消え去り、ミュンヘン・オリンピック襲撃事件の実行犯たちを暗殺するため、一九七二年の秋に〈オフィス〉から送りだされた二十歳の若者に戻るのだった。暗殺チームが使っていたヘブライ語で言うなら、ラヴォンは〝アイン〟、すなわち追跡者で、ガブリエルは〝アレフ〟、すなわち暗殺者だった。チームの面々は獲物をとらえるために三年のあいだヨーロッパを駆けめぐり、あるときは暗闇で、あるときは真っ昼間に殺害を実行し、いつ逮捕されて殺人罪で裁かれるかわからない恐怖のなかで日々を送っていた。みすぼらしい部屋で出入口と人々を監視しながら過ごす夜が延々と続き、ストレスと血まみれの光景のせいで誰もが不眠症に陥った。トランジスタラジオが現実世界との唯一の接点だった。ラジオは戦争の勝敗やスキャンダルで辞任した米大統領のことを伝え、爽《さわ》やかな夏の夜には音楽を届けてくれた。普通の暮らしを送る二十歳の若者たちはそうした音楽を聴いているのだ。殺された十一人のユダヤ人の仇《かたき》を討つため、処刑人として祖国から送りだされるなどという経験は、普通の若者にはないことだった。

バイロ・アルトの狭いアパートメントにも、やはり不眠症が襲いかかった。最初の予定では、窓辺の監視を二時間交替でおこなうはずだったが、日々が過ぎ、不眠症に悩まされるようになると、ベテラン工作員三人は合同監視のような態勢をとりはじめた。窓の下を通りすぎる者は、年齢、性別、人種に関係なく、一人残らず写真に撮った。ターゲットの建物に入っていく者とそこの住民については、さらに念入りな撮影をおこなった。

アパートメントには、雨が降ったり、風が通りを吹き抜けたりするたびに映りの悪くなるパラボラアンテナつきのテレビが置いてあった。それが彼らと世界をつないでいたが、世界は一日ごとに収拾がつかなくなっているようだった。ガブリエルが〈オフィス〉の次期長官として宣誓すれば、その瞬間からその世界をひきつぐことになる。ケラーが望めば、それはまたケラーの世界ともなる。ケラーはガブリエルが最後に修復した絵画のようなものだ。汚れたニスを落とし、裏打ちをしなおし、亀裂や剥落部分の処置をおこなった。いまのケラーはもう英国人の暗殺者ではない。もうじき英国人のスパイになる。しかし、監視が得意な人間の例に洩れず、ケラーも生来の忍耐心を備えていた。しかし、監視を始めて七日もたつと、さすがのケラーの忍耐心も薄れてきた。川岸の散歩でもいいし、海辺のドライブでもいいから、とにかく気分転換に何かするようにとラヴォンが勧めたが、ケラーはアパートメントを出ることも、窓辺の監視ポストを離れることも拒んだ。下の通りを行きかう人々の顔を撮影し、身長百八十センチ弱の四十代半ばの男性が通りの向かいのアパートメントから出てくるのを待ちつづけた。

ラヴォンには、その姿がオマーのロウワー・マーケット通りで監視を続けていたころのケラーと重なって見えた。車体のうしろが沈んで赤いヴォクスホール・キャバリエが歩道の縁に止まるのを待ちつづけるケラー。クインとウォルシュという二人の男が降りてくるのを待ちつづけるケラー。ウォルシュは罰を受けた。次はクインの番だ。

しかし、さらに一日たってもクインの姿がなかったため、ケラーは探索をよそへ移そうと言いだした。論理的に考えるなら南米だ。ベネズエラのカラカスに潜入して、クインが見つかるまで一軒一軒ドアを蹴破ってまわればいい。ガブリエルはその案を真剣に検討しているかに見えた。だが、じつは、通りの角のレストランに一人ですわっている三十代ぐらいの女性を見つめていた。女性は横の椅子にハンドバッグを置いていた。化粧品一式が、いや、それどころか着替えだって入りそうな特大のバッグだ。ファスナーをあけたまま、中身をすぐとりだせる位置に置いてある。ガブリエルはふと思った。〈オフィス〉の女性工作員がバッグを置くときも、同じようにするだろう。銃が入っていればとくに。

「おれの話、聞いてるのか」ケラーが言った。

「細大洩らさず」ガブリエルは嘘をついた。

黄昏《たそがれ》の最後の光が消えようとしていた。三十代ぐらいの女性はサングラスをかけたままだ。ガブリエルは望遠レンズをそちらに向けて隠し撮りをした。カメラのファインダーをじっと見た。整った顔だ。絵に描いてみたくなる顔。頬骨が高く、顎はほっそりとデリケート。白い肌にはしみ一つない。目はサングラスに隠れているが、推測するに、たぶんブルーだろう。髪は肩までの長さで漆黒。自然の色とは思えない。

ガブリエルがシャッターを押したとき、女性はメニューを見ていた。いまは通りをじっと見ている。さほどいい眺めではない。レストランの客はほとんどが反対側を見ている。街の景色を眺めるならそちらのほうがいい。ウェイターがやってきた。ガブリエルはあわててパラボリックマイクをつかみ、テーブルのほうへ向けたが手遅れだった。〝承知しました〟と英語で言うウェイターの声に続いて、ダンスミュージックが流れてきた。女性の携帯の呼出音だ。女性はボタンを押して電話を切り、携帯をバッグに戻して、リスボンのガイドブックをとりだした。ガブリエルはふたたびカメラのファインダーをのぞいてズームアップした。狙いは女性の顔ではなく、彼女が手にしたガイドブック。フロマーズの旅行ガイド、英語だ。女性はしばらくするとそれを下に置き、通りに視線を戻した。

「何を見てる?」ケラーが訊いた。

「美人だな」ケラーは窓辺に来てガブリエルの視線を追った。

「さあ……」

「たぶん」

「よそ者？　土地の者？」

「若い美人の旅行者が一人で食事とはどういうわけだ？」

「旅行者のようだ」

「いい質問だ」

ウェイターがグラスの白ワインを持ってふたたび現れ、リスボンのガイドブックの横にグラスを置いた。オーダーをメモしようとしたが、女性に何か言われて、何も書かずにメモ用紙をひっこめた。しばらくしてから、伝票を持って戻ってきた。それをテーブルに置いて立ち去った。言葉のやりとりはまったくなかった。

「どういうことだ？」ケラーが訊いた。

「若い美人の旅行者の気が変わったようだ」

「なんでだろう？」

「電話と関係があるのかもな。彼女、その電話には出なかったが」

女性は目下、ハンドバッグに片手を入れていた。手を出したときは紙幣を一枚握っていた。伝票の上に置き、ワイングラスで押さえてから立ちあがった。

「ワインが好みに合わなかったのかな」ガブリエルは言った。

「あるいは、頭痛がするのか」

女性がバッグに手を伸ばした。バッグを肩にかけ、最後にもう一度通りへ目をやった。それから反対のほうを向き、角を曲がって姿を消した。

「残念だな」ケラーが言った。

「様子を見てみよう」

ガブリエルはウェイターが紙幣を手にとるのを見守った。だが、頭のなかでは、女性がふたたび姿を見せるまでにかかる時間を計算していた。たぶん、二分ぐらい。平行に延びる裏道を通って戻るのにそれぐらいかかるだろう。腕時計の針を見つめ、九十秒が過ぎたところで、ファインダーをのぞいてゆっくりと数をかぞえはじめた。二十までいったとき、薄明かりのなかから出てくる女性の姿が見えた。バッグを肩にかけ、サングラスをかけている。ガブリエルたちが監視している建物の入口で足を止め、鍵を差しこんでまわし、ドアを押しひらいた。女性がロビーに入るのと同時に、居住者と思われる二十代半ばの男性が出てきた。振り向いて彼女を見た。称賛からか、好奇心からか、ガブリエルにはわからなかった。とりあえずその居住者の写真を撮り、次に二階の暗い窓を見た。十秒後、ブラインドの奥に明かりがともった。

25

バイロ・アルト、リスボン

　ガブリエルたちがふたたび女性の姿を見たのは翌朝の八時半だった。バスローブ一枚でバルコニーに出てきたのだ。ほっそりした身体には大きすぎるバスローブを見て、たぶんクインのものだろうとガブリエルは推測した。女性は煙草をくわえたまま、何やら考えこむ様子で、スティールグレイの夜明けの光が射しはじめた通りを眺めていた。けさはサングラスをはずしていて、その目はガブリエルの想像どおりブルーだった。空のブルー。フエルメール・ブルー。スナップを何枚か撮り、キング・サウル通りへ送った。なおも監視を続けていると、女性はバルコニーを離れてフレンチドアの奥へ姿を消した。

　それから二十分間、窓辺に明かりがともっていた。やがて明かりが消え、ほどなく、女性が建物の正面玄関から出てきた。右の肩にショルダーバッグをかけ、両手をコートのポケットに入れている。ゆうべの都会的な革のジャケットではなく、学生が着るようなダッフルコートだ。きびきびした歩調。石畳にブーツの音が響く。その音が大きくなって、監視場所となっている窓の下をすべるような足どりで通りすぎ、シャッターの下りたレストランの角を曲がって姿を消すと同時に足音が遠ざかっていった。

ガブリエルがパリから乗ってきたシトロエンが少し先の角に置いてある。ガブリエルが徒歩で女を尾行して商店やカフェが並ぶ石畳の細道を進むあいだに、ケラーがシトロエンをとってきた。細道の向こうに広い大通りがあり、丘の下まで続いていて、まるでタホ川の支流のようだ。女性はコーヒーショップに入ってカウンターで注文をし、それから窓辺の席にすわった。ガブリエルは大通りの向かいのカフェに入って同じようにした。ケラーは歩道の縁に駐車して、車を動かすよう警官から言われるまで待つことにした。

それから十五分間、三人の位置には変化がなかった。女性はカフェのなか、ガブリエルは向かいのカフェのなか、ケラーはシトロエンの運転席。女性はコーヒーを飲みながら携帯の画面を見つづけていた。少なくとも一回は電話をかけたようだ。やがて九時半になると、電話をバッグに放りこみ、ふたたび外に出た。南を向いて川のほうへ何歩か進んだが、急に立ち止まり、逆方向へ向かうタクシーを止めた。ガブリエルは急いでカフェを出るとシトロエンの助手席にすべりこんだ。ケラーは車をUターンさせ、アクセルを踏みこんだ。

三十秒ほどたったころ、ようやくタクシーの姿をとらえた。タクシーは朝のラッシュのなかを北へ向かっていた。リスボンが活動範囲に入ることはめったにないため、この街の地理にはあまり詳しくないガブリエルだが、それでもタクシーがどこへ向かっているかは見当がついた。この道路はリスボン空港のほうへまっすぐに延びている。

タクシーとシトロエンは現代的な市街地に入り、車の流れに乗って緑の公園の端にある大きな環状交差路まで行った。そこから北東へ向かうとさらに別の環状交差路があり、アベニーダ・ダ・レプブリカという大通りに出た。この大通りの前方に空港の最初の標識が見えてきた。タクシーはその標識どおりに進み、第一ターミナルビルの出発ロビーの外で止まった。女性はタクシーを降りると、予定の便に遅れるとでもいうような急ぎ足で入口へ向かった。ガブリエルは、シトロエンを短期駐車場に預け、銃をトランクにしまい、キーを左後輪の上に隠してあるマグネット式の缶に入れておくよう、ケラーに指示した。それから車を降り、女性を追ってターミナルビルに入った。

女性はドアを一歩入ったところで足を止めて周囲を確認してから、光り輝く現代的なロビーの天井から下がった大きなフライトボードをじっと見た。そこからまっすぐブリティッシュ・エアウェイズのカウンターへ行き、ファーストクラスの短い列に並んだ。幸いなことに、リスボン発のブリティッシュ・エアウェイズの行き先は一つしかない。五〇一便が一時間後に出発する。その次の便は夜の七時だ。

ガブリエルは上着のポケットからブラックベリーをとりだし、キング・サウル通りのトラベル課に宛てて、ＢＡ五〇一便のファーストクラスのチケット二枚を依頼した。一枚はヨハネス・クレンプ、もう一枚はエイドリアン・ルブランの名前で。トラベル課からすぐに、〝メッセージ拝受、しばし待て〟との連絡があった。二分後、ブラックベリーの画面に予約番号が出た。ファーストクラスは一枚しかとれなかった。トラベル課の人間はまことに聡明で、それをガブリエルのために予約してくれた。ムッシュー・ルブランはエコノミークラスのわずかな残席の一つにすわることになった。機体後方、泣きわめく子供とトイレの悪臭に支配されたゾーンだ。

ガブリエルはキング・サウル通りへふたたびメッセージを送り、ヒースローに車をスタンバイさせておいてほしいと頼んだ。それからブラックベリーをポケットに戻し、搭乗券を手にした女性がセキュリティゲートへ向かうのを見守った。女性の姿が見えなくなるのを待って、ケラーがガブリエルのそばに来た。

「いまからどこへ?」

ガブリエルは笑顔で答えた。「きみの祖国へ」

二人は別々にチェックインした。スーツケースなし、機内持込み手荷物もなし。ポルトガルの出国審査官が二人の偽造パスポートにスタンプを押した。空港の警備スタッフがセキュリティゲートを通してくれた。出発まで四十五分あったので、香水のかおりの漂う免税店をぶらつき、手ぶらで搭乗しなくてもいいようにニューススタンドで読むものを買った。二人が搭乗ゲートへ行ったときには、すでにあの女性が来ていて、スカイブルーの目を携帯の画面に据えていた。ガブリエルはそのうしろにすわって搭乗アナウンスを待った。最初のアナウンスはポルトガル語、二番目が英語だった。女性は二番目のアナウンスが終わったところで立ちあがった。携帯をバッグに入れ、ファーストクラスのレーンからボーディングブリッジへ向かった。ガブリエルも一拍遅れて同じことをした。搭乗券を係員に差しだしながら、ケラーのほうをちらっと見ると、荷物をどっさり持った乗客の群れのなかにみじめな顔で立っていた。

ガブリエルが機内に入ったときには、女性はすでに自分の席について無料サービスのシャンパンを受けとっていた。彼女の席は左側二列目の窓側だ。バッグは足もとに置いただけで、きちんと収納されていない。機内誌が膝にのせてある。ページはまだ閉じたまま。ガブリエルが肥満体の年金生活者の横をすり抜けて自分の席にどさっとすわったときも、女性は無関心な顔だった。彼の席は右側四列目の通路側。厚化粧のフライトアテンダントがガブリエルの手にシャンパングラスを押しつけた。無料サービスにはそれなりの理由がある。泡立つテレビン油と言いたくなる味だった。ガブリエルはグラスをセンターコンソールに注意して置き、隣の乗客に会釈をした。英国のビジネスマンでヨークシャー訛りがあり、出荷の手違いのことで携帯に向かって何やらがなりたてている。

ガブリエルも自分のブラックベリーをとりだし、キング・サウル通り宛てに新たなメッセージを打ちこんだ。今度は女性の身元チェックを依頼するためだった。年齢はたぶん三十代で、いまこの瞬間、ブリティッシュ・エアウェイズ五〇一便のシート2Aにすわっている。返事が届いたのは五分後、ケラーが強制労働に駆りだされる囚人のような顔でガブリエルの横をのろのろと通りすぎたときだった。問題の乗客の氏名はアンナ・フーバー、三十二歳、ドイツ国籍、現住所はフランクフルトのレッシングシュトラーセ十一番地。

ガブリエルはブラックベリーの電源を切り、通路を隔てた反対側の席の女性を見つめた。誰なんだ？　なんのためにこの飛行機に乗っている？

26

ヒースロー空港、ロンドン

飛行時間は二時間四十六分だった。フライト中、アンナ・フーバーなる女性は何も食べず、飲んだのもシャンパンだけだった。着陸予定時刻の三十分前にバッグを持ってトイレに入り、ドアに鍵をかけた。ガブリエルはクインがかつてイエメンへ行っていたことを思いだした。アルカイダに手を貸して、旅客機に持ちこめる爆弾作りをしたという。自分はここで最期を迎えるのかもしれない。ヨークシャーから来たビジネスマンと並んでシートベルトをしたまま、イギリスの緑の野原に墜落して死ぬのかもしれない。そんな思いに襲われたとき、トイレのドアが不意にぎーっと開いて女性が出てきた。漆黒の髪にブラシをかけ、青白い顔に薄く頬紅をさしている。席に戻るとき、ブルーの目がガブリエルの上を無表情に素通りした。

飛行機が雲のあいだから抜けだして、ずしんという重い音とともに滑走路に着陸し、その衝撃で頭上の収納棚の扉がいくつか開いた。午後一時をまわったばかりだが、外はまるで夕暮れのようだった。ブラックベリーの電源を入れると、第三ターミナルの外で銀色のフォルクスワーゲン・パサートが待機、という連絡が入っていた。確認メッセージを送り、シートベルト着用のサインが消えてからゆっくり席を立って、降りるのを待つ乗客の列に並んだ。アンナ・フーバーという女性はバッグに邪魔されて窓際の席からなかなか立てずにいる。キャビンのドアが開くと、ガブリエルは彼女が通路に出るまで待った。彼女はそっけなく会釈をよこし、彼のことなど眼中にない様子でボーディングブリッジへ向かった。

彼女のパスポートはドイツなので、迅速なEUレーンを通って英国に入国できる。入国審査官が旅行の目的を尋ねたとき、ガブリエルはそのすぐうしろに並んでいた。彼女がどう答えたのか、ガブリエルにはよく聞こえなかったが、審査官はいい印象を抱いたらしく、温かな笑みを返した。ガブリエルに対しては、そのような歓迎はなかった。不機嫌きわまりない顔で彼のパスポートにスタンプを押し、目も合わせずに返してよこした。

ガブリエルは「どうも」と言って女性のあとを追った。到着ロビーへ向かう通路で追いついた。手すりのところに、黒いベールを着けた女性二人と並んで、ロンドン支局の下っ端工作員が立っていた。〝アシュトン〟と書かれたペーパーボードを持ち、退屈しきった表情を浮かべている。ボードをポケットに突っこむと、涙で再会を喜びあう家族を掻き分けてガブリエルのそばまで来た。

「車はどこだ？」

工作員はいちばん左のドアのほうを頭で示した。

「手すりのところに戻ってボードを掲げててくれ。数分後にもう一人出てくる」

工作員は離れていった。薄暗い午後の戸外にタクシーとエアポートシャトルの列ができていた。女性はそのあいだを抜けて短期駐車場へ向かった。ガブリエルの予想もしなかった展開だ。ブラックベリーをとりだしてケラーに電話した。

「どこにいる?」

「入国審査カウンター」

「アシュトンと書いたボードを持った男が到着ロビーで待っている。そいつに頼んで車のところへ案内してもらえ」

あとはひとことも言わずに電話を切り、女性を追って立体駐車場に入った。彼女の車は三階だった。ブルーのＢＭＷ、英国ナンバー。女性はバッグからキーをとりだすと、リモコンでロックを解除し、運転席に乗りこんだ。ガブリエルはふたたびケラーに電話した。

「いまはどこだ?」

「銀色のパサートの運転席」

「短期駐車場の出口で拾ってくれ」

「言うだけなら簡単だ」

「二分以内に来ないと、女を見失ってしまう」

電話を切り、コンクリートの柱の陰に身を潜めていると、ＢＭＷが通りすぎた。ガブリエルは小走りでランプを下り、ターミナルビルの到着ロビーと同じ階まで行った。ＢＭＷが駐車場を出ていくところだった。ガブリエルの前をすべるように走りすぎて、視界から消えた。ガブリエルはケラーに三度目の電話をしようとしたが、猛スピードでやってきたパサートがヘッドライトを点滅させたのを見て手を止めた。助手席にすべりこみ、車を出すようケラーに合図した。女性に追いついたのは、ＢＭＷが角を曲がり、ウェスト・ロンドンへ続くＡ４道路に入ったときだった。ケラーがアクセルをゆるめ、煙草に火をつけた。ガブリエルは窓をあけてグレアム・シーモアに電話をした。

シーモアが電話を受けたのは、シニアスタッフとのミーティングを終え、ヨルダンの課報機関のチーフを迎えるまでの短い休憩のあいだだった。電話の要点をメモした。フランクフルト在住のアンナ・フーバーなる女性が、ドイツのパスポートでリスボンからロンドンにいましがた到着した。リスボンではエイモン・クインのものらしきアパートメントに一泊している。ヒースロー空港で短期駐車場に置いてあったブルーのＢＭＷに乗りこんだ。英国ナンバー、ＡＧ６２ＶＤＲ。車は目下ロンドンへ向かっていて、それをイスラエル課報機関の次期長官と、元ＳＡＳ隊員で現在はプロの暗殺者となった男が追っている。シーモアはこの電話をプライベートな通信専用の回線で受けた。その横にはテムズ・ハウスのアマンダ・ウォレスとのホットライン。何秒か躊躇したのちに、受話器をとって耳に当てた。プッシュしなくても呼出音が鳴るようになっている。間髪を入れず、アマンダの声が聞こえた。

「グレアム」アマンダは愛想よく言った。「なんのご用？」

「わたしの作戦により、英国本土に影響が出そうだ」

「どんなふうに？」

「二台の車がロンドン中心部へ向かっている」

アマンダ・ウォレスは電話を切ったあと、彼女専用のエレベーターでオペレーション・センターのある階まで下りた。いつもの席にすわり、電話をとってグレアム・シーモアを呼びだした。

「いまどのあたり？」

シーモアが返事をするまでに十秒ほどの緊迫した間があった。ＢＭＷはハマースミスの立体交差路に近づいているという。アマンダ・ウォレスは技師の一人に、街頭防犯カメラの映像をセンタースクリーンに映しだすよう指示した。二十秒後、雨でぼやけた車の流れのなかに、猛スピードで走るブルーのＢＭＷが見えた。

「アロンが乗ってる車はなんなの？」

シーモアが返事をするのと同時に、パサートが画面のなかを横切った。ＢＭＷの三台うしろについている。アマンダはオペレーション・センターの技師に、二台の動きを追うよう指示を出した。それから、ＭＩ５で監視と作戦支援を担当しているＡ４ブランチのチーフに電話をして、二台を監視下に置くよう命じた。

ほかのシニアスタッフもオペレーション・センターに続々と集まってきた。そのなかに副長官のマイルズ・ケントがいた。アマンダはＢＭＷの登録情報のチェックをケントに頼んだ。一分もしないうちに、ケントは答えを手にした。データベースにＡＧ６２ＶＤＲはない。偽造プレートだ。

「ブルーのＢＭＷの盗難届が出ていないか調べて」アマンダはどなった。

この検索は前より時間がかかり、三分近く必要だった。四日前、マーゲイトという海辺の街で同じ型式のＢＭＷが姿を消している。ただ、色はブルーではなくグレイ。

「再塗装したのね」アマンダは言った。「ヒースローに預けられたのはいつか調べてちょうだい。それから、ビデオ映像を見せて」

アマンダはセンタースクリーンを見た。ＢＭＷがウェスト・クロムウェル・ロードとアールズ・コート・ロードの交差点を通りすぎるところだった。その三台うしろにパサート。アマンダが一度だけ会ったことのあるガブリエル・アロンの姿が助手席にはっきり見えた。運転席の男の姿も鮮明だ。

「うしろの車を運転しているのは誰？」アマンダはグレアム・シーモアに尋ねた。

「話せば長くなる」

「そうでしょうとも」

ＢＭＷは自然史博物館に近づいていた。周囲の歩道に小学生がたくさんいる。受話器をきつく握りしめるあまり、アマンダの指の関節が白くなっていた。だが、口を開いたときには、冷静で自信に満ちた声を出すことができた。

「こちらもこれ以上傍観するわけにはいかないわ、グレアム」

「きみがいかなる決断をしても、わたしは支持するつもりだ」

「まあ、ご親切ね」アマンダの声には突き刺すような軽蔑がにじんでいた。いまもセンタースクリーンに視線を据えたままだ。「ひきさがるようアロンに言って。あとはわたしたちに任せてちょうだい」

シーモアがメッセージを伝えるのにアマンダは耳を傾けた。それから、ロンドン警視庁の警視総監に連絡をとるため、専用回線の受話器をとった。警視総監がすぐに応答した。

「ブルーのＢＭＷがクロムウェル・ロードを東に向かっているところ。英国ナンバー、ＡＧ６２ＶＤＲ。ナンバープレートは偽造と判明。盗難車であることはほぼ確実。運転している女性は有名なテロリストの関係者」

「で、打つべき手は？」

アマンダ・ウォレスはスクリーンに視線を据えた。ＢＭＷはブロンプトン・ロードをハイド・パーク・コーナーのほうへ向かっている。そして、三台うしろを同じスピードで銀色のパサートが走っていた。

ブロンプトン・スクエアの端に、バイクにまたがったロンドンの警官がいた。ＢＭＷが目の前をひゅっと通りすぎても知らん顔だった。銀色のパサートが近づいてきても、そちらを見ようともしなかった。ガブリエルはブラックベリーを耳に当てた。

「どうなってるんだ？」グレアム・シーモアに尋ねた。

「女を拘束するよう、アマンダが警視庁に命令を出した」

「警視庁の連中はどこにいる？」

「最初のチームはパーク・レーンをそちらに向かっている。第二のチームはピカデリーからハイド・パーク・コーナーに近づきつつある」

雨に濡れたパサートの窓の外を高級店が次々と通りすぎていった。画廊、インテリアのショールーム、不動産仲介、オープンカフェ。カフェでは観光客が緑色の庇に守られて何やら飲んでいる。遠くでサイレンの音がした。母親を呼ぶ子供の声のようにガブリエルには思われた。

ケラーが急ブレーキを踏んだ。前方の信号が赤になり、車の流れがストップしたのだ。

ＢＭＷとのあいだには車が二台。タクシーと乗用車。ブロンプトン・ロードが前方に延びている。通りの右側に〈ハロッズ〉のけばけばしい小塔が並んでいる。サイレンの音が大きくなってきたが、警察の姿はまだ見えない。

信号が青になり、車がいっせいに飛びだした。モンペリエ通りを過ぎ、ショップやカフェの並ぶ界隈に入った。そのとき、ＢＭＷがバス専用レーンに入ってＨＳＢＣ銀行の支店の外で止まった。運転席のドアがあいた。女性が車を降りて悠然と歩き去った。その姿が一瞬、歩道にマッシュルームのように並んだ庇の下に消えた。

ガブリエルは歩道の縁に止まったブルーの車を、雨のなかを駆けていく観光客や歩行者を、通りの向かいにそびえる老舗デパートのお伽の国のようなファサードをじっと見た。やがて、手のなかで音もなく震動しはじめたブラックベリーに視線を落とした。メールが入っていた。送信元はわからない。短いメールだった。

〝煉瓦は壁のなか……〟

27

ブロンプトン・ロード、ロンドン

二人は車から飛びおり、必死の形相で腕を振りまわして、近づいてくるサイレンの音に負けないよう、同じ言葉をわめきつづけた。数秒のあいだ、誰一人反応しなかった。そこでガブリエルがグローブボックスからベレッタをとりだすと、歩行者たちは恐怖に駆られてあとずさった。恐怖というのは効果的な道具になるものだ。ガブリエルは人々をＢＭＷから遠ざけ、倒れた者を助け起こし、ケラーのほうは二階建てバスの乗客を避難させようと奮闘した。怯えた乗客が前とうしろの乗降口でぎゅう詰めになっている。ケラーは一人ずつひきずりだし、ぼろ人形のように通りへ放りだしていった。

ブロンプトン・ロードを走ってきた車が次々と止まって、この騒ぎを眺めていた。ガブリエルはフロントガラスをこぶしでがんがん叩き、前へ進むよう合図を送ったが、まったく効果がなかった。交通が完全に麻痺《まひ》していた。白いフォードのコンパクトカーの車内をのぞくと、二歳ぐらいの巻き毛の男の子がチャイルドシートに固定されていた。ガブリエルはドアハンドルをひっぱったが、ロックされていて、しかも怯えた母親は彼のことを異常者だと思ったらしく、ドアをあけるのを拒んだ。「爆弾だ！」車の窓越しにガブリエルは叫んだ。「逃げろ！」しかし、母親は理解できずに無言でガブリエルを見つめかえすだけだった。子供が泣きだした。

ケラーはバスの乗客の避難誘導を終えて、いまはHSBC銀行のウィンドーを乱暴に叩いていた。ガブリエルは子供から視線を上げ、動きのとれなくなった何台もの車の屋根越しに反対側の歩道を見た。〈ハロッズ〉の表に野次馬が群がっている。ガブリエルが銃を振りまわし、わめきながらそちらへ走ると、野次馬は怯えて散り散りになった。人波に押されて妊婦が歩道に倒れた。ガブリエルはそばに駆けよって助け起こした。

「歩けるか」

「ええ」

「急げ！」ガブリエルはどなった。「おなかの子のために」

妊婦を安全なほうへ押しやり、ブラックベリーにメールが届いてからどれだけ時間がたっただろうと頭のなかで計算した。二十秒ぐらい。長くても三十秒。そのわずかな時間内に、ケラーと二人で、もうじき火の海となるエリアから百人以上を避難させることができた。しかし、通りにはいまも車がぎっしりだ。白いフォードのコンパクトカーも含めて。〈ハロッズ〉の買い物客がエントランスから次々と出てくる。ガブリエルは銃を手にして人々をデパートのなかへ押しもどし、奥のほうへ避難するよう叫んだ。通りに戻ったが、どの車もまったく動いていなかった。白いフォードのコンパクトカーが降参を示す白旗のようにガブリエルを招いていた。母親は運転席にすわったまま、判断力を失って呆然《ぼうぜん》としている。いまから何が起きるのかわかっていない。うしろのシートで子供が泣きわめいている。

ガブリエルの手からベレッタがすべり落ちた。不意に駆けだした。車のドアに手を伸ばした瞬間、白熱の閃光に目がくらんだ。無数の太陽の光を浴びたかのようだった。熱風にあおられ、ガラスと血の嵐のなかへなすすべもなくあとずさった。子供の手がガブリエルのほうへ伸びた。一瞬その手をつかんだが、手はするりと抜けてしまった。やがて、音もなくひそやかに暗黒が忍び寄り、あとはもう何もわからなくなった。

第二部

スパイの死

28

ロンドン

のちに警視庁が発表したところによると、女性がブロンプトン・ロードで車を乗り捨ててからトランクの爆弾が爆発するまでの時間は四十七秒だった。重量は五百ポンド、精巧な作り。さすがにクインの仕事だ。

しかし、警視庁は最初のうち、クインの関与を知らずにいた。すべてあとになってわかったことだ。その時点で警視庁が把握していたのは、惨劇の何分か前にＭＩ５長官アマンダ・ウォレスから入った情報だけだった。ドイツのパスポートを持った三十二歳の女性がヒースロー空港の第三ターミナルビルの短期駐車場に預けてあった最新型ＢＭＷ（盗難車）に乗り、一人でロンドンの中心部へ向かっている。外国の情報機関の工作員からＭＩ６のほうへ、その女性は爆弾作りの名人と言われる大物テロリストの仲間だという連絡があった。ただし、工作員の身元は未確認。アマンダ・ウォレスはＢＭＷを停止させて女性を拘束するため、あらゆる手段をとるよう警視総監に指示を出した。警視総監はそれに応えて、SCO19（特殊火器作戦課）のユニットを出動させた。武装緊急車両の一台目が現場に到着したのは爆発の瞬間だった。警官二名が死亡した。

ブルーのBMWは跡形もなく消え、駐車していた場所が幅二十メートル、深さ十メートルにわたってえぐられていた。ルーフの一部がのちにハイドパークのサーペンタイン池で発見された。五百メートル以上離れている。通りで身動きのとれなくなっていた車とバスは炎に包まれた。水道管が破損して水が噴きあげ、死傷者の切断された四肢を洗い清めた。妙なことに、通りの北側に、つまりBMWに近い側に立ち並ぶビルはたいした被害を受けずにすんだ。爆弾の猛攻にさらされたのは〈ハロッズ〉だった。爆発でファサードが吹き飛ばされ、内部が丸見えになった様子はまるでドールハウスのようだった。ベッドとバスタブ、家具とインテリア用品、宝石と香水、婦人服。デパート内の〈ジョージアン・レストラン〉で食事中だった客はそのあと長いあいだ、破壊された通りを呆然たる表情で見つめていた。この有名な店はオイルマネーの湾岸諸国からやってきたリッチなご婦人方に人気がある。黒いベールをまとった彼女たちの姿は電線に止まった鳥の群れを思わせた。

死傷者数を割りだすのは困難だった。夜までに死者は五十二名と判明、負傷者は四百名以上でその多くが瀕死《ひんし》の重傷。人数がこれだけに抑えられたことに、テレビのコメンテーター何人かが安堵《あんど》を表明した。呆然としていたと言ってもいいほどだ。助かった人々は、爆発の数秒前に現れて通行人を安全な場所へ避難させようと必死だった二人の男性のことを語った。ＢＢＣで流れたビデオ映像に、二人の奮闘ぶりが鮮明に残されていた。一人は拳銃を手にして歩行者を避難誘導し、もう一人はバスから乗客をひきずりおろしていた。二人の身元は判明していない。二人の車は粉々に吹き飛ばされ、どちらの男もいまだに名乗りでていない。警視庁は未知の人物だと述べ、ＭＩ５とＭＩ６はコメントを拒否している。街頭防犯カメラの映像を調べたところ、爆発直前に片方の男性の避難する姿が映っていたが、もう一人のほうは、ブロンプトン・ロードで動きがとれなくなったフォードのコンパクトカーのほうへ走っていく姿を最後に、行方がわからなくなっている。フォードに乗っていた母親と幼い息子は爆発の炎にのみこまれた。男性の遺体は発見されていないが、おそらく死亡したものと思われる。

当初の衝撃と嫌悪がたちまち怒りに変わり、犯人の捜索が始まった。容疑者リストのトップに来たのはＩＳＩＳ、テロと斬首によってカリフ制の復活をめざし、アレッポからバクダッド近くまでを支配下に置くようになったイスラム過激派組織である。西欧社会への攻撃を誓っていて、英国籍の者も何百名か組織に加わっている。ＩＳＩＳには動機があり、ロンドン中心部を攻撃するだけの能力もある。専門家たちがテレビでそうコメントした。ところが、ＩＳＩＳのスポークスマンは関与を否定し、国際テロ組織アルカイダも同じく否定した。遠く離れたパレスチナの組織と、〈二聖モスクの殉教者〉と名乗る組織が犯行声明を出した。どちらも信憑性がなかった。

誰の犯行かという質問に答えられる人間はただ一人、爆弾を現場まで運んだ女性だけだ。アンナ・フーバー、三十二歳、国籍はドイツ、現住所はフランクフルト、レッシングシュトラーセ十一番地。しかし、テロ攻撃から四十八時間たっても、その行方は杳《よう》として知れなかった。街頭防犯カメラの映像に、ブロンプトン・ロードをナイツブリッジのほうへ向かう彼女の姿がちらっと映っていたが、爆発後、煙と破片とパニックを起こした群集が通りを埋めつくすあいだに、その姿は消えてしまった。空路・陸路とも、アンナ・フーバーという女性が出国した記録はなかった。ヨーロッパの他の国に入国した記録もなかった。ドイツの連邦警察が彼女のアパートメントへ急行したが、無人の部屋が四つあるだけで、かつての住人の痕跡を示すものは何一つなかった。近所の人々の話だと、物静かで内向的な女性だったという。隣人の一人が言うには、国際救援隊員として長期にわたってアフリカへ行っていたとのこと。また、旅行業界の人間だと言う者もいれば、ジャーナリストだったかもしれないと言う者もいた。

テロリストの攻撃から英国本土を守る責任を負うのは、主として、MI5と統合テロリズム分析センターである。その結果、ブロンプトン・ロード爆破事件に対する民衆と政界の怒りはアマンダ・ウォレスに向けられた。彼女の名前が新聞に出るときも、テレビやラジオでコメントされるときも、〝窮地にある〟という枕詞《まくらことば》がつくようになった。警視庁内部の人間から、今回のテロに関してMI5は終始秘密主義だったと匿名で不満が出た。

ある上級刑事はＭＩ５から警視庁への情報の流れを氷河の動きに喩《たと》えた。のちに、刑事の意見はさらに辛辣になり、二つの組織間には協力体制が〝存在しない〟とまで言いきった。

その結果、アマンダの長官としての資質に関して、新聞に好意的とは言えない言葉が並ぶようになった。下の者は彼女を恐れている。シニアスタッフの多くは転職を考えている。彼女とＭＩ６の長官グレアム・シーモアとの関係はぎくしゃくしている。二人はほとんど口を利かず、ある危機のさいにダウニング街十番地で会議が開かれたときも、おたがいにそっぽを向いていた。ある有名な元諜報員は、二つの情報機関の関係は最低レベルに落ちてしまったと述べた。『ガーディアン』で保安関係の記事を担当している評判の高いある記者は、〝英国の情報活動は最高ランクの危機に瀕している〟と書いた。

これがきっかけとなって、テムズ・ハウスの外でアマンダ・ウォレスをターゲットとする徹夜の抗議活動が始まった。だが、長くは続かず、二日かせいぜい三日のことだった。やがて、アマンダ自身がそれに終止符を打った。彼女が選んだ武器は『ガーディアン』の例の記者だった。じつは何年も前から親交を育んできた相手なのだ。彼が記事の冒頭に持ってきたのはブロンプトン・ロードの爆弾テロではなく、プリンセスの暗殺事件で、それがさらなる状況の悪化を招くこととなった。クインの名前が記事に登場した。グレアム・シーモアの名前も。

午前中の半ばには、新しい抗議活動が始まっていた。今度のターゲットはＭＩ６長官。

だが、シーモアはいっさい声明を出さず、ふだんどおりにスケジュールをこなし、十一時半には、窓にスモークガラスをはめた公用車のジャガーでダウニング街十番地の門をすべるように通り抜けた。彼が十番地の邸内にいたのは一時間足らずだった。首相の広報局長を務めるサイモン・ヒューイットは、長官が首相官邸を訪れたか否かに関して言明を避けている。二時を少しまわったころ、シーモアのジャガーがヴォクソール・クロスの地下駐車場に入るところを目撃されているが、じつを言うと、グレアム・シーモアは乗っていなかった。目立たないライトバンのリアシートにすわって、その時刻にはすでにロンドンから遠く離れていた。

29

ダートムア、デヴォン州

その道路には名前がなく、どの地図にも出ていない。衛星写真で見ると、荒野をえぐるひっかき傷のようだ。たぶん、ストーンサークルが造られた古代にこの地を流れていた小川の名残りだろう。道路の入口に、風雨にさらされて錆《さび》の浮いた標識があり、〝ここから先は私有地〟と書かれている。道路の突き当たりに静かな威厳を湛《たた》えたゲートがある。

ゲートの奥の敷地は草木もなく荒涼としている。ここにコテージを建てたのは海運業で財を築いた人物だった。一人息子にここを遺贈し、跡継ぎのなかった息子は半世紀近く彼の職場であったMI6にコテージの管理を委ねた。息子は大英帝国の辺境の地を数多くまわって任務をこなし、数多くの偽名を使ったが、ワームウッドと名乗ることがいちばん多かった。MI6では彼に敬意を表してコテージにその名前をつけた。

コテージは小高い場所に立っていて、建材にはデヴォン産の石が使われ、歳月と手入れ不足のせいで石は黒ずんでいる。裏へまわると、荒れはてた中庭の向かいに改装された納屋があり、スタッフのオフィスと居住区として使われている。ワームウッド・コテージに誰もいないときは、パリッシュという管理人が一人で留守を預かっている。しかし、宿泊客がやってくると、スタッフの数が十人ぐらいに増える。ちなみに、宿泊客は〝カンパニー〟と呼ばれる習わしだ。客がどういう人物か、誰から身を隠しているかによって待遇が変わる。友好国の人物で、敵の数もわずかな場合は、敷地を自由に歩きまわってかまわない。イランやロシアからの亡命者は囚人と変わらぬ扱いになる。

ブロンプトン・ロードで爆弾テロがあった日の夜に到着した男性二人は、その中間ぐらいの位置づけだった。二人が着いたのはコテージに連絡が入った数分後で、デイヴィーズと名乗る下っ端のスタッフと医者が付き添い、医者は治療不能と思われる怪我の治療にあたり、朝まで年上のほうの手当てに専念した。年下のほうは医者の一挙手一投足に目を光らせていた。

年下のほうは英国人だが、故国を捨てた男、別の国で暮らして別の言語をしゃべる男だった。年上のほうは伝説となっている男だった。スタッフのなかに、かつてこの男の世話をした者が二人いる。ハイドパークでアメリカ大使の娘のからむ事件が起きたあとのことだった。男は紳士で、生まれながらの芸術家で、どちらかと言えば寡黙、少々神経質だが、彼の国の人間にはそういうタイプが多い。スタッフの役目はこの男を監視し、傷の手当てをし、そして送りだすことだ。スタッフが男の名前を口にすることはけっしてない。彼らから見れば、男は存在していないからだ。過去も未来もない人間。白紙のページ。死んだ人間だ。

到着後四十八時間のあいだ、男はいつも以上に寡黙だった。話をする相手は治療にあたっている医者と英国人のみ。スタッフとはいっさい口を利かず、彼らが食事や洗濯した衣類を持っていくたびに、義務的に「ありがとう」と言うだけだった。不毛の荒野を見渡す狭い部屋に閉じこもったまま、テレビとロンドンの新聞だけを相手に過ごしていた。ただ、一つだけ頼みごとをした。ブラックベリーを返してほしいと言った。管理人のパリッシュは、ワームウッド・コテージに滞在中のカンパニーがいかなる重要人物であろうと、コテージ内や敷地で個人的な通信デバイスを使用するのは禁じられていることを、忍耐強く説明した。

「どうしても名前を知りたい」滞在三日目の朝、紅茶とトーストを運んでいったパリッシュに、負傷した男は言った。

「誰の名前でしょう?」

「女性と子供。警察は犠牲者の名前を発表していない」

「申しわけありませんが、わたしにはわかりかねます。ただの管理人に過ぎないので」

「名前を調べてくれ」ふたたび男に頼まれ、パリッシュは早く部屋を出ていきたかったので、できるだけやってみると約束した。

「わたしのブラックベリーはどこにある？」

「申しわけありません。規則ですので」

四日目になると、男の体力はかなり回復し、部屋から出られるようになった。正午になって英国人が荒野へトレッキングに出かけるころ、庭の椅子に腰を下ろして、日が沈むまでじっとしていた。日が沈むと、疲労困憊《こんぱい》のボディガード二人をひきずって英国人が戻ってくる。英国人は天候に関係なく、午後になると毎日出かけていった。荒野に風が吹き荒れた五日目でさえも。その日はスタッフにがれきを集めさせ、リュックの重量を増すことにした。よろめく足でコテージに戻ってきたボディガードは、二人とも半分死んだような顔だった。その晩、二人は改装した納屋の居住区で、超人的な体力と持久力を備えた男のことをひそやかな敬意をこめて語りあった。ボディガードの一人は元SAS隊員で、男のなかにSASの特徴が出ているように思うと言った。歩調と、荒野の輪郭を見渡す目の動きに、それが感じられるというのだ。男はたまに、初めて見るような表情で荒野を見ていた。ときには、どうしてここを離れられたのかと訝しむような表情を見せることもあった。ボディガードたちはコテージであらゆる種類の人々を世話してきた。亡命者、スパイ、燃え尽きた工作員、税金泥棒と言ってもいいようないい加減な連中。だが、この男は違う。特別な男。危険な男。闇の過去を持っている。そして、たぶん光の未来を。

六日目、『ガーディアン』に例の記事が出た日、年下のほうが岩山をめざして出発した。

十五キロのトレッキングに出かけるのだ。往復とも歩くつもりなら三十キロ。歩きはじめて八キロほどの地点で吹きさらしの丘を横切っていたとき、不意に、危険の匂いを嗅ぎつけたかのように足を止めた。顔を上げ、獣のように敏捷《びんしょう》なしぐさで左のほうを見た。つぎの瞬間、そちらに視線を据えて立ちつくした。

目立たないライトバンがポストブリッジからの道路をがたがた走ってくるところだった。ライトバンが名前のない道路に入るのを男は見守った。迷路に入りこんだ鋼鉄の球みたいに生垣に突っこんでいくのを見守った。それからうつむいてふたたび歩きだした。重いリュックを背負い、ボディガードたちにはとうてい追いつけないスピードで歩いていく。何かから逃げるように歩いていく。帰宅するときのように歩いていく。

ライトバンが道路の突き当たりまで行くと、すでにゲートが開いていた。迎えに出たのはパリッシュ一人だった。女王陛下の秘密情報部の長官が目立たないバンのうしろから這いでてくるとは嘆かわしい光景だ。パリッシュはそう思った。その夜、他の者たちにこう言った。〝這いでて〟きたのだぞ。戦場で拘束され、どうなるかわからない運命に身を委ねようとするイスラム戦士のように。パリッシュは敬意をこめて長官と握手した。長官の豊かな銀髪を風が乱していた。

「あの男はどこだ?」長官が訊いた。

「二人のうちどちらでしょう、長官」

「イスラエルから来たわれらが友人」

「部屋におります」

「もう一人は？」

「あちらに」パリッシュは荒野に向かって言った。

「いつごろ戻ってくるかな」

「さあ、はっきりとは言えませんが……。もう戻ってこないのではないかと思うときもあります。その気になればかなりの長距離を歩きとおせる人のようですね」

長官はかすかな笑みを浮かべた。

「呼び戻すよう、警備チームに伝えましょうか」

「いや」コテージに入りながら、グレアム・シーモアは言った。「それはわたしがやる」

30

ワームウッド・コテージ、ダートムア

ワームウッド・コテージの壁には高性能の監視システムが設置され、宿泊客の言動をすべて記録できるようになっている。グレアム・シーモアはパリッシュに命じてシステムのスイッチを切らせ、ミス・コヴェントリーを除くスタッフ全員を下がらせた。ミス・コヴェントリーというのは料理番で、アールグレイの紅茶と、デヴォンのクロテッドクリームを添えた焼きたてスコーンを運んできてくれた。シーモアとガブリエルはキッチンの小さなテーブルを囲んですわった。キッチンは居心地のいい奥まった場所にあり、周囲がすべて窓になっている。椅子の一つに招かれざる客のように広げてあるのは『ガーディアン』だった。シーモアは荒野のように暗い目で新聞を見た。

「きみ、ニュースをせっせと仕入れているようだな」

「他にすることがなかったので」

シーモアは紅茶を飲んだだけで、あとは無言だった。

「無事に生き延びられるのか?」ガブリエルは訊いた。

「たぶんな。なんと言っても、首相とは親しい仲だし」

「首相は政治生命をきみに救われたわけだしな。結婚生活は言うにおよばず」

「いやいや、ジョナサンのキャリアを救ったのはきみだ。わたしは陰で協力したに過ぎない」シーモアは新聞を手にとり、見出しを見て眉をひそめた。

「驚くほど正確だ」ガブリエルは言った。

「そうとも。この記者は情報源に恵まれている」

「ずいぶん寛容だな」

「ほかにどんな選択肢がある? これはわたし個人を陥れるためではない。保身のための手段だ。アマンダには責任を負う気がなかった」

「それでも結果は同じだ」

「そうだな」シーモアは暗い声で言った。「英国の情報部は修羅場だ。それに、世間から見れば、悪いのはすべてわたしさ」

「こんなふうに運ぶとは思わなかった」

二人のあいだに沈黙が広がった。

「ほかにも何かサプライズがあるのかね?」シーモアが訊いた。

「メイヨー州に死体が一つ」

「リーアム・ウォルシュか」

ガブリエルはうなずいた。

「殺されて当然のやつだった」

「そのとおり」

シーモアは何やら考えこみながら、スコーンをつまんだ。「こんなことに巻きこんでしまってすまない。きみをローマに残して、カラヴァッジョの修復をさせておけばよかった」

「わたしのほうは、エイモン・クインがリスボンに持っているアパートメントに女が一泊し、翌日ロンドン行きの飛行機に乗ったことを、そちらに連絡すべきだった」

「それで状況が変わったと思うかね？」

「変わった可能性はある」

「われわれは警官じゃないんだぞ、ガブリエル」

「何が言いたい？」

「わたしもきみと同じことをしただろう。ヒースローで女を拘束するようなことはせずに、そのまま泳がせておいただろう。獲物にたどり着けることを期待して」

シーモアは新聞を椅子に戻した。「それにしても、五百ポンド爆弾とじかに向きあった男のわりには、けっこう元気そうだな。ガブリエルという名のとおり、やはり大天使なのかもしれない」

「大天使だったら、すべての者を助ける方法を見つけていただろう」

「だが、多くの命を救った。少なくとも百人は助かった。それに、きみ自身も〈ハロッズ〉の奥へ避難するだけの知恵があれば、かすり傷一つ負わなかっただろうに」

ガブリエルは返事をしなかった。

「なぜあんなことをした？」シーモアが訊いた。「なぜ通りへ駆けもどった？」

「見てしまったんだ」

「何を？」

「母親と子供があの車に乗っているのを。逃げろと必死に言ったのに、わかってくれなかった。母親はどうしても――」

「きみの責任ではない」シーモアはガブリエルの言葉をさえぎった。

「名前はわかるか」

シーモアは窓の外を見つめた。夕日が荒野を火の色に染めていた。

「女性はシャーロット・ハリス。シェパーズ・ブッシュから来ていた」

「男の子は？」

「ピーター。祖父の名前をもらったそうだ」

「何歳だった？」

「二歳と四カ月」シーモアは言葉を切り、ガブリエルをじっと見た。「きみの息子さんとほぼ同い年だ。そうだろう？」

「ダニのほうが何カ月か上だった」

「しかも、爆発の瞬間、シートベルトをしていた」

「話は終わったかい、シーモア」

「まだだ」静寂が部屋に広がった。「きみはふたたび父親になる。そして、長官になる。世の父親も、長官も、五百ポンド爆弾とじかに向きあうようなことはしないものだ」

外では、夕日が遠い丘の向こうに沈もうとしていた。火の色が荒野から消えつつあった。

「うちの諜報機関はどこまで知っている？」ガブリエルは尋ねた。

「爆発の瞬間、きみが爆弾のそばにいたことはすでに知っている」

「どういうわけで？」

「きみの奥さんが街頭防犯カメラの映像できみの姿を確認した。当然ながら、きみの帰国を望んでいる。ウージもだ。ロンドンに飛んできてきみを強引に連れ帰ると言っていた」

「なぜ実行しなかったんだろう？」

「シャムロンが説得してやめさせた。騒ぎが静まるのを待つのがいちばんだと言って」

「賢明なやり方だ」

アリ・シャムロンは〈オフィス〉の二代前の長官。長官のなかの長官、永遠の長官だ。

年をとり、体が弱ってきた現在でも、〈オフィス〉を命より大切に思っている。ガブリエルが友人のあとを継いで〈オフィス〉の長官になろうとしているのは、シャムロンのためだった。また、リアシートに子供がくくりつけられている白いフォードに向かって突進したのもシャムロンのためだった。

「わたしのブラックベリーはどこにある?」ガブリエルは訊いた。

「うちのラボだ」

「おたくの技師たちがわが国のソフトウェアを分解して喜んでるのかい?」

「わが国の技術のほうが上だ」

「だったら、クインがどこからメールをよこしたか、すでに突き止めたんだろうな?」

「英国政府通信本部が調べたところ、ロンドンで携帯電話から送信されていたそうだ。問題はやつがきみの番号をどこで知ったかということだ」

「たぶん、わたしを殺すためにクインを雇った人物から教わったのだろう」

「その人物に心当たりは?」

「一人だけある」

31

ワームウッド・コテージ、ダートムア

玄関ホールのクロゼットには防水ジャケットが何着もかけてあり、濡れた衣類や靴を脱ぐための小部屋の壁ぎわには、ウェリントンブーツがずらりと並んでいた。ミス・コヴェントリーがかがみこんで懐中電灯をとりだし、荒野ではあっというまに暗くなるため、目印のない風景のなかを歩いていると、いくら荒野に慣れた人間でも道に迷う危険があると説明した。懐中電灯は軍の支給品でサーチライト級の光を放つ。ガブリエルは身支度をしながら冗談を言った。道に迷ったときは、上空を通過する飛行機にこれで合図すればいい。

二人がコテージを出たときには、太陽はとっくに沈んでいた。地平線にオレンジ色の光の帯が低く延びていたが、空を仰ぐと、東のほうに細い眉のような月が浮かび、星々が冷たく輝いていた。ガブリエルは体力が落ち、無数の傷の痛みに全身を苛まれていたため、懐中電灯を手にして小道を慎重に進んでいった。ガブリエルより背が高く、いまのところ体力でもうわまわっているシーモアがその横を歩きながら、何が起きたのか、なぜああい

う結果になったのかというガブリエルの説明に、眉間にしわを刻んでじっと耳を傾けた。

ガブリエルは次のように語った。

「そもそもは、凍った湖のほとりに立つ、樺《かば》の森のなかの一軒家で始まったことだった。わたしは自分とよく似た男に許しがたい仕打ちをした。復讐好きな組織の庇護《ひご》下にある男。そして、それ故にわたしは死刑を宣告された。だが、わたし一人ではない。わたしと一緒に死ぬべき男がもう一人いる。そして、共謀者だった三人目の男も罰を受けることになる。名誉を汚され、男の組織はスキャンダルで弱体化するだろう」

「わたしのことか」シーモアが尋ねた。

「そう、きみだ」ガブリエルは言った。さらに話を続けた。

「陰謀の陰に身を潜めた連中は、急いで行動に移るようなまねはしなかった。細心の注意のもとに計画を立て、政界に君臨する男がその過程を逐一見守りつづけた。クインは連中の武器だった。完璧な餌にできる男だった。陰謀の陰に身を潜めた連中は、爆弾作りの名人と直接のつながりはなかったが、偶然知りあうことになった。クインを彼らのもとに招き、凱旋《がいせん》将軍のように歓待し、おもちゃと金をふんだんに与えた。やがて、殺人を実行させるために世界へ送りだした。国家を揺さぶり、陰謀をスタートさせるための殺人を」

「プリンセスか」

ガブリエルはうなずいた。

「裏づけとなる証拠は何もないぞ」

「そうだな。いまはまだ」ガブリエルは話を続けた。「プリンセスの死から数日間、英国の情報機関はクインの関与を知らずにいた。その後、イランの信頼できる筋から情報を持って、ウージ・ナヴォトがロンドンにやってきた。そこで、きみはローマへ飛び、次にわたしはコルシカへ出向いた。そして、ケラーに案内役を頼んで、クインの血塗られた過去をたどる旅に出た。西ベルファストでクインの妻子を見つけだし、リスボンの丘の上で小さなアパートメントを見つけた。アンナ・フーバーと名乗る女がそこに一泊し、それを三人の男が監視していた。そのうち二人は女と同じ飛行機に乗りこみ、陰謀は次の段階へ進んだ。ブルーのBMWがヒースロー空港の駐車場に置いてあった。盗難車で、再塗装して偽造プレートをつけたやつだ。女はその車に乗りこんでブロンプトン・ロードまで行った。爆弾を積んだ車を〈ハロッズ〉の向かいに止め、二人の男が一人でも多くの命を救おうと必死になっているあいだに、人混みに姿を消した。クインからのメールで、二人の男は爆弾がまもなく爆発することを知ったのだ。メールの謎めいた文面はまさにクインの署名だった。そして、そのあいだずっと、クインを雇った連中が騒ぎを見守っていた。たぶん、いまも見守っているだろう」

「うちの組織にスパイが潜りこんでいるというのか」シーモアが訊いた。

「昔からそうだったじゃないか」

シーモアは黙りこみ、ワームウッド・コテージの周囲の光が薄れていくのを肩越しに眺めた。「きみをここに置いておいても安全だろうか」

「そちらの意見は?」

「パリッシュはわたしの父の代からいる人間だ。あれほど忠実に仕えてくれる男はいない。それでも……念には念を入れて、きみを大至急よそへ移したほうがよさそうだ」

「残念ながら、もう手遅れだ、グレアム」

「なぜ?」

「わたしはすでに死んでいるから」

シーモアは一瞬、困惑の表情でガブリエルを見つめた。そのあとで理解した。

「通常の回線でウージに連絡をとってもらいたい」ガブリエルは言った。「重傷を負って亡くなったと伝えてくれ。きみは心からの追悼の意を示すんだ。遺体のひきとりにはシャムロンをよこすよう言ってくれ。シャムロンがいなくては、やりとげられない」

「何を?」

「わたしの手でエイモン・クインを殺す」ガブリエルは冷酷に言った。「次に、クインを雇った男を殺してやる」

「クインのことはこちらに任せろ」

「だめだ。クインはわたしが殺《や》る」

「その体で人を追うなど、とうてい無理だ。しかも、相手は世界でもっとも危険なテロリストの一人なんだぞ」

「だったら、荷物持ちが必要だな。できればMI6の人間がいい」ガブリエルは急いでつけくわえた。「英国の利益を第一に考える人間」

「誰か候補がいるのか」

「いる。ただ、問題が一つある」

「なんだ？」

「MI6の人間ではない」

「そうだな」シーモアは言った。「いまはまだ」

シーモアはガブリエルの視線を追って、暗くなった風景に目を凝らした。最初は何も見えなかった。やがて、暗がりから三つの人影がゆっくり現れた。二人は疲労困憊の様子だが、三人目の男は軽い足どりで小道を進んでいて、まだまだ何キロも歩けそうだ。男は一瞬立ち止まり、顔を上げて、片手をぎこちなく振った。やがて、ガブリエルたちの前に立った。笑みを浮かべてシーモアのほうへ手を差しだした。

「グレアム」愛想よく言った。「久しぶりだな。食事までゆっくりしていくだろう？　ミス・コヴェントリーが得意のコテージパイをこしらえているそうだ」

そして向きを変え、闇に向かって歩きだした。一瞬ののち、その姿は消えていた。

32

ワームウッド・コテージ、ダートムア

グレアム・シーモアはその夜、夕食の時間までワームウッド・コテージに滞在し、食事のあともゆっくりしていった。ミス・コヴェントリーがキッチンのテーブルにコテージパイと上質の赤ワインを運び、あとは、リビングの暖炉の前で過去の追憶に浸る男たちをそっとしておいた。ガブリエルは主として、傍観者、目撃者、記録者に徹した。語り手を務めたのは主にケラーだった。ベルファストでの極秘任務、エリザベス・コンリンの死、クインのことを語った。また、一九九一年一月、イラク西部で彼の中隊が友軍である多国籍軍の戦闘機から攻撃を受けたことと、徒歩で長い旅を続けたのちにドン・アントン・オルサーティに拾われたことを語った。シーモアは話の邪魔をすることも、批判することもほとんどせずに、じっと耳を傾けた。ドンに命じられておこなった数多くの暗殺の一部をケラーが打ち明けたときでさえ。シーモアには、批判する気はない。ケラーに関心があるだけだ。

シーモアはそこで、ワームウッド・コテージに置いてあるシングルモルトのなかでも最高級のボトルの封を切り、暖炉の火に薪《まき》を足し、ケラーの国籍回復につながる案を提示した。ＭＩ６の仕事をひきうける。それに伴って新しい氏名と身元を与えられる。表向きはこの先もずっと死亡者扱いだが、身内とＭＩ６の関係者だけには事実を知らせる。今後の任務は彼の特技を活かしたものとなる。ヴォクソール・クロスのデスクで報告書の作成をおこなうことはぜったいにない。ＭＩ６ではそのためのアナリストを大量に雇っている。


「通りで昔の知人にばったり出会ったら？」

「人違いだと言って、そのまま歩き去る」

「どこに住めばいい？」

「好きなところを選んでくれ。ただし、ロンドン市内に限る」

「コルシカにあるおれのヴィラはどうすればいい？」

「こちらで対処する」

二人から離れて暖炉のそばにいたガブリエルは、ちらっと笑みを浮かべた。ふたたびケラーの質問が始まった。

「仕事の指示は誰がくれる？」

「わたしだ」

「何をすればいい？」

「わたしが必要とすることを」

「あんたがいなくなったら？」

「わたしはどこへも行かない」

「新聞で読んだこととは違っているが」

「ＭＩ６で働きはじめてすぐに知ることの一つが、新聞記事はたいていでたらめだということだ」シーモアはグラスをかざして、暖炉の火でウィスキーの色を調べた。

「人事課へはどう伝えるつもりだ？」ケラーが尋ねた。

「最小限のことだけを」

「おれの金はどうなる？」

「額にしてどれぐらい？」

ケラーは正直に答えた。シーモアは片方の眉を上げた。

「弁護士に相談して何か手を打とう」

「弁護士は好きじゃない」

「だが、秘密の口座にずっと隠しておくわけにはいかん」

「なぜだ？」

「わかりきったことだろう。ＭＩ６の職員には秘密口座は許されない」

「通常のＭＩ６職員になるわけではない」

「それでも規則を守ってもらわないと」

「これまで一度も経験しなかったことだ」

「そうだな」シーモアは言った。「だからこそ、きみはいまここにいる」

真夜中過ぎまでこんな調子で議論が続いたが、ようやく話がまとまり、シーモアは地味なライトバンのリアシートに疲れた顔で乗りこんだ。外の世界とは連絡のとれないノートパソコンと、パスワードで保護されたUSBメモリを置いていった。USBメモリに入っていたのはビデオ映像が二つ。最初のほうは街頭防犯カメラの映像を編集したもので、ブルーのBMWがヒースロー空港へ向かった過程を示していた。BMWの姿が初めてカメラにとらえられたのはブリストル近郊、爆発が起きる数時間前のことだった。ドライバーはM4道路をロンドンのほうへ走っていた。帽子とサングラスのせいで顔ははっきりしない。途中で一度ガソリンスタンドに寄り、現金で支払いをしているが、そのあいだ店員とはいっさい口を利いていない。また、ヒースローの第三ターミナルの駐車場でも誰ともしゃべっていない。BMWが駐車場に預けられたのは午前十一時半、ブリティッシュ・エアウェイズ五〇一便がリスボンの空港を離陸する三十分前だ。ドライバーはリアシートからスーツケースをとってターミナルに入り、パディントン駅行きのヒースロー・エクスプレスに乗りこんだ。駅に到着すると、バイクが待っていた。一時間後、ルートンの南の田舎道でバイクは街頭防犯カメラの映像から消えた。以後、行方はわからない。爆弾テロ当日にBMWがどこから出発したのかも、結局わからずじまいだ。

二番目のビデオは女性の姿だけを追っていた。ヒースロー空港に到着したときから始まり、彼女がブロンプトン・ロードにひきおこした混乱と煙のなかへ姿を消すところで終わっている。ガブリエルはそこに、自分の記憶に刻みつけられた映像をいくつか加えた。通りに面したレストランに一人ですわっている女、交通量の多い大通りでいきなりタクシーを止めた女、飛行機のなかで彼の顔にまっすぐ視線を向けたときも完全に無表情だった女。優秀な女、敵ながらあっぱれだ。危険な男たちに尾行されていることを知りながら、恐怖を顔に出すことはいっさいなく、不安な表情すら見せなかった。テロの嵐に翻弄される地獄のような地域をまわるあいだに、クインが出会った相手という可能性もなくはないが、ガブリエルにはどうもそうは思えなかった。あの女はプロだ。プロ中のプロ。高い能力を持っている。

ビデオ映像を最初からもう一度見直して、HSBC銀行の前のバス専用レーンにBMWが入る様子や、女が車を降りて冷静に歩き去る姿に目を凝らした。次に、銀色のパサートから二人の男が飛びだし、一人は銃を、もう一人は腕力だけを武器にして、人々を安全な場所へ誘導しはじめる光景を見つめた。四十七秒後、通りは死のように静まりかえった。そのとき、立ち往生した車の波のなかで身動きがとれなくなっている白いフォードのコンパクトカーのほうへ、一人の男が無謀にも走っていくのが見えた。爆発で映像が消え去った。きっと男も消え去っただろう。グレアム・シーモアが正しいのかもしれない。ガブリエルはその名のとおり、やはり大天使なのかもしれない。

ガブリエルがパソコンの電源を切ったときは、もう夜明けが近くなっていた。指示されたとおり、朝食のときに管理人のパリッシュにパソコンを返し、手書きのメモを添えて、ヴォクソール・クロスのグレアム・シーモアにじかにメモを届けてほしいと頼んだ。ガブリエルはシーモアに二つのミーティングの許可を求めていた。一つはロンドンでもっとも評判の高い政治記者とのミーティング。もう一つは世界でもっとも有名な亡命者とのミーティング。シーモアはどちらにもＯＫを出して、目立たない配送用のバンをワームウッド・コテージへ差し向けた。その午後遅く、バンの姿はコーンウォール西部にあり、リザード半島の崖沿いの道を猛スピードで走っていた。故郷に帰るのはケラー一人ではないようだ。いまは亡きガブリエル・アロンも故郷に帰ろうとしていた。

33

ガンワロー入江、コーンウォール

彼が初めてそれを目にしたのは、ケッチと呼ばれる二本マストの帆船のデッキからだった。ガンワロー入江の南端に立つ小さなコテージ。モネの《プールヴィルの税関吏の小屋》と同じく、断崖の上にぽつんと姿を見せている。下のほうには三日月形の砂浜。断崖の縁に紫のアルメリアやレッドフェスクが自生していて、そこからゆるやかな緑の野が広がり、そのなかを生垣が縦横に延びている。だが、ガブリエルは配送用バンのリアシートに逃亡者のごとくうずくまっていたため、その風景をいっさい目にできなかった。ただ、目的地が近づいてきたことはわかった。道路の感触でわかるものだ。カーブ、直線コース、くぼみ、番犬の吠える声、牧草地から漂ってくる甘い香り。〈子羊と旗〉というパブのところでバンが右折し、ビーチへ続く最後の下り坂に入ったとき、ガブリエルはわくわくしながらわずかに体を起こした。バンがスピードを落とした。たぶん、入江のほうからやってきた漁師を避けるためだろう。そして、今度は左折して私道に入った。バンの後部ドアがいきなり開いて、自宅に戻ったガブリエルをＭＩ６の警護担当者が出迎えた。コーンウォールに初めて足を踏み入れた相手を迎えるような態度だった。「ミスター・カーライル」吹きすさぶ風にも負けない大声を出した、「ガンワローにようこそ。順調においでになれたのならいいんですが。この時間帯はひどい渋滞になることがあるので」

空気は爽やかで潮の香に満ち、遅い午後の光は鮮やかなオレンジ色を帯び、海は燃えるように輝き、白波が立っていた。ガブリエルはしばらく車寄せに立ちつくしたまま、せつなさに胸を締めつけられていたが、やがて警護担当者が玄関のほうへそっと彼を押しやった。ガブリエルの姿を人目にさらしてはならないというきびしい命令を受けていたのだ。その死を世間に信じこませる計画なのだから。顔を上げたガブリエルは、非難の表情で玄関先に立つキアラを見たような気がした。豊かな髪を肩に波打たせ、子供を宿していないおなかの上で腕を組んでいる。しかし、玄関前の三段のステップをのぼるあいだに、キアラの姿は消えていた。ガブリエルはオイルスキンのコートを無意識のうちに玄関ホールのフックにかけ、断崖へ散歩に出かけるときにいつもかぶっていたスエードの古い帽子をなでた。向きを変えた瞬間、ふたたびキアラの姿が見えた。オーブンから重い土鍋をとりだしている。蓋をとると、子牛肉とワインとセージの香りがコテージを満たした。

キアラの幻が消えた。部屋に入ってフレンチドアをあけると、一瞬、水中に沈んだと言われる伝説の都市リオネスの教会の鐘の音が海底から聞こえてきたように思った。漁師が一人、白波のなかに腰まで浸《つ》かって立っていた。砂浜はがらんとしているが、一人の女性が波打ち際を歩いていて、一メートルほどうしろをナイロンのセーリングジャケットの男がついていく。女性は北を向いているので、ガブリエルからは背中しか見えない。冷たい海風が吹いている。ガブリエルの肌まで凍るほどの冷たさで、彼はいつしか、サンクトペテルブルクの凍った街路を歩く彼女の姿を思い浮かべていた。あのときもいまと同じく、上から彼女を見ていた。彼が立っていたのは教会の塔の手すりのところだった。彼女もガブリエルの存在に気づいていたはずだが、顔を上げようとはしなかった。プロだ。プロ中のプロ。高い能力を持っている。

　女性はすでに砂浜の北の端まで行っていた。彼女が体を回転させると、ナイロンのジャケットの男も向きを変えた。波しぶきがその光景に幻想的な雰囲気を添えた。女性は立ち止まって、漁師がぴちぴち跳ねるハタを釣りあげるのを見守り、男に何か言われて笑いだし、それから、波打ち際の石を拾って海に向かって投げた。向きを変えた瞬間、ふたたび足を止めた。思いがけないものを目にして驚いたという様子だ。たぶん、テラスに立っている男性に気づいたのだろう。サンクトペテルブルクで教会の塔の上に立っていた男と同じ姿。彼女は荒れる海にもう一個石を投げてから、顔を伏せてふたたび歩きはじめた。いまもあのときと同じく、マデライン・ハートは顔を上げようとしなかった。

　そもそもの始まりは、ジョナサン・ランカスター首相と党本部に勤務する若い女性の不倫だった。しかし、女性は普通の女性ではなく、子供のころにイギリスに送りこまれたロシアのスリーパー・エージェントだったし、不倫も普通の不倫ではなかった。ロシア側の狡猾《こうかつ》な策略の一部で、首相に圧力をかけて、莫大な富を生む北海油田の採掘権をクレムリン直結の国営エネルギー企業〈ヴォルガテク・オイル&ガス〉へ譲渡させることが目的だった。ガブリエルが事の真相を知ったのは、作戦を指揮したSVR（ロシア対外情報庁）のパヴェル・ジーロフという男からだった。そのあと、ガブリエルと〈オフィス〉の工作員チームがサンクトペテルブルクでマデライン・ハートをつかまえ、国外へ連れだした。マデラインの亡命から生まれたスキャンダルは英国史上最悪のものとなった。個人的に恥をかかされ、政治生命を脅かされたジョナサン・ランカスターは反撃に出て北海油田の契約を破棄し、英国の銀行に預けられていたロシアの資産を凍結した。ある推計によると、ロシア大統領は個人的に数十億ドルの損失をこうむったという。ガブリエルからすれば、大統領が報復に出るのをこんなに長く待ったことのほうが意外だった。

　マデライン・ハートを英国人に仕立てあげるのがKGBのそもそもの狙いで、何年もかけた訓練と洗脳によってそれに成功した。彼女のロシア語はあまり上手ではなく、子供のころに離れた国への忠誠心などまったくなかった。英国に戻ったときにマデラインが望んだのは以前の暮らしに戻ることだったが、政治とセキュリティの面からすると、とうてい無理なことだった。ガブリエルは彼の愛するコーンウォールのコテージをマデラインのために提供した。そこならきっと気に入ると思ったのだ。

「どうやってわたしを見つけたの？」テラスへの石段をのぼりながら、マデラインが訊いた。それから微笑した。あの午後、サンクトペテルブルクで彼女が口にしたのと同じ質問だった。彼女の目は以前と同じブルーグレイで、興奮で大きくなっていた。ガブリエルの顔の傷をじっと見て、心配そうにその目を細めた。

「ひどい顔ね」英国のアクセントで言った。ロンドンとエセックスの訛りが混じりあっているが、モスクワの訛りはいっさいない。「何があったの？」

「スキー中の事故だ」

「スキーをするタイプには見えないけど」

マデラインがガブリエルの自宅に彼を招き入れた瞬間、かすかにぎこちない雰囲気が生まれた。マデラインは彼のコートの横に自分のコートをかけ、紅茶の支度をするためにキッチンへ行った。電気ケトルにペットボトルの水を入れて、戸棚からティーバッグの古い箱をとりだした。ガブリエルがずっと昔にマラジオン村で買ったものだ。ガブリエルはお気に入りの椅子にすわり、彼の妻のものだった場所に別の女性がすわるのを見守った。カウンターにロンドンの新聞が置いてあった。まだ読んでいないようだ。ブロンプトン・ロード爆弾テロ事件と英国情報機関の内輪もめが派手に書かれている。ガブリエルはマデラインを見た。冷たい海風にさらされたせいで、青白い頬がうっすら赤く染まっている。満ち足りた様子で、幸せそうと言ってもいいほどだ。ガブリエルがサンクトペテルブルクで見つけたときの打ちひしがれた女性とは別人のようだ。今回の騒ぎの原因は彼女にあるのだと告げることに、ガブリエルは急にためらいを覚えた。

「二度と会えないかと思ってた」マデラインが言った。「だって――」

「ずいぶんになるね」

「あなたが最後に英国に来たのはいつ？」

「今年の夏に来ていた」

「仕事？　遊び？」

ガブリエルは答えようとして躊躇した。

「ペンチャーの仕事だ」ようやく言った。

「うまくいったの？」

考えこんだ。「そうだね」しばらくしてから答えた。「まあまあかな」

マデラインはケトルを台からはずし、沸騰した湯をずんぐりした白いティーポットに注いだ。ペンザンスの店でキアラが見つけたものだ。ガブリエルは彼女をじっと見て尋ねた。

「ここでの暮らしは幸せかい、マデライン？」

「あなたに追いだされるんじゃないかと怯えながら暮らしてるわ」

「なぜそんなふうに考える？」

「わたしには自分の家がなかった。母親もいない。父親もいない。あるのはＫＧＢだけだった。望みどおりの人生を手に入れたのに、それも奪い去られてしまった」

「好きなだけここにいていいんだよ」

マデラインは冷蔵庫をあけてミルクをとりだし、キアラが買った小さな水差しに注いだ。

「温める？　それとも、冷たいほうがいい？」

「冷たいままで」

「お砂糖は？」

「いや、いい」

ガブリエルは自分のカップにミルクを入れ、上から紅茶を注いだ。「村の連中は行儀よくしてるかい？」

「みんな、ちょっとお節介かしら」

「おやおや」

「あなたのことをすごい人だと思ってるみたい」

「わたしではない」

「ええ、すごいのはジョヴァンニ・ロッシ。イタリアから来た偉大な美術修復師」

「そう偉大でもないが」

「村のパン屋のヴェラ・ホッブズとは意見が違うのね」

「彼女のスコーンはおいしくなったかい？」

「リザード岬の上にあるカフェのスコーンに負けないぐらいよ」

マデラインはティーカップのへりから、何やら考えこむ様子でガブリエルを見た。「ねえ、もう組織のトップになったの？」

「いや、まだだ」

「あとどれぐらい？」

「二、三カ月。いや、もっと早くなるかもしれない」

「新聞に出るの？」

「われわれも最近はトップの名前を宣伝するようになった。ＭＩ６と同じように」

「気の毒なグレアム」マデラインは新聞にちらっと目を向けた。

「そうだね」ガブリエルは曖昧に言った。

「ジョナサンに首にされるのかしら」

マデラインが首相をジョナサンと呼ぶのを聞いて妙な気がした。首相の妻が留守の夜にダウニング街で過ごすとき、マデラインは彼をなんと呼んでいたのだろう。

「いや」しばらくしてからガブリエルは言った。「それはないと思う」

「グレアムは知りすぎてるわ」

「そりゃそうだが……」

「それに、ジョナサンは忠誠心の強い人よ」

「奥さんにはそうでもないが」

この言葉にマデラインは傷ついた。

「すまない、マデライン。そんなつもりで言ったのでは――」

「いいのよ」マデラインはあわてて言った。「言われても仕方がないわ」

指の長いほっそりした彼女の手が急に震えだした。ポットからティーバッグをとりだし、湯を注ぎ足し、蓋を戻すうちに、震えは消えていった。

「このコテージ、何もかも記憶のなかのまま？」

「カウンターの奥の女性が違っている。あとはすべて昔のままだ」

マデラインは曖昧に微笑しただけで、何も言わなかった。

「わたしの持ち物を調べたりしたのかい？」

「しょっちゅうよ」

「何か興味深いものが見つかったかな？」

「残念ながら何も。ここに住んでた男性は幽霊だったのかと思いたくなるぐらい」

「マデライン・ハートと同じように」

ガブリエルは彼女の目に困惑を見てとった。

「なぜそんなひどい顔をしてるのか、教えてくれる気はないの?」

「爆発の瞬間、ブロンプトン・ロードの現場にいたんだ」

「どうして?」

ガブリエルは正直に話した。

「みんなを避難させようと必死になった人って、あなただったの?」

ガブリエルは無言だった。

「もう一人は誰?」

「気にすることはない」

「いつもそう言うのね」

「本当に気にしなくていいときしか言わない」

「女性は?」

「パスポートの記載によると——」

「ええ」マデラインが口をはさんだ。「新聞で読んだわ」

「街頭防犯カメラの映像は見た?」

「たいしたものは映ってなかったわね。女が車を降りる。悠然と歩き去る。通りで爆発」

「腕のいいプロだ」

「凄腕だわ」

「女がヒースローに着いたときの写真は見たかい?」

「かなりぼやけた写真ね」

「ドイツ人だろうか」

「ドイツとどこかのハーフじゃないかしら」

「どこかというのは?」

マデラインは海をじっと見つめた。

34

ガンワロー入江、コーンウォール

写真は全部で四枚あった。いずれもガブリエルが撮影したもので、レストランの席に女性が一人ですわっているのが一枚。クインのアパートメントの錆びたバルコニーに立っているのが三枚。ガブリエルはそれをカウンターに並べた。

「誰が撮ったの？」

「そんなことはどうでもいい」

「あなた、いい目をしてるわね」

「ジョヴァンニ・ロッシにも負けないだろ」

マデラインは一枚目の写真を手にとった。サングラスの女性が通りに面したテーブルに一人ですわっている。景色のいいほうに背中を向けて。

「バッグのファスナーがあいたままね」

「きみも気づいたか」

「普通の観光客ならファスナーを閉めるものだわ。泥棒やすりを警戒して」

「そうだろうな」

マデラインはその写真をカウンターに戻して、次の一枚をとった。バルコニーの手すりのところに女性が一人で立っている。その足元から、花をつけた蔓植物が垂れ下がっている。煙草をくわえていて、そのため右腕の裏側がこちらを向いている。マデラインは写真に顔を近づけ、眉を寄せて考えこんだ。

「これ、見える？」

「何が？」

マデラインは写真をかざした。「傷痕があるわ」

「フィルムの傷かもしれない」

「可能性はあるけど、でも、違う。この人の腕についてる傷よ」

「なぜ断言できる？」

「だって、傷を負ったとき、わたしもその場にいたから」

「この女を知ってるのか」

「いいえ」写真をじっと見て、マデラインは言った。「でも、過去の彼女なら知ってる」

35

ガンワロー入江、コーンウォール

ガブリエルはロシアの凍った湖のほとりで、パヴェル・ジーロフという男の口から初めてその話を聞かされた。そしていま、海辺のコテージで、マデライン・ハートとなった女性が語る話にふたたび耳を傾けていた。自分の本名は知らない。生みの親のこともほとんど知らない。父親はKGBの高官だった。たぶん、絶大な権力を持つ第一総局の局長だったのだろう。母親はわずか二十歳のKGBのタイピストで、出産後しばらくして亡くなった。睡眠薬とウォッカの過剰摂取で命を落としたらしい。人からそう聞かされた。

マデラインは孤児院へ送られた。本物の孤児院ではなく、KGBの孤児院。そして、彼女の好む表現を使うなら、狼の群れに育てられた。やがて、いつのことかは覚えていないが、世話をしてくれる人々がロシア語で話しかけるのをやめてしまった。ロシア語の痕跡が記憶からすっかり消えてしまうまで、完全な沈黙のなかで育てられた。次に預けられたユニットでは、話しかけられるときはつねに英語だった。英国の子供番組のビデオを見たり、英国の児童書を読んだりした。英国の文化に触れる範囲が限られていたため、自然なアクセントはなかなか身につかなかった。彼女の話す英語はモスクワ放送のニュースキャスターのようだった。

マデラインが暮らしていた施設はモスクワ郊外にあり、KGBがモスクワ・センターと呼んでいるヤセネヴォの第一総局の本部からそう遠くなかった。マデラインはやがて、ロシアの奥地にあるKGBの訓練キャンプへ移された。キャンプには英国の小さな町があって、ハイストリートに商店が並び、公園があり、英語を話す運転手がバスを走らせていた。煉瓦造りのテラスハウスもあり、訓練中の者たちがそこで家族として暮らしていた。キャンプの別の場所にはアメリカの小さな町が造ってあり、映画館でアメリカの人気映画を上映していた。そして、アメリカの町から少し離れたところにはドイツの村があった。東ドイツの秘密警察《シュタージ》の協力のもとに運営されていた。食料品は週に一度、東ベルリンから空輸される。ドイツのソーセージ、ビール、生ハム。誰もが口をそろえて、ドイツ語の訓練生の待遇がいちばんいいと言っていた。

原則として、訓練生はそれぞれの疑似世界から出られなかった。マデラインは一組の男女と暮らし、この二人がやがて彼女と英国へ移ることになった。きびしい英語学校で学び、イギリスふうの小さな店で紅茶とクランペットを頼み、ロシアの雪がいつも数センチ積もっているイギリスふうの公園で遊んだ。しかし、ときたま、アメリカの町でアメリカの映画を見たり、ドイツの村のビアガーデンで夕食をとったりする許可が出ることもあった。カテリーナに出会ったのはそうした外出のときだった。

「彼女が暮らしていたのはアメリカの町ではなかったんだね」ガブリエルは言った。

「ええ」マデラインは答えた。「カテリーナはドイツの子だった」

マデラインより五、六歳年上で、少女から大人の女になろうとしている時期だった。早くも美貌の片鱗《へんりん》をのぞかせていたが、のちの彼女に比べればまだまだだった。ドイツの村の訓練生はバイリンガルになる教育を受けていて、英語も少しできるため、奇妙なアクセントながら完璧な英語がしゃべれるマデラインと会話練習ができるのを喜んでいた。基本的に、別々の場所で学ぶ訓練生どうしが友達になることは禁じられていたが、マデラインとカテリーナの場合は例外扱いとなった。カテリーナがしばらく前から鬱状態に陥っていたのだ。西欧社会に潜入してやっていけるのかどうか、教官たちが心配していた。

「カテリーナはどういう事情で潜入プログラムの一員に？」ガブリエルは尋ねた。

「わたしと似たようなものよ」

「父親がKGBだったのかい？」

「いえ、母親のほうが」

「父親は？」

「ドイツの諜報員で、ハニートラップの標的にされたの。カテリーナはその二人の子供」

「なぜ中絶しなかったんだろう？」

「赤ちゃんがほしかったから。でも、ＫＧＢに子供を奪われ、ついでに母親の命も奪われてしまった」

「傷痕のことを話してくれる？」

マデラインは答えなかった。かわりに、ふたたび写真を手にした。かつてカテリーナという名前だった少女がリスボンのバルコニーに立っている写真を。

「カテリーナがなぜリスボンに？　それに、どうしてブロンプトン・ロードで爆弾テロを？」

「リスボンに来たのは、われわれがアパートメントを監視していることを、彼女を陰で操っている連中が知ったからだ」

「爆弾は？」

「わたしが標的だった」

マデラインはびくっとして顔を上げた。「どうしてあなたを殺そうとするの？」

ガブリエルは躊躇したが、そのあとで答えた。「理由はきみだ、マデライン」

二人のあいだに沈黙が流れた。

「いったいどうなると思ってたの？」ついにマデラインが言った。「ロシア国内でＫＧＢの高官を殺して、わたしが西側へ亡命するのを助けたりしたら」

「ロシア大統領の怒りを買うのは覚悟のうえだった。だが、まさかブロンプトン・ロードに爆弾を仕掛けられるとは思わなかった」

「大統領を見くびってたのね」

「とんでもない。ロシア大統領とわたしは長いつきあいだ」

「大統領は前にもあなたを殺そうとしたの？」

「そう。だが、今回ようやく成功した」

マデラインはブルーグレイの目で訝しげにガブリエルを見た。やがて理解した。

「あなたが死んだのはいつ？」

「数時間前だ。英国陸軍病院で。けんめいに死と闘ったがだめだった。重傷だったから」

「他に誰が知ってるの？」

「うちの組織の連中はもちろん知ってる。それから、妻にもひそかに死亡が伝えられた」

「モスクワ・センターのほうは？」

「MI6のメールを盗聴しているなら、いまごろはもう、わたしの死を祝ってウォッカで乾杯しているだろう。だが、念には念を入れて、世間に派手に公表する予定だ」

「何かお役に立てることはないかしら」

「告別式の席でわたしを褒め称えてくれ。それから、浜辺を散歩するときは警護の人間を複数にしたまえ」

「あら、二人いたけど」

「あの漁師も？」

「夕食はハタのオーブン焼きよ」マデラインは笑みを浮かべて尋ねた。「死んだあなたは暇な時間をどう使うつもり？」

「わたしを殺した男たちを見つけに行く」

マデラインはバルコニーに立つカテリーナの写真を手にとった。「彼女のことは？」

ガブリエルはしばらく無言だった。やがて言った。「腕の傷痕のことを、まだ何も話してもらっていないが」

「訓練中の負傷よ」

「どんな訓練？」

「サイレント・キリング、つまり、音を立てずに敵を殺す訓練」マデラインはガブリエルを見て、暗い声でつけくわえた。「KGBでは早くから訓練を始めるの」

「きみも？」

「いくらなんでも子供すぎたわ」マデラインは首を振った。「でも、カテリーナはわたしより年上で、KGBは彼女の活用法をすでに考えてた。ある日、教官がカテリーナにナイフを渡して〝おれを殺してみろ〟と言った。カテリーナは命令に従った」

「それで？」

「教官にナイフを奪われたあとも執拗《しつよう》に襲いかかり、とうとう、そのナイフで怪我をしてしまったの。失血死しなくて運がよかったわ」マデラインは写真に視線を落とした。「いまどこにいると思う？」

「たぶん、ロシアのどこかだろう」

「名前のない町かしら」マデラインは写真をガブリエルに返した。「そこにいてくれるといいけど……」

ワームウッド・コテージに戻ったガブリエルは階段をのぼって自分の部屋まで行き、ベッドにぐったり倒れこんだ。妻に電話したかったが、許されないことだった。敵が彼の声をとらえようとしているはずだ。死者は電話をかけたりしない。

ようやく眠りが訪れたが、夢にうなされてばかりだった。ガブリエルはウィーンの大聖堂の身廊を歩いていた。手にした木箱には絵画修復の道具が詰めこまれている。戸口のところでドイツ人の若い女が待っていて、彼を会話にひきこもうとした。だが、夢のなかの女はカテリーナで、腕の深い傷から血が流れでていた。「修復できる？」傷を見せて女が訊いたが、ガブリエルは無言で彼女の横を通りすぎ、ウィーンの静かな通りを古くからのユダヤ人居住区へ向かった。広場は雪に覆われ、ロンドンのバスでぎっしりだった。一人の女がベンツのエンジンをかけようとしていたが、バッテリーの電気が爆弾に奪われてしまったせいで、どうしてもかからない。ガブリエルの息子がシートベルトでリアシートにくくりつけられている。しかし、ハンドルを握っているのはガブリエルの妻ではない。マデライン・ハートだ。「どうやって私を見つけたの？」運転席の割れた窓の奥から彼女が訊いた。次の瞬間、爆発が起きた。

目をさましたとき、部屋のドアのところにケラーが立っていたことからすると、きっと夢のなかで悲鳴をあげたに違いない。ミス・コヴェントリーがキッチンで朝食を出してくれ、荒野へトレッキングに出かける二人を寒い霧の朝の戸外へ送りだした。あまり動かなかったせいでガブリエルの足腰は弱っていたが、ケラーは容赦しなかった。徐々にスピードを上げて最初の一キロ地点へ向かうあいだに、ガブリエルはマデラインのことと、KGBのハニートラップから生まれたカテリーナという女のことを語った。かならずその女を見つけてみせる。そして、通訳の必要のないメッセージをクレムリンへ送りつけてやる。

「クインを忘れるな」ケラーが言った。

「クインなんて男は実在しないのかもしれん。われわれをおびき寄せるために投げこまれた餌だったのかもしれん」

「信じてもいないくせに。そうだろ？」

「ふと思ったんだ」

「クインはプリンセスを暗殺したんだぞ」

「イランの諜報機関の内部から出た情報だ」ガブリエルは尖《とが》った声で言った。

「いつから動ける？」

「わたしの葬式がすんでから」

ワームウッド・コテージに帰り着くと、ベッドの裾のほうにきちんとたたんだ着替え一式が置いてあった。ガブリエルはシャワーを浴び、服を着てから、ふたたびライトバンの後部に乗りこんだ。今回、ライトバンは東へ向かって走り、ハイゲートにある隠れ家へ彼を運んだ。ガブリエルには馴染《なじ》みの家だった。以前、ここで作戦を遂行したことがある。家に入った彼はリビングの椅子の背にコートをかけ、階段をのぼって二階の狭い書斎へ行った。袋小路を見渡せる細長い窓があった。雨水が溝のなかをごぼごぼ流れ、鳩《はと》の群れが軒下《のきした》で鳴いていた。三十分が過ぎて、夕暮れが忍び寄り、街灯がためらいがちに息を吹きかえした。やがて、グレイの車が丘の斜面をゆっくりのぼってきた。慎重すぎる運転だ。隠れ家の前で止まり、人畜無害という感じの若い男性が運転席から降りてきた。女性も一人降りてきた。ガブリエルの悲劇的な死を世界に伝えてくれる女性。ガブリエルは腕時計を見て微笑した。遅刻だ。彼女の遅刻は毎度のことだ。

36

ハイゲート、ロンドン

「お断りよ」サマンサ・クックが言った。「いまも、これからもずっと。百万年たっても」

「なぜ？」

「理由を挙げていきましょうか」

　サマンサはリビングの真ん中に立っていた。入ってくるなり、色褪せたウィングチェアのシートにバッグを落としたが、ぐっしょり濡れたコートはまだ脱いでいない。髪はアッシュブロンド、肩までの長さ、目はブルーで鋭い。その目はいま、信じられないと言いたげにガブリエルの顔を凝視していた。一年前、ガブリエルは『テレグラフ』の記者であるサマンサ・クックに、英国のジャーナリズム史上最大の特ダネを提供した。ロシアの潜入スパイで英国首相のひそかな愛人だったマデライン・ハートにインタビューできるよう、とりはからったのだ。彼はいま、そのお返しを要求していた。ふたたび特ダネ記事を書くようにと。今度はガブリエルの死を告げる記事を。

「まず」サマンサが言っていた。「倫理的に許されないことだわ。ぜったいに」

「英国のジャーナリストが倫理を持ちだすとは痛快だ」

「わたしはタブロイド紙の記者じゃないのよ。高級紙の記者なの」

「だからこそ、きみが必要なんだ。『テレグラフ』の記事なら、世間は信用してくれる」

「もっともなご意見ね」サマンサはコートを脱いでバッグの上に放った。「一杯いただこうかしら」

ガブリエルはワゴンのほうを頭で示した。

「一緒にどう?」

「わたしにはちょっと時間が早すぎる、サマンサ」

「わたしも。記事を書かなきゃいけないの」

「なんの記事だい?」

「ジョナサン・ランカスターの最新計画について。国民健康保険制度の見直しよ」

「わたしの提供する記事のほうがおもしろいぞ」

「そうでしょうとも」サマンサはビーフイーターのボトルをとったが、ためらい、かわりにデュワーズにした。カットグラスに指二本分、氷、泥酔しないように水で割る。「ここは誰の家なの?」

「昔からうちの一族のものだった」

「あなたが英国系ユダヤ人だなんて、わたしは信じたこともないわ」サマンサはエンドテーブルに置かれた華麗な鉢をとって裏返した。

「何を探している?」

「盗聴器」

サマンサはランプシェードの内側をのぞきこんだ。

「心配しなくていい」

サマンサは彼を見あげたが、無言のままだった。

「事実と異なる記事を書いたことは一度もないと言うのかい?」

サマンサは微笑した。「どうして? どうしてあなたの死亡記事を書かせたいの?」

「あいにく、そこまでは説明できない」

「いえ、説明してもらうわ。いやだと言うなら、記事はなしよ」サマンサの勝ちだ。「基本的なことから行きましょう。亡くなったのはいつなの?」

「昨日の午後」

「場所は?」

「英国陸軍病院」

「どこの?」

「言えない」

「長患いの末に？」

「じつは爆弾テロで重傷を負った」

サマンサの微笑が消えた。エンドテーブルにそっとグラスを置いた。「どこまでが嘘で、どこからが本当なの？」

「嘘ではない、サマンサ。策略だ」

「どこからが本当なの？」サマンサはふたたび尋ねた。

「ブロンプトン・ロードの爆弾のことを英国の情報機関に知らせた工作員がわたしだった。爆発の前に歩行者を避難させた二人の男の一人がわたしだった」ガブリエルはいったん言葉を切り、さらに続けた。「そして、テロの標的がこのわたしだった」

「証拠はあるの？」

「街頭防犯カメラの映像を見てくれ」

「見たわ。誰とは特定できない」

「いや、できる。あれはガブリエル・アロンだ。そして、ガブリエル・アロンは死亡した」

サマンサは水割りのグラスを空け、二杯目を作っていた。デュワーズ多め、水は少なめ。

「デスクに言っておかなきゃ」

「だめだ」

「わたし、デスクに命を預けてるの」

「いや、いま話題にしているのはきみの命ではない。わたしの命だ」

「あなたの命はもうないのよ。覚えてる？　死亡したんだから」

ガブリエルは天井を見つめ、ゆっくり息を吐いた。丁々発止のやりとりにうんざりしてきた。

「こんな遠くまで呼びだしてすまなかった」しばらくしてから言った。「ミスター・ディヴィスが家までお送りする。この話はなかったことにしよう」

「でも、お酒をまだ飲みおえてないわ」

「ジョナサン・ランカスターの国民健康保険制度の見直しに関する記事は？」

「屑ね」

「見直し計画が？　それとも、記事が？」

「両方」サマンサは飲みもののワゴンまで行き、銀のトングを使ってアイスバケットの氷をつまんだ。「あなたにもらった記事のほうがよさそうだわ」

「その点は保証する。それに、まだまだ続きがある」

「車に爆弾が積んであるってどうしてわかったの？」

「それはまだ言えない」

「女は何者なの？」

「アンナ・フーバーではなかった。ドイツ出身でもなかった」

「どこの出身だったの？」

「もう少し東のほうだ」

サマンサは氷を水割りのなかに落とし、それからトングをワゴンに丁寧に置いた。ガブリエルに背中を向けていた。それでも、ジャーナリストの良心と深刻な闘いをしていることはガブリエルにも見てとれた。

「ロシア人なの？　そういう意味？」

ガブリエルは無言だった。

「その沈黙をイエスととることにするわ。そこで質問。なぜロシア人がブロンプトン・ロードに自動車爆弾をしかけたの？」

「きみに説明してもらいたい」

サマンサは考えるふりをした。「ジョナサン・ランカスターにメッセージを送ろうとしたんじゃないかしら」

「では、そのメッセージの内容は？」

「われわれを虚仮《こけ》にすることは許さない」サマンサは冷たく言った。「金銭の問題がからんだ場合はとくに。北海油田の採掘権はクレムリンに何十億ドルもの利益をもたらしたことでしょうね。なのに、ランカスターがそれを奪ってしまった」

「じつを言うと、それを奪ったのはわたしなんだ。だから、ロシア大統領とその取り巻きがわたしを殺そうとした」

「そこで、成功したと向こうに思わせたいわけね？」

ガブリエルはうなずいた。

「なぜ？」

「わたしの仕事がやりやすくなるからだ」

「どんな仕事？」

ガブリエルは答えなかった。

「わかった」サマンサは腰を下ろし、ウィスキーを飲んだ。「どこからの情報ってことにすればいい？」

「英国の情報機関」

「嘘ばっかり」

「嘘ではなくて策略」ガブリエルはサマンサの言葉をやんわりと訂正した。

「わたしがおたくの諜報機関に電話したらどうなるかしら」

「何も答えてくれないだろう。だが、この番号に電話すれば」ガブリエルは彼女に一枚のメモを渡した。「寡黙な紳士がわたしの早すぎる死を認めるはずだ」

「その紳士に名前はあるの？」

「ウージ・ナヴォト」

「〈オフィス〉の長官？」

ガブリエルはうなずいた。「ただし、死んだ人間と話をしたことは伏せておいてくれ。モスクワ・センターが耳を傾けているだろうから」

「英国の情報源が必要だわ。信憑性のあるものが」

ガブリエルはもう一枚メモを渡した。別の電話番号。「私用回線だ。特権を濫用《らんよう》しちゃだめだぞ」

サマンサは両方のメモをバッグに入れた。

「記事にするのにどれぐらいかかる？」

「急げば明日の朝刊に間に合うわ」

「ネットに出るのは何時ごろだい？」

「午前零時ぐらいね」

二人のあいだに沈黙が落ちた。サマンサはグラスを唇に持っていったが、そこで手を止めた。これから長い夜が待っている。

「ほんとは死んでなかったことが世間にばれたらどうなるの？」

「ばれるわけがない」

「あら、死んだままでいるつもりはないでしょ?」

「大きな利点が一つある」

「どんな?」

「わたしを殺そうと思う者がいなくなる」

サマンサはグラスをエンドテーブルに置いて立ちあがった。「あなたへの追悼の言葉を何か書いてほしい?」

「わたしがわが祖国と同胞を愛していたと書いてくれ。それから、英国のことも大好きだったと」

ガブリエルは彼女にコートを着せかけた。サマンサはバッグを肩にかけ、片手を差しだした。「死んだ人とお知り合いになれて楽しかったわ。亡くなったのが惜しまれる」

「涙はいらないよ、サマンサ」

「ええ。リベンジを考えましょう」

37

ワームウッド・コテージ、ダートムア

その夜、ガブリエルがワームウッド・コテージに戻ると、車寄せに公用車らしきセダンが止まっていた。キッチンでミス・コヴェントリーが夕食の後片づけをしていて、書斎では、男性二人がチェス盤の上で背中を丸めて勝負に没頭していた。どちらも煙草をすっている。チェスの駒が戦場の硝煙のなかで立ち往生した兵士のように見える。

「どっちが勝ってるんです？」ガブリエルは訊いた。

「どっちだと思う？」アリ・シャムロンが言った。ケラーを見て尋ねた。「きみ、動く気はあるのかね？」

ケラーは駒を動かした。シャムロンが悲しげにため息をつき、ケラーの二個目のナイトを自分の小さな捕虜収容所に加えた。囚《とら》われの駒たちは灰皿の横で二列にきちんと並んでいる。シャムロンは彼の手に落ちた不運な相手にはつねに規律を要求する。

「何か食ってこい」ガブリエルに言った。「こっちも長くはかからん」

ミス・コヴェントリーが子羊肉とグリーンピースの皿をオーブンで保温してくれていた。ガブリエルはキッチンのテーブルにつき、一人で食事をしながら隣室の勝負の様子に耳を傾けた。チェスの駒のかたんという音、シャムロンが古いジッポーのライターで火をつける音。不思議と心が安らいだ。ケラーの不機嫌な沈黙からすると、彼に不利な展開のようだ。ガブリエルは皿とカトラリーを洗って水切りラックにのせてから、リビングに戻った。シャムロンが暖炉の炎に手をかざしていた。プレスされたカーキ色のズボン、白いオックスフォードシャツ、左肩に鉤裂《かぎ》きのある着古した革のボマージャケット。不格好なワイヤフレームの眼鏡のレンズに暖炉の火が反射している。

「どうでした？」ガブリエルは訊いた。

「この男も健闘したが、残念な結果となった」

「こいつの戦いぶりは？」

「大胆にして巧みだが、戦略不足だ。殺すことに大きな喜びを感じるものの、敵を切り殺すより生かしておくほうがいい場合もあることを悟るだけの分別がない」シャムロンはガブリエルにちらっと視線を向けて微笑した。「優秀な工作員だが、参謀タイプではない」

シャムロンは暖炉に視線を戻した。「こんなふうになると想像したかね？」

「何がです？」

「きみがこの世で過ごす最後の夜が」

「ええ、まさにこんな光景を想像していました」

「わたしと二人で隠れ家に閉じこめられる。英国側の隠れ家に」シャムロンは自己嫌悪の口調で言い添えた。壁と天井を見まわした。「盗聴されてるだろうか？」

「していないそうですが」

「連中の言葉を信じるのか」

「はい」

「やめたほうがいい。そもそも、きみがクイン捜しにひきずりこまれたことからして間違いだった。はっきり言って、わたしは反対したんだぞ。ウージに押し切られてしまった」

「いつからウージの意見に耳を傾けるようになったんです？」

シャムロンは肩をすくめた。「わたしのリストを見ると、エイモン・クインのチェックボックスが長いこと空欄になったままだ。次の航空機墜落事件が起きる前に、きみと友人とでそこにチェックを入れてもらいたいと思った」

「ボックスはいまも空欄のままですね」

「いずれ埋めてみせる」シャムロンのライターから炎が上がった。トルコ煙草のつんとくる臭いが薪と石炭の匂いと一つになった。

「ところで、あなたは？」ガブリエルが訊いた。「こんなふうに終わると思ってましたか？」

「きみの死で?」

ガブリエルはうなずいた。

シャムロンはしばらく無言で煙草をくゆらした。いつものガブリエルなら、煙草を消すよう頼んだだろうが、いまは何も言わなかった。シャムロンは死を悼んでいる。息子を失おうとしている。

「『テレグラフ』にいるきみのお友達がさきほどウージに電話をよこした」

「どうでした？」

「ウージはきみのことを褒め称えたようだ。〝抜きんでた才能、祖国にとって大きな損失。今宵《こよい》イスラエルの安全は失われた〟とな。やつのことだから、楽しんでたかもしれん」

「どの部分を？」

「すべてを。なにしろ、死んでしまったら、きみは次期長官になれんのだから」

ガブリエルは微笑した。

「変な気を起こすんじゃないぞ。今度の件が片づいたら、きみはすぐエルサレムに戻り、そこで奇跡の復活を遂げる」

「それではまるで――」

シャムロンは片手を上げて制した。彼が育ったのはポーランド東部の村で、しじゅうユダヤ人の虐殺がおこなわれていた。だから、シャムロンはいまもキリスト教に抵抗がある。

「うちの次期長官を暗殺したらいかに重い代償を支払うことになるかを、ロシア側へ伝えることが大切だ。皮肉にも、きみ自身がいまからそれを伝えるわけだ」

「ロシア人が皮肉を理解すると思いますか」

「トルストイは理解していた。だが、ロシア大統領に理解できるのは権力だけだ」

「イランはどうです?」

シャムロンは答える前にしばらく考えこんだ。「ロシアに比べれば、失うものはさほどない」ようやく言った。「ゆえに、イランについてはきわめて慎重な扱いが必要だ」

シャムロンは吸殻を暖炉に投げこみ、よれよれになった煙草の箱から一本とりだした。

「きみが捜している男はウィーンにいる。宿泊先はインターコンチネンタル・ホテル。うちのハウスキーピング課がきみとケラーの宿をとってくれた。そこで旧友二人に再会できるだろう。二人をきみの思いどおりに使ってくれ」

「エリは?」

「いまもリスボンのあの部屋で監視を続けている」

「ウィーンに呼んでください」

「リスボンのアパートメントを監視下に置かなくていいのか」

「必要ありません。クインがあそこに足を踏み入れることは二度とないでしょう」

シャムロンはゆっくりうなずいて同意を示した。「きみたちが連絡をとりあうときは、古いやり方でいくしかない。〈神の怒り作戦〉のときのやり方だ」

「現代社会で古いやり方に戻るのは大変です」

「きみには四百年前の絵画を新品同様に見せる能力がある。きみの力できっとどうにかなるさ」シャムロンは腕時計に目をやった。「きみから奥さんへ最後の電話をさせてやりたいが、この状況では残念ながら無理だ」

外はふたたび雨になっていた。突然の豪雨で大きな雨粒が暖炉に落下し、じゅっと音を立てた。シャムロンは気づいた様子もなかった。腕時計をじっと見ていた。時間はつねに彼の敵だった。いまはなおさらそうだ。

「あとどれぐらいだ？」

「もうじきです」ガブリエルは答えた。

真っ赤に燃える暖炉で雨粒がその身を犠牲にするあいだ、シャムロンは無言で煙草をふかしつづけた。

「こんなふうになるなどと想像したかね？」

「まさに想像どおりです」

「残酷なことだな」

「何がです？」

「親が子供に先立たれること。順序が逆だ」吸殻を火のなかに投げこんだ。「悲しみに浸ってはいられない。復讐のことしか考えられなくなる」

アリ・シャムロンもガブリエルと同じく、最新テクノロジーとの接触をなるべく避けたいほうだった。携帯電話もしぶしぶ持ち歩いているに過ぎない。こうした文明の利器が持ち主に刃向かう危険のあることを誰よりもよく知っているからだ。電話は目下、パリッシュのデスクに置かれた木の箱に入っている。〝カンパニー〟が持ちこんだ使用禁止の品々を預かっておくための箱だ。

パリッシュはこの老人への反感を抑えることができなかった。煙草！　最悪だ、あの煙草は。いつも荒野を歩きまわっている若い英国人よりなおひどい。あの老人は灰皿みたいな臭いだ。ひどく具合が悪そうだし。それに、あの歯！　笑った顔ときたら、まるで鋼鉄の罠《わな》だ。

老人が泊まっていく気でいるのかどうか、はっきりしなかった。当人は予定をいっさい口にしないし、ヴォクソール・クロスからも指示は来ていない。ただ、『テレグラフ』のウェブサイトに関する妙なメモが届いただけだった。午前零時から頻繁にサイトをチェックするようにと書かれていた。イスラエルから来た二人の男の興味を惹きそうな記事がネット配信されるという。なぜ興味を惹くかという説明はなかった。言わなくても二人にはわかるらしい。記事をプリントアウトし、無言のまま厳粛な表情で二人に届ける。それがパリッシュの役目だった。パリッシュは三十年近くＭＩ６の仕事をしている。本部からの奇妙な指示には慣れっこだ。これまでの経験からすると、奇妙な指示が出るのは重要な作戦のときと決まっている。

そこで、ミス・コヴェントリーがデヴォン州の寒村の自宅へ車で帰ったあとも、若き英国人のお供で一日中荒野を歩きまわって疲労困憊の警護スタッフが部屋にひきとったあとも、パリッシュは長いあいだ自分のデスクの前にすわっていた。エレクトロニクス装置が次々と導入された結果、警備に当たるのも人間ではなく機械になっている。パリッシュはＰ・Ｄ・ジェイムズを何ページか読み、ラジオから流れるヘンデルに耳を傾けた。だが、耳に入ってくるのは雨音ばかりだ。今夜も悪天候。いつになったら晴れるのだろう。

午前零時きっかりにパソコンで閲覧ソフトを開き、『テレグラフ』のアドレスを打ちこんだ。いつものように、くだらない記事ばかりだ。国民健康保険制度をめぐって国会で激論、バグダッドで爆弾テロ、ポップスターの恋愛スキャンダル。だが、聖なる地からやってきた〝カンパニー〟の興味を惹きそうなものはどこにもない。おや、イラン核協議に関してかすかな希望の光を示す記事が……。しかし、別にわたしを通さなくとも、あの二人ならすでに知っているはずだ。

そこでＰ・Ｄ・ジェイムズとヘンデルに戻り、五分後にふたたびサイトを見てみたが、あいかわらずくだらない記事ばかりだった。十分たっても変化はなかった。ところが、零時十五分にふたたび閲覧しようとすると、氷みたいにフリーズしてしまった。パリッシュはサイバー関係の専門家ではないが、新着情報がアップされたり、ネットが混みあったりするときはパソコンの反応が遅くなることを知っていた。また、いくらクリックしようと、タップしようと、効果がないことも知っていたので、ウェブページがデジタルの拘束から抜けでるのを待ちながら小説を何ページか読むことにした。

回復したのは零時十七分だった。ページが反転し、いちばん上に単語が三つ並んだ。大きな活字。パリッシュは思わず悪態をつき、すぐさま後悔し、〝印刷〟をクリックした。それから、印刷した紙を上着のポケットに突っこんで中庭を抜け、コテージの裏口まで行った。ヴォクソール・クロスから受けた奇妙な指示が頭を離れなかった。〝厳粛な表情で〟だと。まったくもう！　しかし、死亡したことをその当人に伝えるときは、いったいどんな表情をすればいいのだ？

38

ロンドン――クレムリン

　記事がネットに出てから一時間近くたったが、誰も気づかなかったようで、他のメディアではいっさい報道されなかった。やがて、ＢＢＣワールドサービスのプロデューサーが『テレグラフ』の編集部から電話を受け、一時のニュースで記事を流した。それをイスラエルラジオがキャッチして、数分もしないうちにあちこちで電話が鳴りだし、記者たちが叩き起こされた。イスラエルの保安・情報機関の過去から現在までのメンバーも同じく叩き起こされた。その件に関して表立ってコメントする者はいなかったが、心のなかでは、おそらく事実だろうと思っていた。外務省は記事の真偽を確認中と発表しただけだった。首相府からは何かの間違いであってほしいとの声明が出された。だが、朝が来て太陽がエルサレムを照らすころ、ラジオからは厳粛な曲が流れていた。ガブリエル・アロンが、イスラエルの復讐の天使が、〈オフィス〉の長官になるはずだった男が亡くなった。

　しかしながら、ロンドンでは、アロンの死の知らせは悲しみより論争を招く結果となった。爆弾を積んだ車を追ってブロンプトン・ロードまでやってきたのはなぜか。渋滞のなかで身動きのとれなくなった白いフォードのほうへダッシュしたのはなぜか。MI6と連携して動いていたのか、それとも、独断でロンドンに戻ってきたのか。悲劇の責任はイスラエルの悪名高き諜報機関にあるのか。英国秘密情報部もロンドン警視庁もコメントを拒否している。ロンドンのイーストエンドにある荒れた公立校を視察中だったランカスター首相はこの件に関する記者の質問を無視し、やはり事実だったかと英国中のメディアに思われることになった。ロンドンでもっとも過激なモスクの指導者は喜びを抑えきれない様子だった。アロンの死を〝遅すぎたほどだ。アラーの神からパレスチナ人民とイスラム世界への喜ばしき贈り物だ〟と評した。カンタベリー大司教が〝不遜な意見〟だと言ってやんわりと非難した。

セント・ジェームズにある〈グリーンのレストラン＆オイスターバー〉はロンドンの美術界の関係者が贔屓《ひいき》にしているエレガントな店だが、死を悼む悲痛な雰囲気に満ちていた。彼らの知っているガブリエル・アロンは諜報機関の人間ではなく、最高の腕を持つ美術修復師だった。有名な美術商で、はるかな昔からアロンに修復を依頼してきたジュリアン・イシャーウッドなどは、身も世もなく嘆き悲しんでいた。ベリー通りで画廊をやっているずんぐりした好色なオリヴァー・ディンブルビーは涙に無縁の男と思われているが、人からくすねたモンラッシェのグラスを前に嗚咽《おえつ》している姿を人目にさらすこととなった。

大西洋の向こう側のアメリカにも悲しみが広がっていた。前大統領はアロンに秘密の任務を何度も託したことがあり、九・一一のような恐怖のテロからアメリカ本土を守るためにイスラエル諜報機関のこの職員が大きな貢献をしてくれた、と述べた。CIAの国家秘密局のチーフを長きにわたって務めているエイドリアン・カーターは、アロンのことを〝パートナーであり、友人であり、わたしが知っているなかでもっとも勇敢な男〟と呼んだ。CNBCのアンカーウーマン、ゾーイ・リードはアロンの死を伝えるニュース原稿を読んでいる最中に声を詰まらせた。

アロンがイタリアを愛していたのは秘密でもなんでもないし、イタリアのほうも彼を愛していた。ヴァチカンでは、ローマ教皇パウロ七世が知らせを聞くなり教皇専用のチャペルへ赴き、一方、教皇の個人秘書を務めるルイジ・ドナーティ神父は事実かどうかを確認するため、急いであちこちへ電話をかけた。電話の相手の一人が、国家治安警察隊カラビニエリの有名な〝美術班〟を率いるチェーザレ・フェラーリ将軍だった。だが、将軍は何も知らないと答えた。フランチェスコ・ティエポロも同様だった。この男は評判の高い美術品修復会社のオーナーで、ヴェネツィアの有名な祭壇画を何点か修復するためにひそかにアロンを雇ったことがある。アロンの妻は古くからのユダヤ人ゲットーの出身で、その父親はヴェネツィアの首席ラビ。ドナーティ神父はラビのオフィスと自宅へも何度か電話を入れた。まったく応答がなかったため、最悪の事態を覚悟するしかなくなった。

しかし、その他の国々では、アロンの死はまったく違う形で受け止められていた。とくに顕著なのが、モスクワ南西の郊外ヤセネヴォの警備厳重なビルが立ち並ぶ一角だった。ここはかつてKGBの第一総局があったところで、現在はSVR（ロシア対外情報庁）が置かれている。だが、ここで働く者の大部分はいまもKGB時代の呼び名を使っている。すなわち、モスクワ・センター。

この日、センターの大部分ではいつもどおりの時間が流れていた。だが、三階にあるアレクセイ・ロザノフ大佐の執務室だけは違っていた。午前三時、大佐は大吹雪のなかをヤセネヴォに到着し、午前中いっぱいかけて、ロンドンに潜入しているSVRのスパイ、すなわち〝レジデント〟で、親しい友人でもあるドミートリ・ウリヤーニンと緊迫した連絡を続けた。SVRの最新の暗号方式によって保護され、もっとも安全な回線を使って送信されるのだが、それでもなお、ロザノフとウリヤーニンは英国在住のビジネスマンのビザ申請を含む通常の問題を扱っているように見せかけた。午後一時、ウリヤーニンとレジデンテュラのスタッフは『テレグラフ』の記事が事実だと確信するに至った。しかし、ロザノフのほうはもともと疑《うたぐ》り深い性格なので、依然として怪しんでいた。午後二時にはついに、安全な電話回線の受話器をとり、ウリヤーニンに直接電話をかけた。ウリヤーニンから喜ばしい報告があった。

「一時間ほど前に、老人がテムズ川に面した大きなビルから出てくるのを見た」

テムズ川に面した大きなビルとはＭＩ６の本部、老人とはアリ・シャムロンのこと。シャムロンが英国に到着して以来、レジデンテュラが尾行を続けていたのだ。

「老人の次の行き先は？」

「ヒースローまで行き、エル・アル航空のベン＝グリオン行きの便に搭乗した。ところで、アレクセイ、離陸が数分遅れたぞ」

「なぜ？」

「最後の荷物を一個、貨物室に積みこむのに手間がかかった」

「どんな荷物だ？」

「棺」

安全な電話回線に十秒ほど雑音が入り、ロザノフはそのあいだ沈黙を通した。

「棺に間違いないのか」ようやく言った。

「アレクセイ、いい加減にしてくれ」

「もしかしたら、英国系ユダヤ人が最近亡くなって、約束の地に埋葬してほしいという遺言を残したのかもしれん」

「違う。棺を積みこむあいだ、老人が下で直立不動の姿勢をとっていた」

ロザノフは電話を切り、しばらく迷ってから、ロシアでもっとも重要な番号をダイヤルした。男性の声が応答した。ロザノフの知っている声。クレムリン内では、この男は〈門番〉と呼ばれている。

「〈ボス〉に会う必要がある」ロザノフは言った。

「〈ボス〉は夕方まで予定が詰まっている」

「重要な用件だ」

「わが国とドイツの関係も重要だ」

ロザノフは低く悪態をついた。ドイツの首相が訪問中だったのを忘れていた。

「ほんの数分ですむから」ロザノフは言った。

「最後のミーティングと晩餐《ばんさん》のあいだに短い休憩がある。そこで時間がとれるかもしれん」

「いい知らせだと〈ボス〉に伝えてくれ」

「そのほうがいい」〈門番〉は言った。「なにしろ、ウクライナの件でドイツ首相にさんざん罵倒されてたからな」

「何時にそっちへ行けばいい？」

「五時」〈門番〉はそう言って電話を切った。ロザノフは受話器を戻し、ヤセネヴォの敷地に雪が舞い降りるのを見つめた。それから、ヒースロー空港でイスラエルのジェット旅客機に積みこまれる棺と、直立不動の姿勢をとる老人のことを考えた。一年ぶりぐらいで微笑が浮かんだ。

正確に言うと、きっかり十カ月ぶりだった。旧友のパヴェル・ジーロフ同志が頭に弾丸を二発撃ちこまれ、かちかちに凍って、トヴェリ州の樺の森で発見されてから十カ月。クレムリンに呼ばれて大統領とじかに顔を合わせてから十カ月。〈ボス〉から報復のためのミッションを命じられた。何人かを惨殺するだけではだめだという。報復によって敵のあいだに不和の種をまき、ロシアへの内政干渉を思いとどまらせることが〈ボス〉の狙いだった。だが、〈ボス〉が何よりも強く望んだのは、ガブリエル・アロンがイスラエルの秘密諜報機関の長官になるのを阻むことだった。〈ボス〉には壮大な計画がある。ロシアの薄れた栄光をよみがえらせ、失われた帝国をとりもどすことだ。そして、〈ボス〉にとっては、ちっぽけな国の工作員であるガブリエル・アロンがもっとも憎むべき敵だった。

ロザノフは時間をかけてじっくり考え、慎重に計画を立て、必要なものを集めた。それから、ロシア大統領の許可を得て殺害命令を出し、そこから作戦が動きはじめた。MI6の長官グレアム・シーモアも、ガブリエル・アロンも、ロザノフの狙いどおりに動いた。いま、アロンの遺体はベン＝グリオン空港行きのジェット旅客機の胎内に横たわっている。おそらく、オリーブ山に埋葬されるだろう。息子の墓の横に。ロザノフにはどうでもいいことだった。重要なのはアロンがもう生きてはいないということだ。

デスクのいちばん下の引出しをあけた。ウォッカのボトルと、グラスと、ダンヒルが入っている。ソビエト連邦が崩壊する前、ロンドンで仕事をしていた時代に身に着けた嗜好だ。この十カ月間、アルコールも煙草も我慢してきた。いま、ウォッカをたっぷりグラスに注ぎ、ダンヒルの箱を軽く叩いて一本とりだした。火をつける前になぜか躊躇した。ふたたび電話に手を伸ばしたが、そこで思いとどまり、かわりにDVDをパソコンに入れた。ウィーンと音がして、画面にブロンプトン・ロードが映しだされた。最初から見ていった。やがて、白い車のほうへ男がダッシュする場面になった。映像が崩れたところで、ロザノフは二度目の笑みを浮かべた。「馬鹿なやつだ」と低くつぶやき、マッチをすった。

四時に公用車を出すよう命じておいた。モスクワの悪夢のごとき渋滞とは逆の車線を走るため、クレムリンのボロヴィツカヤ塔に着くのにかかった時間はわずか四十分だった。豪華な大統領官邸に入り、待機していた補佐官の案内で階段をのぼって大統領執務室まで行った。控えの間に入ると、〈門番〉がデスクについていた。不機嫌な表情は、大統領自身がいつも浮かべている表情とまったく同じだった。

「早かったな、アレクセイ」

「遅いよりいいと思って」

「すわっててくれ」

ロザノフはすわった。五時になった。五時を過ぎた。六時になった。六時半にようやく

〈門番〉がやってきた。

「二分だけ時間を割いてくださるそうだ」

「二分あれば充分だ」

〈門番〉はロザノフの先に立って大理石の廊下を進み、重厚な金色の両開きドアの前まで行った。警備兵が片方のドアをあけ、ロザノフ一人が入室した。執務室は広々としていて全体に暗く、球形の照明器具がデスクを照らしているだけだ。そこに〈ボス〉がいた。書類の山に目を通しているところで、ロザノフが入っていっても中断しようとしなかった。

「それで？」ようやく〈ボス〉が尋ねた。「事実か否か、どちらだ？」

「ロンドンのレジデントは事実だと言っています」

「わたしはロンドンのレジデントに尋ねているのではない。きみに尋ねているのだ」

「事実です」

〈ボス〉が顔を上げた。「確かか」

ロザノフはうなずいた。

「声に出して言え、アレクセイ」

「やつは死亡しました」

〈ボス〉は書類に視線を戻した。「アイルランドの男にいくら払う約束だったかな」

ロザノフは正確に答えた。「契約によると、第一作戦の完了時に一千万、第二作戦でさらに一千万となっています」

「やつはいまどこにいる?」

「SVRの隠れ家におります」

「どこの隠れ家だ、アレクセイ」

「ブダペストです」

「女のほうは?」

「このモスクワです。出発の命令を待っています」

二人のあいだに、夜の墓地のような沈黙が落ちた。〈ボス〉がようやく口を開いたので、ロザノフはほっとした。

「少々変更を加えたい」〈ボス〉が言った。

「どのような変更でしょう?」

「両方の作戦が完了した時点で全額二千万を支払う、とアイルランド人に伝えろ」

「それはいささか問題かと」

「いや、そんなことはない」

〈ボス〉が巨大なデスクの向こうからファイルフォルダーを押してよこした。ロザノフはカバーを開き、なかをのぞいた。死がすべての問題を解決する。そう思った。男が消えれば問題も消える。

39

ロンドン——ウィーン

しかし、ガブリエル・アロンはもちろん死んではいなかった。アレクセイ・ロザノフがクレムリンに入ったのと同時刻に、ロンドンのヒースロー空港でブリティッシュ・エアウェイズの便に搭乗するところだった。髪を銀色に染めていた。目はもはや緑色ではなかった。上着のポケットには、くたびれた英国のパスポートと、同一名義のクレジットカード数枚、英国首相じきじきの承認のもとにグレアム・シーモアから贈られた品が入っていた。座席はファーストクラスで、三列目の窓側。ガブリエルが席につくと、客室乗務員が飲みものと何種類かの新聞を差しだした。ガブリエルは『テレグラフ』を選び、ロンドンの西の郊外に広がる赤煉瓦の住宅地が消えていくあいだに、彼の死を報じる記事を読んだ。ヒースローからウィーンまでの飛行時間は二時間。ガブリエルは本を読むふりをし、眠るふりをし、機内食を少しだけつつき、となりの席の男が愛想よく話しかけてくるのを無視した。死人が飛行機のなかで雑談することはない。携帯電話を持つこともない。ウィーン国際空港に着陸したとき、反射的に携帯に手を伸ばさなかった乗客は、ファーストクラスでは彼だけだった。頭上の荷物棚からバッグを下ろしながら、ガブリエルは思った。死もそれなりにいいものだ。

コンコースに出ると、入国審査カウンターへの標識に従って進み、ときおり足を止めて現在位置を確認した。本当は目隠しされていてもたどり着けるのだが。若い入国審査官がやけに長いあいだガブリエルの顔を見つめた。

「ミスター・スチュワート？」パスポートを見ながら審査官が尋ねた。

「ええ」ガブリエルは癖のないアクセントで答えた。

「オーストリアは初めてですか」

「いいえ」

審査官はパスポートのページをめくり、過去の入国を示すスタンプをいくつか見つけた。

「今回はなんの用で？」

「音楽」

オーストリアの審査官はパスポートにスタンプを押し、何も言わずに返してよこした。ガブリエルが到着ロビーに出ると、外貨両替所の横にクリストファー・ケラーが立っていた。ガブリエルのあとから外に出て、短期駐車場まで行った。車が用意されていた。アウディA6、色はスレートグレイ。

「シュコダより上等だな」ケラーが言った。

ガブリエルは左後方のタイヤの溝から車のキーをとりだし、車体の下を探って爆弾が仕掛けられていないか確認した。それからドアのロックをはずし、バッグをリアシートに放りこんで運転席に乗りこんだ。

「おれが運転したほうがいいんじゃないか」ケラーが言った。

「いや」ガブリエルはエンジンをかけた。ここは彼の縄張りだ。

地図もカーナビも必要なかった。記憶が案内役を務めてくれた。アウトバーンA4を走ってドナウ運河へ、そこから西へ方向を変えて、アパートメントが立ち並ぶラントシュトラーセを通り抜け、市民公園まで行った。公園の南側のヨハネスガッセにあるのがインターコンチネンタル・ホテル。周囲の通りには制服警官の姿がやたらと多く、ホテルの車寄せにもさらに多くの警官が詰めていた。

「核をめぐる会議です」車を降りてリアシートからバッグをとるガブリエルに、ホテルの駐車係が説明した。

「どこの国の代表団がここに泊まってるんだね?」ガブリエルは尋ねたが、駐車係は作り笑いを浮かべて「ゆっくりご滞在ください、ヘル・スチュワート」と言っただけだった。

ロビーにも警官がたくさんいた。制服、私服、とりどりだ。それから、ノーネクタイの人相の悪い連中もいた。イランの警備スタッフのようだ。ガブリエルとケラーは連中の横を通りすぎてフロントまで行き、チェックインしてから、エレベーターで四階に上がった。ケラーは四二八号室。ガブリエルは四〇九号室。ガブリエルは自分の部屋のドアにカードキーを差しこみ、一瞬ためらってから取っ手をひねった。部屋に入ると、ベッド脇のテーブルからモーツァルトが低く流れていた。スイッチを切り、室内を徹底的にチェックしてから、服をクロゼットのハンガーにきちんとかけた。次に受話器をとり、ホテルの交換手を呼びだした。

「フェリクス・アドラーの部屋につないでほしい」

「承知いたしました」

呼出音が二回鳴った。エリ・ラヴォンが電話に出た。

「部屋番号は？　ヘル・アドラー」

「七一二」

ガブリエルは電話を切って上の階へ向かった。

40

インターコンチネンタル・ホテル、ウィーン

エリ・ラヴォンがドアチェーンをはずし、大急ぎでガブリエルを部屋に入れた。室内にいるのはラヴォン一人ではなかった。ヤコブ・ロスマンがカーテンの隙間から外を見張っていた。ダブルベッドに寝そべってプレミアリーグのサッカー試合を漫然と見ているのはミハイル・アブラモフだった。ガブリエルが生きていたことを知っても、二人ともとくに安堵した様子は見せなかった。

「国から朗報が届いた」ラヴォンが言った。「あんたの遺体が無事に到着したそうだ。目下エルサレムへ向かっている」

「うちの奥さんは？」

「嘆き悲しんでるさ、もちろん。だが、親しい友人たちがついててくれる」

ガブリエルはミハイルの手からリモコンを奪い、ニュース番組を次々と見ていった。彼が浴びた脚光は短時間で消えてしまったようで、ＢＢＣまでが新しいニュースに移ってい

た。ガブリエルはCNNのところで手を止めた。国際原子力機関の本部の外にリポーターが立っている。欧米の同盟諸国とイランのあいだで核協議が進められている。イスラエルと中東のスンニ派アラブ諸国にとって不幸なことに、協議は最終合意に近づきつつあり、合意によって平和的核利用を認めれば、イランが核保有国になる可能性を残すことになる。

ガブリエルはテレビ画面を見つめていた。「われらが友人もあそこに?」

ラヴォンがうなずいた。「交渉のテーブルにはついていないが、イラン側のサポートスタッフとして参加している」

「やつがウィーンに到着してから接触したのか?」

「担当者に訊いたらどうだ?」

ガブリエルはヤコブ・ロスマンを見た。あいかわらず下の通りを監視している。短い黒髪にあばた面。ヤコブが専門に担当してきたのは、世界でもっとも危険な地域で工作員を抱きこむことだった。ヨルダン川西岸地区、ガザ地区、レバノン、シリア、そして、いまはイラン。当然、工作員たちに嘘をついてきたし、嘘をつかれたことがあるのも承知している。多少の嘘は大目に見てきた。だが、重要な情報源であるイラン人がよこした嘘だけは許せなかった。その嘘はヤコブの所属する機関の次期長官を暗殺しようという陰謀の一部だったのだ。ゆえにイラン人を処罰しなくてはならない。ただし、すぐにではなく、まずは罪を償う機会を与えてから。

ヤコブが説明した。「二国間でなんらかの協議が進められるとき、わたしはかならずその街へ赴く。交渉のテーブルで何が起きているか、アメリカ側がすべて率直に話してくれるとは限らないからな。不足した部分をレザから聞きだすことにしている」

「では、きみが連絡をとっても、レザが不審に思うことはないわけだ」

「まったくない。逆に、なぜ連絡がないのかと訝しんでいるはずだ」

「たぶん、エルサレムでわたしの喪に服してるとでも思ってるんだろう」

「そう期待しよう」

「家族は?」

「二時間前に国境を越えた」

「問題はなかったかい?」

ヤコブはうなずいた。

「で、レザは何も気づいていないわけだな?」

ヤコブは微笑した。「いまはまだ」

そう言うと、通りの監視に戻った。

ガブリエルはラヴォンを見て尋ねた。「レザの部屋はどこだ?」

ラヴォンは壁のほうを頭で示した。

「どうやって調べた?」

「ホテルのシステムにハッキングして、やつの部屋番号を手に入れた」

「部屋に入ったのか」

「好き勝手に入らせてもらってる」

〈オフィス〉のテクノロジー課の天才たちが魔法のカードキーというのを開発したので、これを使えば、世界中のどのホテルでも客室のドアの電子錠をはずすことができる。

「で、ささやかな置き土産をしてきた」ラヴォンは言った。

ノートパソコンの音量を上げた。隣室ではベッド脇のラジオからバッハのコンチェルトが流れていた。

「盗聴範囲は？」ガブリエルは訊いた。

「室内だけ。電話は省略した。レザが外部との連絡にホテルの電話を使うことはないから」

「何か変わったことは？」

「寝言がひどい。こっそり酒を飲んでいる。それぐらいかな」

ラヴォンはノートパソコンの音量を下げた。ガブリエルはテレビ画面を見た。今度はリポーターがエルサレムの旧市街を見渡すバルコニーに立っていた。

「噂では、もうじき父親になるはずだったとか」ミハイルが言った。

「ほんとかい？」ガブリエルは言った。

ミハイルはわざと退屈そうな顔をして、サッカー試合にチャンネルを戻した。ガブリエルは自分の部屋に戻り、電話が鳴るのを待った。

国際原子力機関のまばゆく輝く本部ビルは、ドナウ川の対岸のインターナショナル・シティと呼ばれるエリアにある。アメリカとイランの核協議が午後八時まで続いたところで珍しくも双方の意見が一致して、今夜はとりあえず終了ということになった。アメリカ側の代表者が記者団の前に短時間だけ顔を出し、交渉に進展が見られたと発表した。それに比べると、イラン側の代表者はそう楽天的ではなかった。アメリカの妥協が得られないとつぶやいて公用リムジンに乗りこんだ。

イラン代表団の車列がインターコンチネンタル・ホテルに到着したとき、時刻は八時半を過ぎていた。代表団の面々は厳戒態勢のロビーを通り抜け、数基のエレベーターに乗りこんだ。七階に泊まっているのはレザ・ナザリという男だけだ。ナザリはイラン情報省VAVEKの人間で、表向きは外交官ということになっている。無人の廊下を歩いて七一〇号室まで行き、カードキーをスロットに差しこんで部屋に入った。ドアの閉まる音が隣室に届いた。隣室にはヤコブ・ロスマンただ一人。ナザリのベッドの下に仕掛けた盗聴器のおかげで他の音も聞こえる。上着を椅子に放り投げる音。床に響く靴音。電話でルームサービスを頼む声、トイレの水を流す音。ヤコブはノートパソコンの音量を下げてから、室内電話の受話器をとってかけた。呼出音二回。続いてレザ・ナザリの声。ヤコブは英語で用件を告げた。

「それは不可能だ、わが友」ナザリが言った。「今夜は無理だ」

「不可能なことは何もない、レザ。今夜はとくに」

イラン人はためらい、それから尋ねた。「いつ？」

「五分後」

「場所は？」

ヤコブはどうすべきかをイラン人に告げ、電話を切って、ノートパソコンの音量を上げた。ルームサービスの注文をキャンセルする声、靴をはいてオーバーを着る音、ドアの閉まる音、廊下を歩いていく足音。ヤコブはふたたび電話に手を伸ばし、四〇九号室に電話を入れた。呼出音二回。続いて故人の声。知らせを聞いて故人はうれしそうな声になった。不可能なことは何もない。電話を切りながらヤコブは思った。今夜はとくに。

三つ下の階で、ガブリエルはベッドから起きあがり、そっと窓辺まで行った。彼を殺そうと企んだ男がライトアップされたホテルの前庭に姿を現すまでの所要時間を頭のなかで計算した。わずか四十五秒後に男が正面入口から出てきた。上から見たかぎりでは、危険人物には見えない。どうということのない男だ。通りまで行き、わずかな車が走りすぎるのを待ってから、道を渡って市民公園に入った。明るく照明された街のなかで、ここだけが暗い四角形になっている。イラン代表団の者は誰もついてこなかった。彼を尾行しているのは、フェリクス・アドラーという名でホテルに泊まっている小柄な男だけだ。

ガブリエルは部屋から二回電話をかけた。まず四二八号室の宿泊客に。次はホテルの駐車係に。車を出してほしいと頼むため。それから、ジーンズのウェストにベレッタを押しこみ、革ジャケットをはおり、この日テレビ画面にさんざん映しだされた顔を隠すために平たい帽子を目深にかぶった。部屋の外の廊下も、ロビーに下りるために乗ったエレベーターも無人だった。警備員と警官のあいだを素知らぬ顔で通り抜け、寒い夜の戸外へ出た。車寄せでアウディが待っていた。ケラーがすでに運転席に乗りこんでいる。ガブリエルの指示で市民公園の東端まで行き、歩道の縁でアイドリングしていると、街灯の光のもとにレザ・ナザリが出てきた。ヘッドライトを消したベンツが待機していた。車内に男性が二人。ナザリがリアシートに乗りこむと、車は急発進して走り去った。その時点でナザリにわかるはずもなかったが、彼はたったいま、人生で二番目に大きなミスを犯したのだった。

ベンツの尾灯が優美なウィーンの街路へ消えていくのを、ガブリエルは見守った。そのとき、ヘル・アドラーが公園から出てきた。帽子をとった。イラン人に尾行がついていないという合図だ。それからホテルへ戻っていった。今夜のイベントには参加したくないと言ってある。ヘル・アドラーは荒っぽいことが嫌いな男なのだ。

41

ニーダーエスターライヒ州、オーストリア

「どこへ行くんだ?」

「静かなところ」

「ホテルを長時間空けるわけにはいかん」

「心配するな、レザ。今夜は誰もかぼちゃに変わったりしないから」

ヤコブは肩越しに背後をしばらく見つめた。ウィーンは地平線で小さな黄色い光になっていた。前方には、ニーダーエスターライヒ州の農耕地と葡萄《ぶどう》畑がうねうねと続いている。ミハイルは制限速度を数キロうわまわるスピードで車を走らせていた。片手でハンドルを握り、反対の手でギアシフトを軽く叩いて神経質にリズムを刻んでいる。それがレザ・ナザリをいらだたせているようだ。

「そっちの友達は?」ナザリはヤコブに訊いた。

「イサクと呼んでもらおうか」

「アブラハムの息子か、気の毒に。大天使が現れなきゃ、父親に命を……」ナザリの声がそこで消えた。窓の外の暗い畑を見つめた。「会う場所がいつもと違うのはなぜだ？」

「シナリオに変更があってね」

「理由は？」

「今日のニュース、見たかい？」

「アロンか」

ヤコブはうなずいた。

「惜しい男を亡くしたものだ」ナザリは言った。

「心にもないことを」

「長官になるはずだったんだろう？」

「そんな噂を聞いたこともある」

「ウージがひきつづき長官というわけか。いい男だが、ガブリエル・アロンにはなれん」

レザ・ナザリは微笑した。用心深く、ひそやかな、プロの微笑だった。小柄で華奢《きゃしゃ》、茶色の目はくぼみ、顎鬚を短く切りそろえている。現場よりもデスクワークに向いた男、節度のある男。二年前、仕事でイスタンブールを訪れたときに初めて〈オフィス〉に接触してきて、祖国がふたたび悲惨な戦争に巻きこまれるのを防ぎたい、自分のように前向きなVEVAKの一派と〈オフィス〉の架け橋になりたいと言った。架け橋の値段は安くなかった。百万ドルを超える金がナザリに支払われた。〈オフィス〉の基準からすれば、腰を抜かしそうな金額だ。それとひきかえに、ナザリから次々と極秘情報が送られてきて、イスラエルの政治家も軍幹部もこれまでとは打って変わって、イランの魂胆を見抜けるようになった。ナザリはイスラエルにとってきわめて貴重な人材だったので、イランへの裏切りが露見したときに備えて、〈オフィス〉側で家族の逃亡手段が用意してあった。ナザリはまだ何も気づいていないが、この日の早い時刻に逃亡が実行に移されていた。

「わが国はきみたちの予想以上に核兵器の完成に近づいていた」ナザリが言っていた。「ウラン濃縮工場四つがガブリエルに爆破されていなければ、一年以内に核兵器が誕生していただろう。だが、われわれは工場を再建し、さらに設備を加えた。いまようやく……」

「ふたたび完成に近づいている」

ナザリはうなずいた。「しかし、アメリカにいるきみらの友人連中は気にしていないようだ。大統領は合意締結を望んでいる。自分の業績として残したいのだろう」

「大統領の業績など、〈オフィス〉はなんの関心もない」

「だが、イランの核武装は避けられないという大統領の結論に、きみらも同意している。ウージには軍事衝突を望む気はない。だが、アロンは違う。機会さえあれば、わが国を叩きのめそうとするだろう」ナザリはゆっくりと首を振った。「ところで、アロンはなぜロンドンであの車を追っていたのだ?」

「そうだな」ヤコブは言った。「謎だ」

道路標識が窓の外を通りすぎた。〝チェコ共和国42キロ〟ナザリはふたたび腕時計を見た。

「いつもの場所でよかったのに」

「ちょっとしたサプライズがあるんだ、レザ」

「どんな?」

「きみの尽力に対して、こちらの感謝を示すものだ」

「まだ遠いのか」

「もうじきだ」

「遅くとも真夜中までにホテルに戻らないと」

「心配するな、レザ。かぼちゃにはならないから」

ヤコブ・ロスマンは二つの重要な点を正直に述べていた。大切なエージェントのためにサプライズが用意してあり、目的地もそう遠くなかった。アイベスタールという町から西へ五キロほど行ったところにあるヴィラだった。趣《おもむき》のあるこぎれいな住まいで、片側に葡萄畑、反対側に休耕地が広がっている。ヴィラの外壁はイタリアふうの明るい黄色。窓枠は白。物騒な印象はまったくないが、辺鄙なことだけが問題だ。いちばん近い家でも一キロ以上離れている。助けを求めて叫んでも、誰にも聞こえない。サイレンサーなしで銃を撃っても、うねうねと続く畑が銃声を消してくれる。

ヴィラは道路から五十メートルほど奥まった場所にあり、松の木々に縁どられた未舗装道路がそこまで延びていた。ヴィラの外にアウディＡ６が止まっていた。エンジンがまだかすかに音を立てていて、ボンネットには温《ぬく》もりが残っている。ミハイルはそのとなりに車を止めてエンジンを切り、ヘッドライトを消した。ヤコブがナザリを見て愛想よく微笑した。

「ばかげた品は持ってこなかっただろうな、レザ」

「と言うと？」

「銃とか」

「銃は持っていない。自爆テロに使うベストを着てきただけだ」

ヤコブの笑みが薄れた。「上着の前をあけてくれ」

「協力しあって何年になる？」

「二年」ヤコブは答えた。「だが、今夜は別だ」

「家のなかに誰がいるんだ？」

「上着の前をあけてくれ、レザ」

ナザリは言われたとおりにした。ヤコブが手早く徹底的に身体検査をした。見つかったのは、札入れ、携帯電話、フランス製の煙草、ライター、ホテルの客室の鍵だけだった。ヤコブはすべての品をシートポケットに押しこみ、バックミラーに向かってうなずいた。ミハイルが運転席から降りてナザリの横のドアをあけた。不意に明るくなった車内で、ナザリの顔にただの不安とは言いがたい表情が浮かぶのをヤコブは目にした。

「どうかしたのか、レザ」

「きみはイスラエル人、わたしはイラン人。なぜわたしがびくびくしなきゃならん？」

「あんたはわれわれの最高に大切な資産だ。いつか、あんたとわれわれのことが本になるだろう」

「出版は死後何年もたってからにしてほしいものだ」

ナザリは車を降り、ミハイルと並んでヴィラの玄関へ向かった。二十歩ほどの距離だった。その隙にヤコブはリアシートから外に出て、ヒップホルスターの銃をとりだした。上着のポケットにその銃を忍ばせ、ナザリたちが玄関に着いたときはすぐうしろに追いついていた。ミハイルがドアをあけた。ナザリは躊躇したが、ヤコブに促《うなが》されてミハイルのあとから家に入った。

玄関ホールは薄闇に沈んでいたが、奥の部屋は明るく、薪の煙が漂っていた。ミハイルが先に立ってリビングに入ると、暖炉で赤々と火が燃えていた。暖炉の前にガブリエルとケラーが立っている。ドアに背を向け、何か考えこんでいる様子だ。二人を見てナザリが凍りつき、あとずさった。ヤコブが片方の腕を、ミハイルが反対側の腕をつかみ、二人でナザリを軽く持ちあげた。こうすれば、板敷きの床で足を踏んばることができなくなる。

ガブリエルとケラーは顔を見あわせ、笑みを交わした。ガブリエルがゆっくり振り向いた。いま初めて背後の騒ぎに気づいたという顔で。ナザリが釣りあげられた魚のようにもがいていた。落ちくぼんだ目を恐怖に大きく見開いている。ガブリエルは首をわずかにかしげ、顎に片手を当てて、冷静に相手を見つめた。

「どうかしたのかい、レザ」しばらくして尋ねた。

「きみは――」

「死んだはず？」ガブリエルは微笑した。「残念ながら、そちらの失敗だったようだ」

コーヒーテーブルにグロックの四五口径がのっていた。大きな威力を持つ銃。大量破壊の兵器。ガブリエルは銃のグリップを手にとり、重量とバランスを確かめた。それからナザリにゆっくり近づき、一メートルほど手前で足を止めた。銃は右手に持っている。獲物に襲いかかる蛇のようにすばやく左手を突きだして、ナザリの喉を絞めあげた。ナザリの顔がたちまち熟したプラムの色に変わった。

「何かわたしに言いたいことは？」ガブリエルは訊いた。

「悪かった」ナザリはあえいだ。

「まったくだ。だが、いまごろ謝っても遅すぎる」

さらに強く絞めあげると、軟骨の折れる感触が伝わってきた。ナザリの額に銃口を押しつけて引金をひいた。銃声が響いた瞬間、ケラーは顔を背け、暖炉の火を見つめた。個人的な問題だと思った。そういうときは修羅場になりがちだ。

42

ニーダーエスターライヒ州、オーストリア

ガブリエルがレザ・ナザリに向けて撃った四五口径弾は空包だった。しかし、装填された火薬から耳を打つ大音響が生じ、銃口から出る炎が額の中央に丸い小さな火傷を作った。その衝撃で、ナザリは床にどさっと倒れた。数秒間、ぴくりとも動かず、息をしているようにも見えなかった。ヤコブが膝を突いて手の甲で頬をひっぱたくと意識をとりもどした。

「くそっ」あえぎながら言った。「くそ野郎」

「わたしだったら言葉に気をつけるだろうな、レザ。でないと、次は実弾だぞ」

恐怖のあまり虚脱状態になる者もいれば、無駄な空威張りをしてみせる者もいる。レザ・ナザリは空威張りのほうだった。訓練でそう叩きこまれているか、もしくは、失うものはもう何もないと思ったのだろう。ガブリエルを蹴飛ばそうとしたが、簡単によけられてしまったので、次はミハイルの脚に組みついて転倒させようとした。ミハイルがナザリの肩甲骨の下に強烈なパンチを見舞うと、たちまち攻撃がやんだ。ミハイルは脇へどいて

ヤコブにあとを譲った。ヤコブはこの二年間、エージェントを丁重に扱い、お世辞を並べ、途方もない額の金を渡してきた。だが、いまは地獄の二分間。ナザリの罪にふさわしい殴打の嵐となった。ただし、顔だけは殴らないよう気をつけた。人前に出られる姿にしておかねばならない。

ケラーはレザ・ナザリを打擲《ちょうちゃく》する仲間には加わらなかった。かわりに、肘掛けのない木の椅子を暖炉の前に無言で置いた。ナザリがそこに倒れこんだ。ヤコブとミハイルが粘着テープで彼を椅子の背に縛りつけても、もはやなんの抵抗もしなかった。そのあと二人がナザリの脚を縛りつけるあいだに、ガブリエルが落ち着きはらってグロックに弾丸を再装填した。弾倉に弾をこめるとき、弾丸を一発ずつナザリに見せた。もう空砲ではない。拳銃には実弾がこめられた。

「どちらか選んでくれ」弾丸を入れた弾倉を拳銃のグリップ部に叩きこみ、第一弾を薬室に送りこんでから、ガブリエルは言った。「生きながらえるか、もしくは、殉教者になるか」銃口をナザリの眉間に当てた。「どっちにする、レザ?」

ナザリは無言で銃を見つめた。最後に言った。「生きていたい」

「賢明な選択だ」ガブリエルは銃を下ろした。「だが、無料で命を助けてやるわけにはいかない。料金を払ってもらおう」

「いくらだ?」

「まず、わたしの暗殺計画をロシアのお友達連中と一緒に練るに至った経過を話してもらいたい」

「それから？」

「きみの協力を得て連中を見つけだす」

「それはやめたほうがいい、アロン」

「なぜだ？」

「きみの暗殺を命じた男は大物すぎて、きみが命を狙うのは不可能だ」

「そいつは誰だ？」

「当ててみろ」

「ＳＶＲの長官？」

「馬鹿言うな」ナザリは信じられないという口調になった。「いくらＳＶＲの長官でも、勝手にきみの暗殺を企むようなことはできん。命令はトップから来ている」

「ロシア大統領？」

「もちろん」

「なんで知ってる？」

「信用しろ。事実だ」

「きみは意外に思うかもしれんが、目下、世界でいちばん信用できん相手はきみだ」

「言っとくがな」銃を凝視して、ナザリは言った。「おたがいさまだ」

粘着テープをはがしてくれ、少しはまともな扱いをしてくれ、とナザリが要求した。ガブリエルは両方とも拒んだ。ただ、水をくれという要求には応じた。ナザリが水を飲むあいだ、ヤコブが唇のところでグラスを支え、飲みおえたあとは、スーツの胸に落ちた雫《しずく》を拭いてやった。ナザリがこれに気づかないわけはなかった。

「煙草をくれないか」ナザリは頼んだ。

「だめだ」ガブリエルは答えた。

ナザリは微笑した。「ほう、やはり本当だったのか。偉大なるガブリエル・アロンは煙草嫌いと聞いていたが」笑顔のままでヤコブを見た。「だが、そこにいるわが友人は違うぞ。イスタンブールのあのホテルの部屋で初めて顔を合わせたときのことを、わたしはよく覚えている。煙感知器が鳴りだすんじゃないかと思ったほどだ」

話のきっかけとして最適だと思われたので、ガブリエルはそこから尋問を始めることにした。二年前の秋のある日、レザ・ナザリがトルコの情報機関との会議に出るため、イスタンブールにやってきた。会議の合間を縫ってボスポラス海峡に面した小さなホテルを訪れ、上階の部屋で〝ミスター・テイラー〟と名乗る男と初の顔合わせをした。祖国を裏切る覚悟をミスター・テイラーに告げ、その証拠として極秘情報の詰まったＵＳＢメモリを手渡した。そこにはイランの核開発計画関係の文書も含まれていた。

「あの文書は本物だったのか」

「もちろん」

「盗みだしたのか」

「その必要はなかった」

「きみにそれを渡したのは？」

「情報省の上司だ」

「きみは最初から向こうのまわし者だったのか」

ナザリはうなずいた。

「監督役は？」

「言いたくない」

「わたしもきみの脳みそを壁に飛び散らせたくないが、必要とあらば仕方がない」

「エスファハニだ」

モフセン・エスファハニはVEVAKの副長官だ。

ガブリエルは〈オフィス〉がルクセンブルクのプライベート・バンクに預け、ナザリが自由に使えるようにしておいた百万ドルのことを尋ねた。

「きみらが金の流れを追っているだろうから、エスファハニの指示でいくらか使うことにした。子供たちにプレゼントを買い、妻に真珠のネックレスを買った」

「エスファハニには何も買ってやらなかったのか」

「金時計を贈ったが、店に返却するよう言われた。やつは敬虔《けいけん》な信者でね。きみと似たところがある、ガブリエル。清廉潔白な男だ」

「わたしの噂をどこで聞いた？」

「うちにはきみに関する分厚いファイルがある」ナザリはそこでいったん言葉を切り、さらに続けた。「モスクワ・センターに負けない分厚さだ。だが、無理もない。きみがイランの地を踏んだことは一度もない。少なくとも、われわれの知るかぎりでは。しかし、ロシアとなると……」ナザリは微笑した。「そうだな、あそこにはきみの敵がたくさんいるとだけ言っておこう、アロン」

ナザリに関して〈オフィス〉の知らないことはたくさんあったが、その一つが、彼がVEVAK（イラン情報省）とSVR（ロシア対外情報庁）の連絡役を務めていたということだった。理由は簡単だと本人が説明した。大学でロシア史を専攻し、ロシア語を流暢《りゅうちょう》に話すことができ、ソ連のアフガニスタン侵攻の時代にはそこで作戦に従事していた。カブールでKGBの多くのメンバーに出会ったが、そのなかに、いかにも出世しそうな若い男がいた。予想は当たり、いまではモスクワ・センターの最高権力者の一人となっている。

ナザリはその男と定期的に会って、イランの核開発計画からシリアの内戦まで、さまざまな問題について討議している。シリアでは、VEVAKとSVRが協力しあって、戦いに明け暮れる現政権の延命を図るため、疲れを知らぬ活動を続けている。

「その男の名前は？」ガブリエルが尋ねた。

「きみと同じく、多くの名前を使い分けている。だが、わたしの推測では、本名はたぶんロザノフだろう」

「ファーストネームは？」

「アレクセイ」

「外見を説明しろ」

ナザリはいささか曖昧ながらも男の外見について述べた。身長百八十センチぐらい、グレイがかった金髪が薄くなりつつあり、ロシア大統領と同じような髪型にしている。

「年齢は？」

「たぶん五十ぐらい」

「言語は？」

「その気になれば、どこの言葉でもしゃべれる」

「きみらが顔を合わせる頻度は？」

「二、三カ月に一度。必要があればもっと頻繁に」

「場所は？」

「わたしがモスクワへ出かけることもあるが、たいてい、ヨーロッパの中立地帯で会うことになっている」

「中立地帯というと、どのような？」

「隠れ家とか、レストランとか」ナザリは肩をすくめた。「よくあるパターンだ」

「最後に会ったのは？」

「一カ月前」

「どこで？」

「コペンハーゲン」

「コペンハーゲンのどこだ？」

「ニューハウンの小さなレストランだった」

「その夜も核とシリアが議題だったのか」

「いや、議題は一つだけだった」

「何だったんだ？」

「きみ」

43

ニーダーエスターライヒ州、オーストリア

しかし、レザ・ナザリとアレクセイ・ロザノフがガブリエル・アロンの件で長時間熱心に協議をしたのは、コペンハーゲンが初めてではなかった。二人が顔を合わせるたびに何度もアロンの名前が出ていたが、いちばん深刻だったのは、もしくは腹立たしかったのは、十カ月前にチューリッヒの旧市街でディナーをとったときだった。当時はＳＶＲが危機に直面していた。パヴェル・ジーロフの凍った死体がトヴェリ州で発見され、マデライン・ハートが英国へ亡命し、クレムリン直結の国営エネルギー企業が北海油田の採掘権を失ったばかりだった。

ナザリは言った。「きみがすべての元凶だった」

「誰がそんなことを?」

「ロシアの唯一の最高権力者。〈ボス〉だ」

「そこでわたしを殺そうとしたわけか」

「単に殺せばいいのではない。〈ボス〉が望んだのは、ロシアの関与を疑われないようにすること。それから、英国に鉄槌《てっつい》を下すこと。とくにグレアム・シーモアに」

「ロシアがエイモン・クインを選んだ理由はそれだったのか」

ナザリは返事をしなかった。

「きみはたしか、クインの名前をよく知っていたはずだ」

「友人だと思っていた」

「クインを雇ってヒズボラのために対戦車用の武器を作らせたのはきみだったからな」

ナザリはうなずいた。

「秒速三百メートルで進む火の玉を生みだせる武器」ガブリエルは言った。

「すばらしい威力だった。イスラエル国防軍も思い知ったことだろう」

ヤコブがナザリに殴りかかろうとしたが、ガブリエルが押しとどめ、尋問を続けた。

「ロザノフがきみに望んだことは?」

「その時点では、クインを紹介することだけだった」

「で、承知したのか」

「ガブリエル・アロンが相手となれば、わが国とロシアの利害は一致する」

ナザリは次のように語った。クインは当時、闘病中のウゴ・チャベス大統領の庇護のもとでベネズエラに滞在していた。先の見通しが立たなかった。チャベスの後継者がクインを国内に置いてくれるかどうか、今後もベネズエラのパスポートが使えるかどうか、まったくわからなかった。キューバへ移るという手もあったが、カストロ兄弟の言いなりになるのはいやだった。新しい故郷、新しい庇護者が必要だった。

「あれ以上いいタイミングはなかっただろうな」ナザリは言った。

「どこでクインと会った？」

「カラカスのダウンタウンのホテル」

「他に同席者は？」

「ロザノフが女を連れてきた」

ガブリエルはリスボンのアパートメントのバルコニーに立つカテリーナの写真を見せた。

ナザリはうなずいた。

「作戦における彼女の役割は？」

「詳しいことは知らん。その時点では、わたしはクインとのパイプ役に過ぎなかった」

「クインへの報酬はいくらだ？」

「一千万」

「前払い？」

「任務が完了した時点で」

「わたしの死か」

ナザリはケラーをちらっと見て言った。「その男もだ」

そこから話はコペンハーゲンへ戻った。あの夜、アレクセイ・ロザノフはいらだっていたが、興奮状態でもあった。最初のターゲットが決まった。あとは誰かを使ってイスラエルと英国の諜報関係者の耳にクインの名前をささやくだけだ。ロザノフはナザリにその役を頼んだ。ナザリは即座に断った。

「なぜ？」

「ミスター・テイラーとの関係がこじれるようなことには関わりたくなかった」

「なぜ気が変わった？」

ナザリは黙りこんだ。

「ロザノフからいくらもらったんだ？」

「二百万」

「金はどこにある？」

「ロザノフはモスクワの銀行に預けようとしたが、わたしはスイスを主張した」

ガブリエルはナザリに銀行の名前と口座番号とパスワードを尋ねた。ナザリが答えた。ジュネーブの銀行だった。〈オフィス〉では最近、銀行のバランスシートを調査する必要が出てきた。そのついでにナザリの預金を調べるのはそうむずかしくないだろう。

「モフセン・エスファハニにはたぶん内緒だったんだろうな」

「ああ」一瞬ためらってから、ナザリは答えた。「モフセンは何も知らん」

「では、あんたの奥さんは？」ガブリエルは訊いた。「奥さんには話したのか」

「なぜそんなことを訊く？」

「生まれつき、好奇心が旺盛でね」

ためらったのちに、ナザリは答えた。「妻は何も知らん」

「話したほうがいいかもな」

ガブリエルはミハイルから携帯電話を受けとり、ナザリに差しだした。ナザリはきょとんとして電話を見つめた。

「さあ、レザ。奥さんに電話しろ」

「何をした？」

「危険を知らせただけさ」

「どういう意味だ？」

説明したのはヤコブだった。「あんたと家族のためにこちらで逃亡先を用意したことは覚えてるだろ？　裏切者のあんたには必要なかったのに」

ナザリの顔にパニックが広がった。

「だが、あんたは奥さんに何も話していない」ヤコブは続けた。「逃亡先も確保したままだ。ＶＥＶＡＫでの立場が危うくなり、嵐のときの避難港が必要になった場合のために。

で、こちらから危険を知らせたところ、あんたの家族は――」

「家族はどこにいる？」ナザリが口をはさんだ。

「どこにいないかなら教えてやろう、レザ。イランにいないことは確かだ」

ナザリの落ちくぼんだ目に危険なまでの冷静さが浮かんだ。ヤコブからガブリエルへゆっくりと視線を移した。

「そっちのミスだな、わが友。きみのような男なら、罪もない家族をターゲットにすることの弊害をよく知っているはずだ」

「そこが死人の強みでね。罪悪感には無縁だ」ガブリエルは言葉を切り、さらに続けた。「おかげで思考が明晰《めいせき》になる」携帯電話をひっこめた。「ひとつ質問しよう。きみの思考も明晰になったかい？」

ナザリの視線がガブリエルから暖炉の火へ移った。危険なまでの冷静さは消えた。かわりに浮かんだのは絶望だった。宿敵の慈悲に身を委ねるしかないというあきらめだった。

「わたしに何をしろというんだ？」ナザリはようやく尋ねた。

「きみの家族を救うんだ。それから、きみ自身も」

「どうやって？」

「エイモン・クインとアレクセイ・ロザノフ捜しに協力する」

「無理だ、アロン」

「誰がそんなことを？」

「〈ボス〉だ」

「いまはわたしがボスだぞ。きみはわたしのために働くんだ」

彼らはそのあと一時間かけてすべてを検討しなおした。とくに重視したのは、ジュネーブの銀行口座の詳細と、ナザリがコペンハーゲンでアレクセイ・ロザノフと最後に会ったときの状況だった。正確な日時、レストランの名前、二人がレストランに着いた時刻と交通手段、宿泊したホテルの名前。

「で、次に会うのは？」ガブリエルは尋ねた。

「何も決めていない」

「連絡はふつう、どっちから？」

「状況による。アレクセイのほうで何か議論したいことがあれば、向こうが連絡をよこして、会う場所を指定する。わたしがアレクセイと会う必要に迫られたときは――」

「どうやって連絡するんだ？」

「きみにもアメリカのＮＳＡ（国家安全保障局）にも追跡される心配のない方法で」

「なんの変哲もなさそうなアカウントに雑談口調のメールを送るとか？」

「ときには単純な方法がいちばんいい」ナザリは言った。

「ロザノフのアドレスは？」

「いくつかある」

ナザリは記憶をたどってアドレスを四個挙げた。どれも文字と数字がランダムに並んでいるだけだった。驚異の記憶力だ。

時刻はすでに十一時近くになっていた。デッドラインの午前零時までにナザリをホテルに送り届けるには、ぎりぎりの時間しかない。ここで交わした契約に少しでも違反したらどういう結果になるかを、ガブリエルはナザリに警告した。それから、椅子に縛りつけておいたナザリを自由の身にした。さんざん殴打され、処刑のまねごとまでされた男にしては、ナザリは驚くほどしゃきっとしていた。試練の跡をとどめているのは、額の中央についた小さな火傷だけだ。「部屋に戻ったら氷で冷やしとけ」ナザリを車に押しこみながら、ヤコブが言った。「明日の交渉の席には最高の姿で臨んでほしいからな」

ナザリを市民公園の東側で車から降ろし、ミハイルがホテルまで送っていった。ロビーは無人だった。ナザリは一人でエレベーターに乗って七階まで行った。盗聴装置を仕掛けられた部屋が彼を待っていた。隣室ではエリ・ラヴォンがノートパソコンの上にかがみこみ、耳をそばだてていた。トイレでの激しい嘔吐《おうと》。テヘランの自宅に電話をしても誰も出ないとわかったあとの嗚咽。ラヴォンは音量を下げて、この獲物をしばらくそっとしておくことにした。

44

スパロー・ヒル、モスクワ

カテリーナ・アクロワはいつもと同じ夢を見ていた。昔の訓練キャンプ近くにある樺の森を歩いていくと、木々がカーテンのように左右に分かれ、ブルーを帯びた水晶のような湖が見えてくる。服を脱ぐ必要はなかった。夢のなかでは、どんなときでも裸だ。鏡のように静かな湖面に身をすべらせ、作りもののドイツの村の通りを泳いでいった。やがて水が血に変わり、血のなかで溺れかけていることに気づいた。酸素を求めて心臓が肋骨《ろっこつ》にぶつかり、針で突いたような光の点に向かって必死に水を蹴る。しかし、湖面に浮かびあがるたびに誰かの手で押しもどされる。しみ一つないすべすべした女の手。手の感触は伝わってこないのに、カテリーナにはそれが母親の手だとわかっていた。

ベッドにはっと体を起こし、空気を求めてあえいだ。何分か呼吸が止まっていたような気がする。髪がじっとり湿り、両手が恐怖に震えている。煙草に手を伸ばし、震える手で火をつけて、肺の奥まで煙を吸いこんだ。いつものようにニコチンが心を静めてくれた。

時計を見ると、そろそろ正午になるところだった。十二時間近く眠りつづけたわけだ。ゆうべの雪がすでにやみ、淡い色をした空の下のほうで太陽が白く輝いていた。モスクワの冬につかのまの小休止が訪れたようだ。

床に足を下ろしてキッチンへ行き、コーヒーマシンでコーヒーを淹《い》れた。マシンの前に立ったまま、いっきに飲んで、すぐまた二杯目を淹れた。SVR支給の携帯がカウンターにのっている。手にとり、画面を見て眉をひそめた。アレクセイからの出発の指令がまだ入らない。アレクセイがうっかり忘れるはずはない。何か理由があるのだ。

天気予報をチェックした。零度をわずかに超えている。この時期のモスクワには珍しいことだ。夕方まで晴天が続くとのこと。長いあいだエクササイズにご無沙汰だったので、ランニングで気分をすっきりさせることにした。コーヒーを持って寝室に戻り、着替えをした。暖かな下着、耐寒用トラックスーツ、真新しいランニングシューズ。本物のアメリカ製で、ロシアの工場から送りだされる安物の粗悪なコピー商品ではない。ロシア製のランニングシューズをはくぐらいなら、はだしで走ったほうがまだましだ。次に分厚い手袋をはめて、毛糸の帽子に髪を押しこんだ。あとは銃だけだ。マカロフの九ミリだが、ランニングのときに銃を持っていくのがカテリーナは大嫌いだった。それに、ウォッカで酔っぱらった変質者にからまれたとしても、自力で充分に身を守れる。以前、ゴーリキー公園で痴漢をぶちのめして意識不明にしたことがある。あとはアレクセイが処理してくれた。

少なくとも、モスクワ・センターではそう噂されている。

二本目の煙草をふかし、三杯目のブラックコーヒーを飲みながら、軽くストレッチをした。エレベーターでロビーに下り、髭も剃っていない二日酔いのコンシェルジュの挨拶を無視して外の通りへ出た。軽いペースで西へ向かい、ミチュリンスキー大通りまで行った。通りに面してモスクワ大学のキャンパスが広がっている。カテリーナが普通の子供で、ハニートラップを仕掛けたときに避妊を怠ってしまったKGB職員の娘でなかったなら、たぶんこの大学に入っていただろう。

丘のふもとで右へ曲がって、ゆるやかにカーブするコシギナ大通りに入った。通りの中央部分が石畳の歩道になっていて、葉を落とした木々が両側を縁どっている。カテリーナの脚が温まってきた。ジャケットの下に汗がにじんでくるのを感じた。ストライドを大きくしてスピードを上げた。緑と白の愛らしい教会とスパロー・ヒルの展望広場を通りすぎた。挙式を終えたばかりのカップルが市街地をバックに、写真を撮ってもらっている。ロシアの新婚カップルの伝統だが、カテリーナには一生経験できないことだ。万が一結婚することになったら、SVRの承認を得なくてはならない。式は極秘ですませ、写真は撮ってもらえない。家族の参列もない。だが、カテリーナは平気だ。家族がいないのだから。

ロシア科学アカデミーまで行き、そこからモスクワ川の土手を走って帰るつもりでいた。ところが、ホテル・コーストンのきらびやかな入口を通りすぎたとき、窓にスモークフィルムを貼ったレンジローバーに尾行されていることに気づいた。最初にその車を目にしたのはミチュリンスキー大通りで、二回目はスパロー・ヒルの展望広場だった。車内には革ジャケットの男がいて、景色を眺めるふりをしていた。いま、車はホテル・コーストンの外に置かれ、革ジャケットの男が木立を抜けてカテリーナのほうに歩いてくる。身長は百八十センチを超え、体重は九十キロ以上ありそうだ。歩調からすると、ジムでしっかり鍛えているという感じ。

危険に遭遇したときに背を向けることは、カテリーナが受けた訓練では禁じられていたので、まっすぐ前方を見つめ、相手の存在にほとんど気づいていないような顔で、スピードを落とすことなく男に向かって走りつづけた。男は革ジャケットのポケットに両手を突っこんでいた。カテリーナが横を通りすぎようとしたとき、男がポケットから右手を出してカテリーナの二の腕をつかんだ。掘削機のアームにがっしりつかまれたような感触だった。足がすべった。男の手がなかったら、石畳の上で転倒していただろう。

「放して！」カテリーナはぴしっと言った。

「だめだ《ニエット》」男が冷たく答えた。

カテリーナは男の手を振りほどこうとした。逃げようと焦ったのではなく、男への警告のつもりだった。ところが、男はさらに力をこめた。カテリーナは思わず反射的に動いた。男の右足の甲を思いきり強く踏みつけ、指を短剣のように構えて男の目を突き、視力を奪った。男の手がゆるんだ瞬間、体を回転させると同時に股間に膝蹴りを見舞った。次にふたたび一回転して男のこめかみを肘で直撃すると、男はどっと地面に倒れた。あらわになった相手の喉を狙ってとどめを刺そうとしたが、そのとき、背後の小道から笑い声が聞こえてきたので手を止めた。両手を膝に置き、凍えそうな大気のなかで必死に呼吸を整えようとした。口のなかに血の味がした。夢に出てくる血だと思った。


「どうしてあんなことを？」

「現場に戻る準備ができているかどうか確認したかった」

「いつでも準備オーケイよ」

「いまはっきり見せてもらった」アレクセイ・ロザノフはゆっくり首を振った。「あの男も気の毒に、コンドームを使う必要は二度とないだろう。ラッキーと言っていいかな」

二人はロザノフの公用車のリアシートにすわっていた。目下、コシギナ通りの渋滞に巻きこまれている。前方で事故があったらしい。日常茶飯事だ。

「何者なの？」

「きみに殺されそうになった若い男かね？」

カテリーナはうなずいた。

「対外情報アカデミーを卒業したばかりだ。わたしは今日まで、やつに大きな期待をかけていた」

「何に使うつもりだったの？」

「筋肉労働」皮肉のかけらも見せずに、ロザノフは言った。

車がのろのろと前へ進んだ。ロザノフはオーバーの胸ポケットからダンヒルの箱をとり、考えこみながら一本抜きだした。しばらくしてから言った。

「きみがアパートメントに戻ったら、玄関ホールにスーツケースが置いてある。パスポートと旅行に必要な書類も一緒に。明日の朝いちばんで出発してくれ」

「どこへ？」

「ワルシャワに一泊し、身元を偽装する。それからヨーロッパ大陸を横断してロッテルダムへ向かう。フェリーターミナルのそばのホテルにきみの部屋が予約してある。ターミナルの反対側で車がきみを待っている」

「車種は？」

「ルノー。キーはいつもの場所。銃はリアシートを探ってくれ。スコルピオンを用意した」ロザノフは微笑した。「昔からスコルピオンがお気に入りだったよな？」

「クインは？」

「ホテルできみと落ちあう予定だ。ご機嫌うるわしいとは言えないだろうが」

「何かあったの？」

「大統領がクインへの支払いを延期しようと決めた。作戦の第二段階が完了するまで」

「大統領がどうしてそんなことを？」

「クインをまじめに働かせるためだ。アイルランドのあの男は昔から勝手な行動ばかりとってきた。アロンの携帯にメッセージを送るとやつが言いはったばかりに、完璧に計画した作戦が危うくだめになるところだった」

「アロンの携帯番号を教えなきゃよかったのに」

「教えざるを得なかったんだ。それだけは譲れないとクインに言われたんでね。あの車に爆弾が積んであることをアロンに教えたかったのだろう。そして、誰のしわざかも」

のろのろ運転ではあったが、ようやくスパロー・ヒルの展望広場に差しかかった。新婚カップルの姿はもうなかった。新たなカップルがいた。子供と三人でポーズをとっている。白いドレスを着た六歳か七歳ぐらいの女の子で、髪にも花をつけている。

「かわいい子だ」

「そうね」カテリーナは気のない返事をした。

ロザノフは彼女を鋭く見つめた。「気のせいかな。現場復帰を渋ってるように見えるが」

「ええ、気のせいよ、アレクセイ」

「任務を遂行する能力がないなら、正直に言ってほしい」

「さっき去勢されたばかりの男に訊いてみて」

二人は渋滞の原因となった場所まで来ていた。老婆が通りに倒れて死亡していた。そばに網袋。アスファルトの上に林檎《りんご》が散乱している。迷惑そうに警笛を鳴らす車が何台かあった。年寄りだろうと、若者だろうと、ロシアでは命の値段が安い。

「酷《むご》いことだ」老婆の無惨な死体の横を通りすぎたとき、ロザノフが低くつぶやいた。

「わずかな血を見て動揺するなんて、あなたらしくないわね」

「わたしはきみとは違う、カテリーナ。暗殺はペンと紙で遂行する」

「あら、わたしもそうよ。ほかに使える手段がないときは」

ロザノフは微笑した。「ユーモアのセンスをなくしていないとわかってほっとした」

「ユーモアのセンスがなきゃ、こんな仕事はやってられないわ」

「全面的に同意する」ロザノフはアタッシェケースからファイルフォルダーをとりだした。

「何よ、それ」

「ロシアに戻ってくる前にもう一つ仕事を片づけてほしいと、大統領が言っている」

カテリーナはファイルを受けとって、一ページ目の写真を凝視した。年寄りだろうと、若者だろうと、ロシアでは命の値段が安い。わたし自身の命も含めて。

45

コペンハーゲン、デンマーク

「あの……」ラース・モーテンセンが言った。「名前がよく聞こえなかったんだが」

「マーチャント」クリストファー・ケラーは答えた。

「イスラエル人？」

「まあね」

「しかし、アクセントが」

「ロンドン生まれだ」

「なるほど」

　モーテンセンはＰＥＴ、すなわち、小規模ながらも優秀なデンマークの国家警察情報局の局長だ。ＰＥＴは正式には国家警察の一部で、司法省の管轄下に置かれ、本部はチボリ公園の北側の目立たないオフィスビルにある。モーテンセンの執務室は最上階だ。家具類は堅牢で、色が淡く、いかにもデンマークという感じ。モーテンセン自身もそうだ。

「想像がつくと思うが」モーテンセンが言っていた。「アロンの死は本当にショックだった。大切な友達だと思っていた。数年前、ある事件で一緒に動いたことがある」

「覚えている」

「きみもあの事件に関わったのか」

「いや」

モーテンセンは開いたファイルの中身を銀色のペンの先端で軽く叩いた。「殺しても死なないやつだと思っていたのに。本当に逝ってしまったとは信じられない」

「われわれも同じ気持ちだ」

「ところで、頼みごとがあるそうだが、アロンの死と何か関係があるのかね?」

「それは訊かないでほしい」

「だったら、こんなふうに押しかけてこないでほしかった」モーテンセンは冷たく言った。

「だが、友達に頼みごとをされたときは、便宜を図るよう努めている」

「われわれの組織は大きな損失をこうむった。ご想像どおり、それ以外のことへ心を向ける余裕がない」

「ビデオ映像を見て何を探せばいい?」

「二人の男」

「二人が会った場所は?」

「〈ヴィド・カイエン〉というレストランだ」

「ニューハウンの？」

ケラーはうなずいた。モーテンセンが日付と時刻を尋ねた。ケラーは両方を告げた。

「で、その二人の男というのは？」モーテンセンが訊いた。

ケラーは写真を渡した。

「これは誰だ？」

「レザ・ナザリ」

「イラン人？」

ケラーはうなずいた。

「VEVAKの人間か」

「そう」

「もう一人は？」

「SVRの男で、名前はアレクセイ・ロザノフ」

「写真はあるのか」

「それがほしくてここに来た」

モーテンセンは考えこみながら、ナザリの写真をデスクに置いた。「ここは小さな国だ」しばらくしてから言った。「そして、平和な国だ。イスラム教の狂信的信者数千名を別にすれば。わたしの言う意味がわかるかね」

「まあな」

「ペルシャ帝国とは衝突したくない。ついでに言うと、ロシア帝国とも」

「心配無用だ、ラース」

モーテンセンは腕時計をちらっと見た。「二、三時間かかるかもしれない。きみの宿泊先は？」

「ダングルテール」

「どうやって連絡するのがいちばんいい？」

「ホテルの電話」

「名前は？」

「ルブラン」

「さっきはマーチャントと名乗っていたように思うが」

「そうだった」

ケラーはPETの本部を出てからチボリ公園まで歩いた。長い距離を歩いたおかげで、モーテンセンが監視チームに尾行を命じたことが確認できた。コペンハーゲンの空は鉛色で、街灯の光のなかに雪がちらちら舞っていた。市庁舎前の広場を渡り、歩行者天国で有名なストロイエをぶらついてから、豪華ホテルのダングルテールに戻った。上階の部屋に腰を落ち着け、ニュースを見て一時間ほどつぶした。それからホテルのオペレーターに電話をして、シャンパンバー〈バルタザール〉へ一杯飲みに行くと告げた。隅のテーブルにつき、シャンパンのグラスを一人で傾けながら、それから一時間を過ごした。MI6に入ったらこういう人生が待っているのかと思い、憂鬱になった。偉大なるガブリエル・アロンはかつて、プロのスパイの人生を評してこう言った。〝旅行と死ぬほど退屈な時間の連続で、その合間に恐怖の瞬間が訪れる〟

七時を数分まわったころにようやく、ウェイトレスがやってきて、電話が入っていると告げた。ケラーはロビーの館内電話をとった。ラース・モーテンセンからだった。

「きみの探していた写真が見つかったように思う。外で車が待っている」

PETの車はすぐにわかった。車に乗っていたのは、さきほどケラーを尾行したのと同じ二人だった。車は市内を抜けてPET本部に到着し、大型ビデオスクリーンを備えた部屋へ二人がケラーを案内した。スクリーンには、石畳の細い通りを渡るペルシャ的な風貌の男の静止画像が映しだされていた。日付も時刻も、ウィーン郊外でガブリエルに尋問されてナザリがよこした情報と一致していた。

「これがナザリか」モーテンセンが訊いた。

ケラーがうなずくと、モーテンセンはノートパソコンのキーをいくつか叩いた。スクリーンに新たな画像が現れた。長身の男。高い頬骨。頭頂部が薄くなりかけた金髪。モスクワ・センターの男だ。

「これがきみの捜してる男か」

「そのようだ」

「写真があと数枚と短いビデオ映像もあるが、この写真がいちばん鮮明だ」モーテンセンはパソコンからディスクをとりだし、ケースに入れて、ケラーによく見えるように掲げた。

「デンマーク国民から進呈する。代金は不要」

「二人の足どりについて他に何かわかったことは？」

「イラン人はその翌朝、フランクフルト行きの飛行機でコペンハーゲンを離れた。最終目的地はテヘラン」

「ロシア人のほうは？」

「こちらで調査中だ」モーテンセンはディスクをケラーに渡した。「余談だが、その夜の食事代は四百ユーロを超えていた。ロシア人が現金で支払った」

「特別な機会だったからな」

「何か祝いごとでも？」

ケラーはコートのポケットにディスクをすべりこませた。

「ま、いいだろう」モーテンセンは言った。

翌朝、ケラーはロンドンへ飛んだ。ヒースロー空港でＭＩ６の職員の出迎えを受け、車に乗せられて、フラムのビショップス・ロードにある隠れ家へ猛スピードで運ばれた。キッチンのテーブルの前にグレアム・シーモアがすわっていた。チェスターフィールド・コートが椅子の背にかけてある。シーモアは目の動きだけでケラーにすわるように言った。それから、一枚の紙をテーブルの向こうから押してよこし、銀色のペンをのせた。

「サインを頼む」

「なんだ、これは」

「新しい電話の契約書類だ。うちで働くなら、古いのはもう使えない」

ケラーは書類を手にとった。「料金プランとか、そういったことは？」

「黙ってサインしろ」

「どの名前にすればいい？」

「本名」

「新しい名前はいつもらえる？」

「いまこちらで考えているところだ」

「おれにも発言権があるのか」

「ない」

「そりゃあんまりだ」

「親は子供に名前を選ばせてくれない。ＭＩ６も同じだ」

「フランシスなんて名前をよこしたら、おれはコルシカに帰るからな」

ケラーは書類の署名欄に判読不能の文字を走り書きした。シーモアが新品のブラックベリーを渡し、ＭＩ６の暗号化に使う八桁の数字を告げた。

「復唱しろ」シーモアは言った。

ケラーは言われたとおりにした。

「ぜったいメモするんじゃないぞ」シーモアは言った。

「おれがなんでそんな愚かなことをしなきゃならん？」

シーモアはケラーの前に別の書類を置いた。「これでＭＩ６の内部書類を閲覧できるようになる。いまや、きみはわれわれの仲間だ、クリストファー」

ケラーのペンが書類の上で止まった。

「どうした？」シーモアが尋ねた。

「おれのサインをあんたが本気で望んでるのかどうか、疑問に思ったものだから」

「望まないわけがないだろう？」

ケラーは書類にサインした。シーモアが彼にＵＳＢメモリを渡した。

「これはなんだ？」

「アレクセイ・ロザノフ」

「変だな」ケラーは言った。「写真で見たときは、こんなに小さくなかったが」

ケラーがヒースロー空港に戻ると、午後の早い時間に出発するブリティッシュ・エアウェイズのウィーン行きに間に合った。四時少し過ぎにウィーンに着き、タクシーでリングシュトラーセの少し先の建物まで行った。ビーダーマイヤー様式の古いアパートメントで、一階はコーヒーハウスになっている。ベルを押すと正面入口のドアが開いたので、四階のフラットまで上がった。ドアが細めにあいていた。その奥で、死んだ男がじりじりしながら待っていた。

46

ウィーン

コペンハーゲンで入手した写真から、レザ・ナザリが尋問のときに白状したとおりの日時と場所でロシア人らしき男と会っていたことが確認できた。また、MI6のファイルから、ロシア人らしき男がアレクセイ・ロザノフに間違いないことも確認できた。ロザノフは一九九〇年代に外交官という隠れ蓑《みの》を使ってロンドンで暗躍していた。MI5もMI6も彼のことはよく知っている。

「フルネームはアレクセイ・アントノヴィッチ・ロザノフ」ケラーはUSBメモリをガブリエルのノートパソコンに差し、暗号用のパスワードを打ちこんでファイルを開いた。「ロザノフはモスクワにある各国大使館にSVRのスパイを潜入させ、それを統括していた。MI5の職員にも接近を試みたことがある。だが、率直に言って、MI5はロザノフを軽視していた。MI6も同じく。ところが、モスクワ・センターに戻ってから、やつの運勢が急に上向きになった」

「理由はわかってるのか」

「たぶん、ロシア大統領との友情のおかげだろう。いまや側近の一人だ」

ガブリエルがＭＩ６のファイルをスクロールすると、写真が出てきた。ロンドンの雨の通りを歩く男の写真。添えられた監視報告書によると、ケンジントン・ハイストリートらしい。カナダ大使館の外交官とのランチミーティングを終えて出てきたところだ。一九九五年。ソビエト連邦は解体し、冷戦は終わっていたが、モスクワ・センターにはほとんど変化がなかった。アメリカ、英国、その他の西側諸国を宿敵とみなし、アレクセイ・ロザノフのような局員に対して徹底的なスパイ活動を命じていた。ガブリエルはこの写真をコペンハーゲンで入手したスナップの一枚と比べてみた。髪の生え際が少し後退し、顔の肉付きがよくなり、自堕落な感じが出てきているが、同一人物であることは間違いない。

「問題は、こいつをおびきだせるかどうかだ」ケラーが言った。

「その必要はない。ナザリにやらせればいい」

「もう一度ミーティングを？」

ガブリエルはうなずいた。ケラーは疑わしげな表情になった。

「何か不都合なことでも？」

「アメリカとイランの交渉はあと一週間続くと見られている」

「そうだな」ガブリエルは『タイムズ』を軽く叩いた。「朝刊で読んだような気がする」

「そして、交渉が終われば、レザはテヘランへ戻るに決まっている」

「よそで火急の用ができれば戻れないぞ」

「アレクセイ・ロザノフとのミーティングとか？」

「ご名答」

そのとき、パソコン画面にメッセージが出た。イランの代表団がいましがたインターコンチネンタル・ホテルに戻ったという。ガブリエルがパソコンの音量を上げると、やがて、室内を歩きまわるレザ・ナザリの足音が聞こえてきた。

「こいつ、元気がなさそうだな」ケラーが言った。

ガブリエルは返事をしなかった。

「盲点があるぞ」しばらくしてから、ケラーが言った。「ひょっとすると、アレクセイ・ロザノフが共謀者とのミーティングに興味を持たないかもしれん」

「いや、レザの声を聞いただけで、アレクセイは安堵するさ」

「何を企んでる？」

ガブリエルは微笑した。「嘘も方便ってやつでね」

七時半、レザ・ナザリが泊まっている部屋の電話が低く鳴った。ナザリは受話器をとり、指示に耳を傾けてから、無言で電話を切った。さきほど脱ぎ捨てたオーバーが床に落ちたままだった。それをはおって、誰も乗っていないエレベーターでロビーに下りた。イランの警備担当者がナザリに会釈をした。ＶＥＶＡＫの高官が一人でホテルを出ていく理由を尋ねようとはしなかった。そんな勇気はなかった。

ナザリは通りを渡って、市民公園に入った。ウィーン川の土手を歩きはじめたとき、うしろを誰かが歩いていることに気づいた。印象に残らない顔立ちの小柄な男で、汚れた洗濯物みたいな格好をしている。前と同じ場所で、つまり公園の東端で車が待っていた。ナザリがミスター・テイラーと呼んでいるイスラエル人がうしろに乗っていた。あいかわらず無愛想な顔だ。ミスター・テイラーは徹底的にナザリの身体検査をしてから、バックミラーに向かってうなずいた。前と同じ男がハンドルを握っていた。血の気のない肌と氷のような目をした男。夜間の車の流れにすべるように入りこみ、なめらかにスピードを上げた。

「どこへ行く？」ウィーンの街が窓の外を優雅に通りすぎていくのを見ながら、ナザリは訊いた。

「ボスが個人的に話をしたいそうだ」

「何について？」

「あんたの未来」

「わたしに未来があるとは思わなかった」

「すばらしく明るい未来だ。指示どおりにしてくれれば」

「帰りが遅くなると困る」

「心配するな、レザ。かぼちゃにはならないから」

47

ウィーン

噂によると、その男は千里眼、幻視者、預言者とのことだった。男の言葉に誤りはほとんどない。あったとしても、機が熟していないためにその正しさがまだ証明できないという、それだけの理由によるものだ。男には、市場を動かし、警戒レベルをひきあげ、政策に影響を及ぼす力がある。卓越した人物、絶対的に正しい人物だった。

正体はわからず、国籍も謎だ。ウェブサイトの発信地がオーストラリアなので、オーストラリア人だというのが世間一般の意見だが、中東の出身だと思っている者も多い。この地域の複雑な政治問題を論じるさいに、中東以外の人間にはおよそ不可能と思われる微妙な点までとりあげているからだ。また、じつは女性だと思いこんでいる者もいる。文体を性別の観点から分析した結果、少なくとも可能性はあるという結論が出た。

男のブログは大きな影響力を持っていたが、それを読んでいるのは一般大衆ではなかった。愛読者のほとんどが、ビジネス界のエリート、民間警備会社のエグゼクティブ、政策立案者、国際テロ事件やイスラム諸国が直面する危機や中東問題が専門のジャーナリストだった。翌朝のブログの短い記述に目をとめたのも、そういうジャーナリストの一人で、アメリカの大手テレビ局に勤務する有名な報道記者だった。記者が情報源の一人に電話すると、元ＣＩＡのエージェントで自身のブログを持っているその人物は、信憑性がありそうだと答えた。それだけ聞けば充分だったので、記者はブログからコピーした数行を彼自身のソーシャルメディアにアップした。こうして国際的な危機が生まれたのだった。

アメリカは最初のうち懐疑的だったが、英国は違っていた。ＭＩ６出身の核拡散問題の専門家などは、〝悪夢のシナリオが現実になった〟と述べたほどだ。高レベルの放射性廃棄物五十キロ分となれば、放射性粒子を拡散させる大型兵器一個もしくは小型兵器数個を製造するに充分の量で、これを大都市の中心部で使用すれば、以後何年間も人が住めなくなってしまう。シーア派の聖地コムの近くにあるイランの秘密研究所からそれだけの量の放射性廃棄物が盗まれ、ブラックマーケットで売りに出されて、チェチェンのイスラム過激派と関係のある密輸業者の手に渡ったという。チェチェンの過激派と放射性廃棄物の所在は不明だが、イラン側が必死に両者の探索を続けているとのこと。イランはこの状況を、どういうわけか、友好国であるロシアには伝えないことにしたらしい。

イラン側はこの報道を、西側の挑発、シオニストのでっちあげだと罵倒し、名指しされた研究所は実在しないし、イラン国内の放射性廃棄物はすべて安全に保管されているとの声明を出した。なのに、その日が終わるころには、ウィーン中がその噂でもちきりだった。会議に出ていたアメリカ側の代表者は、報道の真偽は別として、これこそ核協議における合意の大切さを示す何よりの証拠だとコメントした。イラン側の代表者の対応はもっと曖昧だった。記者団に沈黙を通したまま協議の場をあとにし、公用車のリアシートにすべりこんだ。横にレザ・ナザリがすわっていた。

二人はイラン大使館へまわって午後十時まで腰を据え、それからようやくインターコンチネンタル・ホテルに戻った。レザ・ナザリは自分の部屋に入り、コートとアタッシェケースを置いてから、隣室のドアをノックした。ミハイル・アブラモフが急いでナザリを部屋に入れた。ヤコブ・ロスマンがナザリのためにミニバーのウィスキーを注いだ。

「飲酒は禁じられている」ナザリは言った。

「まあ、飲め。疲れただろう」

ナザリは酒を受けとり、わずかにグラスを持ちあげて乾杯のしぐさを見せた。「おめでとう。今日はきみと仲間たちの手で大騒ぎをひきおこすのに成功した」

「テヘランではどう見ている？」

「少なくとも、このタイミングに疑問を持っている。核協議を妨害し、合意を阻止するために〈オフィス〉が仕組んだ陰謀の一部だと思っている」

「アロンの名前が出たりしたか？」

「どうして出る？　アロンは死んだんだぞ」

ヤコブは笑った。「では、ロシア側は？」

「深く憂慮している」ナザリは答えた。「これでもまだ控えめな言い方だ」

「ロシア側を安心させることを、あんたから提言したかい？」

「するまでもなかった。ロシア側に連絡してミーティングを持つよう、エスファハニから指示が出た」

「アレクセイがあんたと会うのを承知するだろうか」

「なんとも言えん」

「では、もう少し興味深いものをアレクセイに差しだしたほうがよさそうだ」

ナザリは無言だった。

「ＶＥＶＡＫ支給のブラックベリーは持ってるかね？」

ナザリはヤコブによく見えるよう、ブラックベリーをかざした。

「アレクセイにメールを送れ。ウィーンの最新状況について話しあいたいと、やつに言うんだ。ロシアは何も心配しなくていいと言ってやれ」

ナザリは手早くメールを作成してヤコブに見せ、送信キーを押した。

「上出来だ」ヤコブは彼のノートパソコンを指さした。「さて、これもやつに送ってくれ」

ナザリはパソコンのところへ行き、画面を見た。

〝わが国の政府は事態の深刻さに関して貴国に嘘をついている。二人で大至急会う必要がある〟

ナザリはアドレスを打ちこみ、〝送信〟をクリックした。

「これでやつも関心を示すだろう」ヤコブが言った。

「そうだな」ナザリは言った。「たぶん」

48

ウィーン

その夜はアレクセイ・ロザノフからなんの連絡もなかった。翌朝もまったく反応なしだった。レザ・ナザリはイラン代表団の他の面々と一緒に八時半にホテルを出て、二十分後には核協議というブラックホールへ消えていった。ウィーンの隠れ家にクリストファー・ケラーと二人で閉じこもったきりのガブリエルは、作戦が始まりもしないうちに暗礁《あんしょう》に乗りあげたのはなぜなのかと首をひねり、ありとあらゆる理由を考えていた。もちろん、レザ・ナザリが苛酷な尋問を受けたあと数時間もしないうちに、ロザノフの組織にそれを嗅ぎつけられた可能性もある。また、派手に暗殺したはずの男が元気に生きていて復讐に乗りだしたことを、ナザリからアレクセイのほうへ伝えた可能性もある。あるいは、アレクセイ・ロザノフなる人物は実在しないのかもしれない。ナザリの妄想の産物に過ぎないのかもしれない。利用価値があるとガブリエルに思いこませ、それで自分の命を救おうという狡猾な手段だったのかもしれない。

「どうやら」ケラーが言った。「神経過敏になってるようだな」

「死人にありがちなことだ」ガブリエルはコペンハーゲンの石畳の通りを歩くロザノフの写真を手にとった。「来ないかもしれないな。SVRの上司がアレクセイを国外へ出すのはしばらくやめようと決めたかもしれない。もしかしたら、アレクセイから旧友のナザリのところに、モスクワでウォッカと女の夜を楽しもうという誘いがあるかもしれない」

「ならば、おれたちもモスクワへ飛ぶまでだ。向こうでやつを殺せばいい」

「断る」ガブリエルは首を振ってゆっくりと言った。「モスクワへは二度と行かない。あそこはわれわれにとって鬼門なんだ。前回は命拾いをしただけでも幸運だった。リターンマッチのために戻るなんてとんでもない」

　午後一時、代表団がランチ休憩に入った。午前中の会議は惨憺《さんたん》たる有様だった。ガブリエルが流した放射性廃棄物紛失の噂のせいで、双方がいまだにパニック状態だったからだ。レザ・ナザリがイラン側の代表団からしばらく離れ、インターコンチネンタル・ホテルのヤコブ・ロスマンに電話をかけた。次にヤコブが隠れ家のケラーに電話してメッセージを繰り返した。

「モスクワからの通信停止。アレクセイからは連絡なし」

　時刻はすでに二時近くになっていた。空には鉛色の雲が低く垂れこめ、隠れ家の窓の外では風にあおられて雪が斜めに舞っていた。ガブリエルはナザリの尋問のときを除いて、ここに閉じこもったきりだった。人目につかないよう、外に潜んでいる数々の思い出に触れないようにしていた。散歩を勧めたのはケラーだった。ガブリエルにコートを着せかけ、首にマフラーを巻いてやり、帽子を目深にかぶらせた。それから銃を渡した。グロックの四五口径、強力な銃、大量破壊兵器。

「これをどう使えと言うんだ？」

「道を尋ねるロシア人がいたら撃て」

「イラン人に出会ったときは？」

「撃て」

外に出ると、雪が小止《こや》みなく降りつづいていて、歩道は粉砂糖をまぶしたケーキのようだった。尾行の有無を確認する気にもなれなくて、ガブリエルはやみくもに歩きまわった。ガブリエルが滞在中の隠れ家はウィーンの二区にある。戦前、この地区にはユダヤ人がたくさん住んでいたため、ウィーンっ子はここを〝マッツォインゼル〟、つまり〝ユダヤ人の島〟という侮蔑語で呼んでいた。ガブリエルはリングシュトラーセを横断して二区から一区へ移動し、〈カフェ・セントラル〉の前で足を止めた。かつてエーリッヒ・ラデックという男と出会った店だ。ラデックは元ナチの親衛隊員で、ホロコーストの証拠を消し去るようアドルフ・アイヒマンから命令を受けた男だった。ガブリエルは短い距離を歩いて、ラデックの古びた豪邸まで行った。〈オフィス〉の工作員チームが戦争犯罪人のラデックをここで拉致してイスラエルへ運び、最後は独房に放りこんだのだった。ガブリエルは肩が雪で白くなるのもかまわず、門の前に一人で立ちつくした。屋敷の外壁は黒ずみ、亀裂が入り、汚れた窓にかかったカーテンはすりきれているようだった。殺人者の屋敷に住みたがる者は誰もいないらしい。もしかしたら未来に希望を持ってもいいのかもしれない。

廃墟となりかけているラデックの屋敷をあとにして、ユダヤ人居住区を通り抜け、シナゴーグまで行った。二年前、シナゴーグの表の狭い通りで、安息日の夜の虐殺を実行しようとしたヒズボラのテロリストの一団を彼とミハイル・アブラモフの二人で葬り去った。だが、世間では、ＥＫＯコブラ（オーストリア特殊任務部隊）の隊員二名がテロリストを殺害したものと思いこんでいる。シナゴーグの外には隊員の勇気を称えるパネルまでかかっている。それを読みながら、ガブリエルは思わず苦笑した。これでいいんだ。諜報活動でも、絵画修復でも、めざすものは同じ。誰にも見られずに行き来する。自分の痕跡を残さない。つねに理想どおりにいくとはかぎらない。しかも、いまは死んだ身だ。

シナゴーグをあとにして、近くのビルまで歩いた。ここにはかつて、〈戦争犯罪調査事務所〉という名の小さな調査機関が入っていた。運営に当たっていたエリ・ラヴォンという男は、数年前に爆弾で事務所を破壊され、若い女性アシスタント二人を殺されたあとでウィーンを離れた。ふたたび歩きだしたガブリエルは、ラヴォンに尾行されていることに気づいた。足を止め、頭をわかるかわからない程度に動かして、横に来るよう合図した。ラヴォンはおろおろしているようだった。ターゲットに気づかれるのは屈辱だ。たとえそのターゲットがラヴォンを子供のころから知っているとしても。

「何をしている?」ガブリエルはドイツ語でラヴォンに訊いた。

「ろくでもない噂を聞いたもので」同じドイツ語でラヴォンは答えた。「〈オフィス〉の次期長官が護衛もつけずにウィーンの街を歩きまわっている、と」

「そんなことをどこで聞いた?」

「ケラーから。あんたが隠れ家を出てからずっとあとをつけてきた」

「ああ、知ってる」

「嘘ばっかり」ラヴォンは微笑した。「もっと気をつけてくれ。いま死なれたら大変だ」

二人は雪に足音が消えてしまう静かな通りを歩き、やがて、小さな広場に出た。ガブリエルの心臓が早鐘のように打ちはじめ、脚が急に鉛のように重くなった。歩きつづけようとしたが、記憶に押しつぶされ、その場に立ちつくした。息子にシートベルトを着けてやったこと、妻の唇にワインのかすかな香りが残っていたことを思いだした。エンジンのためらいがちな音が耳に響いた。手遅れと知りつつ、キーをまわすなと妻に警告しようとした。次の瞬間、まばゆい閃光とともに彼の世界は破壊された。いまようやく、その修復が完成に近づきつつある。ガブリエルはキアラのことを思い、ほんの一瞬、アレクセイ・ロザノフが餌に食いついてこないことを願った。ラヴォンはガブリエルの心を見抜いているようだった。いつもそうだ。

「この前の提案はまだ有効だぞ」静かな口調で、ラヴォンは言った。

「なんの提案だ?」

「アレクセイはおれたちに任せろ」ラヴォンは答えた。「あんたはそろそろ国に帰ってくれ」

ガブリエルはゆっくりと進みでて、車が炎上して黒焦げの骨組だけになったその現場で立ち止まった。爆弾が小型だったわりには、爆発も炎も異様なまでの激しさだった。

「クインのファイルに目を通す機会はあったかい?」ガブリエルは訊いた。

「興味深く読ませてもらった」ラヴォンは答えた。

「クインは八〇年代半ばにラス・アル・ヘラルにいた。ラス・アル・ヘラルのことは覚えてるだろ、エリ。リビア東部にあったあのキャンプだ。海の近くの。パレスチナの連中もあそこで訓練を受けていた」ガブリエルは肩越しにうしろを見た。「そこにタリクがいた」

ラヴォンは無言だった。ガブリエルは雪に覆われた石畳を見つめた。「タリクがキャンプに参加したのは八五年。いや、八六年だったかな。爆弾作りに苦労していた。うまく爆発しない。信管とタイマーに問題があった。ところが、タリクがリビアからふたたび姿を現すと……」

ガブリエルの声が細くなって消えた。

「あたりは血の海になった」ラヴォンが言った。

ガブリエルはしばらく無言だった。「二人は面識があったのだろうか」ついに尋ねた。

「クインとタリク?」

「そう」

「なかったとは考えられない」

「タリクが抱えていた問題をクインが解決してやったのかもしれない」ガブリエルは黙りこみ、それから続けた。「うちの家族を破壊した爆弾も、クインの設計だったのかも」

「その恨みはずっと前に晴らしただろ」

ガブリエルは肩越しにラヴォンを見たが、ラヴォンはもう何も聞いていなかった。彼のブラックベリーの画面を凝視していた。

「何が出てる?」ガブリエルは訊いた。

「アレクセイ・ロザノフがナザリと話をしたがってるらしい」

「いつ?」

「あさって」

「どこで?」

ラヴォンはブラックベリーをかざした。ガブリエルは画面をのぞきこみ、それから降る雪のほうへ顔を向けた。きれいだと思わないか？　雪がウィーンの罪を清めてくれる。ミサイルがテルアビブに降りそそぐとき、ウィーンには雪が降る。

49

ロッテルダム、オランダ

カテリーナ・アクロワがロッテルダム中央駅から外に出たとき、時刻は午前十一時を少しまわっていた。客待ちをしていたタクシーに乗りこみ、「ホテル・ノールドゼーまで」と、達者なオランダ語で言った。ホテルのある通りは商業地区というより住宅地で、ホテル自体もかつては景気がよかったのだろうが、いまではさびれた海辺のコテージのようだった。カテリーナはフロントへ行った。フロント係はオランダ人の若い女性で、カテリーナを見て不審そうな顔をした。

「ガートルート・ベルガーよ」カテリーナは言った。「友達がきのうチェックインしたはずだけど。ミスター・マッギニスっていうの」

フロント係はパソコン端末に目を凝らした。「ええと……お部屋は空室のままですが」

「間違いないの？」

フロント係はくだらない質問に答えるときの冷ややかな微笑を浮かべた。「ただ、けさ、男性の方があなた宛てに品物を預けていかれました」左上にホテル・ノールドゼーのロゴが入った封筒を差しだした。

「何時ごろだったか覚えてる?」

「たしか、九時ごろだったかと」

「どんな感じの人だったかしら」

フロント係の説明によると、身長は百八十センチ弱、髪と目は濃い色だったという。

「アイルランド人?」

「さあ、わかりかねます。言葉もどこのアクセントかよくわからなかったし」

カテリーナはデスクにクレジットカードを置いた。「数時間だけ部屋を使わせて」

フロント係はカードをスロットに通し、ルームキーをよこした。「お荷物を部屋までお持ちしましょうか」

「一人で大丈夫よ、ありがとう」

カテリーナは階段で二階へ上がった。花柄の壁紙に覆われ、牧歌的な運河やオランダの風景を描いた絵がかかっている廊下を進むと、突き当たりが彼女の部屋だった。目に見える範囲に防犯カメラはなかったので、ドアのフレームを手で探り、それからキーを鍵穴に差しこんだ。ベッドの裾のほうにバッグを置いて、室内に隠しカメラや盗聴器がないかどうかをチェックした。ライムと煙草の匂いがこもっていた。間違いなく男の匂いだ。

匂いを追いだすためにバスルームの窓をあけ、寝室に戻って、フロントで渡された封筒をとった。封の部分を調べていじられた形跡がないことを確認し、それから開封した。きちんと三つ折りにしたメモ用紙が一枚入っていた。クインがここにいない理由が、くっきりとした文字で短く説明してあった。「勝手なやつ」カテリーナはつぶやいた。それから、バスルームの洗面台でメモを燃やした。

アレクセイ・ロザノフからは、ターゲットの国に到着するまでモスクワ・センターとはいっさい連絡をとらないよう命じられていた。しかし、メモで事態は一変した。〝予定を変更してカテリーナとの二人旅をやめにする〟と書いてあった。かわりに、次の宿泊先で落ちあおうという。イギリスのノーフォーク州の海辺にある小さなホテル。SVRの厳格な規則のもとでは、カテリーナが管理者の承認を得ずにこのまま旅を続けることはできない。承認を得るには、危険を承知で連絡をとるしかない。

バッグから電話をとりだし、短いメールを作成して、ドイツをベースにするドメインのアドレスへ送信した。そのアドレスはSVRの隠れ蓑で、メールは自動的に暗号化され、いくつものノード経由でモスクワ・センターのサーバーへ転送される。十分後にアレクセイから返信があった。漠然とした言葉遣いながら、意味ははっきりしていた。〝とりあえずクインのやり方に合わせてくれ〟

時刻はすでに正午をまわっていた。カテリーナはベッドに横になって仮眠をとり、三時半になると、ホテルをチェックアウトしてタクシーでP&Oフェリーのターミナルまで行った。〈プライド・オブ・ロッテルダム号〉は全長二百メートルを超え、車二百五十台と乗客千人以上を運ぶことのできるフェリーで、ちょうど乗船が始まっていた。SVRがカテリーナのために、ガートルート・ベルガーという名前で一等船室を予約してくれていた。カテリーナは案内された船室にスーツケースだけ置き、ドアをロックして階段をのぼり、バーへ行った。バーはすでに、十時間の航海の孤独を紛らすための相手を見つけようという船客で混みあっていた。カテリーナはワインを注文し、左舷のテーブルへ行った。

電話だけをそばに置いて一人ですわっている魅力的な若い女にバーの男たちが目を向けるのに、そう長くはかからなかった。やがて、グラス二個を手にした男がやってきて、同席してもいいかと英語で尋ねた。アクセントからするとドイツ人のようだった。ヨーロッパのどこかの保安機関から来た人間という可能性もある。それでも、冷たく追い払うよりワインを飲みながら適当にあしらっておくほうがいい、とカテリーナは判断した。グラスを受けとり、男にちらっと視線を向けて椅子を勧めた。

男は高性能の工作機械を製造するブレーメンの企業の経理部長だった。イギリス北部での取引が多いため、ロッテルダムからハルへ向かうフェリーにこうして乗っているというわけだ。飛行機より船のほうが好きらしい。結婚生活から解放されてのんびりできるからだ。当然ながら、夫婦円満と言える状態ではない。カテリーナはそれから二時間のあいだ、非の打ちどころのないドイツ語で男をおだて、ときには、ユーロ圏のデフレやギリシャ債務危機といった硬い話題にも触れた。男はたちまちのぼせあがった。落胆したのは一度だけ、夜の終わりに自分の船室に誘い、カテリーナに断られたときだった。

「わたしがきみの立場だったら、用心するだろうな」失望してのろのろと席を立ちながら、男は言った。「ひそかな崇拝者がいるようだぞ」

「どこに？」

男はバーの奥のほうを頭で示した。テーブルに男性が一人ですわっている。「わたしが腰を下ろした瞬間から、やつがずっときみを見つめていた」

「ほんと？」

「知りあいかね？」

「まさか。見たこともないわ」

ドイツの男はもっと有望なターゲットを求めて立ち去った。カテリーナは立ちあがり、煙草を吸おうと思って誰もいない展望デッキに出た。一瞬遅れてクインがやってきた。

「あのお友達は誰だい？」

「野心満々の経理部長」

「間違いないのか」

「ええ」カテリーナは向きを変えてクインを見た。ビジネスマンっぽいグレイのスーツ、黄褐色のレインコート、黒縁眼鏡。眼鏡のせいで顔の輪郭まで変わって見える。あっと驚く変貌ぶりだった。カテリーナでさえ、クインとはわからなかった。長年にわたってクインが生き延びてきたのも不思議ではない。

「どうしてホテルにいなかったのよ？」カテリーナは訊いた。

「きみは頭のいい女だ。教えてくれ」

カテリーナは海のほうへ視線を戻した。しばらく考えてから言った。「あなたがホテルにいなかったのは、アレクセイに殺されることを恐れたから」

「なぜおれが恐れなきゃならん？」

「アレクセイがあなたへの支払いを拒否してるから。そこであなたは、作戦の第二段階というのは、本当は自分を排除しようとする陰謀だったのだと思いこんだ。自分とＳＶＲのつながりを消し去るために」

「やっぱりそうか」

「考えすぎよ、クイン」

クインの目がカテリーナの全身を眺めまわした。「武器は持っているのか」

「いいえ」

「ボディチェックさせてもらおうか」

カテリーナが何を言う暇もないうちに、クインは恋人どうしの抱擁《ほうよう》に見せかけて彼女を抱きよせ、片手を彼女の全身にすべらせた。セーターの下に隠してあったマカロフを見つけるのに、一、二秒しかかからなかった。クインはそれを自分のコートのポケットに入れた。次にバッグをあけて携帯電話をとりだした。電源を入れ、メールの受信履歴を調べた。

「時間の無駄よ」カテリーナは言った。

「アレクセイと最後に連絡をとったのは？」

「昼ごろ」

「どんな指示が来た？」

「予定どおり進めろって」

「バーできみに酒を持ってきた男は何者だ？」

「さっき言ったでしょ」

「ＳＶＲの人間か」

「異常に疑り深いのね」

「そうさ。おかげでこうして生き延びている」

クインは携帯の電源を切り、笑顔でカテリーナに差しだした。次の瞬間、手首をひねって海のほうへ放り投げた。

「ひとでなし」カテリーナは言った。

「めったにない幸運だぜ」

クインの船室はカテリーナと同じ階で、船首に向かって少し先にあった。そこへ強引にカテリーナをひきずりこみ、すぐさまバッグの中身をベッドにあけた。電子機器らしきものはなく、ドイツのパスポートとクレジットカードの入った財布と、わずかなメーク用品があるだけだった。マカロフのサイレンサーもあった。クインはそれをポケットにすべりこませ、着ているものを脱ぐようカテリーナに命じた。

「夢のなかだけにしてちょうだい」

「あんたの裸なら前にも――」

「あなたと寝たのはアレクセイに命じられたからよ」

「おれも同じことを命じられた。さて、脱いでもらおうか」カテリーナが知らん顔だったので、クインはマカロフにサイレンサーをとりつけ、彼女の顔に向けた。「まずコートからだ。いいな？」

カテリーナは一瞬躊躇したのちにコートを脱いでクインに渡した。クインがポケットと裏地を調べたが、出てきたのは煙草とライターだけだった。ライターは追跡装置を仕込めそうな大きめのサイズ。あとで捨てることにして、これもポケットにしまった。

「次はセーターとジーンズだ」

カテリーナはふたたび躊躇した。セーターを頭から脱ぎ、ジーンズも脱いだ。クインは両方を調べ、それから、軽くうなずいてさらに脱ぐよう指示した。

「ひどく危険なゲームをするのね、クイン」

「ああ、ひどく危険だ」クインは同意した。

「何が目的なの？」

「単純なことさ。金を払ってもらいたい。あんたの力でそれを確実にしてもらう」

クインは胸のふくらみを指でなぞりながら、彼女の目をじっと見つめた。彼の指の下でカテリーナの乳首がたちまち硬くなった。だが、表情のほうは反抗的なままだった。

「SVRの仕事を受けたあと、どうなると思ってたの？」

「アレクセイが約束を守ってくれると思っていた」

「まあ、世間知らずね」

「取引したんだ。約束をした」

「ロシア人と取引するときはね、約束しても無意味なの」

「いまやっとわかった」クインはマカロフにちらっと目を向けた。

「で、お金をもらったら？　どこへ行くの？」

「どこか見つけるさ。いつものことだ」

「イランももう受け入れてはくれないわよ」

「だったら、レバノンに戻るまでだ。あるいはシリアか」一瞬黙りこんだ。「いや、国に帰ろうかな」

「アイルランドに？　あなたの戦争は終わったのよ、クイン。残されたのはSVRだけ」

「そうだな」クインはカテリーナのブラの紐《ひも》を肩からはずしながら言った。「そして、SVRはおれを殺すよう、あんたに命じた」

カテリーナは何も答えなかった。

「否定しないのか」

カテリーナは胸の前で腕を組んだ。「次は何なの？」

「簡単な取引を提案したい。二千万ドルとSVRの腕利きスパイの一人を交換する。アレクセイはかならず支払うはずだ」

「交渉のあいだ、わたしをどこに閉じこめておくつもり？」

「アレクセイと手下どもにはぜったい見つけられない場所。念のために言っておくと、あんたの旅行と幽閉の手配はすでにすんでいる」クインは笑みを浮かべた。「おれがこういうことを何度かやってきたのを、アレクセイは忘れているようだ」

カテリーナにセーターを差しだしたが、彼女は受けとろうとしなかった。かわりに背中へ手をまわしてブラのホックをはずし、床に落とした。完璧な体だとクインは思った。右手首の内側の傷さえなければ完璧だ。マカロフの弾倉を抜きとり、明かりを消した。

50

ウィーン――ハンブルク

アレクセイ・ロザノフからのメッセージは簡潔明瞭だった。レストラン名、都市、時刻。レストランは〈ディー・バンク〉、ハンブルクのノイシュタット地区にあるシーフード料理の店だ。時刻は木曜の午後九時。つまり、ガブリエルが作戦を練って必要な装備を配置するのに、わずか四十八時間しかない。エリ・ラヴォンと二人でウィーンの隠れ家に戻ったガブリエルはすぐさま準備にとりかかり、こうした任務に必要な宿泊場所、車、武器、安全な通信機器を真夜中までに確保した。また、ガブリエルが率いる伝説的な工作員チーム〝バラク〟から人員を追加した。一つだけ確保できなかったのはレストランの予約だった。木曜夜の最後のテーブルをロシア人が押さえてしまったらしい。ケラーがレストランのコンピュータに侵入して予約をいくつか消そうと提案したが、ガブリエルに却下された。ガブリエルは〈ディー・バンク〉をよく知っている。広くて騒々しいバーがあるから、工作員二名が一時間か二時間ほど粘っていても注意をひくことはない。

準備を進めているのは〈オフィス〉だけではなかった。イラン革命の擁護者であり、イスラエルと西側諸国の大敵であるVEVAKも同じく準備を進めていた。レザ・ナザリのためにオーストリア航空の一七一便を予約した。ウィーン出発が午後五時半、ハンブルク到着が七時。ガブリエルとしてはもう少し早い便が望ましかったが、到着が遅ければ、イラン側もロシア側も妙な小細工をする時間が減ることになる。ただ、VEVAKの選んだホテルが問題だった。空港近くの安ホテル。ガブリエルはナザリに、ノイシュタットのマリオットに変更するよう頼んだ。レストランからすぐだし、イスラエル・チームの何名かはすでにそちらに予約を入れている。ナザリがアップグレードを求めたところ、テヘランはすぐに応じた。〈オフィス〉とVEVAKの史上初の共同作戦成立だ、とガブリエルは言った。この冗談はレザ・ナザリには受けなかった。その夜、最終打ち合わせのためにインターコンチネンタル・ホテルのヤコブの部屋を訪れたナザリは、緊張のあまりじっとり汗をかいていた。ガブリエルは打ち合わせに入る前に、ナザリに金色のペンを渡した。

「友好の贈り物か」ナザリが訊いた。

「タイピンにしようかと思ったんだが、イラン人はネクタイをしないからな」

「きみたちイスラエル人もネクタイがそう好きではなさそうだが」ナザリはペンをじっくり調べた。「範囲は？」

「きみの心配することではない」

「電池の寿命は？」

「二十四時間だが、欲張って電池の消耗を早めたりしないでくれ。オンにしたいときだけ、キャップを右へまわすんだ。食事のあいだに送信が途絶えたときは、きみが故意にスイッチを切ったものとみなす。そうなれば、きみの健康に悪影響が出るだろう」

ナザリは何も答えなかった。

「スーツの胸ポケットに入れておけ」ガブリエルは話を続けた。「マイクは感度がいいから、ふつうにすわってくれてかまわない。いきなりアレクセイの膝にすわったりしたら、妙な誤解を招くことになる」

ナザリは上着のポケットにペンを入れた。「他には？」

「今夜の台本を覚えておかないと」

「台本？」

「わたしはアレクセイ・ロザノフの尋問を自分でしようとは思わない。だから、きみにやってもらいたい。もちろん、礼儀正しく」

「何が狙いなんだ？」

「クイン」ガブリエルは答えた。

ナザリが沈黙した。ガブリエルは一枚の紙をかざした。

「質問を暗記して頭に叩きこめ。だが、軽い口調を忘れないように。検察官みたいな口の利き方をしたら、アレクセイに怪しまれる」

ガブリエルは質問リストをナザリに渡した。「今夜暗記が終わったら燃やしてくれ。必要なら、ハンブルク行きの飛行機のなかで再教育だ」

「必要ない。わたしもプロだ、アロン。きみと同じく」

ナザリはリストを受けとった。

「アレクセイとの話は何語で？」

「アレクセイ・ロマノフという名前で予約が入っているから、たぶんロシア語だな」

「目配せも、手で小さく合図するのも禁止。それから、テーブルの下でアレクセイに何かこっそり渡すのも禁止。われわれがずっと目を光らせてるからな」

「食事のあとはどうなる？」

「きみが任務をいかにうまくこなすかで変わってくる」

「アレクセイを殺す気だな？」

「わたしがきみの立場だったら、まず自分の身を心配するだろう」

ナザリは黙りこんだ。しばらくしてから言った。「明日の夜、きみがハンブルクでアレクセイを殺したら、ロシア側はわたしの関与を疑うだろう。わたしは殺されてしまう」

「だったら、テヘランの安全な部屋に閉じこもって、二度と外に出なければいい」ガブリエルは微笑した。「明るい面に目を向けるんだ、レザ。家族と自分の命を失わずにすむ。

SVRがジュネーブのあんたの口座に入れてくれた二百万ドルもだ。上出来じゃないか」

ガブリエルは立ちあがった。ナザリも同じく立ちあがり、片手を差しだしたが、ガブリエルはその手を不機嫌に見つめただけだった。

「いい子だから宿題をやっておくんだぞ。明日の夜、ハンブルクでせりふをしくじったら、この手できみの脳みそを吹き飛ばしてやる」

無理もないことだが、ナザリはその夜あまり眠れなかった。ガブリエルも同様だった。ウィーン二区にある隠れ家で夜を過ごしていた。リスボンのことが頭を離れなかった。バイロ・アルトのみすぼらしいアパートメント、クインの部屋のバルコニーから垂れ下がっていた蔓植物、三十歳ぐらいの魅力的な女。ガブリエルはその女を尾行してロンドンのブロンプトン・ロードに行き着いた。リスボンはガブリエルのために演じられたみごとな芝居。その返礼として、ガブリエルも自ら脚本を書いた。放射性廃棄物の紛失、伝説のスパイの早すぎる死。明日の夜、ハンブルクで最後の幕があく。主役はレザ・ナザリ。宿敵にずいぶん重い責任を託すことになるが、そうするしかない。ロシア大統領の盟友でクインの後ろ盾となっているアレクセイ・ロザノフにたどり着くには、ナザリを使うしかない。クインは秒速三百メートルで進む火の玉を作ることのできる男。リビアのテロリスト訓練キャンプでタリク・アル＝ホウラニと一緒だった男。ウィーンの街にしんしんと降りつづける雪を見ながら、ガブリエルは思った。今夜は眠れそうにない。

相手をしてくれるのはパソコンだけだった。英国側から渡されたアレクセイ・ロザノフの資料を読みなおし、コペンハーゲンで入手した写真をあらためて見てみた。ナザリの話では、ロザノフはその夜、いつもの癖で約束の時間に数分遅れてやってきたという。ロザノフのあとからSVRの護衛二人が目立たぬようにレストランに入り、運転手は車に残った。現地で調達した大型ベンツで、オランダのナンバープレートつき。ひっそりした脇道で運転手が待機していると、やがて、食事が終わるころ、アレクセイ・ロザノフから運転手に電話が入った。ロザノフはレストランから一人で出てきた。たまには、護衛から解放されるという幻想に浸りたかったのだろう。

ウィーンで迎える最後の朝、夜明けの訪れが遅くて、外はなかなか明るくならなかった。ガブリエルとケラーは八時少し過ぎに隠れ家を出てタクシーで空港へ向かった。別々にチェックインしてハンブルク行きの朝の便に乗り、到着後は別々のタクシーに乗って、ハンブルク一の繁華街メンケベルクシュトラーセの同じ場所まで行った。そこから二人で歩いて旧市街から新市街へ。ハンブルクにはアムステルダムとヴェネツィアを合わせたよりも多くの運河があることが、遠い記憶のどこかから浮かんできた。

「サンクトペテルブルクはどうなんだ？」ケラーが訊いた。

「知るわけないだろ」ガブリエルはこわばった笑みを浮かべた。

ホーヘ・ブライヒェンという通りは、マリオット・ホテルからにぎやかなアクセル＝シュプリンガー＝プラッツまで延びている。ボンド・ストリートとロデオ・ドライブを合わせたようなところだ。北側のウェディングケーキみたいなビルは〈ラルフ・ローレン〉。そして、高級靴店〈ルプラダ〉と〈ディバーン磁器〉がその少し南で肩を並べている。ハンブルクの財界の大物ートヴィヒ・ライター〉の隣にあるのが〈ディー・バンク〉だ。店のロゴが入った赤いバナーがたちが愛してやまない大理石の神殿のごときレストラン。正面にかかっている。彫刻に飾られた柱が入口を警護している。

午後一時を少しまわったころで、ランチタイムのにぎわいは最高潮に達していた。ガブリエルは一人でレストランに入り、バーに空席を見つけた。飲みたくもないロゼのグラスに口をつけながら、レストランの内部の様子をあらためて頭に刻みつけた。それから現金で支払いをすませ、ふたたび通りに出た。通りは狭く、わずかな駐車スペースしかない。車は北から南へ流れている。レストランの真向かいに小さな三角形の広場があり、コンクリートのプランターの端にケラーが腰かけていた。ガブリエルはそばまで行った。

「どうだ？」ガブリエルは訊いた。

「いい場所だ」ケラーが答えた。通りを眺めた。「このあたりの高級店は閉店が早い。九時にはずいぶん静かになるだろう。十一時には死に絶える」ガブリエルにちらっと目を向けてつけくわえた。「駄洒落じゃないぞ」

ガブリエルは無言だった。

「レストランの入口から歩道の縁までは五歩。おれがここから狙えば、やつの体が歩道にぶつかる前にこの場を離れられる」

「わたしだってできるさ」ガブリエルは言った。「だが、その前に小さな事柄を二つばかり、やつに問いただす必要がありそうだ」

「クインのことか」

ガブリエルはそれ以上何も言わずに立ちあがると、ケラーの先に立って南へ向かい、ノイシュタットを通り抜けて聖ミヒャエル教会まで行った。高くそびえる教会の時計台のそばに緑の公園があり、その周囲にずんぐりしたアパートメントが並んでいる。二人はすりガラスに囲まれた中庭のある現代風の建物に入り、エレベーターで四階まで行った。ガブリエルが4Dのドアをノックすると、ヨッシ・ガヴィシュという学者のような風貌をした長身の男が二人をなかに入れた。ダイニングのテーブルではリモーナ・スターンとダイナ・サリドがノートパソコンの画面に目を凝らし、リビングでは、モルデカイ、オデッドという万能の工作員二名がハンブルクの大縮尺地図の上にかがみこんでいた。ダイナが顔を上げて笑みを浮かべたが、あとはガブリエルの登場に誰も反応を示さなかった。ガブリエルはコートを脱いで窓辺へ行った。聖ミヒャエル教会の時計が二時十分を指していた。故郷に戻るのはいいことだ。ガブリエルは思った。生きているのはいいことだ。

51

ピカデリー、ロンドン

ロンドンの時刻は午後一時十分、ユーリ・ヴォルコフは約束の時刻に遅れそうだった。表向きはロシア大使館領事部の下っ端職員ということになっている。だが、裏の顔はＳＶＲのスパイ組織、レジデンテュラの上級工作員で、チーフのドミートリ・ウリャーニンに次ぐナンバー2の地位にある。英国の情報機関はヴォルコフの正体を熟知していて、ＭＩ５がつねに監視を続けている。ヴォルコフはこの一時間近く、監視担当のＡ４に所属する夫婦を装った男女二人組をまこうとしていた。いま、ピカデリーの混雑した歩道を歩きながら、ようやく尾行を振りきったことを確信した。

リージェント通りを渡り、地下鉄のピカデリー・サーカス駅に入った。ここはピカデリー線とベイカールー線が乗り入れている。ヴォルコフはプリペイド式のＩＣカードで改札を通り、エレベーターでベイカールー線のホームに下りた。そこで情報屋が待っていた。締まりのない顔をした、頭の薄い四十代後半の男で、デパートで買ったと思《おぼ》しきスーツとレインコートを着ている。地下鉄の車内で若い女が本能的に避けそうなタイプだ。無理もない。この男、じつはロリコンなのだ。シベリアの極貧家庭で育った十三歳の少女をＳＶＲが見つけて男にあてがった。男はＳＶＲのスパイになった。諜報活動という巨大な機械の歯車に過ぎないが、重要な事柄をしじゅう耳にできる立場にいる。今日は緊急に会いたいと言ってきた。きっと重大な情報が手に入ったのだろう。

頭上のボードが点滅して、北行きの電車がまもなく入ってくることを告げた。レインコートの男がホームの端に進みでたので、ヴォルコフもその十歩ほど左で同じようにした。電車がホームに入ってきて乗客をどっと吐きだすあいだ、二人ともまっすぐ前方を見たままだった。やがて、別々のドアから同じ車両に乗りこんだ。レインコートの男はすわったが、ヴォルコフは立ったままだった。男から一メートルほどのところに近づき、吊り革をつかんだ。電車ががたんと揺れて走りだすと、レインコートの男はスマホをとりだし、画面に二、三度親指をタッチしてからポケットに戻した。数秒後、ヴォルコフの胸ポケットの機器が三回震動した。情報が無事に受信されたしるしだ。これで任務完了。顔を合わせて情報の受け渡しをおこなうわけではないので、百パーセント安全だ。万が一、情報屋のスマホがＭＩ５に押収されたとしても、転送の痕跡は残っていない。

電車はリージェンツ・パーク駅に入って乗客を吐きだし、新たな乗客を乗せてふたたび走りだした。二分後、ベイカー・ストリート駅に到着。レインコートの男が降りた。ユーリ・ヴォルコフはそのままパディントン駅まで行った。ロシア大使館までは歩いてすぐだ。

ロシア大使館はケンジントン・パレス・ガーデンズの北端にあり、英国の警官が警備に当たっている。ヴォルコフは大使館に入ってレジデンテュラまで行き、安全な通信回線が使える地下室に入った。コートのポケットから機器をとりだした。八×十二センチぐらい。外付けハードディスクのサイズだ。パソコンに接続してパスワードを打ちこんだ。瞬時に機器がうなりを上げ、なかのファイルがパソコンに移された。暗号解読に要した時間は十五秒。解読後の文章が画面に出た。「こ、これは……」ヴォルコフはそれだけしか言えなかった。メッセージを印刷して、ドミートリ・ウリヤーニンを捜しに行った。

ウリヤーニンは執務室で電話中だったが、ヴォルコフはノックもせずに入室し、メッセージをデスクに置いた。ウリヤーニンは信じられないという顔でしばらくそれを凝視し、あわてて電話を切った。

「ヴォクソール・クロスでシャムロンを見たではないか」

「見ました」

「あの飛行機に積みこんだ棺はどういうことだ?」

「きっと、空っぽだったんです」

ウリヤーニンがデスクにこぶしを叩きつけたため、午後の紅茶がこぼれてしまった。印刷された紙を手にとった。「これがモスクワに届いたらどうなると思う？」

「アレクセイ・ロザノフが激怒することでしょう」

「わたしが心配しているのはアレクセイのことではない。ただちにヤセネヴォへ連絡を入れろ。あれはアレクセイの作戦だった。わたしではない。後始末もやつにさせればいい」

ヴォルコフは通信室にひきかえし、連絡用の文面を下書きした。それをウリヤーニンに見せて承認をとり、短い議論ののちに、モスクワ・センターへ安全な回路で送信するボタンをウリヤーニンが押した。彼が執務室に戻ったあともヴォルコフは通信室に残り、届いたという連絡が向こうから入るのを待った。十五分後にようやく連絡があった。

「アレクセイはなんと？」ウリヤーニンが訊いた。

「コメントなしです」

「なんだと？」

「アレクセイはモスクワにおりません」

「どこにいる？」

「ハンブルク行きの便の機内です」

「なぜハンブルクへ？」

「ミーティングだそうで。重要な用件のようです」

「至急メッセージに目を通してくれることを期待しよう。ガブリエル・アロンのことだ、理由もなしに自分の死を偽装するわけがない」ウリャーニンはデスクでびしょ濡れになった書類を見おろし、のろのろと首を振った。「アイルランド人にロシアの仕事をさせたりするから、こういうことになるんだ」

52

フリートウッド、イギリス

クインは片方の目をゆっくり開き、次に反対の目を開いた。ふと見ると、むきだしの腕が女の乳房にのっていて、その手がマカロフのグリップを包み、用心のため、人差し指は引金のトリガーガードに添えてあった。部屋は薄闇のなかに沈み、あいた窓から潮の香りが流れてくる。夢とうつつのあいだを漂いながら、いまいるのはどこかと必死に考えた。ベネズエラのマルガリータ島のヴィラ？　それとも、ラス・アル・ヘラルに戻ったのか。リビアの海辺にあるテロリストの訓練キャンプに。キャンプで送った日々のことがなつかしく思いだされた。あそこで親しくなった男がいた。爆弾を作ろうとしていたパレスチナ人。設計に単純なミスがあったのを、おれが修正してやった。相手はお礼だと言って高価なスイス製の腕時計をくれた。ヤセル・アラファトからじきじきに贈られたものだという。文字が刻まれていた。〝欠陥タイマーは二度と作るな……〟

腕時計を目に近づけると、時刻は午後の四時半だった。開いた窓から、ランカシャー訛りでしゃべる二人の男の声が聞こえてきた。ここはマルガリータ島でもリビアの海辺のキャンプでもない。イギリスのフリートウッド、遊歩道沿いにあるホテルだ。そして、彼の腕の下で眠っている女はカテリーナ。愛しあう者どうしの抱擁ではなかった。クインが彼女を強く抱きよせたのは、どうしても安らぎがほしかったからだ。六時間以上眠った。おかげで作戦の次の段階へ進む準備ができた。

腕を上げ、カテリーナを起こさないようにそっとベッドを出た。窓のそばのテーブルに無料サービスのコーヒーと紅茶がのっている。電気ケトルに水を入れ、アルミのティーポットにトワイニングのティーバッグを放りこんで、窓の外をのぞいた。ルノーが通りに止めてある。武器の入ったダッフルバッグはトランクに置いたままだ。ホテルに持って入るより車に残しておくほうがいいと思ったのだ。SVR屈指の女暗殺者の手の届く範囲に武器を置かずにすむからだ。

マカロフを持ってバスルームに入り、カテリーナを監視できるようカーテンはあけたままにして、急いでシャワーを浴びた。バスルームから出たときも、カテリーナはまだ眠っていた。紅茶を淹れて二個のカップに注ぎ、片方にはミルクを、もう一方には砂糖を入れた。それからカテリーナを起こし、砂糖入りのほうを渡した。

「服を着ろ」冷たく言った。「あんたが無事に生きてることをモスクワ・センターに知らせる時間だ」

カテリーナはゆっくりシャワーを浴び、外見に細心の注意を払って着替えをした。最後にコートをはおり、クインのあとからロビーに下りた。白髪の交じった六十ぐらいの女性がフロントの奥でニードルポイント刺繍《ししゆう》をしていた。クインは窓口に首を突っこんで、どこへ行けばネットカフェがあるのかと尋ねた。

「ロード通りよ。フィッシュ&チップスの店の向かい」

徒歩で五分ぐらいのところにあり、二人はそこに着くまで無言だった。ロード通りは長いまっすぐな道で、両側に店舗が並んでいた。フィッシュ&チップスの店はその中ほどにあった。説明されたとおり、向かいにネットカフェ。クインは三十分の料金を払い、カテリーナを隅のパソコンのところへ連れていった。カテリーナは〝新規作成〟をクリックして、SVRのアドレスを打ちこみ、クインのほうを向いて指示を求めた。

「アレクセイに言うんだ。あんたの携帯は北海の海底に沈み、あんた自身はおれに拘束されてる。チューリッヒのおれの口座に二千万ドル入金しろ。いやなら、作戦の第二段階をキャンセルして、全額支払ってくれるまで、あんたを人質として預かることにする」

カテリーナはキーを打ちはじめた。

「英語にしろ」クインは言った。

カテリーナはドイツ語を消し、あらためて英語でメール作成を始めた。

「よし」クインは言った。「それを送れ」

カテリーナは〝送信〟をクリックし、送信箱のメールをすぐさま削除した。

「返事が来るのにどれぐらいかかる？」

「そんなにかからないわ。でも、カウンターへ行って何か飲むものを頼んでくれない？ そしたら、本部からの指示を待つ二人の暗殺者だなんて思われずにすむから」

クインは彼女に十ポンド札を渡した。「ミルク。砂糖なし」

カテリーナは立ちあがり、カウンターのほうへ歩いていった。クインはてのひらに顎を埋《うず》めてパソコンの画面をじっと見た。


料金が払ってある三十分を過ぎても、モスクワからの返信はなかった。クインはカテリーナをカウンターへやって延長料金を払わせた。さらに十五分たって、受信箱にようやくメールが届いた。ドイツ語のメールだった。それを読むカテリーナの表情が暗く翳った。

「なんて言ってきた？」

「問題があるそうよ」

「どんな？」

「いまも生きてるの」

「誰のことだ？」

「アロンと英国人」カテリーナは真剣な目でクインを見た。「アロンが死んだって噂は嘘だったわけね。モスクワ・センターの推測だと、二人はわたしたちを捜してるだろうって」

クインは怒りで顔に血がのぼるのを感じた。「おれの口座への送金をアレクセイは承知したのか？」

「話を聞いてなかったようね。契約条件を満たさなかったから、支払いはゼロよ。アレクセイはこう言ってる。わたしをただちに出国させること。でないと、わたしみたいな人間から身を隠しながら残りの生涯を送ることになる」

「作戦の第二段階はどうするんだ？」

「作戦はなしよ、クイン。アレクセイから中止命令が出ている」

クインはしばらくパソコン画面を見つめた。「アレクセイに伝えろ。ただ働きはごめんだ、第二作戦にとりかかる。位置を確認するよう伝えろ」

「承知するわけないでしょ」

「伝えるんだ」歯をぎりっと噛《か》みしめて、クインは言った。

カテリーナは二通目のメールを送った。今度は十分待っただけで返事が来た。住所が書いてあった。カテリーナはそれを検索エンジンにペーストしてエンターキーを押した。クインは微笑した。

53

テムズ・ハウス、ロンドン

要塞のごときアマンダ・ウォレスの執務室にアポイントなしで入れるのは、テムズ・ハウスでは副長官のマイルズ・ケントただ一人だった。その日の夕方六時半に執務室に顔を出すと、アマンダは夫のチャールズとサマセットで週末をのんびり過ごすため、帰ろうとしているところだった。夫はイートン校出身の富豪で、シティで金融関係の仕事をしている。アマンダは夫を熱愛しているため、夫が若い秘書と危険な不倫関係にあることにまったく気づいていない様子だ。セキュリティ・リスクになりかねないので、アマンダに不倫の件を伝えようかとケントは何度も考えたが、わが身の破滅になりかねないと判断した。アマンダは無慈悲な仕打ちのできる人間だ。自分の権力を脅かす恐れのある相手に対してはとくに。不倫がばれたところで夫は痛くも痒《かゆ》くもないかもしれないが、ケントのほうは、キャリアの絶頂期にＭＩ５を追放されることになりかねない。

「時間がかからないよう願いたいわ。夫がすでにサマセットへ向かっているの」

「大丈夫です」ケントはアマンダのデスクの正面に置かれた椅子の一つに腰を下ろした。

「用件は？」

「ユーリ・ヴォルコフ」

「ヴォルコフがどうかしたの？」

「一日中、忙しそうでした」

「どういう意味？」

「ヴォルコフは正午に徒歩で大使館を出ました。Ａ４チームの二人が約一時間にわたって尾行。そのあと姿を見失った」

「尾行をまかれたというの？」

「よくあることです、アマンダ」

「このところ、ありすぎだわ」アマンダは週末に読む本を何冊かブリーフケースに入れた。「二人がターゲットを目にした最後の場所はどこだったの？」

「オックスフォード通りです。二人はテムズ・ハウスに戻り、街頭防犯カメラの映像をチェックしながら、夕方までかかってヴォルコフのその後の動きをつなぎあわせました」

「それで？」

「ヴォルコフはピカデリーをゆっくり歩いて、尾行を振りきったことを確認。次にピカデリー・サーカス駅で地下鉄に乗車」

「ピカデリー線？　それとも、ベイカールー線？」

「ベイカールー線です。パディントン駅で降り、徒歩で大使館に戻りました」

「誰かに会った？」

「いいえ」

「誰かを殺した？」

「こちらが把握しているかぎりでは誰も」ケントは微笑した。

「地下鉄の車内ではどうだったの？」

「立っていただけです」

アマンダはブリーフケースにさらにファイルを入れた。「話を聞いたかぎりでは、ヴォルコフは散歩に出ただけのような気がするけど」

「ロシアのスパイが理由もなしに散歩に出ることはありません。散歩をするのはスパイ活動のためです。それが任務だから」

「ヴォルコフはいまどこに？」

「大使館のなかです」

「何か変わったことは？」

「ヴォルコフが大使館に戻ってほどなく、政府の通信本部が高優先度のメッセージを傍受しています。複雑に暗号化されているため、まだ解読できておりません」

「で、このタイミングが怪しいとあなたはにらんだわけね？」

「きわめて怪しい」マイルズ・ケントはしばらく沈黙した。「どうも不吉な予感がします」

「不吉な予感だけじゃ、どうにもできないわ。具体的な情報が必要よ」

「ブロンプトン・ロードの爆弾テロの前も、同じように不吉な予感を覚えました」

アマンダはブリーフケースを閉じ、あらためて椅子にすわった。「で、あなたの意見は？」

「地下鉄内のことが気にかかります」

「ヴォルコフは誰とも接触しなかったって、あなた、言ったでしょ」

「物理的な接触や言葉のやりとりがなかったとしても、安心はできません。あの車両に乗りあわせた者すべてについて調べる許可をいただきたい」

「そんなことに割ける人手はないわ。いまのところ」

「ほかに選択肢がないとしたら？」

アマンダは考えこむ様子を見せた。「いいでしょう。でも、Ｄ４の人間にやらせてちょうだい。それ以外の部署から人員を調達するのはやめて」

「承知しました」

「他には？」

「あちらの友人たちと話をしておかれたほうがいいかもしれません」ケントはテムズ川の

対岸にあるヴォクソール・クロスの白い建物のほうを頭で示した。「不意打ちは二度とごめんです」

ケントは立ちあがって執務室を出ていった。一人になったアマンダは電話をとり、夫の携帯に短縮ダイヤルでかけたが、応答はなかった。少し遅くなるという短いメッセージを残して電話を切った。次に、ヴォクソール・クロスとの直通電話の受話器をとった。

「まだ木曜日なのはわかってるけど、あなたをお酒で誘惑してもいいかしら」

「毒人参《にんじん》で作った酒かい？」グレアム・シーモアが言った。

「ジンよ」

「わたしのところで？　それとも、そちらで？」

54

ロード通り、フリートウッド

　クインとカテリーナはロード通りのネットカフェを出て、ホテルに戻ることにした。クインは商店街を冷静に歩いていったが、カテリーナは神経を尖らせ、びくついていた。そわそわしながら通りを見まわし、十代の少年二人が追い越していったときには、クインの二の腕に痛いぐらい爪を食いこませた。

「何かに怯えてるのか」クインが訊いた。

「ええ、二人の人間に。ガブリエル・アロンとクリストファー・ケラー」カテリーナは横目でちらっとクインを見た。「あなたがアロンに送ったあのメール、高くついたわね。こうなったら、アレクセイからの支払いは期待できないわよ」

「おれが契約の条件を満たせば話は違ってくる」

「どうやって満たすつもり？」

「アロンとケラーを殺す。当然だろ」

カテリーナのライターが炎を上げた。「ああいう男たちを狙うときはチャンスは一度きりよ」彼女はそう言って冷たい夜気のなかへ煙を吐いた。「二度と見つかりっこないわ」

「見つけだす必要はない」

「あら、どうやって殺すつもり？」

「二人をおれのもとにおびき寄せる」

「どんな餌で？」

「最後のターゲットを使う」

カテリーナは信じられないと言いたげにクインを見つめた。「無茶だわ。一人でやれるわけないでしょ」

「一人じゃない。あんたに協力してもらう」

「協力する気なんてないけど」

「あいにく、あんたには選択肢がない」

二人はホテルに戻った。カテリーナは煙草を歩道に投げ捨て、クインのあとからホテルに入った。白髪交じりの女性がいまもフロントの奥でニードルポイント刺繍をしていた。クインは数分後にチェックアウトすることを女性に伝えた。

「まあ、ずいぶんお急ぎね」

「申しわけない。急用ができたもので」

55

ハンブルク

　時を同じくして、ウィーン発のオーストリア航空一七一便がハンブルク空港に着陸し、ゲートに向かっていた。乗客のなかに、イランの諜報機関のスパイと、それを操るイスラエルの男が含まれていた。フライト中、二人は何列か離れた席にすわり、一度も言葉を交わさなかった。ターミナルビルを通って入国審査に向かうあいだも無言だった。二人はそこで同じ列に並び、パスポート類の簡単な審査だけでドイツへの入国を認められた。ハンブルクの隠れ家に到着したガブリエルは、初の小さな勝利を祝った。イラン国民が国境を越えるときは、たいてい厄介がつきまとうものだ。たとえ、そのイラン人が外交旅券を所持していても。

　VEVAKのトラベル課がイラン領事館を通じてレザ・ナザリのために車を用意していた。車は到着ロビーの外でナザリを乗せ、ノイシュタットのマリオット・ホテルへ直行した。七時四十五分にホテル到着、チェックインをすませたナザリは上階にある自分の部屋まで行き、〝起こさないでください〟の札をドアノブにかけたままで部屋に入った。二分後、ドアにノックが響いた。ドアをあけると、ヤコブ・ロスマンが入ってきた。

「最後に質問しておきたいことは?」ヤコブが訊いた。

「何もない」ナザリは答えた。「要求が一つあるだけだ」

「要求なんかできる立場じゃないぞ、レザ」

ナザリはかすかな笑みを浮かべた。「アレクセイと会うときはいつも、事前に彼から電話が入る。わたしの応答がなければアレクセイは来ない。そういう単純なことなんだが」

「なぜもっと早く言わなかった?」

「ついうっかりして」

「嘘をつけ」

「なんとでも言うがいい」

ナザリは微笑を浮かべたままだった。ヤコブはむっとして天井を見あげた。

「あんたに電話に出てもらうには、どんな便宜を図ればいい?」

「妻の声が聞きたい」

「それは無理だ。いまはまだ」

「無理なことは何もないはずだ、ミスター・テイラー。今夜はとくに」

　レザ・ナザリはこの瞬間まで模範的囚人と言ってよかった。それでも、土壇場で逆らう場合もあることを、ガブリエルはあらかじめ覚悟していた。シャムロンがよく言っていた。死刑囚が無抵抗でロープを受け入れるのは映画のなかだけだし、協力を強要されたスパイが祖国を裏切るときはその前に何か最後の要求をするものだ、と。ナザリはどんな要求でもできたはずだ。しかし、要求したのは妻の声を聞くことだけだったので、ナザリの運命をその手に握った者たちも、彼のことを少しばかり見直した。ナザリがのちに命拾いをしたのは、そのおかげだったのかもしれない。

　ナザリと妻の緊急時の連絡手段は、オーストリアでの最初の尋問後ほどなく用意されていた。ヤコブがテルアビブの電話番号にかけるだけで、安全な回線を経由してトルコ東部のヴィラへ電話が転送されることになっている。そこにナザリの妻子が〈オフィス〉の護衛つきで潜伏しているのだ。通話内容はキング・サウル通りで録音され、不審な点はないかとペルシャ人通訳が耳をそばだてている。一つだけ心配なのは、ロシア側とイラン側も耳をそばだてている危険があることだった。

　ガブリエルの承認を得て、八時五分にヤコブが番号をプッシュした。八時十分にナザリの妻が電話に出た。キング・サウル通りでは通訳が待機していた。ヤコブがナザリのほうへ受話器を差しだした。

「涙は禁止。別れの言葉も禁止。奥さんに今日一日のことを尋ねて、ごく普通の口調で会話をしろ」

ナザリが受話器を受けとって耳に当てた。「タラ、わたしだ」安堵のあまり目を閉じた。

「おまえの声が聞けてよかった」

通話時間は五分を少し超過し、ガブリエルはやきもきしていた。通話が問題なく終了したことを確認するため、さらに数分待たなくてはならなかった。窓の外では、聖ミヒャエル教会の時計が八時二十分を指していた。ガブリエルはパソコンの画面を二、三回クリックして、チームを位置につかせた。今夜の第一の危機は回避できた。あとはアレクセイ・ロザノフを手に入れるだけだ。

56

ノイシュタット、ハンブルク

マリオット・ホテルからレストラン〈ディー・バンク〉までは百二十メートルほどの距離。歩いて三分ほどだし、予約に遅れそうになって走れば二分で行ける。だが、ホテルを午後八時三十七分に出た二人の宿泊客はべつだん急ぐ様子もなかった。ハンブルクの多くの人々と同じく、憧れのテーブルを予約できなかったからだ。二人の名前はヨッシ・ガヴイシュとリモーナ・スターン。ただし、ホテルには偽名でチェックインしている。ヨッシは〈オフィス〉のリサーチ部門のトップ・アナリストで、芝居がうまく、現場での活躍ぶりはすばらしい。リモーナはイランの核開発計画を監視する〈オフィス〉のユニットのチーフ。そのため、レザ・ナザリから提供された偽の情報は主として彼女が受けとっていた。ナザリとじかに顔を合わせたことは一度もなく、今夜、ナザリと同じ店内に身を置くことに抵抗があった。それどころか、この日の夕方は、ナザリを松材の箱に入れてテヘランへ送り返したいと言ったほどだった。リモーナの怒りはガブリエルにも理解できた。さすがアリ・シャムロンの姪《めい》だけあって、名高い伯父と同じく、裏切り行為が許せないのだ。イラン人が関わっている場合はとくに。

リモーナは訓練と経験を積んでアナリストの任務をこなしているが、ヨッシと同じく、現場でもみごとな冴《さ》えを発揮する。エレガントな通りを歩くあいだに、〈プラダ〉のウィンドーのバッグに目を奪われたふりをして、しばらく足を止めた。そのあいだに一台の車が二人を追い越していき、ヨッシは憮然《ぶぜん》たる顔をした夫の役割を演じながら、腕時計をにらんでいた。二人が〈ディー・バンク〉の豪華なエントランスから店内に入ったのは八時四十一分。空席はないと給仕長に告げられたので、キャンセルが出るのをバーのほうで待つことにした。リモーナはエントランスのほうを、ヨッシはダイニングルームのほうを向いてすわった。上着の胸ポケットから、ガブリエルがレザ・ナザリに渡したのとそっくりの金色のペンをとりだした。キャップを右へねじってポケットに戻した。二分後、彼の携帯の画面にメッセージが出た。送信機が作動していて、信号は強く鮮明だ。ヨッシは通りかかったウエイトレスを呼び止め、飲みものを注文した。八時四十四分。

〈ディー・バンク〉の周囲の通りでは、ガブリエルのチームの残りの面々がひそかに持ち場についていた。ポストシュトラーセでは、ダイナ・サリドがボーダフォンのアウトレット店の外にある駐車スペースにフォルクスワーゲンをゆっくり入れるところだった。助手席にモルデカイ。うしろの席にはオデッドがすわり、心臓の動悸《どうき》を静めるために深呼吸をくりかえしている。通りの五十メートル先ではミハイル・アブラモフがバイクにまたがり、退屈でたまらないという表情で歩行者を眺めている。その横には、同じくバイクにまたがったケラー。携帯の画面を見ていた。届いたメールによると、狙う相手はまだ姿を見せない。時刻は午後八時四十八分。

八時五十分になっても、アレクセイ・ロザノフからレザ・ナザリへの連絡はなかった。ガブリエルは隠れ家の窓辺に立ち、電話がないまま、聖ミヒャエル教会の時計がさらに二分進むのを見つめていた。エリ・ラヴォンが横に来た。ラヴォンがいると心が安らぐ。

「ナザリをレストランへ向かわせたほうがいいぞ、ガブリエル。約束の時間に遅れてしまう」

「アレクセイから連絡が来ないかぎり、レストランへは行かないという決まりだったら？」

「ナザリに何か言い訳をさせよう」

「アレクセイが信じないかもしれない。あるいは、来るつもりがないのかもしれない」

「ただの影にまで怯えるのかい？」

「二週間前に目の前で五百ポンド爆弾が破裂したんだぞ。怯えて当然だろ」

さらに一分が過ぎたが、電話はなかった。ガブリエルはノートパソコンのところへ行き、メッセージを打ちこみ、〝送信〟をクリックした。それから窓辺に戻って、世界でいちばん古い友達の横に立った。

「どうするか決めたかね？」ラヴォンが訊いた。

「何を？」

「アレクセイ」

「わたしが差しだす死亡証明書にサインするチャンスを与えてやろうと思う」

「で、やつがサインしたら？」

ガブリエルは時計からラヴォンのほうへ視線を移した。「わたしの顔がやつにとってこの世の見納めとなるようにしたい」

「組織の長たる者がＫＧＢの職員を殺すのはまずい」

「いまはＳＶＲだぞ、エリ。それに、わたしはまだ長官ではない」

「あんたの電話をよこせ」

「なぜ？」

「黙ってよこせばいい。時間がないんだから」

レザ・ナザリは携帯を差しだした。ヤコブはＳＩＭカードを抜きとり、同じ型の携帯に挿しこんだ。ナザリは受けとろうとして躊躇した。

「爆弾か」

「あんたが今夜使う電話だ」

ナザリは携帯を上着のポケットにすべりこませた。そこにはペンも入っている。「ディナーが終わったらどうなる？」

「何をしてもいいが」ヤコブが言った。「やつと一緒にレストランを出ることだけはするな。アレクセイが消えたら、おれがレストランの前であんたを拾う」

「消えたら？」

ヤコブはそれ以上何も言わなかった。レザ・ナザリはオーバーを着てロビーに下りた。八時五十七分になっていた。

マリオットはアメリカ資本のホテルなので、テロリストの攻撃からホテルの建物を守るために、前庭にはステンレス製の柱が並び、不格好なコンクリート製のフラワーポットが置いてある。国際的テロリズムを支援する世界最大の国家の公僕たるレザ・ナザリは、ヤコブの鋭い目に監視されて、柱とフラワーポットのあいだを抜けて通りに出た。車はほとんど走っておらず、歩道も無人だった。店々のウィンドーにもナザリの興味を惹くものはなかったが、〈ディー・バンク〉の向かいの小さな広場にバイクの男が二人いることには気づいた様子だった。九時きっかりにレストランに入り、給仕長に迎えられた。「ロマノフ」と言うと、給仕長はマニキュアをした指を予約リストに走らせた。「ああ、はい、ご予約いただいております。ロマノフさまですね」

ナザリはオーバーを脱ぎ、天井の高いダイニングルームに案内された。バーの横を通りすぎるとき、砂岩のような色をした髪の女に見られていることに気づいた。その横にすわった男が携帯に何か打ちこんでいた。わたしの到着を報告しているのだ、とナザリは思った。案内されたのは角のテーブルだった。ナザリは店内のほうを向いてすわった。アレクセイが狼狽《ろうばい》しそうだが、いまのナザリにはアレクセイの反応などどうでもよかった。彼の頭にあるのは妻子のことと、アロンが答えをほしがっている質問リストのことだけだった。ウェイターがナザリのグラスに水を注いだ。ソムリエがワインリストを持ってきた。九時七分、新しい携帯が心臓の上でこれまでと違うパターンの震動を始めた。知らない番号だった。それでも電話をとった。

「いまどこだ？」ロシア語で尋ねる声がした。

「レストランだ」同じくロシア語でナザリは答えた。「きみはどこにいる？」と訊いた。

「予定より数分遅くなった。だが、すぐそばまで来ている」

「きみの飲みものも頼んでおこうか」

「じつは小さな変更が必要になった」

「小さなというと？」

ロザノフはどうすべきかをナザリに説明した。「二分後。わかったね？」

ナザリが答える暇もないうちに電話が切れた。ナザリは彼が〝ミスター・テイラー〟と呼んでいる人物に急いで電話をした。

「いまのを聞いたか」

「一語残らず」

「どうすればいい？」

「おれがあんたなら、レザ、二分以内にレストランの外に出ているだろう」

「しかし――」

「二分だ、レザ。さもないと、すべて水の泡だぞ」

車はメルセデスベンツSクラス、ハンブルクのプレートがついていて、霊柩《れいきゅう》車のように真っ黒だった。レザ・ナザリがレストランの席から立ったそのとき、通りの向こうに車が姿を現し、暗くなった店々の前をすべるように通りすぎて〈ディー・バンク〉の外で止まった。駐車係が歩み寄ったが、助手席の男が手を振って遠ざけた。運転席の男は頭に銃を突きつけられているかのように両手でハンドルを握りしめ、リアシートには、携帯を耳に押しあてている男がいた。通りの向かいの広場にいるケラーに、男の顔がはっきり見えた。高い頬骨、頭頂部が薄くなりかけた金髪。モスクワ・センターの男に間違いない。

「やつだ」無線のマイクに向かってケラーは言った。「レストランから出ないよう、レザに言ってくれ。いまここでやつを仕留めて、すべて終わりにしよう」

「だめだ」ガブリエルはぴしっと言った。

「なんで？」

「やつが予定を変更した理由を知りたい。それと、クインを見つけたい」

無線にノイズが入って、ガブリエルがスイッチを切った。レストランのドアが開き、レザ・ナザリが通りに出てきた。ケラーは渋い顔になった。最高の提案をしたというのに……。

ナザリがリアシートに乗りこんだときも、アレクセイ・ロザノフはまだ電話中だった。車が急発進した瞬間、ナザリは広場にちらっと目をやった。男二人がバイクにまたがっている。追ってくる様子はなかった。車が猛スピードで角を曲がったので、ナザリはアームレストをつかんだ。それから、電話を終えたアレクセイ・ロザノフを見た。

「いったいどういうことだ？」ナザリは訊いた。

「きみがハンブルクのレストランの席についているのはまずいと思ったのでね」

「なぜ？」

「問題が起きた、レザ。由々しき問題だ」

57

ハンブルク

「どういう意味だ？　いまも生きているとは」

「つまり」アレクセイ・ロザノフが辛辣な口調で答えた。「ガブリエル・アロンがいまなお地球上を歩いているということだ」

「新聞に訃報が出たじゃないか。〈オフィス〉も認めたし」

「新聞は何もわかっていない。それから、〈オフィス〉は明らかに嘘をついている」

「そちらの情報庁がアロンの姿を見たのか」

「いや」

「声を聞いたのか」

ロザノフは首を横に振った。

「だったら、何を証拠に？」

「うちで使っている情報屋からの報告だ。アロンはあの爆弾テロをかすり傷程度で生き延びて、MI6の隠れ家へ運ばれたそうだ」

「いまはどこに?」

「それは情報屋も知らない」

「いつわかったんだ?」

「わたしの飛行機がハンブルクに着陸した数分後だ。今夜のミーティングはキャンセルしろとモスクワ・センターから言ってきた」

「なぜ?」

「ガブリエル・アロンが自分の死を偽装する理由は一つしかないからだ」

「われわれを殺す気でいると?」

ロザノフは黙りこんだ。

「きみも本気で警戒しているわけではあるまい?」ナザリは言った。

ロザノフは肩越しにうしろを見た。「今夜ここに来た理由はただ一つ、放射性廃棄物がチェチェンのテロ組織に渡ったのではないか、とクレムリンが懸念しているからだ」

「クレムリンの懸念は無理もない」

「では、本当なんだな」

「もちろん」

「それを聞いてほっとしたよ、レザ」

「チェチェンが爆弾を作れるようになったことに、どうしてほっとするのだ?」

「今回のタイミングが符合しすぎているからだ。そう思わないか」ロザノフは窓の外を見つめた。「まず、アロンが自分の死を偽装した。次に、イランの研究所から高レベルの放射性廃棄物五十キロ分が消えた」そこでいったん言葉を切り、さらに続けた。「そして、いま、われわれがハンブルクでこうして会っている」

「何が言いたい?」

「わが国の対外情報庁にも、連邦保安庁にも、イランの放射性廃棄物がチェチェンの手に渡ったことを示す情報は何一つ入っていない。きみのメールがなければ、わたしはここに来なかっただろう」

「報告が本物だったから、あのメールを送ったんだ」

「もしくは、アロンに命じられて送ったとも考えられる」

窓の外に目を向けたのは、今度はナザリのほうだった。

ロザノフはしばらく無言だった。「アロンにわたしの名前を伝えられるのはきみしかない、レザ」

「クインのことを忘れてるぞ」

ロザノフはダンヒルに火をつけた。何やらじっと考えこんでいる。頭のなかのチェスボードで駒を動かしているかのようだ。

「どこにいる?」ナザリは訊いた。

「クインのことか」

ナザリはうなずいた。

「なぜそんなことを訊く?」

「われわれが使っていた男だ」

「たしかにな、レザ。だが、いまはロシアのものだ。クインがどこにいようと、きみには関係ない」

ナザリは煙草をとろうとしてオーバーの内側に手を伸ばした。ところが、ロザノフに驚くほどの力で手首をつかまれた。

「何をする気だ?」ロザノフが訊いた。

「煙草を吸おうと思って」

「銃は持ってこなかったのか」

「もちろん」

「持ってくるべきだったな」ロザノフは冷たく微笑した。

ベンツはフェルトシュトラーセを西へ向かっていた。ノイシュタットとザンクト・パウリ地区をつなぐ交通量の多い通りだ。バイクに乗った男二人がそれを尾行。さらに二台の車。どちらにもイスラエルの秘密諜報機関の筋金入り工作員が三人ずつ乗っている。ロザノフとナザリのあいだにどんなやりとりがあったかは誰も知らない。緊迫した対決にひそかに耳を傾けていたのは、隠れ家でノートパソコンの上にかがみこんだガブリエルとエリ・ラヴォンだけだ。ナザリのポケットのペンは、受信範囲から離れてしまったため、もはや役に立たなかったが、ナザリの携帯から鮮明な音声が送られてきていた。

音声がしばらくとぎれた。不吉な徴候だ。ベンツに乗った連中がまったくしゃべっていない。呼吸もしていないかに思われる。ガブリエルは車のなかの光景を想像した。前に二人、うしろに二人。その片方は人質だ。アレクセイが銃を突きつけているかもしれない。いや、銃をちらつかせる必要すらないかもしれない。恐怖の日々で神経のまいっていたナザリがすでに裏切りを認めたかもしれない。

ガブリエルはパソコン画面で点滅する輝点を見た。「アレクセイはどうする気だろう？」

「数通りの可能性が考えられる」ラヴォンが答えた。「好ましいものは一つもない」

「アレクセイはなぜ回避行動をとらない？　なぜ対監視作戦に出ない？」

「甘く見てるのかもしれん」

「何を？」

「きみにこれほど早く見つかるわけはないと」

「わたしを過小評価しているというのか。そう言いたいのか、エリ」

「信じがたいことだが——」

ラヴォンは急に黙りこんだ。ロザノフの声が流れてきたのだ。ロシア語だった。

「なんて言ってる？」

「運転席の男に道を指示している」

「どこへ向かう気だろう？」

「わからん。だが、たぶん、ナザリをゆっくり尋問できる場所だろう」

ガブリエルは点滅する輝点がパソコン画面を動いていくのを見つめた。車はシュトレーゼマンシュトラーセに曲がった。道路の幅が広くなり、車の流れるスピードも速い。

ガブリエルは無線機を口元に当てて指示を出した。数秒もしないうちに、画面の輝点が二個増えた。片方はミハイル、もう一方はケラー。

「拉致より殺しのほうがすっきり片づくんだがな」ラヴォンが静かに言った。

「うん、エリ。それはわかっている」

「だったら、いまここで終わらせたらどうだ？」

「わたしのリストに項目を一つ追加した」

「どんな？」

「わたしが生きていることをロシア側に伝えた男の名前を知りたい」

ミハイルとケラーの輝点がベンツに近づきつつあった。ベンツは同じスピードで走りつづけている。
「付随的損害が出ないことを願おう」ラヴォンが言った。
そうだなとガブリエルが思った瞬間、銃声が響いた。そう願おう。

ハンブルクには時代遅れの英国ふうといった雰囲気の地区がいくつもある。黒のベンツが突っこんだのもちょうどそういう場所だった。三角形の小さな草地で、片側は道路、反対側には赤煉瓦のテラスハウス二棟が立っている。住人が紅茶を飲みながらBBCで十時のニュースを見ていそうな家だ。コントロールを失った車が対向二車線を越えて草地に突っこんだ。途中で街灯柱を倒し、道路脇の小さな看板をこわし、ほっそりした楡《にれ》の若木にぶつかってようやく停止した。のちに近所の人々が若木を救おうと手を尽くしたが、結局だめだった。
フロントシートの男性二人は車が停止した時点ですでに死亡していた。二人の命を奪ったのは衝突時の衝撃ではなく、走行中に至近距離から頭部に正確に撃ちこまれた弾丸だった。目撃者たちがバイクに乗った二人の男について証言している。一人は長身でひょろっとしたタイプ、もう一人は屈強な体型。一人一発ずつしか撃っておらず、完璧に同じタイミングでの銃撃だったため、銃声がほとんど区別できなかった。防犯カメラの映像ものちにこの証言を裏づけている。ハンブルク警察の刑事の一人が、〝こんな美しい暗殺を見たのは初めてだ〟と語り、いささか無神経な意見だったため、上司からきびしい叱責を受けることになった。

バイクの二人はあっというまに走り去り、その姿が目撃されることは二度となかった。また、衝突から数秒もしないうちに現れたフォルクスワーゲンの行方も、警察には突き止められなかった。がっしりした鬼神のような男がリアシートから降り、ベンツの助手席側の後部ドアを紙細工のごとく楽々とこじあけた。ある目撃者は、短時間だが激しい暴力がふるわれたと証言した。ただし、他の目撃者たちはそれに強硬に反論している。何があったにせよ、ベンツから現れたスラブ民族らしき長身の男は血を流し、呆然たる表情だった。男がどんな様子でフォルクスワーゲンに乗りこんだかも議論の分かれるところだった。自分から進んで乗りこんだと証言する者もいれば、鬼神のごとき男に腕をへし折られて強引に乗せられたと言う者もいる。すべてに要した時間はきっかり十秒。そして、フォルクスワーゲンとスラブ民族らしき不運な男は姿を消した。ハンブルク警察の例の刑事は、鬼神のやり方についてはとくに芸術的とも思わなかったようだが、銃撃のときに劣らず感銘を受けていた。同僚にこう言った。引金をひくだけならどんな馬鹿でもできるが、枝の林檎をもぐような調子でモスクワ・センターの男を拉致できるのはプロ中のプロだけだ。

あとに残されたのは、運転席の不運な男のうしろに乗っていた人物だけだった。目撃者全員が男は自力で車を降りたと証言している。また、ロシア系の顔立ちでなかったことは確かだという。たぶんアラブ系、トルコ人かもしれない。だが、ロシア人ではない。ぜったいに。男は何秒間か混乱しきっていて、自分がどこにいるのか、どんな窮地に陥っているのかもわからない様子だった。やがて、別の車の窓からあばた面の男が手を振っていることに気づいた。安堵の様子でよろよろとそちらへ向かうあいだ、同じ言葉を何度もつぶやいていた。〝タラ〟という言葉だった。この点に関しては目撃者全員の証言が一致している。

58

ハンブルク

〈オフィス〉の隠れ家をひきはらうときは厳格な手順がある。守るべきルールと儀式がある。それは神が定め給うたもので、石に刻みつけられている。侵すべからざるものだ。たとえロシア人二人の死体が草地にころがっていようとも。そして、作戦の目的だった人物が縛りあげられ、猿ぐつわをはめられて逃走車のリアシートに横たわっていようとも。ガブリエルとエリ・ラヴォンはいま、隠れ家にしていたフラットで黙々と、機械的に、だが狂信者のごとき熱意をこめて、清めの儀式をおこなっていた。敵と同じく、この二人も篤《あつ》き信仰心の持ち主だ。

九時半、ドアをロックして下の通りに出た。続いてもう一つの儀式。車を丹念に調べて爆弾の有無をチェックする。不審物はなかったので、二人で車に乗りこんだ。ガブリエルは運転をラヴォンに任せることにした。

ハンブルクから南へ向かい、デーレという町まで行った。町の向こうに鬱蒼たる森が広がっている。そこへ行くには、〝私道〟と看板の出ている、わだちのついた一本道を通るしかない。昨日、ミハイルがここを見つけたのだ。ラヴォンはヘッドライトを消して私道に入り、パーキングランプの黄色い光だけを使って車を進めた。森は常緑樹と落葉樹が交ざりあっている。

森の小さな空き地で待っていたフォルクスワーゲンを、パーキングライトがようやく照らしだした。ミハイルがフロントフェンダーにもたれて腕組みをし、その横でケラーが煙草を吸っている。二人の足元にアレクセイ・ロザノフが倒れている。口に粘着テープ。手にも粘着テープ。もっとも、使う必要などないのだが。覚醒と昏睡《こんすい》のあいだを漂っている。

「こいつ、何かしゃべったか」ガブリエルは訊いた。

「しゃべるチャンスがほとんどなかった」ケラーが答えた。

「きみの顔を見ただろうか」

「たぶんな。だが、記憶には残ってないと思う」

「意識を戻してやれ。こいつと話をしなきゃならん」

ケラーは車のリアシートからミネラルウォーターの一リットルボトルをとりだし、ロザノフの顔にかけた。やがて、ロザノフが身じろぎをした。

「立たせろ」ガブリエルは言った。

「立たせてもすぐ倒れてしまうぞ」

「いいから」

ケラーとミハイルがロザノフの腕を片方ずつつかみ、ひきずりあげた。ケラーの予告どおり、ロシア人が立っていられたのは一瞬だった。もう一度引きずりあげたが、今度は二人で脇の下を支えた。ロシア人の頭ががっくり垂れ、顎が胸についた。写真の印象より背が高く、体重もあった。百キロ近くありそうで、以前は鍛えられた筋肉だったのが脂肪に変わってきている。彼の指揮した作戦はみごとだったが、ガブリエルのほうが一枚上手だった。ガブリエルはロザノフのズボンのベルトからグロックを抜き、銃身を使って彼の顎を持ちあげた。ロザノフの腫れた目が焦点を結ぶのに何秒かかかった。焦点が合ったとき、その目に恐怖はなく、ガブリエルの姿に愕然《がくぜん》とすることもなかった。優秀な男だとガブリエルは思った。口の粘着テープをいっきにはがした。

「わたしを見てもあまり驚いていないようだな、アレクセイ」

「前に会ったことがあるかね?」ロザノフははっきりしない口調で言った。

ガブリエルはおもしろくもなさそうな微笑を浮かべた。「ない」しばらくしてから答えた。「ありがたいことにこれまで顔を合わせる機会がなかった。だが、きみの仕事はよく知っている。細かい点までくわしくな。はっきりさせたい点が二、三残っているだけだ」

「それと交換に何をくれる?」

「何も」

「だったら、こっちも何も出せん」

ガブリエルは銃口をロザノフの右足に向け、引金をひいた。銃声が木々のあいだにこだました。ロザノフの悲鳴も同じようにこだました。

「自分が置かれた立場の深刻さがわかってきたか、アレクセイ」

ロザノフはとうてい口の利ける状態ではなかったので、ガブリエルがかわりに言った。

「きみは情報庁の人間を使ってロンドンのブロンプトン・ロードに爆弾を仕掛けた。わたしと友人を標的にしたものだったが、五十二人の罪もない人々が殺された。そのなかにシェパーズ・ブッシュのシャーロット・ハリスもいた。その息子もいた。祖父の名をもらってピーターと名づけられた子だった。きみが今夜ここにいるのは、その人々のためだ」ガブリエルはロザノフの顔にグロックを突きつけた。「どう弁明する気だ、アレクセイ」

「爆弾を仕掛けたのはエイモン・クインだ」ロザノフはあえいだ。「われわれではない」

「きみが金でクインを雇った。そして、カテリーナという協力者をあてがった」

ロザノフははっと顔を上げ、痛みにかすむ目でガブリエルを見つめた。

「クインはどこだ?」ガブリエルは訊いた。

「やつの居所など知らん」

「どこだ?」ガブリエルは重ねて訊いた。

「もう一度言おう、アロン。やつの居所など知らん」

ガブリエルは銃をロザノフの左足に向け、引金をひいた。

「や、やめろ！」

ロザノフの苦痛の絶叫はもうやんでいた。子供のように泣きじゃくっていた。クインの爆弾で手足を吹き飛ばされた生存者のように。秒速三百メートルで進む火の玉を作ることのできるクイン。リビアの訓練キャンプでタリク・アル＝ホウラニという名のパレスチナ人と一緒だったクイン。

〝二人は面識があったのだろうか〟

〝なかったとは考えられない〟

「簡単なことから始めよう。わたしの携帯番号をどこで知った？」

「きみがオマーにいたときだ。追悼碑のところで。女がきみを尾行していた。きみの写真を撮るふりをした」

「その女なら覚えている」

「あのとき、きみのブラックベリーから情報をひきだしたんだ。ひきだしたファイルの解読はできなかったが、番号だけは突き止めた」

「それをクインに教えたわけか」

「そうだ」

「ロンドンであのメールを送ってきたのはクインだった」

「〝煉瓦は壁のなか〟」

「どこから送信したんだ？」

「ブロンプトン・ロードだ」ロザノフは答えた。「爆発の被害が及ばない安全な場所で」

「なぜ許した？」

「クインが自分の存在をきみに誇示したがったからだ」

「プロの誇りか」

「タリクという名前の男に何か関わりがあったようだ」

ガブリエルは心臓に衝撃が走るのを感じた。「タリク・アル＝ホウラニ？」

「そう、それだ。パレスチナ人の」

「タリクがどうした？」

「昔の借りを返したいとクインが言っていた」

「それでわたしを殺そうとしたのか」

ロザノフはうなずいた。「あと一歩だったのにな」

ロザノフの話は真実に違いないとガブリエルは思った。ロザノフが個人的にタリクを知っているはずはない。

「わたしがいまも生きていることをクインは知っているのか」

「今日の早い時刻にやつに連絡した」

「すると、きみはやつの居所を知っているわけだ」

ロザノフは無言だった。ガブリエルはグロックの銃口をロザノフの膝の裏に押しつけた。

「クインはどこにいる、アレクセイ」

「イギリスに戻った」

「イギリスのどこだ？」

「知らん」

ガブリエルは銃口をロザノフの膝の裏に乱暴にねじこんだ。

「誓ってもいい、アロン。やつがどこにいるかは知らん」

「イギリスに戻ったのはなぜだ？」

「作戦の第二段階に移るため」

「場所は？」

「ロンドンのガイズ病院」

「いつ？」

「明日の午後三時」

「ターゲットは？」

「首相だ。明日の午後、ロンドンで、クインとカテリーナがジョナサン・ランカスターを暗殺することになっている」

59

ドイツ北部

ロザノフは弱ってきていた。血を失い、生きる気力も失いつつあった。それでもガブリエルは追及の手をゆるめず、作戦が出だしでつまずいたことから、この夕方にモスクワ・センターにメールが送られてきたことまで、順を追ってロザノフから聞きだした。そのメールは安全とは言えないパソコンから送られてきていた。SVRからカテリーナ・アクロワに支給された携帯電話が北海の海底からの信号を最後に息絶えてしまったからだ。ロザノフが言うには、クインは勝手に暴走しはじめたとのこと。モスクワ・センターのほうではもうコントロールしきれない。

「メールを送ってきたとき、二人はどこにいたんだ?」

「送信元を突き止めることはできなかった」

ガブリエルはロザノフの撃ち砕かれた右足を乱暴に踏みつけた。ロザノフはようやくしゃべれるようになってから、メールはフリートウッドという町のネットカフェから送られてきたと言った。

「二人は車を持ってるのか」ガブリエルは訊いた。

「ルノー」

「モデルは？」

「セニックだったと思う」

「どんな攻撃が予定されている？」

「話題の主はエイモン・クインだぞ。何が考えられる？」

「車に積みこむのか」

「それがやつの得意な手だ」

「乗用車か。トラックか」

「バンだ」

「いまどこに？」

「ロンドン東部のガレージ」

「東部のどのあたりだ？」

ロザノフはバーキングのテムズ・ロードにあるガレージの住所を告げ、消耗しきったためにがっくり首を垂れた。ガブリエルは彼を支えていた腕を放すよう、ケラーとミハイルに目で合図を送った。二人が腕を放すと、ロザノフは前のめりに倒れ、森の湿った地面にぶつかった。ガブリエルは彼を仰向けにして、顔に銃を突きつけた。

「何をぐずぐずしている？」ロザノフが言った。

ガブリエルは銃身越しにロザノフをじっと見たが、沈黙したままだった。

「きみにまつわる噂は本当だったようだな」ロザノフが言った。

「なんのことだ？」

「きみは年をとりすぎた。こういうことをする気力をなくしてしまった」

ガブリエルは微笑した。「もう一つ質問がある、アレクセイ」

「知っていることはすべて話した」

「いや、まだだ。わたしが生きていることをどうやって知った？」

「通信を傍受してわかったんだ」

「どういう種類の傍受だ？」

「声」ロザノフは言った。「きみの声が聞こえて――」

ガブリエルは銃をロザノフの膝に向け、引金をひいた。ロザノフは激痛に包まれた。

「情報……源が……あって」

「どこに？」

「〈オフィス〉……の……内部」

ガブリエルは同じ膝に二発目の弾丸をぶちこんだ。「正直に言え、アレクセイ。でないと、弾丸を撃ちつくして、膝を粉々にしてやる」

「情報源」ロザノフがつぶやいた。

「ああ、わかってる。あんたには情報源があった。どこの誰だ？」

「勤務先は……」

「そいつの勤務先はどこなんだ、アレクセイ」

「ＭＩ６」

「部署は？」

「人事……」

「人事・保安課か」

「そうだ」

「名前は？　そいつの名前を教えろ」

「だめだ……」

「誰なのか教えろ、アレクセイ。そうすれば痛みを止めてやる」

第三部

無法地帯

60

ヴォクソール・クロス、ロンドン

アレクセイ・ロザノフの死から一時間ほどたったころ、グレアム・シーモアのもとに、最近ひそかに雇い入れたばかりの職員から初めての連絡が入った。その職員はジョナサン・ランカスター首相の命に危険が迫っていると報告し、ロシアの情報庁がＭＩ６の内部の人間をスパイにしていることを打ち明けた。

状況を考えて、プライベートジェットを送るのがいちばんだとシーモアは判断した。パリのル・ブルジェ空港でガブリエルとケラーを乗せたジェット機は、ドックランズのロンドン・シティ空港まで二人を送り届けた。次にＭＩ６の公用車が猛スピードで二人をヴォクソール・クロスまで運び、最上階の窓のない部屋で、電話中のシーモアが二人を待っていた。ガブリエルとケラーが入っていくと電話を切り、無表情なグレイの目をしばらく二人に据えた。

「音声はあるのか」ようやく尋ねた。

ガブリエルはブラックベリーをとりだし、音声データの該当箇所を見つけて〝再生〟のアイコンをクリックした。

〝場所は？〟

〝ロンドンのガイズ病院〟

〝いつ？〟

〝明日の午後三時〟

〝ターゲットは？〟

〝首相だ。明日の午後、ロンドンで、クインとカテリーナがジョナサン・ランカスターを暗殺することになっている〟

ガブリエルは〝停止〟をクリックした。シーモアがブラックベリーを凝視した。

「アレクセイ・ロザノフか」

ガブリエルはうなずいた。

「最初から再生してもらおう」

「いや、最後のところを先に聞いたほうがいい」

ガブリエルは音声データをふたたび操作し、もう一度〝再生〟をクリックした。

〝そいつの名前だ、アレクセイ。名前を教えろ〟

〝グ、グ……〟

〝すまん、アレクセイ。聞きとれなかった〟

〝グライムズ……〟

〝名字か〟

〝そうだ〟

〝では、ファーストネームは？　ファーストネームを言ってくれ〟

〝アーサー〟

〝アーサー・グライムズ──それがそいつの名前か〟

〝そうだ〟

〝MI6の人事・保安課に勤務するアーサー・グライムズがロシアの情報機関に雇われたスパイだというんだな？〟

〝そうだ〟

そのあとに、銃声とよく似た音が響いた。ガブリエルは〝停止〟をクリックした。シーモアは目を閉じた。

その日の午前九時、MI5のA1Aブランチからロンドン東部のパーキングへ派遣されたチームが、テムズ・ロード二十二番地の倉庫を急襲した。しかし、車は一台も見当たらず、ここで爆弾が作られた形跡もいっさいなかった。同時刻にMI5の別チームがフリートウッドのロード通りにあるネットカフェに踏みこんだ。こちらは幸運に恵まれ、前夜もカフェに出ていた従業員の一人が、クインとカテリーナの人相に合致する男女を目にしたことを覚えていた。また、二人がどのパソコンを使ったかも覚えていた。MI5のチームはそのパソコンを押収して英国海軍のヘリに積みこんだ。遅くとも正午にはロンドンに着く予定だった。アマンダ・ウォレスはMI5のコンピュータ・ラボにファイル検索を命じた。グレアム・シーモアも政治的理由からアマンダの指示に同意した。

「グライムズはどこだ？」ガブリエルは尋ねた。

「数分前にこの建物に入った。目下、捜索チームがやつのフラットを徹底的に調べている」

「グライムズは極秘情報をどこまで深く知ることができる？」

「MI6の現職員と職員候補の審査がやつの仕事だ」シーモアはケラーにちらっと目を向けた。「じつは、二、三日前、これからとりかかる予定の特別プロジェクトをやつに話したばかりだ」

「おれのことか」ケラーが言った。

シーモアはうなずいた。「それから、グライムズはセキュリティ違反の訴えに関する調査も担当している。つまり、MI6のなかにロシアの協力者やスパイがいても、そいつらを徹底的に守れる立場にいるわけだ。グライムズが本当にSVRから金を受けとっているのなら、オルドリッチ・エイムズ以来の大きなスキャンダルになる」

「だから、アマンダ・ウォレスには伏せておいたんだな」

シーモアは黙っていた。

「ケラーとわたしがワームウッド・コテージに泊まっていたことを、グライムズが知っていた可能性は？」

「隠れ家はやつの担当範囲外だが、重要人物が滞在する場合はもちろん、やつにも連絡が行く。いずれにせよ、リークしたのがグライムズかどうかはじきにわかる」

「どうやって？」

「ユーリ・ヴォルコフが教えてくれる」

「誰だ、ヴォルコフというのは」

「ロシア大使館内に置かれたレジデンテュラのナンバー2。MI5によれば、昨日の午後、地下鉄でヴォルコフが情報屋と接触したのは間違いないそうだ。目下、うちの人間がテムズ・ハウスへ出向いて防犯カメラの映像を調べている。もし――」

電話の音でシーモアの言葉がさえぎられた。シーモアは受話器をとり、しばらく耳を傾けた。それから電話を切って、今度は彼のほうからかけた。

「やつから目を離すな。一瞬たりとも。やつがトイレへ行くなら一緒についていけ」

シーモアは電話を切り、ガブリエルとケラーを見た。

「チャンスのあるうちに退職しておけばよかった」

「それは大きな間違いだ」ケラーが言った。

「なぜ？」

「クインをとらえるチャンスをなくしてしまう」

「もう一度チャンスがほしいのかどうか、自分でもわからなくなってきた。そもそも、やつが相手では勝ち目がないからな。これまでのところ、二対〇で向こうの勝ちだ」

窓のない部屋に重い沈黙が広がった。シーモアもケラーも電話をじっと見ていた。ガブリエルは時計をじっと見ていた。

「どれぐらい待つつもりだ、グレアム」

「何を？」

「アーサー・グライムズと内密に話をする許可をわたしに出すのを」

「やつに近づいてはならん。誰一人。当分のあいだ。やつの尋問にとりかかる準備が整うまでに何カ月もかかるだろう」

「何カ月なんて悠長なことを言ってる場合じゃない。三時までしかないんだぞ」

「バーキングの倉庫を調べたが、爆弾はなかった」

「だからと言って安心はできん」

シーモアは時計を見た。「あのメールのやりとりをＭＩ５のコンピュータ・ラボで解読できるかどうか、午後二時まで待つとしよう。それまでに成果がなかったら、グライムズと直接対決だ」

「何を問いただすつもりだ？」

「まず、ユーリ・ヴォルコフと同じ地下鉄に乗った件から」

「グライムズがどう答えるかわかるか」

「いや」

「ユーリ？　誰のことでしょう？」

「きみも悲観的で困ったものだ」

「わかっている」ガブリエルは言った。「おかげで、あとから悔やまずにすむ」

61

ブリストル、イギリス

その朝九時に初めて、BBCラジオ4からハンブルクの事件のニュースが流れた。短時間の断片的な報道だった。男性二人が射殺され、あと二人は行方不明。亡くなったのはどちらもロシア人。行方不明の二人についての詳細は不明。ドイツ首相は深い懸念を示し、クレムリンは激怒しているとのこと。最近のクレムリンはたいてい激怒している。

クインとカテリーナがそのニュースを聞いたのは、M5道路に入ってバーミンガムの北を走っていたときだった。一時間後、ブリストルの〈クリブズ・コーズウェイ〉という大型ショッピング・モールに着き、〈マークス&スペンサー〉の外で最新ニュースに耳を傾けた。新たな点が一つ加わっていた。ドイツの警察の発表によると、亡くなった二人は外交旅券を所持していたという。この事件が本格的な危機に発展する危険についてBBCの対外政策専門家が説明を始めたところで、カテリーナがラジオを消した。

「アロンが死んだふりをした理由がようやくわかったわね」

「アレクセイのやつ、どういうわけで、ゆうべハンブルクにいたんだろう?」

「おびきだされたのかもしれない」

「誰に?」

「アロンに決まってるじゃない。いまごろきっと、アレクセイを尋問中だわ。いえ、すでに殺したあとかも。どちらにしても、アロンにこちらの居所を知られてることは覚悟しなきゃ。となると、ただちにイギリスを出る必要がある」

クインは返事をしなかった。

「アレクセイがその車に乗ってたことをわたしが証明できたら?」

「モスクワ・センターにもう一度メールする気か」

カテリーナはうなずいた。

「無理だ」

カテリーナは駐車場の車をざっと見まわした。「いまこの瞬間、アロンたちがこちらを監視してるかもしれない」

「そりゃないな」

「断言できる?」

「おれは長年あいつらと戦ってきたんだ、カテリーナ。断言できるとも」

カテリーナは納得できない様子だった。「わたしはジハードの戦士じゃないのよ、エイモン。死ぬためにここまで来たわけじゃないわ。イギリスから連れだしてよ。モスクワ・センターとコンタクトをとって、わたしの身代金を交渉しましょう」

「もちろんそのつもりだ。だが、その前に一つ片づけておきたい用がある」

カテリーナは二人連れの女性が〈マークス＆スペンサー〉の入口のほうへ歩いていくのを見守った。

「ここに来たのはなぜ?」

「少し買い物をする」

「それから?」

「ウォーキングに出かける」

62

ダウニング街十番地、ロンドン

　グレアム・シーモアは正午少し過ぎにヴォクソール・クロスを出てダウニング街十番地へ出向き、ジョナサン・ランカスター首相に状況を報告した。エイモン・クインがすでにこの国に戻り、次なるテロを計画しているのはほぼ確実だ。ターゲットは首相の視察が予定されているガイズ病院か、もしくは、他のどこか。フリートウッドから押収したパソコン内容の解読がMI5のラボのほうで完了すれば、さらに詳しいことがわかる。そのように説明した。アーサー・グライムズがロシア大使館のユーリ・ヴォルコフとひそかに接触した件は伏せておいた。悪い知らせを伝えるときは、ごく一部にとどめておく主義だ。

「アマンダとちょうど行き違いになったな」首相は言った。「ガイズ病院の視察をとりやめにするよう、アマンダに助言された。クインが逮捕されるまでこの十番地に閉じこもっていたほうがいいとも言われた」

「アマンダは聡明な女性です」

「きみと意見が一致するときは、だろう?」首相は微笑した。「きみたち二人が仲良くやっているのを見るのは喜ばしいことだ」いったん言葉を切り、続けて尋ねた。「仲良くやっているのだろうね、グレアム」

「はい、首相」

「では、アマンダにしたのと同じ返事をしよう。IRAのテロリストに脅されたぐらいで予定を変更する気はない」

「今回のことはIRAとは無関係です。クインにとってはビジネスに過ぎません」

「だったら、なおさらだ」首相は立ちあがり、シーモアをドアまで送った。「そうだ、もう一つ」

「なんでしょう?」

「今回は逮捕なしだ」

「は?」

「聞こえただろう? 逮捕なし」首相はシーモアの肩に手を置いた。「いいか、グレアム、ときには復讐が心を癒してくれるものだ」

「わたしは復讐など望みません、首相」

「だったら、復讐を遂行してくれる人物を見つけてエイモン・クインに近づけろ」

「うってつけの男を知っています。正確に言うと、二人の男を」

シーモアの車がダウニング街の有名な黒いドアの外で待機していた。その車でヴォクソール・クロスに戻ると、最上階の窓のない部屋でガブリエルとケラーが待っていた。二人とも、シーモアが出ていって以来、筋肉一つ動かしていなかったかのようだ。

「首相のほうはどうだった？」ガブリエルが訊いた。

「頑固で困る」

「首相の車列がダウニング街を出るのは何時だ？」

「二時四十五分」

ガブリエルは時計を見た。二時五分前。

「二時までという約束だったのはわかっているが、グレアム――」

「二時まで待とう」

最後の五分が過ぎるまで、三人の男性は身じろぎもせずにすわっていた。二時になった瞬間、シーモアがテムズ・ハウスにいるアマンダ・ウォレスに電話を入れ、コンピュータ検索の状況について尋ねた。

「もうしばらく」アマンダが言った。

「どれぐらい？」

「あと一時間もかからないから」

「それでは間に合わない」

「どうしろと言うの？」

「何かわかったらすぐ連絡をくれ」

シーモアは電話を切り、ガブリエルを見た。「きみはこの場にいないほうがいいかもしれん」

「まあな。だが、席をはずすつもりはない」

シーモアはふたたび受話器をとって電話をかけた。

「アーサー」にこやかな声で言った。「グレアムだ。きみがつかまってよかった」

グレアム・シーモアの部屋の七階下にある灰色の小部屋で、男が電話を切った。ヴォクソール・クロスの小部屋の例に洩れず、ここもネームプレートなし。スラッシュで区切った数字がドアに並んでいるだけだ。グレアム・シーモアに〝アーサー〟と呼ばれたのが気になった。ヴォクソール・クロスのほとんどの者が彼を〈人事課〉という部署名で呼んでいるからだ。〝〈人事課〉を呼んでこい〟とか、〝早く隠れろ、〈人事課〉が来るぞ〟とか。周囲の反感と怒りを買っている。ひどく恐れられている。なにしろ、みんなの秘密を暴露できる立場にあるのだ。みんなの欠点と欺瞞《ぎまん》をすべて知っている。不倫も、金銭問題も、アルコールという弱みも知っている。連中のキャリアを破壊する力も、その気になれば救う力も持っている。判事と陪審と処刑人を兼ねている。灰色の小部屋に鎮座する神。だが、そんな彼にも秘密があった。どういうわけか、ロシア側がそれを嗅ぎつけた。彼に少女をあてがった。ロリータ趣味。そして、ひきかえに彼の最後の尊厳まで奪い去った。

〝グレアムだ。きみがつかまってよかった……〟

おもしろい表現を使うものだとグライムズは思った。無意識のうちに本音が出たとも解釈できるが、おそらく意識的に言ったのだろう。地下鉄で情報を渡した翌日にシーモアからの呼出し。このタイミングが不吉だ。あれは無謀な顔合わせ、大急ぎの接触だった。そのせいで、こちらの正体が露見したのだろう。

〝きみがつかまってよかった……〟

スーツの上着が壁のフックにかけてあり、その横に家族の写真があった。離婚前に撮った最後の写真。廊下に出ると、ニック・ロウが登録課の美人に冗談を言っていた。朝からグライムズにつきまとっていたロウ。グライムズは二人の横を無言で通りすぎてエレベーターホールまで行った。ボタンを押したとたん、一基やってきた。これも偶然とは思えなかった。

エレベーターの動きがなめらかすぎて、上昇の感覚がないほどだった。ドアが開くと、エド・マーロウの姿があった。グライムズと同じ部署の男で、エレベーターホールに立っていた。「アーサー！」大声をあげた。グライムズが急に難聴になったと思っているかのようだ。「あとで一杯おごらせてくれないか。いろいろ相談したいことがあってね」

マーロウは返事も待たずに、閉まりかけたエレベーターにすべりこんで姿を消した。グライムズはアトリウムから射しこむまばゆい光のなかに足を踏み入れた。ここはスパイの世界のヴァルハラ、約束の地だ。グレアム・シーモアが待つ部屋は右にある。左にはテラスへ出るドア。グライムズは左へ進んで外に出た。冷気が頬を打った。下のほうにテムズ川が流れている。暗くて、鉛のようで、なぜか安らぎを与えてくれる。深く息を吸って冷静に考えをめぐらせた。小部屋は整理整頓が行き届いている。住まいのフラットも、銀行口座も、パソコンも、電話も同様だ。有罪の証拠は何もない。ユーリ・ヴォルコフと同じ地下鉄に乗ったというだけだ。切り抜けてみせる。非難されるいわれはない。

そのとき、背後で物音がした。ドアの開閉する音。ゆっくり振り向くと、グレアム・シーモアがテラスに立っていた。銀髪を風になびかせ、微笑を浮かべている。こいつはこの微笑を武器にして、情報世界の底辺でこつこつ働く有能な男たちを尻目に、出世の階段をのぼってきたのだ、とグライムズは思った。シーモアは一人ではなかった。背後に小柄な男が立っていた。あざやかな緑の瞳、こめかみあたりの髪は灰の色。見覚えのある男。グライムズの全身から力が抜けた。

「アーサー」さきほどの電話のときと同じく、偽りのにこやかさをこめてシーモアが言った。「何をしてるんだね？　みんなが部屋できみを待っているのに」

「すみません、グレアム。ここまで上がってくることはめったにないので」

グライムズも微笑を返したが、シーモアの笑みとはまったく違っていた。無理に作った微笑。やましさのにじんだ微笑。向きを変え、ふたたび川と向かいあい、いきなり走りだした。手すりをまたいだ瞬間、うしろから手が伸びてきて彼をつかまえようとした。宙に身を躍らせた彼は、空に向かって羽ばたいたような気がした。やがて地面がぐんぐん近づいてきて彼を迎え、果物がひしゃげるような音を立ててグライムズは地面に激突した。

最上階からの転落となれば、まず助かる見込みはないが、即死ではなかった。一瞬ではあったが、見慣れたいくつもの顔を目にした。上からのぞきこんでいる。ファイルに出ていた顔。彼がその人生を好き勝手に調べてきたＭＩ６の職員たちの顔。死に瀕した姿を目にしても、彼を本名で呼ぶ者はいなかった。〈人事課〉が屋上のテラスから落ちた。〈人事課〉が死んだ。

63

コーンウォール、イギリス

クインとカテリーナはブリストルの〈マークス&スペンサー〉で、ハイキングブーツ二足、リュック二個、双眼鏡、ウォーキング用のステッキ、デヴォン州とコーンウォール州のガイドブックを買った。買った品々をルノーのリアシートに積みこみ、コーンウォールのヘルストンという町をめざして西へ向かった。ヘルストンの近くにカルドローズ海軍航空基地がある。ヨーロッパ最大級のヘリコプター基地だ。蛇腹《じゃばら》型の鉄条網に覆われた高い金網フェンスに沿って車を走らせるうちに、クインは胸が締めつけられるのを感じた。やがて、哨戒《しょうかい》ヘリのシーキングが上空に姿を見せ、不意に南アーマーの無法地帯に戻ったような気がした。あそこでの戦闘は終わった。自分に言い聞かせた。今日はここが戦闘の場だ。

飛行場の五キロほど南にマリオンという村があった。〈オールド・イン〉への案内板に従って進むと、小道の向かいが駐車場になっていた。二人はハイキングブーツをはき、防水コートをはおった。地図、ガイドブック、双眼鏡をクインがリュックに詰めこんだ。銃の入ったバッグは車に残し、マカロフだけを持った。カテリーナは武器なしだった。

「どういう作り話でいくの？」身支度を終えながら、カテリーナが訊いた。

「観光客」

「冬なのに？」

「おれは昔から冬のリゾート地が好きだった」

「どこに泊まってることにする？」

「適当に決めてくれ」

「マラジオンの〈ゴドルフィン・アームズ〉はどう？」

クインは笑みを浮かべた。「じつに優秀だ」

「あなたよりましだわ」

「英国風のアクセントにできるか？」

カテリーナはためらったのちに言った。「ええ、できると思う」

「あんたはロンドンから来た銀行員。おれはパナマ人のボーイフレンド」

「光栄だわ」

二人は村をあとにしてポルデュー・ロードを歩きはじめた。一キロほど行くと、生垣のあいだに切れ目があり、小さな標識に自然歩道の方角を示す矢印がついていた。キャトル・グリッドと呼ばれる家畜の脱走防止用の溝を越え、農地を通り抜けて、サウスウェスト・コースト・パスに出た。崖の上のその道を北へ向かってポルデュー・ビーチまで行き、次にマリオン・ゴルフクラブのへりに沿って進むと、聖ウィンワロー教会という古い教会があった。観光客らしく見せるために教会を見学してから、ガンワロー入江をめざして北へ歩きつづけた。南端の崖の上にコテージがぽつんと立っている。周囲にはアルメリアやレッドフェスクが自生している。車寄せに車が二台止まっていた。

「あそこだ」クインは言った。

リュックを下ろして双眼鏡をとりだし、景色を楽しんでいるような顔で崖の上をざっと見渡した。それから、コテージに焦点を合わせた。片方の車は無人だったが、もう一方には二人乗っていた。コテージの窓を見てみた。シェードがきっちり下りている。

「人がいるわ」カテリーナが言った。

「そのようだな」クインは双眼鏡を下ろした。

「どうする?」

「歩こう」

クインは双眼鏡をリュックに戻し、リュックを肩にかけた。カテリーナと二人でふたたび同じ方向へ歩きはじめた。百メートルほど前方に男がいて、崖の上を二人のほうに歩いてくる。クインの印象では、ハイキングに来ている一般人ではなさそうだ。訓練された身のこなし、軽い足どり、濃紺のウィンドブレーカーの下には銃。軍人上がり。ひょっとすると、SAS隊員だったのかもしれない。マカロフが腰の背骨を圧迫するのを感じた。もっと抜きやすくしておけばよかったと後悔したが、もう手遅れだ。

「何かしゃべれ」クインはささやいた。

「何を？」

「この前の週末、ビルとメアリのところへ遊びに行って最高に楽しかったとか、田舎に家が買えたらいいのにとか。コッツウォルズの小さなコテージに憧れてるとか」

「コッツウォルズなんか大嫌い」

そう言いつつも、カテリーナはビルとメアリのことや、二人がチッピング・カムデンの近くに持っている農場のことを熱っぽく語りはじめた。やがて軍人上がりの男が近づいてきた。楽にすれ違えるよう、クインはカテリーナの背後にまわった。カテリーナが歩調をゆるめて男に愛想よく朝の挨拶をしたが、クインは顔を伏せたまま沈黙を通した。

「あの男の視線、気がついた？」二人だけになったところで、カテリーナが訊いた。

「そのまま歩きつづけろ。ぜったい振り向くんじゃない」

コテージがすぐ前に見えてきた。コテージの向こうに海辺の小道があり、緑の野原のへりに沿って延びている。クインの立っている場所のほうがやや高いので、何食わぬ顔で生垣の向こうをのぞき、車のなかにいる二人の男の顔を盗み見ることができた。カテリーナはメアリのことを非難がましく語り、クインはとても鋭い意見だと言いたげな顔でゆっくりうなずいていた。やがて、コテージを通りすぎて五十メートルほど行ってから、崖の先端で足を止め、下の入江をのぞいた。男が一人、荒波に向かって釣り糸を投げている。その背後で、女が金色の砂の上を歩いている。うしろにまた別の男。崖の上で出会った軍隊上がりの男と同じ色のウィンドブレーカーを着ている。女は二人から離れて、ゆっくり、漫然と歩いていた。刑務所の中庭で運動をする囚人のように。クインは彼女が向きを変えるまで待ってから双眼鏡を目に当てた。次に双眼鏡をカテリーナに差しだした。

「必要ないわ」

「彼女か」

カテリーナは波打ち際を歩いてくる女に目を凝らした。

「ええ」しばらくしてから答えた。「彼女よ」

64

ガイズ病院、ロンドン

アーサー・グライムズの自殺のあと、グレアム・シーモアはふたたびジョナサン・ランカスターを説得してガイズ病院の視察を思いとどまらせようとした。首相は頑として譲らなかったが、警護の人間を二人増やすことには同意した。復讐が心を癒してくれるという首相の意見に賛成の二人の男。ロンドン警視庁の要人警護課SO1のチーフは、外部の人間二人を警護に加えることに、当然ながら難色を示した。一人は外国の諜報機関の人間だし、もう一人は経歴のはっきりしない凶暴そうな男だ。それでも、無線機と病院のなかを自由に動きまわるための通行証を二人に渡した。また、九ミリのグロック17をそれぞれに渡した。要人警護のルールのすべてに違反しているが、首相じきじきの命令とあれば仕方がない。

ガブリエルとケラーがダウニング街まで行く時間はなかったので、警視庁のBMWがヴォクソール・クロスの外で二人を拾い、ケニントン・レーンを通ってサザークまで送り届けた。古い歴史を持つガイズ病院はロンドンでもっとも高い建築物の一つで、テムズ川近くの道路が入り組んだ地区にそびえている。ロンドン橋にも近い。警視庁のＢＭＷは、ザ・シャードと呼ばれる近未来的な超高層ビルのそばで二人を降ろした。ここの通りはふだんから駐車禁止だし、今日は首相がもうじき到着するとあって、車の姿はどこにもない。だが、ウェストン通りのほうには何台か駐車していて、そのなかに、車体の低く沈んだ白いバンがあった。ガブリエルの指示を受けて、警視庁のほうで所有者を調べた。所有者は建設業者で、英国海軍の退役軍人、近くのビルで改装工事の最中だった。ライムストーンの床材をどっさり積んでいたのだ。

病院と接する最後の道路はスノーフィールズ、都会の峡谷といった感じの狭い通りで、この日は警察車以外の車は一台もなかった。ガブリエルとケラーはこの道を通って病院の正面入口があるゲート3まで行き、警備のために立入禁止となっているエリアに入った。保健大臣が前庭に出て待っていた。その横には国民健康保険制度の代表団と多数の病院スタッフ。多くが白衣姿だ。ガブリエルは無言で彼らのあいだを通り抜けながら、以前ゴールウェイ州のコテージでスケッチした顔を探し、リスボンの静かな通りで初めて目にした女を探した。それから、ヴォクソール・クロスのオペレーション・センターにいるグレアム・シーモアに電話をした。

「首相が着くまで、あとどれぐらいだ？」

「二分」

「フリートウッドのパソコンに関して何か知らせは?」

「もうしばらくだそうだ」

「一時間前にもそう言ってたぞ」

「連絡がありしだい、そちらに電話する」

電話が切れた。ガブリエルは電話をポケットに入れ、ゲート3に視線を据えた。ほどなく先導のオートバイ二台が姿を見せ、特別仕様車のジャガーのリムジンがそれに続いた。ジョナサン・ランカスターがリアシートから降り立って、人々と握手を始めた。

「あんなことまでしなきゃいけないのか?」ケラーが言った。

「するしかないだろ」

「クインが近くにいないことを祈ろう。もしいたら、とりかえしのつかないことになる」

首相は最後の一人との握手を終えた。それから、ガブリエルとケラーのほうを見て一度だけうなずき、病院に入っていった。きっかり三時だった。

65

ガンワロー入江、コーンウォール

ジョナサン・ランカスターがガイズ病院のドアの奥へ消えた瞬間、ロンドンの中心部で雨が降りだしたが、コーンウォール西部の辺鄙な場所では雲間から太陽が顔を出していた。好天は作戦行動にとってプラスになる。カテリーナがガンワロー入江の砂浜にいても不審を招かずにすむからだ。彼女がここに着いたのは午後二時五十分。古びた教会の近くでクインを車から降ろした五分後のことだった。ルノーは入江の上のほうの駐車場に置いてきた。傍らのリュックには、サムスンのプリペイド携帯と、ACCエボリューション九型サイレンサーを銃口に装着したスコルピオン・サブマシンガン。

〝昔からスコルピオンがお気に入りだったよな、カテリーナ〟

カテリーナは教会から入江まで車を走らせるあいだに、クインを見捨ててイギリスから逃げだそうかとちらっと考えた。だが、こちらに残って任務を完遂するほうを選んだ。アレクセイが殺されたのはほぼ間違いない。それでも、任務を放りだしてロシアに戻るのが賢明でないことはわかっていた。カテリーナをイギリスに送りこんだのは、アレクセイではなく大統領だ。カテリーナもすべてのロシア人と同じく、大統領の不興を買うほど愚かではない。

時刻を確かめた。三時五分。クインがコテージのそばまで来ているはずだ。たぶん、警護担当者の一人が彼に近づこうとしているだろう。今日の午前中、軍人上がりの男がやったように。そこでクインが相手を殺し、ターゲットを警護する人間は三人に減る。二人はコテージの外、残る一人は入江で釣りをしている。この男も警護の人間に違いない。上着の下に隠した拳銃の輪郭、入江に何者かが侵入したことを同僚に知らせるのに使う小型無線機。もうじきその無線機に非常信号が送られてくるだろう。いや、無線で警戒を促す時間はないかもしれない。いずれにしろ、この男の運命は決まっている。いま目にしている夕日がこの世の見納めだ。

男は魚を釣りあげ、波の届かないところに置いてある黄色いバケツに入れた。それから、カテリーナに挨拶の会釈をよこし、ふたたび荒波のなかに入っていって釣り糸を投げた。カテリーナは笑みを浮かべると、リュックの蓋をめくってスコルピオンの銃床をのぞかせた。フルオートマチック射撃モードに切り替えてあった。ほとんど銃口が跳ね上がることなく、一秒間に二十発の弾丸を発射できる。

と、そのとき、サムスンの携帯が震動して、画面にメッセージが出た。〝煉瓦は壁のなか……〟こうせずにはいられない男なのね。カテリーナは思った。自分の犯行であることを英国側に誇示したがる男。携帯をリュックに放りこみ、スコルピオンのグリップを握って、荒波のなかに立つ男に視線を据えた。突然、男がはっと上を向き、次に左の崖のてっぺんに目を向けた。振り向いたときはもう手遅れで、砂の上をカテリーナが近づいていた。まっすぐ伸ばした両手にスコルピオンを構えて。

〝ほとんど銃口が跳ね上がることなく、一秒間に二十発の弾丸を発射できる……〟

砂の上で砕けた次の波は死んだＭＩ６の警護担当者の血で赤く染まっていた。カテリーナは落ち着きはらってスコルピオンを装填しなおすと、急傾斜の小道を駐車場めざしてのぼっていった。止まっているのはルノーだけだった。運転席にすべりこみ、エンジンをかけて、下のコテージへ向かった。

66

テムズ・ハウス、ロンドン

メールに使用された言葉のなかにとくに不審なものはなかったが、経験を積んだMI5の技師の目には胡散《うさん》臭いものに映った。やりとりしている二人のアドレスもどこかおかしい。プリントアウトを上司に見せると、上司はそれを副長官のマイルズ・ケントのところへ持っていった。ケントは最後のメールに書いてある住所がひどく気になった。どこか見覚えがあったので、MI5のデータベースで大至急検索したところ、とんでもないものと一致した。ケントはそこでオペレーション・センターへまわった。首相のガイズ病院視察の様子をアマンダ・ウォレスがモニター画面で追っていた。ケントはプリントアウトを彼女の前に置いた。アマンダはそれを読み、顔をしかめた。

「何が言いたいの？」

「住所をしっかり見てください」

アマンダは言われたとおりにした。「これ、アロンが前に住んでたコテージじゃない？」

ケントはうなずいた。

「いまは誰が住んでるの？」

「グレアム・シーモアに尋ねたほうがいいと思います」

アマンダは電話に手を伸ばした。

五秒後、テムズ川の対岸にあるもう一つのオペレーション・センターで、グレアム・シーモアが電話をとった。

「何がわかった？」

「問題発生よ」

「どうしたんだ？」

「西コーンウォールにあるアロンのコテージに誰か滞在してる？」

シーモアは返事をためらった。「申しわけないが、アマンダ、わたしの一存で教えるわけにはいかない」

「困った人」アマンダは重苦しい声でつぶやいた。「たぶんそう言うだろうと思ってた」

コテージは正式にＭＩ６の隠れ家として使われているため、電話回線はない。また、目下滞在中の女性は携帯の使用を許可されていなかった。ふと気がゆるんだ瞬間に、現在いる場所を敵に洩らすことになってはまずいからだ。女性を警護する連中の携帯に連絡を入れたが、どれも応答がなかった。呼出音がむなしく鳴りつづけるだけだった。無線のほうも応答なしだった。

だが、一つだけ、即座に応答した電話があった。それはガブリエルの電話で、午後三時十七分にグレアム・シーモアが連絡を入れたときのことだった。ガブリエルはガイズ病院の講堂にいた。首相がいまから、英国の神聖なる国民健康保険制度が直面する問題点に対して解決法を提案することになっている。シーモアはＭＩ６のオペレーション・センターで生中継の映像を見ていた。この状況下では不可能としか思えないような冷静さを発揮して、指示を出した。

「ターゲットは首相ではなかったようだ。バターシーのヘリパッドでヘリがきみとケラーを待っている。警視庁の車がそこまで送ってくれる」

電話が切れた。シーモアは受話器を戻してモニター画面を凝視し、一方、二人の男は病院の講堂を飛びだした。

67

コーンウォール西部

マデラインの耳に銃声は届かず、木材の割れるばきっという音が聞こえただけだった。次の瞬間、コテージのこわれた玄関ドアから、醜悪なサブマシンガンを手にした男が飛びこんできた。男のこぶしがマデラインのみぞおちにめりこみ、マデラインは衝撃のあまり、声をあげることも息を吸うこともできなくなった。床に倒れてもがく彼女の両手を男が縛りあげ、粘着テープで口をふさぎ、黒いフードをかぶせた。そうされながらも、マデラインはもう一人の侵入者の存在に気づいていた。最初の男より小柄で、足音が軽い。侵入者は二人がかりでマデラインを立たせると、あえぐ彼女を眺めのいい部屋から連れだした。外で携帯が鳴りつづけていた。警護担当者の一人が持っていた携帯だろう。侵入者はマデラインを車のトランクに押しこめ、棺を閉じるかのようにトランクの蓋を閉めた。タイヤが砂利道に立てる音と、入江に打ち寄せるかすかな波音が聞こえた。やがて波音は聞こえなくなり、アスファルト道路を走るタイヤの音だけになった。そして、人の声。二人いる。

一人は男、もう一人は女。男のほうはほぼ間違いなくアイルランドの人間だが、女はアクセントが不明瞭でどこの出身なのかわからない。一つだけ確信できることがあった。前にどこかで聞いたことのある声だ。

車がどこへ向かっているのかマデラインには推測できなかった。わかるのは、まずまず整備された道路を走っているということだけだ。たぶん、一般道のB道路だろう。もっとも、推測しようとしても無駄なだけだが。ガブリエルのコテージで囚人同然の日々を送っていたため、コーンウォールの地理はほとんどわからない。たまに車でリザード岬まで出かけ、崖の上のカフェで紅茶とスコーンを楽しんだことはあったが、ガンワロー入江の砂浜から先へ行くことはめったになかった。ロンドンのMI6本部から男が定期的にコーンウォールを訪れ、マデラインのセキュリティ状況について報告をおこなっていた。その内容は毎回ほぼ同じだった。彼女の亡命はクレムリンにとって頭痛の種で、ロシア側がこの状況の修正に乗りだすのも時間の問題だという。

どうやら、そのときが来たようだ。わたしの拉致はガブリエルの命を狙った陰謀とたぶんつながっているのだろう。アイルランド訛りの男はエイモン・クインに違いない。では、女のほうは？　低くひそめた女の声と、ドイツ語と英語とロシア語のアクセントが入り混じった独特の口調に耳を傾けた。やがて目を閉じると、映画のセットのようなドイツの村の公園でベンチにすわっている二人の少女の姿が浮かんできた。母親から離され、狼の群れに育てられた二人の少女。いつの日か世界へ送りだされて、ろくに知りもしない国のためにスパイ活動をすることになっていた二人の少女。いま、モスクワ・センターの誰かがその片方を派遣して、もう一人を殺害させることにしたわけだ。そんな残酷なことができるのはロシア人だけだ。

時間の感覚がなくなっていたが、車が止まるまでに二十分ほどたったような感じだった。エンジンが止まり、トランクの蓋があき、二人の人間の手がマデラインを抱えあげた。一人は男、もう一人は間違いなく女。大気は身を切るように冷たく、潮の香に満ちていた。足元は岩だらけで歩きにくかった。波音が聞こえ、頭上ではカモメの群れが旋回しながら鳴きかわしている。海辺に近づくと、エンジンのかかる音がして、煙の臭いが漂ってきた。二人は水しぶきを立てながらマデラインに水中を歩かせ、小型船に強引に乗りこませた。船はすぐさま向きを変えると、打ち寄せる波に乗って沖へ向かった。マデラインはフードをかぶせられ、手を縛られたまま、水面下で回転するスクリューの音に耳を傾けた。おまえはじきに死ぬ。音はそう言っているかのようだった。おまえはすでに死んでいる。

68

ガンワロー入江、コーンウォール

バターシーのヘリパッドで待っていたヘリは、ロールスロイス・ノーム・ターボシャフト・エンジン搭載のウェストランド・シーキングだった。ガブリエルとケラーを乗せて、最高速度に近い百十ノットでイギリス南部を横断した。六時にプリマス到着。その数分後、ガブリエルはリザード岬の灯台を目にした。パイロットはカルドローズ基地に着陸しようとしたが、ガブリエルが説得してガンワローへ直行させた。コテージの上空に差しかかったとき、車寄せと、〈子羊と旗〉から延びる道路沿いに、パトカーの青い回転灯が見えた。入江にもライトが光っている。犯行現場で使われる白いライト。ガブリエルは不意に吐きそうになった。コーンウォールの愛する聖域が、きわめて困難な作戦を終えたあとで安らぎと再生を与えてくれた場所が、いまは死の場所になっている。

パイロットは入江の北端でガブリエルとケラーを降ろした。二人は砂浜を大急ぎで走り、犯行現場を照らすライトのところで立ち止まった。ぎらつく光のなかに男の死体がころがっていた。胸部を複数回撃たれている。弾痕がみごとに集中していることからすると、犯人は高度な訓練を受けた男のようだ。あるいは、女か。ガブリエルは死体のまわりに立っている四人の男性を見あげた。二人はデヴォン&コーンウォール警察の制服を着ている。あとの二人は重大犯罪捜査部の私服刑事。ガブリエルは四人がいつ現場に駆けつけたのかと考えた。入江がサッカースタジアム並みに煌々《こうこう》と照らされているところを見ると、おそらく、かなり前だろう。

「あんな明るいアーク灯を使わなきゃいけないのかね？　被害者はどこへも行くはずがないのに」

「何者だ？」刑事の一人が訊いた。

「MI6」ケラーが静かに答えた。女王陛下の秘密情報部の人間として、いま初めて名乗りを上げた。一瞬にして相手に効果を及ぼした。

「身分証を見せてもらおう」刑事が言った。

ケラーは入江の端で待機しているシーキングのほうを指さした。「あれが身分証だ。さあ、この男の指示に従って、いまいましいライトを消してもらおう」

制服警官の一人がアーク灯を消した。

「次は、回転灯を消すようパトカーに言ってくれ」

同じ警官が無線でそれを伝えた。ガブリエルがコテージのほうを見あげると、青いライトが暗くなった。ガブリエルは足元にころがった死体をじっくり見た。

「発見場所は？」

「あんたもＭＩ６か」私服刑事が尋ねた。

「質問に答えろ」ケラーがどなった。

「波打ち際に倒れていた」

「釣りをしていたのか」ガブリエルは訊いた。

「なんでわかった？」

「なんとなく」

刑事は向きを変えて崖のほうを指さした。「銃撃犯がいたのはあそこだ。薬莢《やっきょう》が二十個見つかった」死体に視線を落とした。「大部分が命中している。被害者はたぶん、倒れる前に絶命していただろう」

「目撃者は？」

「名乗りでた者は一人もいない」

「薬莢の近くに足跡は？」

刑事はうなずいた。「犯人はハイキングブーツをはいていた」

「サイズは？」

「小さい」

「女ということか」

「かもしれん」

ガブリエルはそれ以上何も言わずに、ケラーの先に立って小道をコテージのほうへ向かった。テラスのフレンチドアからなかに入った。ガブリエルがかつて暮らした家のリビングは戦場の司令部さながらだった。こわれた玄関ドアが蝶番一個でぶらさがり、その隙間から、車寄せに倒れているさらに二つの死体が見えた。長身の刑事がやってきて、フレイジャー警部と名乗った。ケラーも同様だった。ガブリエルは差しだされた警部の手を握ったが、自分からは何も名乗らなかった。

「どちらがＭＩ６の人だね？」警部が訊いた。

ガブリエルはケラーを見た。

「では、おたくは？」警部はガブリエルに訊いた。

「ＭＩ６の友人だ」ケラーが言った。

変則的なやり方への不満が警部の顔にありありと出ていた。「被害者はわかっているかぎりで四名。一名は入江、二名はコテージの外、四人目は海岸沿いの小道。この四人目は胸部と頭部を一発ずつ撃たれている。自分の拳銃を抜く暇もなかったようだ。車寄せの二人は入江の男と同じく、複数回撃たれている」

「ここに住んでいる女性は？」ガブリエルは尋ねた。

「どうなったかわからない」

警部はガブリエルのイーゼルのほうへ行った。いまはコーンウォール西部の地図が置いてある。「村のほうで目撃者が二人見つかった。今日の午後三時を少しまわったころ、猛スピードで通りすぎるルノーを見たそうだ。車は北へ向かっていた。警察のほうで道路封鎖をおこなった。ここと、ここと、それから、ここ」地図の三つの場所を指で示した。「運転していた男の顔は二人とも見ていないが、助手席には女が乗っていたと証言している」

「正確な証言だ」ガブリエルは言った。

警部は地図の前で向きなおった。「何者だ、その女は」

「ロシアの諜報機関から送りこまれた殺し屋」

「では、車を運転していた男は？」

「リアルＩＲＡのかつてのメンバーで、爆弾作りの名人。つまり、道路封鎖をしても無駄なだけだ。西海岸に捜査を集中する必要がある。それから、今夜アイルランドへ向かうフェリーに乗りこむすべての車について、トランクを調べてもらいたい」

「そのリアルＩＲＡの男だが、なんて名前だ？」

「エイモン・クイン」

「ロシア女のほうは？」

「カテリーナ。だが、おそらくドイツ人に化けているだろう。外見にだまされてはいかん。入江で警護担当者の心臓に二十発も撃ちこんだ女だ」

「ところで、二人に拉致された女というのは？」

「その点は気にしなくていい。おそらく、フードをかぶせられているだろう」

警部はふたたび向きを変え、地図をじっと見た。「コーンウォールの海岸線がどれだけの長さか知ってるかね？」

「六百キロ以上だ」ガブリエルは答えた。「小さな入江が何十もある。だから密輸業者のパラダイスになっている」

「他に何か情報は？」

「戸棚に紅茶が入っている。それから、マクヴィティの箱も」

69

ガンワロー入江、コーンウォール

その夜八時、警察は懐中電灯の光を頼りに入江の死体を回収し、車寄せにあとの三人と並べて横たえた。しかし、そこに置かれていたのもしばらくのことだった。一時間もしないうちにバンが何台か到着し、エクセターの検視官事務所へ搬送した。そこで、高度な知識を備えた専門家がわかりきった事実を宣言するのだろう。秘密情報機関に所属する四名は生命維持に必要な臓器に銃撃で損傷を受けたことにより死亡。いやいや、ひょっとすると、死体が検視官の目に触れることはないかもしれない。グレアム・シーモアとアマンダ・ウォレスのほうですべてを隠蔽《いんぺい》するのかもしれない。クインのせいで、英国の情報機関がまたしても新たなスキャンダルを抱えこむことになった。MI5のコンピュータ・ラボがメールの内容をあと数分早く解読していれば、避けられたはずのスキャンダルだ。ガブリエルとしては、自分にも責任があると思わずにいられなかった。

だが、反撃のチャンスはいずれある。いまはマデラインを見つけることが先決だ。デヴォン&コーンウォール警察がこの一帯の砂浜と入江をすべて見張っている。それに加えて、グレアム・シーモアから沿岸警備隊のほうへひそかに要請をおこない、イギリス南西部海域のパトロールを強化させている。対策に抜かりはないとガブリエルも思うが、おそらく成果はないだろう。クインは消えた。マデラインも消えた。だが、彼女を拉致した理由はどこにある？　殺害して警護担当者の死体のそばに置き去りにし、亡命を考えているロシアのスパイ連中への警告にすればいいではないか。

ガブリエルはコテージのなかにいるのに耐えられなくなった。警察に部屋を荒らされ、玄関ドアに弾痕がいくつも残り、どこにいても思い出につきまとわれる。そこで、ケラーと二人、コートにくるまって外のテラスに腰を下ろした。大西洋の沖合を行く大型貨物船のライトを見つめて、あれにマデラインが乗っているだろうかと思ったりした。ケラーは煙草を吸いながら、入江に置かれたシーキングを見おろしていた。二人の沈黙に割りこむ者は誰もいなかったが、やがて十時少し過ぎに刑事から報告があった。コーンウォールの北海岸にあるウェスト・ペンタイア近くの辺鄙な入江のそばで、ルノー・セニックが見つかったという。車内に残っていたのは〈マークス&スペンサー〉のレジ袋だけだった。

「レシートはたぶんなかっただろうね？」ガブリエルは訊いた。

「残念ながら」刑事はしばらく黙りこんだ。「うちの警部が内務省に連絡をとりました」ようやく言った。「あなたが誰なのか、やっとわかりました」

「だったら、さっき刑事さんたちにあんな口の利き方をしたことを許してもらいたい」

「そんな……いいんですよ。ただ、帰るときに、大事な品は持って出たほうがいい。MI6がチームを送りこんで徹底的に清掃するようです」

「イーゼルの扱いに注意するよう伝えてくれ」ガブリエルは言った。「大切な思い出の品だから」

刑事が去り、あとはガブリエルとケラーの二人だけになった。貨物船のライトはすでに夜の海に消えていた。

「クインのやつ、女をどこへ連れていく気だろう？」ケラーが言った。

「やつが安心できる場所。周囲の環境とそこで活動する連中になじめる場所」ガブリエルはケラーを見た。「そういう場所に心当たりはないか？」

「あいにく、一つだけだが」

「無法地帯か」

ケラーはうなずいた。「クインがそこまで無事に女を連れていけば、地元だから有利だな」

「こっちにも有利な点がある」

「なんだ？」

「ストラトフォード・ガーデンズ八番地」

ケラーはふたたびシーキングを見つめていた。「もしかしたら、それがまさにクインの狙いかも」

「ふたたびわれわれを襲撃するために？」

「そう」

「それがどうした？」

「ま、いいけどな」ケラーは言った。「だが、あんたまで巻きこまれる必要はないかもしれない。もともとは……」

ケラーは途中で黙りこんだ。ガブリエルの耳を素通りしていることがよくわかったからだ。ガブリエルはポケットからブラックベリーをとりだして、ヴォクソール・クロスのグレアム・シーモアに電話しているところだった。通話は短くて、二分もかからなかった。そのあと、ガブリエルはブラックベリーをポケットに戻し、入江のほうを指さした。三十秒後、シーキングのターボシャフト・エンジンが唸りを上げはじめた。ゆっくり立ちあがったガブリエルはケラーのあとについて、砂浜への小道を下りていった。最後にもう一度コテージを見たのは、最初のときと同じく、沖合一キロほどのところからだった。ここに戻ってくることは二度とないだろう。クインに奪われてしまった。クインの協力を得たタリクにリーアとダニを奪われたのと同じく。いまや個人的な問題になってきた。そういうときは修羅場になりがちだ。

70

ダウン州、北アイルランド

時を同じくして、〈キャサリン・メイ号〉という漁船が二十六ノットでセント・ジョージ海峡を進んでいた。操縦しているのはIRAの元メンバーで、武器の密輸と爆発物の運搬が専門だったジャック・ディレイニー。その弟のコナーが昇降口の階段にもたれて煙草を吸っていた。午前三時にはダブリンの東の海上を航行し、午前五時にはカーリングフォード入江の入口まで来ていた。ここは氷河の浸食によってできた入江で、アイルランド共和国とアルスター地方の境界線になっている。そこから三十キロほど北へ行くと、アードグラスという古くからの漁港がある。クインはアードグラス灯台の光が見えてくるまで待ってから、携帯の電源を入れた。短いメールを作成し、安全なルートでないため気は進まなかったが、そのまま送信した。十秒後に返信があった。

「くそ」クインはつぶやいた。

「何か問題でも？」ジャック・ディレイニーが訊いた。

「アードグラスはやばすぎて入港できないそうだ」

「キルキールは？」

キルキールというのはアードグラスの五十キロほど南にある漁港だ。住民の大半がプロテスタントで、英国への帰属意識が深く根付いている。クインは次のメールでこちらを提案した。数秒後に返事が届くと、ディレイニーを見て首を横に振った。

「向こうはどこに来いと言ってるんだ？」

「ショア・ロードが静かだと言っている」

「どこにある？」

「城のすぐ北側」

「あのあたりはどうも苦手だ」

「日の出前に入港してすぐまた出ていけるか」

「それは問題ない」

ジャック・ディレイニーは船のスピードを上げ、アーズ半島の南端へ針路を定めた。クインが前方の船室をのぞくと、片方のベッドに、フードをかぶせられ、縛られたままのマデラインが横たわっていた。航海のあいだずっと静かだった。カテリーナは何回か舳先《へさき》へ走って吐いていたが、いまはギャレーのテーブルで煙草を吸っていた。

「気分はどうだ？」クインは訊いた。

「心配してくれてるの？」

「いや、別に」

カテリーナはアードグラス灯台のほうを頭で示した。「通りすぎてしまったようね」

「予定変更だ」

「警察？」

クインはうなずいた。

「支度をしろ。次の船に乗り換える」

「まあ、うれしいこと」

クインは昇降段をのぼってデッキに出た。空気が澄みきっていて冷たく、真っ暗な空にちりばめられた星々が輝いていた。アードグラスの北の海岸線には農地が続き、ところどころにコテージが海のほうを向いて立っている。双眼鏡でざっと偵察してみたが、暗くてまだ何も見えなかった。船が揺れながらガンズ島を通りすぎた。バリホーナン村の二百メートル沖合にある緑の無人島だ。そして、数分後、ストラングフォード入江の入口を守っている岩だらけの岬をまわった。入江の航路標識が北を示している。ショア・ロード沿いのコテージに明かりがつきはじめ、おかげでキルクリーフ城のシルエットが見分けられるようになった。やがて、海岸線のやや前方でライトが三回光った。クインは疑問符一個だけのメールを送った。返信には〝玄関は大きくあいている〟とあった。

救命ボートの準備を整えてから船室に戻った。さきほど光が見えた場所を指さし、そちらへ向かうようジャック・ディレイニーに指示した。それから昇降段を下りて前方の船室に入り、マデラインのフードをはずした。薄闇のなかで二つの目がクインをにらみつけた。「そろそろ上陸だ」クインは言った。「いい子にしてろ。でないと、脳みそに弾丸をぶちこむ。わかったな?」

二つの目は冷たく彼をにらむだけだった。恐怖は浮かんでいない。怒りだけだ。その勇気は賞賛するしかないとクインは思った。黒いフードをふたたびかぶせ、マデラインを抱えて立たせた。

コナー・ディレイニーが救命ボートをまっすぐ進めて手早く入江に入った。クインは浅瀬に降り立った。次に、カテリーナに手伝わせてマデラインを救命ボートから降ろし、道路の端で待っている車のほうへ歩かせた。車はダークグレイのプジョー五〇八。トランクの蓋があいていた。マデラインをそこに押しこめて蓋を閉めた。それから車に乗りこんだ。カテリーナが助手席にすわり、クインはリアシートで横になってマカロフの銃口をカテリーナの背中に向けた。ハンドルを握っているのは、厚手の上着に毛糸の防寒帽という姿のビリー・コンウェイだ。「お帰り」と言った。エンジンをかけ、道路に出ていった。

車は西のダウンパトリックへ向かっていた。ライトを点滅させた北アイルランド警察の車が対向車線をこちらに向かって走ってくると、クインは本能的に顔を背けた。

「爽やかな土曜の朝なのに、こんな早くからどこへ行く気だろう？」

「六州全部がこういう状態さ」バックミラーをちらっとのぞいて、ビリー・コンウェイが言った。「原因はたぶん、あんただな」

「おれもそう思う」

「トランクに入ってる女は何者だ？」

クインは返事をためらったが、正直に答えた。

「あれが首相と寝てたというロシアの女かい？」

「そのとおり」

「ふざけんな、エイモン」ビリー・コンウェイはしばらく無言で運転を続けた。「人質を連れてくるなんて、ひとことも言わなかったじゃないか」

「事情が変わった」

「どんな事情だ？」

クインはそれ以上何も言わなかった。

「女をどうする気だ？」

「閉じこめておく」

「どこに？」

「誰にも見つけられない場所に」

「南アーマーか」

クインは無言だった。

「おれたちが行くことを連絡したほうがいい」

「だめだ」クインは言った。「電話はするな」

「いきなり押しかけることはできん」

「いや、できるさ」

「なぜ？」

「おれがエイモン・クインだから」

北アイルランド警察の車がまた一台、ダウンパトリックの方角から猛スピードでやってきた。クインは顔を伏せた。ビリー・コンウェイは両手でハンドルを握りしめた。

「なぜあの女をここまで連れてきた？」

「餌にしようと思って」

「なんの餌だ？」

「黙って運転しろ、ビリー。無法地帯に着いたら、残りを話してやる」

71

アードイン、西ベルファスト

シーキングはオールダーグローブに降り立った。そこはベルファスト空港に隣接する軍のヘリコプター基地。MI5のアマンダ・ウォレスが車を用意してくれていた。五年前に購入されたフォード・エスコートで、走行距離は十六万キロに近い。アマンダはまた、北ベルファストのプロテスタント系居住区にある隠れ家も提供してくれた。ガブリエルとケラーが午前零時少し過ぎに到着すると、MI5のIRA対策部・Tブランチから派遣された職員が二人、家のなかで待っていた。ケラーの顔と名前はまだ知られていなかったが、ガブリエルの身元のほうは隠しきれなかった。ガブリエルとケラーは一睡もせずに、コーンウォール北部の辺鄙な入江からマデライン・ハートを連れ去った船舶の捜索の様子を見守りつづけた。午前六時、問題の船舶は依然として見つかりそうになかった。だが、マデラインが拉致されたことなど、英国民はまったく知らなかった。あるいは、MI6の職員がヴォクソール・クロスのテラスから飛び降り自殺したことも。BBCの朝の情報番組

『ブレックファスト』のトップニュースは、首相が提唱して物議をかもしている国民健康保険制度の改革についてだった。世間では反対意見が圧倒的だ。

六時半、ガブリエルとケラーは隠れ家を出てフォードに乗りこんだ。まず三十分かけて市内北部と東部をぐるぐるまわり、MI5の尾行も、それ以外の英国情報機関の尾行もついていないことを確認した。七時にクラムリン・ロードに曲がり、カトリック系居住区のアードインに入った。ケラーはストラトフォード・ガーデンズの端に車を止めてエンジンを切った。テラスハウスの窓のいくつかに明かりがついていたが、それを別にすれば、通りはまだ闇に沈んでいた。

「きみの友達が現れるまでにどれだけかかる？」ガブリエルは訊いた。

「まだ時間が早い」ケラーの返事は曖昧だった。

「愛想のないやつだな」

「ここは西ベルファストだぞ。愛想よくしろというほうが無理だ」

それから数分間、ストラトフォード・ガーデンズは静まりかえったままだった。ケラーは通りに警戒の目を光らせたが、ガブリエルは八番地の玄関だけをじっと見ていた。七時四十五分に玄関ドアが開き、人影が二つ現れた。マギー・ドナヒューと娘のキャサリン。秒速三百メートルで進む火の玉を作ることのできる男の妻と娘。タリク・アル＝ホウラニに手を貸してタイマーと起爆装置の問題を解決してやった男の妻と娘。キャサリン・ドナヒューはグレイのコートの下にフィールドホッケーのユニホームを着ていた。母親はジョギングウェアとスニーカー。ガーデンウォークの端にある金属製のゲートを通り抜け、右に曲がった。アードイン・ロードのあるほうだ。

「試合はどこで？」ガブリエルは訊いた。

「リズバーン。八時半に教会からバスが出る」

「あの娘、一人で行けないのかね？」

「慈悲の聖母教会まで行くには、プロテスタントの居住区を通らなきゃならん。昔からずいぶん騒乱が起きている」

「あるいは、二人で逃亡する気かもな」

「あの格好で？」

「二人を尾行してくれ」ガブリエルは言った。

「友人達が現れたらどうする気だ？」

「自分の身ぐらい自分で守れる」

ガブリエルはそれ以上何も言わずに車を降りた。八番地の門をあけると、ぎーっと甲高い音を立てたが、玄関ドアは音もなく開いた。家に入り、腰のうしろからすばやく銃をとりだした。首相の警護を担当するＳＯ１から渡されたグロック17。リビングに入ると、見る者もいないテレビがわめきちらしていた。そのままにしておき、両手で銃を構えて忍び足で階段をのぼった。寝室は両方とも散らかっていたが、人はいなかった。階下に戻ってキッチンへ行った。流しに朝食の皿、カウンターには紅茶のポットがのっている。ガブリエルは戸棚からマグを出して紅茶を注ぎ、キッチンのテーブルで待つことにした。

マギー・ドナヒューが娘を慈悲の聖母教会の付属女子校の門まで送っていくのに十五分かかった。帰り道がちょっと大変だった。グレンブリンの公営住宅に住むプロテスタントの女性二人につかまって、カトリックのくせによくもプロテスタントの通りを歩けるものだといちゃもんをつけられたのだ。そのため、ストラトフォード・ガーデンズに帰り着いたときのマギーは怒りで顔が真っ赤だった。鍵をあけて家に入り、小さな家の窓ガラスががたがた鳴るほどの勢いで玄関ドアを閉めた。テレビのなかの誰かがミルクの値段に文句を言っていた。マギーはテレビを消してから、朝食の皿洗いをしようと思ってキッチンへ行った。数秒が過ぎ、そこで初めて、テーブルで紅茶を飲んでいる男に気づいた。

「なっ、なんなの！」マギーは仰天して叫んだ。

ガブリエルは顔をしかめただけだった。

「あんた、誰よ？」マギーが訊いた。

「こっちも同じことを訊こうと思っていた」ガブリエルは冷静に答えた。

そのアクセントにマギーは困惑した。次の瞬間、はっと気づいた様子だった。

「あのときの——」

「そう」ガブリエルはマギーの言葉をさえぎった。「あのときの男だ」

「わたしの家で何してるの?」

「この前ここにお邪魔したとき、忘れものをしたのでね。見つけるのを手伝ってもらえないだろうか」

「なんなの?」

「あなたの夫」

マギーはジョギングウェアのポケットから携帯をとりだし、ボタンを押しはじめた。ガブリエルは彼女の頭にグロックを向けた。

「やめろ」

マギーは凍りついた。

「電話をこっちによこせ」

マギーは携帯を渡した。ガブリエルは画面を見た。彼女が電話しようとした番号は八桁だった。

「北アイルランド警察の緊急番号は一〇一だ。違うか?」

マギーは黙りこんだ。

「では、誰に電話するつもりだったのかな」またしても沈黙が返ってきたので、ガブリエルは携帯を自分の上着のポケットに入れた。

「わたしの電話よ」

「いまはもう違う」

「何が望みなの？」

「とりあえず、すわってもらいたい」

マギーはガブリエルをにらみつけた。恐怖より侮蔑のほうが強く出ている。さすがアードインの女だとガブリエルは思った。そう簡単には怯えない。

「すわってくれ」ガブリエルが重ねて言うと、ようやくマギーはすわった。

「どうやって家に入ったの？」

「玄関の鍵がかかっていなかった」

「嘘ばっかり」

ガブリエルはテーブルに写真を置き、向きを変えて、マギーにはっきり見えるようにした。エイモン・クインと並んでリスボンの通りに立つマギーの娘が写っている。

「どこでこれを？」

ガブリエルは天井へ視線を向けた。

「うちの娘の部屋で？」

ガブリエルはうなずいた。

「なぜ娘の部屋に入ったの？」

「あなたの夫が大量殺人をくりかえすのを阻止したくて」

「夫なんていないわ」マギーは黙りこみ、そしてつけくわえた。「いまはもう」

「これがあなたの夫だ」ガブリエルはグロックの銃身で写真を軽く叩いた。「名前はエイモン・クイン。ビショップスゲートとカナリーウォーフを爆破した。オマーとブロンプトン・ロードを爆破した。わたしはこの家のクロゼットでクインの服を見つけた。クインの金も見つけた。わたしの知りたいことを話してくれないかぎり、あなたは鉄格子のなかで残りの生涯を送ることになる」

マギーはしばらく無言で写真を凝視した。別の表情が浮かんできたようだ。侮蔑ではない。羞恥《しゅうち》だ。

「わたしの夫じゃないわ」ようやくマギーは言った。「夫は十年以上前に亡くなったの」

「では、娘さんがリスボンの通りでエイモン・クインと並んで立ってるのはなぜだね？」

「言えない」

「なぜ？」

「言えば殺されてしまう」

「クインに？」

「ううん」首を振って、マギーは言った。「ビリー・コンウェイに」

72

クロスマグレン、アーマー州

クロスマグレンの西にあるその小さな農場は、何世代にもわたってフェイガン一族のものだった。現在そこに住んでいるジミー・フェイガンはもともと農業が好きではなく、一九八〇年代の終わりごろ、南アーマーで建設業が盛んになったのに合わせてニュリーに工場を作り、アルミのドアと窓を製造するようになった。しかし、ジミーがもっとも力を入れていたのはＩＲＡの活動だった。悪名高き南アーマー旅団の古参兵として、血みどろの爆弾テロや奇襲攻撃に加わってきた。ウォレンポイントの近くで英国の偵察隊に爆弾を仕掛け、英国兵十八名を死亡させたのもその一例だ。南アーマー旅団は、合計すると、英国軍関係者百二十三名、王立アルスター警察隊の警官四十二名を殺害している。一時期、農地となだらかな丘からなるこの小さなエリアは世界最悪の危険地帯と言われていた。あまりに危険なため、英国軍はこの一帯の道路をやむなく放棄してＩＲＡが占領するに任せ、移動はヘリのみでおこなうようになった。やがて、南アーマー旅団はヘリにまで攻撃をかけはじめた。四機が撃墜され、そのうち一機はリンクスで、クロスマグレンの近くで迫撃砲にやられた。それを撃ったのがジミー・フェイガンだ。エイモン・クインが設計と組立てを担当した。

地獄のような紛争が続いた時代には、クロスマグレンの中心部に監視塔がそびえていたものだった。いまではその塔も姿を消して、村の中心部は緑の公園に変わり、戦いに倒れたIRA義勇兵を追悼する簡素な碑が立っている。クインはクロス・スクエア・ホテルの前でビリーの車を降りると、歩いて角を曲がり、ニュリー通りの〈エメラルド・バー〉へ行った。入口の上のほうでクロスマグレン・レンジャーズの旗がひるがえっている。どうやら、町の娯楽が暴動からサッカーに変わったようだ。

ドアをあけてバーに入った。たちまち、何人かがクインのほうを向いた。戦闘は終わったかもしれないが、よそ者を疑う傾向はクロスマグレンから消えていない。クインは店内にいる男たちの何人かを知っていた。だが、男たちのほうはクインのことがわからないようだ。クインはカウンターでギネスを注文し、それを持って、ジミー・フェイガンと南アーマー旅団の元メンバー二人がすわっているテーブルまで行った。フェイガンのごま塩頭は短く刈りこまれ、黒い目は歳月を経て細くなっていた。その目でクインをじろっと見たが、気づいた様子はなかった。

「なんか用かね？」ついにフェイガンが尋ねた。

「一緒に飲ませてもらっていいかい？」

フェイガンは店の反対側にある空いたテーブルを頭で示し、そっちのほうが一人で気楽に飲めるとクインに言った。

「いや、ここで一緒に飲みたいんだ」

「失《う》せろ」フェイガンは冷たく言った。「痛い目を見るぜ」

クインは椅子に腰かけた。左側にすわっていた男がクインの手首をつかんだ。

「まあまあ、落ち着け」クインはつぶやいた。それからフェイガンを見て言った。「おれだよ、ジミー。エイモンだ」

フェイガンはクインの顔を穴のあくほど見つめた。やがて、テーブルの向かいにすわった見知らぬ男の言葉は真実だと悟った。「こりゃたまげた。何しに来た？」

「ビジネスでね」クインは言った。

「どうりで、王立アルスター警察隊が急にぴりぴりしだしたわけだ」

「いまは北アイルランド警察って名前に変わってるぜ、ジミー。聞いてないのかい？」

「ベルファスト合意で多くの罪が許された」しばらくしてフェイガンは言った。「だが、おまえの罪は別だ。さっさとビールを飲んで出てってくれたほうがみんなのためだ」

「それは無理だ、ジミー」

「なんで？」

「ビジネス」

クインはギネスに浮いた泡を飲み、店内を見まわした。床磨き剤とビールの匂い、アーマー訛りの低い話し声。何年ものあいだ身を隠し、高く買ってくれる相手に自分の特技を売ってきたが、ようやく故郷に戻ることができたのだ。

「なんでここに？」フェイガンが訊いた。

「ちょっとした戦闘に興味を持ってもらえないかと思ってね」

「おれにどんな利益があるというんだ？」

「金」

「爆弾はもうだめだぞ、クイン」

「わかってるよ。爆弾は使わない」

「なら、どういう仕事なんだ？」

「奇襲攻撃」クインは言った。「昔と同じように」

「ターゲットは誰だ？」

「逃げ去った男」

「ケラー？」

クインはうなずいた。ジミー・フェイガンは微笑した。

農場は二百エーカーの広さだった。いや、二百四十エーカーぐらいあるかもしれない。フェイガン一族の誰に尋ねるかで数字が違ってくる。ゆるやかに起伏する牧草地が中心で、低い石垣で小さく区切られていて、石垣の一部はプロテスタント教徒が初めてこの土地に足を踏み入れるよりもはるか以前に造られた、と言い伝えられている。次の丘を越えれば、そこはもうアイルランド共和国だ。どこの道路にも国境らしきものは見当たらない。

農場の小高い場所に煉瓦造りの二階家があり、妻に先立たれたフェイガンが息子二人と暮らしている。息子は二人ともＩＲＡの元メンバー、それも和平を拒否するリアルＩＲＡだ。家の裏手に波形アルミで造った納屋があり、紛争が続いた時代にはフェイガンがここを武器と爆薬の隠し場所にしていた。一九八九年の冬、若き日のクリストファー・ケラーがエイモン・クインから凄惨な拷問を受けたのがこの納屋のなかだった。いまはケラーのかわりにマデラインとカテリーナがいた。クインが厳寒の十二月の午後を乗り切れるだけの食料と水と毛布を置き、扉に頑丈な南京錠《なんきん》をかけた。そのあと、ビリー・コンウェイと一緒に母屋へ通じる小道を歩いていった。コンウェイは両手をコートのポケットに突っこんで、地面に視線を据えていた。神経をぴりぴりさせている様子だ。いつもそうだ。

「どれぐらい時間がある？」コンウェイが訊いた。

クインは答えた。「たぶん、もうこっちに来てるはずだ。アロンも一緒に」

「おれに会いに来るよな、きっと」

「ぜひそう願いたい」

「で、ケラーが会いにきたら？　どうすればいい？」

「嘘をつけばいいのさ。おまえがいつもやってたように。こう言うんだ。北アイルランドでクインを捜しても時間の無駄だ、南の共和国のほうにいるという噂を聞いた、ってな」

「向こうが信じなかったら？」

「おまえの言うことならなんだって信じるさ」クインはコンウェイの肩に手を置いて笑顔になった。「やつにとって、おまえは最高の情報源だったんだから」

73

アードイン、西ベルファスト

ケラーは家の真向かいに車を止め、足早にガーデンウォークを通り抜けた。玄関ドアを押すとすぐにあいた。人の声を追ってキッチンまで行った。ガブリエルとマギー・ドナヒューがテーブルを囲んでいた。それぞれの前に紅茶のマグ。使い古した紙幣の束、男物の衣類少々、洗面用品あれこれ、写真一枚、グロック17もテーブルにのっていた。グロックはマギー・ドナヒューの手の届かないところに置いてある。マギーは背筋をぴんと伸ばしてすわり、身を守ろうとするかのように片腕をウェストにまわし、反対の手の指で火のついた煙草をはさんでいた。数分前まで泣いていたようだ。こわばった顔つきがベルファスト特有の自制と不信の表情に変わっていた。ガブリエルは無表情だ。銃と革のジャケットを身に着けた聖職者。何秒かのあいだ、ケラーの存在に気づいていないかに見えた。やがて顔を上げて微笑した。「ミスター・マーチャント」にこやかに言った。「来てくれてうれしいよ。できたてほやほやの友達、マギー・ドナヒューを紹介しよう。ビリー・コンウェイに脅されてこれらの品を家に置くことになった経緯を、いまマギーから聞いてたところだ」ガブリエルは言葉を切り、それからつけくわえた。「エイモン・クイン捜しにマギーが協力してくれることになった」

74

クロスマグレン、アーマー州

フェイガン農場の母屋のそばにある波形アルミで造られた納屋は、間口十二メートル、奥行き六メートルで、片側に梱包《こんぽう》された干し草が、反対側に錆びた器具や農具が積んであった。ジミー・フェイガンの細かい注文に合わせて設計され、ニュリーにある彼の工場で組み立てられたものだ。扉は異様なまでに頑丈で、高めに造られた床には人目につかないように上げ蓋がはめこんであり、その下が北アイルランドで最大と言ってもいい武器と爆薬の隠し場所になっていた。こうしたことは、マデライン・ハートにはまったくわからなかった。わかっていたのは自分が一人ではないことだけだった。煙草の臭いとホテルの安物シャンプーの匂いがそう告げていた。ようやく、誰かの手がフードをはずし、口の粘着テープをそっとはがした。それでも、あたりは墨を流したような闇なので、周囲の様子はわからない。マデラインは干し草にもたれ、両脚を前に投げだして、しばらく無言ですわっていた。やがて尋ねた。「そこにいるのは誰？」

ライターが炎を上げ、炎のなかに顔がのぞいた。

「あなた……」マデラインはつぶやいた。

炎が消え、闇が戻った。相手がロシア語でマデラインに話しかけた。

「え？」マデラインは言った。「意味がわからない」

「喉が渇いてるでしょって言ったの」

「からからよ」

水のペットボトルの蓋があいた。マデラインはボトルの口に唇をつけて水を飲んだ。

「どうもあり――」

そこで黙りこんだ。自分を拉致した相手に無力な感謝を示すなんてとんでもない。だが、そこで気がついた。カテリーナ自身も囚われの身なのだ。

「もう一度顔を見せて」

ふたたびライターが炎を上げた。

「よく見えないわ」マデラインは言った。

カテリーナがライターを顔に近づけた。「わたし、どんなふうに見える？」

「リスボンにいたときとまったく同じだわ」

「どうしてリスボンのことを知ってるの？」

「わたしの友達が通りの向かいであなたを監視してたから。写真も撮ったわ」

「アロンのこと?」

マデラインは何も答えなかった。

「あの男に出会ったのがあなたの不運だったわね。本当なら、いまもサンクトペテルブルクにいて、お姫さまのように暮らしてたでしょうに。なのに、いまはこんなところにいる」

「〝こんなところ〟ってどこのこと?」

「わたしもよくわからない」カテリーナは煙草を一本抜いてマデラインに差しだした。

「吸う?」

「まさか」

「昔からいい子だったわね」カテリーナは煙草の先端で炎を消した。

「お願い」マデラインは言った。「わたし、ずっと闇のなかにいたのよ」

カテリーナはふたたびライターをつけた。

「歩いてくれない?」マデラインは言った。「あたりの様子を見たいの」

カテリーナはライターを手にして納屋のへりを歩き、扉の前で立ち止まった。

「あけて」

「内側からあけるのは無理よ」

「とにかくやってみて」

カテリーナは扉に体重をかけたが、扉はびくともしなかった。「他に何か名案は？」

「干し草に火をつけるとか」

「いまの状況だと、わたしたちが焼け死ぬのを向こうは大歓迎するでしょうね」

「向こうって？」

「エイモン・クイン」

「アイルランド人の？」

カテリーナはうなずいた。

「あの男、何をする気なの？」

「まず、ガブリエル・アロンとクリストファー・ケラーを殺す。それから、わたしをモスクワ・センターに返すのとひきかえに二千万ドルの身代金を手に入れる」

「モスクワ・センターが払うかしら」

「たぶんね」カテリーナは言葉を切り、それからつけくわえた。「取引にあなたが含まれていれば、とくに」

ライターの炎が消えた。カテリーナは腰を下ろした。

「あなたをどう呼べばいいの？」カテリーナは訊いた。

「マデラインに決まってるでしょ」

「本名じゃないのに」

「わたしにはこの名前しかないわ」

「ううん、ある。キャンプにいたときはナターリヤだった。覚えてないの？」

「ナターリヤ？」

「ええ。小さなナターリヤ。ＫＧＢの高官の娘。とってもかわいい子だった。イギリスのアクセントを教えこまれてた。お人形さんのようだったわ」カテリーナはしばらく黙りこんだ。「わたし、あなたのことが大好きだった。友達はあなただけだった」

「だったら、なぜわたしを拉致したの？」

「ほんとは、殺すよう命じられてたの。あなたを。それから、クインを」

「どうして殺さなかったの？」

「クインが予定を変更したから」

「でも、チャンスがあれば殺すつもりだったんでしょ？」

「殺したくなかった」しばらくしてから、カテリーナは答えた。「でも、ええ、たぶん殺したでしょうね」

「なぜ？」

「でなきゃ、わたしが殺されるもの。それに、あなたは祖国を裏切った。亡命した」

「祖国じゃないわ。あれが自分の国だとは思えなかった」

「じゃ、ここは？　ここなら自分の国だと思えるの？」

「わたしの名前はマデラインよ」マデラインはしばらく黙りこんだ。「わたしがロシアに戻ったらどうなるの？」

「向こうの連中が数カ月かけて、あなたの脳から情報を絞りとるでしょうね」

「そのあとは？」

「ヴィシャヤ・メラ」

「極刑？」

「ロシア語はできない人だと思ってた」

「友人から教わったの」

「その友人はいまどこに？」

「もうじきわたしを見つけてくれるわ」

「そしたら、クインが彼を殺す」カテリーナはふたたびライターをつけた。「おなかすいてない？」

「ぺこぺこよ」

「たしか、ミートパイがあるはずだわ」

「大好き」

「いやだわ、まるっきりイギリス人ね」カテリーナはミートパイの包みをはがし、マデラインの手に慎重にのせた。

「粘着テープをはずしてくれたら、楽に食べられるんだけど」

カテリーナは闇のなかで煙草を吸いながら、何やら考えこんだ。「どこまで覚えてる？」

「キャンプのこと？」

「ええ」

「何も覚えてない」マデラインは言った。「でも、何もかも覚えてる」

「わたし、小さいころの写真が一枚もないの」

「わたしも」

「わたしがどんな顔だったか覚えてる？」

「すごくきれいだった」マデラインは言った。「あなたみたいになりたかった」

「おかしいわね。だって、わたしのほうこそ、あなたみたいになりたかったのに」

「手のかかる子供だったはずよ」

「でも、いい子だったわ、ナターリヤ。わたしはまったく違うタイプだった」

カテリーナはそれきり黙りこんだ。マデラインは両手を持ちあげてミートパイを食べようとした。

「粘着テープを切ってくれない？」

「そうしたいけど、できないの」

「どうして？」

「あなたがいい子だから」カテリーナは納屋の床で煙草を揉み消した。「それに、わたしの邪魔になるだけだし」

75

ユニオン通り、ベルファスト

ビリー・コンウェイがユニオン通りにある〈トミー・オボイルのバー〉のドアをくぐったのは、正午を何分か過ぎてからだった。元ＩＲＡメンバーのローリー・ガラハーがカウンターの奥でビールグラスを磨いていた。

「捜索隊を出そうかと思ってたところだ」

「長い夜だった」コンウェイは答えた。「予想より長くなっちまった」

「何か問題でも？」

「厄介なことばっかりだ」

「まだまだ続きそうだな」

「なんの話だ？」

ガラハーは階段のほうへちらっと目を向けた。「あんたに客だ」

オフィスのドアがぎーっと開いたとき、ケラーはビリー・コンウェイのデスクに両足をのせてすわっていた。開いたドアのところで、コンウェイが凍りついたように立ちつくした。幽霊を見たような顔だった。ある意味ではそのとおりだ。

「やあ、ビリー。再会できてうれしいよ」

「あ、あんた――」

「死んだと思ってたのかい？」

コンウェイは無言だった。ケラーは立ちあがった。

「散歩に出かけよう、ビリー。話したいことがある」

ケラーが北アイルランドに戻ってきたというのでIRA暫定派・南アーマー旅団は急《きゅう》遽《きょ》、ベルファスト合意の成立以来最大の集まりを開くことになった。十二人のメンバーがクロスマグレンの農場の台所に集まり、クインとフェイガンを囲んですわった。参加者のうち八人はメイズ刑務所のHブロックで長期間服役し、和平合意の特赦によって釈放された者たち。あとの四人はリアルIRAでクインと活動していた仲間で、そのなかのフランク・マグワイアは一九八九年にクロスマグレンで弟のシーマスをケラーに殺されている。

こういう集まりの常として、キッチンには煙草のけむりが立ちこめていた。テーブルの真ん中に、色褪せて端のほうがすりきれた南アーマー地区の地図が広げてある。その横に携帯電話。十二時十五分に電話が息を吹き返した。ローリー・ガラハーからのメールだった。クインは微笑した。ケラーとアロンがもうじきやってくる。

ケラーとビリー・コンウェイはたしかに散歩に出かけた。だが、ヨーク・レーンまでだった。静かな通りで商店もレストランもなく、片方の端に教会があり、反対の端に赤煉瓦の工業用建物が並んでいるだけだ。ガブリエルが防犯カメラに映らない場所に車を止めて待っていた。ケラーはコンウェイを助手席に押しこんで、自分はうしろに乗った。ガブリエルが前方をまっすぐ見たまま、冷静にエンジンをかけた。

「エイモン・クインはどこにいる?」ガブリエルはコンウェイに訊いた。

「この二十五年、会ったこともない」

「不正解」

ガブリエルはコンウェイの鼻に稲妻のようなパンチを見舞った。それから車のギアを入れ、なめらかに歩道の縁を離れた。

アマンダ・ウォレスは秘密にしていたが、ガブリエルとケラーが乗ったフォード・エスコートにはGPS発信機がつけてあった。その結果、フォードがオールダーグローブから隠れ家へ、次にストラトフォード・ガーデンズへ、ヨーク・レーンへと移動するあいだ、

ＭＩ５が尾行を続けていた。さらに、ＭＩ５ではベルファストの街頭防犯カメラを通じて車の動きを追っていた。フレデリック通りのカメラが助手席の男の姿を鮮明にとらえた。ひどい鼻血を出している様子だった。ＭＩ５の技師が画像を拡大して、テムズ・ハウスのオペレーション・センターにあるビデオ画面に映しだした。グレアム・シーモアもヴォクソール・クロスでその画像を見ていた。

「この男に見覚えは？」アマンダ・ウォレスが訊いた。

「ずいぶん昔のことだが」シーモアは答えた。「ビリー・コンウェイに違いない」

「あのビリー・コンウェイ？」

「そう、当人だ」

「たしか、うちで使ってた男よね」

「違う。わたしが使ってたんだ。そして、直接の接触はケラーがやっていた」

「だったら、どうして鼻血を出してるの？」

「われわれの側の人間ではなかったのかもしれない、アマンダ。最初からクインの側だったのかもしれない」

車が高速道路のＭ２に入って北へ向かうのを、シーモアは見守った。これが情報活動のすばらしいところだ。過去のミスがつねにつきまとう。そして、いずれは借りを返すときがやってくる。

76

クレッガンの森、アントリム州

二人はビリー・コンウェイにそれ以上質問しなかったし、コンウェイのほうも二人に何も訊こうとしなかった。車で北のラーンへ向かうあいだ、コンウェイの折れた鼻から血がだらだら流れていたが、グレナームに着くころには、鼻孔の周囲で赤黒く凝固していた。ケラーの指示で、ガブリエルはカーンロウ・ロードを内陸へ向かい、次にキリカーン・ロードで北をめざした。道路はやがて名もなき砂利道に変わった。さらに進むと、最後の農場も姿を消し、クレッガンの森が見えてきた。エンジンを切るよう、ケラーがガブリエルに指示した。それからビリー・コンウェイのほうを見た。

「この場所を覚えてるかい、ビリー。昔、あんたのほうから大事な話があるとき、二人でよくここに来たよな。あの古いグラナダをここまで走らせて、クレッガン・ロッジで銃声を聞きながらビールを飲んだものだった。覚えてるかい？」

ケラーの声は西ベルファストのアクセントになっていた。コンウェイは何も答えなかった。前方に視線を据えていた。はるか彼方を見ている目。死人の目。

「あんたにはいつもよくしてきたつもりだ。そうだろう？　大金を握らせてやった。守ってやった。だが、じつは守る必要などなかったわけだ。ＩＲＡのスパイだったんだからな。エイモン・クインのために動いてたんだ。裏切者め。薄汚い最低の裏切者」ケラーはグロックの銃口をコンウェイの後頭部に押しつけた。「否定するかい、ビリー」

「遠い昔の話だ」

「それほど昔ではない」ケラーは言った。「この前ベルファストで旧交を温めた日に、あんた、そう言ったんじゃなかったっけ？　おれにマギー・ドナヒューの居所を教えてくれた日。おれを罠にかけた日」ケラーは銃口をコンウェイの頭蓋骨にきつく押しつけた。

コンウェイは無言だった。

「昔から正直なやつだったたな、ビリー」

「あんたがこっちに戻ってこなきゃよかったんだ」

「クインのおかげで、ほかに選択肢がなかったんでね。クインがおれをおびき寄せた。そして、おれがクインの意図どおりに動くよう、あんたが細工をした。妻と娘。札束。ちぎれた電車の切符。リスボンの通りの写真。マギー・ドナヒューは協力を拒んだ。アードインのような物騒な地区で夫のいない女が生き延びていくだけで精一杯だものな。ところが、あんたが脅して協力させた。警察に訴えたら殺してやると言った。娘ともども。マギーは脅しに屈した。西ベルファストで密告屋がどんな運命をたどるか、よく知っているからだ」ケラーは銃身でビリー・コンウェイの頬をなでた。「否定してみろ、ビリー」

「何が望みだ？」

「あの母子には二度と近づかないと誓ってもらいたい」

「誓う」

「いい子だ、ビリー。さて、車を降りてくれ」

コンウェイは動こうとしなかった。ケラーはコンウェイの折れた鼻に銃を叩きつけた。

「降りろと言ったんだ！」

コンウェイはドアハンドルをひき、よろめく足で車を降りた。続いてケラーも降りた。

「さあ、歩こう。どこへ行けばエイモン・クインが見つかるか、歩きながら話すんだ」

「クインの居所なんか知らん」

「知ってるはずだ、ビリー。なんでも知ってるやつだからな」

ケラーはコンウェイを小道のほうへ押しやり、そのあとにぴったりついた。森の木々の向こうで猟銃の銃声が響いた。コンウェイは凍りついた。ケラーがグロックの銃身でコンウェイを小突いて前に進ませた。

「クインはどうやってイングランドを脱出したんだ？」

「ディレイニー兄弟」

「ジャックとコナーか」

「ああ」

「クインは一人じゃなかっただろ、ビリー」

「女を二人連れてた」

「ディレイニー兄弟はクインたちをどこで降ろした？」

「ショア・ロード。城の近くの」

「あんたもそこにいたのか」

「三人を車で拾った」

「どんな車だ？」

「プジョー」

「盗んだのか。借りたのか。レンタカーか」

「盗んだ。偽造プレートをつけた」

「クインの十八番《おはこ》だな」

猟銃の銃声がさらに二回。さっきより近い。二羽の雉《きじ》がばたばたと飛び立った。利口な鳥だ、とケラーは思った。

「どこだ、ビリー。クインはどこにいる？」

「南アーマー」しばらくしてから、コンウェイが答えた。

「南アーマーのどこだ？」

「クロスマグレン」

「ジミー・フェイガンの農場か」

コンウェイはうなずいた。「あの夜、おれたちがあんたを連れてったあの場所だ。クインがあんたを十字架にかけてやりたいと言ってる」

「おれたち？」ケラーが言った。

沈黙が流れた。

「あんたもあそこにいたのか、ビリー」

「途中からだったが」コンウェイは白状した。「クインがあんたを椅子に縛りつけたあの同じ納屋に女二人がいる」

「確かか」

「おれが二人を閉じこめた」

二人は木立の端まで来ていた。ビリー・コンウェイが立ち止まった。

「こっちを向け、ビリー。あと一つだけ訊きたいことがある」

ビリー・コンウェイは長いあいだじっと立ったままだった。やがて、のろのろとケラーのほうを向いた。

「何が知りたい？」

「名前だ――おれがバリマーフィ出身の女と恋仲だったことをエイモン・クインに教えた男の名前」

「誰が教えたのか、おれは知らん」

「知ってるはずだ、ビリー。なんでも知ってるやつだからな」

コンウェイは無言だった。

「名前だ」ケラーはコンウェイの顔に銃を突きつけた。「そいつの名前を言え」

コンウェイは灰色の空に顔を向け、自分の名前を言った。憤怒《ふんぬ》のあまりケラーの視野がぼやけ、脚の力が抜けた。銃のおかげでバランスを失わずにすんだ。引金をひいた記憶はなく、覚えているのは、手にした銃の反動とピンクの靄《もや》のような血しぶきだけだった。ケラーはビリー・コンウェイのそばに膝を突いて、その死を確認した。それから立ちあがり、車のほうへひきかえした。

77

ランダルズタウン、アントリム州

ランダルズタウンのはずれで、MI6から渡されたケラーの携帯が震動した。コートのポケットから出し、画面を見て顔をしかめた。

「グレアム・シーモアだ」

「用件は?」ガブリエルが訊いた。

「ビリー・コンウェイが車に乗っていない理由を知りたがっている」

「監視されてたわけか」

「そのようだ」

「なんと答えるつもりだ?」

「さあ。こういうことには慣れてないんでね」ケラーは携帯を持ちあげて言った。「これ、発信機になってるのかな」

「ありうる」

「窓から投げ捨てたほうがいいかもな」

「MI6の給料から差しひかれるぞ」ガブリエルはつけくわえた。「無法地帯に入ってから役に立つかもしれん」

ケラーは携帯をコンソールボックスにのせた。

「どんなところだ？」ガブリエルが訊いた。

「無法地帯か」

「クロスマグレン」

「歌にもなってるあの場所さ」ケラーはしばらく窓の外を見つめ、それから話を続けた。「紛争の時代、南アーマーは全土がIRA暫定派の支配下にあり、事実上IRAが築いた国家と言ってもよく、クロスマグレンがその聖都だった。エルサレムだ。IRAがあそこに支部を作る必要はまったくなかった。一つの大隊として動いていた。まさに軍隊さ。昼間は畑を耕し、夜になると英国兵を惨殺する。おれたちは毎晩パトロールに出る前に、金雀枝《えにしだ》の茂みや石垣の陰にはかならず爆弾や狙撃手が潜んでいる、と警告されたものだった。南アーマーは射的場。おれたちがターゲット」

「そうか……」

「おれたちはクロスマグレンを略してXMGと呼んでいた」しばらくしてから、ケラーは話に戻った。「町の中央広場に〝ゴルフ・ファイブ・ゼロ〟と呼ばれる監視塔があった。

おれたちは毎回、死を覚悟してそこに入ったものだった。兵舎のほうは窓がなく、迫撃砲にも耐えうる造りだった。潜水艦で任務につくようなものだな。あの夜、ジミー・フェイガンの農場から逃げだしたおれは、XMGへ向かうのをやめた。生きてたどり着けるはずはないとわかっていたからだ。かわりに、北のニュータウンハミルトンへ向かった。略して『NTH』」ケラーはふっと笑った。「〝テロリストのいない土地《ノー・テロリスツ・ヒア》〟という意味だと、冗談でよく言ったものだった」

「フェイガン農場のことは覚えてるか」

「忘れられるわけがない」ケラーは答えた。「カースルブレイニー・ロードにある。土地の一部が国境に接している。紛争の時代には、南アーマー旅団と共和国に潜むIRA分子との重要な連絡ルートになっていた」

「で、納屋は？」

「広い牧草地の端にあって、石垣と番犬に囲まれている。北アイルランド警察が近づけば、フェイガンとクインがすぐ気づくだろう」

「きみの推測では、マデラインがそこにいると？」

ケラーは答えなかった。

「今回もコンウェイの嘘だとしたら？　もしくは、クインがすでに彼女をよそへ移していたら？」

「移してはいない」

「なぜ断言できる？」

「それがクインのやり方だからだ。問題は、これまでにわかったことをヴォクソール・クロスとテムズ・ハウスのお友達連中に報告すべきかどうかだな」

ガブリエルはＭＩ６支給の携帯を見た。「たったいま報告が行ったかもしれない」

車はＭ22道路の監視を続ける何台もの防犯カメラの下を走っていった。ケラーが煙草を一本とりだし、火をつけないまま、指のあいだでまわした。

「おれたちが南アーマーに足を踏み入れれば、かならず誰かに気づかれるぞ」

「だったら、裏口から入ろう」

「暗視装置もサイレンサーもないんだが」

「無線もない」ガブリエルが言い添えた。

「弾薬はどれぐらい持ってる？」

「装填済みの弾倉一個と予備を一個」

「おれのほうはあと一発しかない」

「気の毒に」

ケラーの携帯がふたたび震動した。

「なんて言ってきた？」ガブリエルは訊いた。

「どこへ行く気かと心配している」

「おや、盗聴してなかったわけか」

「どう答えればいい？」

「きみのボスだ。わたしには関係ない」

ケラーはメッセージを打ちこみ、携帯をコンソールボックスに戻した。

「なんて答えたんだ？」

「重大な可能性を秘めた情報を追っているところだ、と」

「優秀なMI6職員になれるぞ、クリストファー」

「MI6職員が掩護《えんご》なしに南アーマーで活動することはない。イスラエル諜報機関の長官になろうという人物も同様だ。しかも、もうじき二児の父親になるわけだし」

高速道路が二車線道路に変わった。時刻は午後二時半。あと一時間半で日没だ。

「なあ、ローマでグレアム・シーモアがきみに会いに来たとき、とっとと帰れと言ってやってたら、こんなことにはならなかったんだぞ。あんたはカラヴァッジョの修復を続け、おれはコルシカの家のテラスでワインを飲んでただろう」

「他に何か珠玉のお言葉は？」

「質問が一つだけ」

「どんな？」

「タリク・アル＝ホウラニとは何者だ？」

ロンドンでは、テムズ・ハウスとヴォクソール・クロスの両方のオペレーション・センターで同じビデオ映像が流れていた。高速道路A6に青い輝点が点滅し、アルスターを西へ向かっている。輝点はカースルドーソンまで行くと南へ向きを変え、クックスタウンのほうへ動きはじめた。グレアム・シーモアはケラーの携帯に三度目のメールを送ったが、今度は返事がなかった。テムズ・ハウスのアマンダ・ウォレスにしぶしぶそれを伝えた。

「あの二人、どこへ向かっていると思う？」アマンダが訊いた。

「おそらく、すべてが始まった場所へ戻ろうとしているのだろう」

「無法地帯へ？」

「厳密に言うなら、ジミー・フェイガンの農場」

「二人だけで行かせるわけにはいかないわ」

「いまさら止めようとしても手の打ちようがない」

「せめて、ケラーの携帯の盗聴機能をオンにして、話が聞けるようにしてちょうだい」

シーモアは技師の一人に目で合図を送った。一瞬ののち、ガブリエルの声が流れてきた。クインがリビアのテロリスト訓練キャンプでタリク・アル＝ホウラニという男と知りあった経緯を説明している。だめだ、シーモアは思った。二人を止めるのはもう無理だ。

78

クロスマグレン、南アーマー

二人はクックスタウンで車を止めて、アイルランドの地図と、缶入りの黒い靴墨と、頑丈なキッチンナイフ二本を買い、沈む夕日に向かってオマーへ車を走らせた。南へ行くにつれて小雨になってきたため、国境を越えて共和国側のカースルブレイニーに着くまでのあいだ、ワイパーを使わなくてはならなかった。町の近くにマックノ湖がある。ケラーはくねくね延びる道路を走って湖の南端をまわり、小さな農家の点在する谷に入った。どの農家にも攻撃の罠が仕掛けてある可能性がある。国境があろうとなかろうと、二人は〈無法地帯〉に入ったのだ。

最後に、ケラーはクレアベーン川の土手のところで鬱蒼たる茂みに車を入れ、ヘッドライトを消してエンジンを切った。MI6支給の携帯がコンソールボックスに置かれ、ヴォクソール・クロスからのメール受信を知らせるライトが未読のまま光っていた。ガブリエルはケラーに携帯を渡した。「こっちの居所をここらでグレアムに知らせておこうか」

「もう知られてるような気がする」

ケラーはロンドンのシーモアに電話をかけた。すぐにシーモアが出た。

「そろそろ電話してくるころだと思っていた」シーモアはどなった。

「おれたちがどこにいるか、わかるかい？」

「わたしの計算だと、国境から一キロも離れていないところだ」

「掩護射撃を頼める可能性はあるかな？」

「すでに手配済みだ」

「何が必要か、まだ報告してもいないのに」

「いいや、している。それからもう一つ。ナイフのレシートを提出すること。地図と靴墨のレシートも」


その日の午後二時ごろ、エイモン・クインはビリー・コンウェイが深刻なトラブルに見舞われたのではないかと心配になってきた。四時になると、英国側に拘束されたか、もしくは、頭部を撃たれて田舎のどこかに横たわっている可能性の高いことを確信した。きっと無惨な最期を迎えたことだろう。死ぬ前に、二つの情報を洩らしたに違いない。マデライン・ハートがどこにいるのか。そして、二十五年前のエリザベス・コンリンの死にコンウェイがどんな役割を果たしたのか。昔からの敵がどう出るかについて、クインの推測に迷いはなかった。ケラーは元SAS隊員で、現在はプロの殺し屋だ。ふたたびジミー・フェイガンの農場にやってくるだろう。ならば、おれがそこで待っていてやる。

四時半、太陽が丘の向こうに沈むのと同時に、クインは二百エーカーあるフェイガン農場へ十二人の男を送りだした。伝説の南アーマー旅団にいた十二人の古参兵。英国人の血でさんざん手を汚してきた十二人の非情な狙撃手。クリストファー・ケラーの死をクインに劣らず強く望んでいる十二人の男。それだけでなく、ジミー・フェイガンが他に八人の男を南アーマーのあちこちへ斥候として送りだし、そのなかのフランシス・マクシェーンという男はクロスマグレンの警察署の外に止まった車の運転席にいた。

クインとフェイガンは農家の台所で煙草を吸いながら待っていた。サイレンサーを装着したクインのマカロフがテーブルにのっている。その横に電話。そして電話の横には、かつて世界でもっとも危険な場所だった五百平方キロのエリアが出ている色褪せた古い地図。クインは地図の東から西へ視線を走らせた。ジョーンズバラ、フォークヒル、シルヴァーブリッジ、クロスマグレン……栄光の村。死の村。今夜、このおれが伝説に新たな一章を加えてやる。

腕時計に視線を落とした。海辺の訓練キャンプでタリク・アル＝ホウラニという男から贈られたもの。腕からはずして、裏に刻まれた文字を読んだ。

〝欠陥タイマーは二度と作るな……〟

ガブリエルとケラーは靴墨で顔を黒くしてから、クレアベーン川の土手沿いに出発した。ケラーが前、一歩うしろにガブリエル。月も星も雲に隠れている。雨の音が二人の足音を消してくれる。ケラーは物音ひとつ立てず、機敏な動きで流れる水のように進んでいく。ガブリエルも友の動きを必死にまねた。ケラーは銃を両手で持ち、目の高さに構えていた。うしろを行くガブリエルは銃口を右下へ向けていた。

車を離れて五分たったとき、ケラーが足を止め、グロックの銃身で地面のまっすぐ前方を示した。アルスターとの国境線まで来たという意味だ。ケラーは北へ向きを変え、ガブリエルの先に立って、生垣に区切られたいくつもの牧草地を通り抜けた。二、三メートル右が国境だ。かつては監視塔がいくつもあって、近衛歩兵第一連隊と軽騎兵が見張りに当たっていたが、いまでは地平線に穀物サイロと納屋が見えるだけだ。南アーマーでの血みどろの戦闘を生き延びたケラーは、地雷原を行くような慎重な足どりでゆっくり進み、生垣を越えるときも、背後に潜む狙撃手を警戒するかのように慎重だった。

こうして用心深く一キロほど進んだところで、ケラーはガブリエルを連れて、二つの池にはさまれた石ころだらけの地面を横切った。前方に木立があり、木立の向こうにジミー・フェイガンの農場が見えている。ケラーは木陰に身を隠してゆっくり前進し、やがてぴたっと動きを止めた。十メートルほど先の暗がりにＡＫ47を構えた男が立っていた。銃にはカーボンファイバー製のサイレンサーが装着してある。本格的な狙撃手が使う本格的な武器だ。ケラーは携帯をそっととりだし、あらかじめ打ちこんでおいたメッセージをヴォクソール・クロスに送った。次にポケットからナイフを出してじっと待った。

この件は国内の問題なので、グレアム・シーモアは電話をかける役をアマンダに任せた。クロスマグレンの警察に電話が入ったのは午後七時二十七分。そして、一分もしないうちに、パトカー数台が回転灯を光らせてニュリー通りに飛びだした。七時半、ジミー・フェイガンの携帯に偵察係からのメールが続々と入りはじめた。

「何台だ?」クインが訊いた。

「少なくとも六台」

「どこへ向かっている?」

「ダンドーク・ロード」

「見当はずれだ」クインは言った。

フェイガンの携帯に次のメールが入った。

「今度はなんと?」

「右折してフォクスフィールドを走っている」

「あいかわらず見当はずれだな」

「どういう意味だと思う？」

「油断するなと仲間に伝えろ」

「なぜだ？」

クインは微笑した。「やつらがこっちに来たからだ」


七時三十一分、クリストファー・ケラーの十メートルほど前方に立っている男がＡＫ47から右手を放し、ポケットの携帯をとりだした。電話が一瞬明るくなり、画面が放つ光のなかに、もうじき死を迎える男の顔が浮かびあがった。ケラーと同年代で、身長も体格も同じぐらいだ。農業をやってきたのかもしれない。トラックの運転をしていたのかもしれない。前世ではケラーの敵だったのだろう。いまふたたび敵になったわけだ。

南アーマー旅団にいた者はみなそうだが、ケラーの十メートルほど前方に立つ男も、血のしみこんだこの土地のことなら隅々まで知っている。溝も、茨《いばら》の茂みも、銃が隠してある穴も、爆弾が仕掛けてある場所も、一つ残らず知っている。そして、動物の立てる音と人間の立てる音の違いも知っている。だが、男が携帯から顔を上げたときはすでに手遅れで、片手にナイフを、反対の手に銃を持ったケラーが襲いかかってきた。ケラーは男を地面に押し倒した。それから男の喉にナイフを突き立て、しばらくそのまま待っていると、携帯とＡＫ47を握った手から力が抜けた。ケラーが銃をつかみ、ガブリエルが携帯をつかんだ。それから足音を忍ばせて牧草地を進み、波形アルミの納屋をめざした。ケラーがずっと昔に死んでいたはずの場所を。

「全員から連絡が入ったか」クインが尋ねた。

「ブレンダン・マギルだけ、まだ連絡が来ない」

「やつの持ち場は？」

「敷地の西側。国境線と接したところだ」

「もう一度呼びだしてみろ」

ジミー・フェイガンはマギルにメールを送った。一分半たっても返事がなかった。

「二人が見つかったようだ」クインは言った。

「さて、次は？」

「餌を殺せ。それから、ケラーとアロンを生きたままここに連れてこい」

フェイガンはメッセージを打ちこんで全員に送信した。クインはマカロフを持って外に出た。銃撃戦を見物するためだ。

ブレンダン・マギルの死体が倒れている場所の三十メートル先に、南北に延びる石垣があった。ガブリエルは弾丸が右耳からわずか数センチ先の大気を切り裂いたあとで、その石垣の陰に隠れた。弾丸が石垣に炸裂して火花と石の破片を飛び散らせた瞬間、ケラーがガブリエルの横の地面に伏せた。そこで銃撃がやんだため、ガブリエルには弾丸の飛んできた方向がおぼろげにしかわからなかった。銃口の光が見えないかと、石垣から顔をのぞかせたが、またしても弾丸が雨あられと飛んできたため、身を伏せた。ケラーは目下、石垣の陰を這いながら北へ進んでいるところだった。ガブリエルもあとに続いたが、ケラーが死んだ男のＡＫ47を構えて不意に撃ちはじめたため、足を止めた。遠くで絶叫があがったことからすると、ケラーの弾丸が誰かに命中したようだが、次の瞬間、いくつもの方向から弾丸が飛んできた。ガブリエルはケラーの横の地面に伏せた。片手にグロック、反対の手に死んだ男の携帯。数秒後、メールの受信を知らせる点滅に気づいた。エイモン・クインからのメールに間違いない。こう書いてあった。〝女を殺せ……〟

79

クロスマグレン、南アーマー

ジミー・フェイガンの納屋の片隅にこわれた農具が積みあげてあり、カテリーナはそのなかから大鎌を見つけだした。錆がひどく、泥がこびりついていて、博物館に展示したほうがよさそうな品だ。それを両手で握りしめ、男たちが小道を駆けてくる足音に耳をそばだてた。男が二人。いや、たぶん三人。カテリーナは納屋の扉の脇に張りついた。マデラインは納屋の奥。フードをかぶせられ、手を縛られて、干し草に背中をもたせかけている。男たちが飛びこんできたとき、彼らの目に映るのはマデラインの姿だけだ。

掛け金がはずれ、扉がすっとあいて、銃口がのぞいた。そのシルエットには見覚えがあった。サイレンサーつきのＡＫ47。よく知っている銃だ。訓練キャンプで初めて撃った銃がこれだった。偉大なるＡＫ47！　抑圧された者たちを解放してくれる銃！　銃は四十五度の角度で上を向いていた。じっと待っていると、やがて、銃口がマデラインに向けられた。その瞬間、カテリーナは大鎌を持ちあげ、全身の力をこめて振りおろした。

二百メートル離れた場所では、ジミー・フェイガンの農場の西端で石垣の陰にうずくまったガブリエルが、クリストファー・ケラーに携帯のメールを見せた。ケラーがあわてて石垣から顔を出すと、納屋の扉のところに拳銃の閃光が見えた。四回。四発撃ったわけだ。二つの命を消すには充分すぎる。ＡＫ47の連射を受けて、ケラーはふたたび身を沈めた。ガブリエルの上着の前を乱暴につかんでどなった。「ここを動くな！」

ケラーが石垣を乗り越えて姿を消した。ガブリエルは弾丸が降りそそぐ何秒かのあいだ、身を伏せたままでいた。それから勢いよく立ちあがり、暗くなった牧草地を走りだした。死に向かって。

ＡＫ47を構えた男の首にカテリーナが大鎌を振りおろした瞬間、首が部分的に切断された。それでも、カテリーナが拳銃をもぎとる前に、男は引金をひいていた。弾丸はマデラインの頭から十センチほどのところをかすめて干し草にめりこんだ。カテリーナは瀕死の男を脇へ押しやり、二番目の男の胸めがけて手早く二発撃ちこんだ。そのあと、足元で痙《けい》攣《れん》している瀕死の男に向けて引金をひいた。

銃声がやんだところで、マデラインが自分のフードをもぎとった。両手はまだ縛られたままだ。カテリーナが粘着テープを切ってはがし、マデラインに手を貸して立たせた。外は銃撃戦の真っ最中だった。納屋は見晴らしのいい小高い場所に立っているので、曳光弾《えいこう》の白い軌跡がはっきり見えた。数地点から飛んでくる弾丸の雨のなかで、二つの人影が西のほうから牧草地を横切ろうとしていた。もう一人、母屋のポーチに微動だにせず立っている男がいた。自分のために企画された壮大なショーを見物するかのように。西からやってきた二人はたぶん、ガブリエル・アロンとクリストファー・ケラー。カテリーナはそう推測した。そして、ポーチに立つ男はクイン。

カテリーナはマデラインを地面に強引に伏せさせた。それから片膝を突き、クインの仲間の一人に向かって四回連射した。たちまち、そちらからの銃撃がやんだ。さらに四回の連射でクインのチームの二人目が排除され、狙いすました一発で三人目が命を落とした。クインの姿はもはや冷静沈着とは言えなかった。カテリーナがそちらを狙って何発か撃つと、クインは農家のなかへ逃げこんだ。カテリーナはマデラインのほうを向いた。だが、そこにマデラインの姿はなかった。

マデラインはアロンとケラーのいるほうへ向かって、丘の斜面をよろよろと下りていった。疲労がひどくて体のバランスがとれず、まるでぼろ人形に命が宿ったかのようだった。身を伏せるよう、カテリーナが彼女に向かってどなったが、無駄だった。恐怖にとらわれたマデラインの耳には何も聞こえていなかった。カテリーナは振り向いてクインの姿を捜した。弾丸が命中したのはそのときだった。胸骨を貫通する正確無比な射撃だった。カテリーナはその衝撃を感じることも、痛みを感じることもほとんどなかった。がっくり膝を突き、両手を脇にだらりと垂らして、黒い空のほうへ顔を向けた。雨に濡れた南アーマーの地面に倒れた瞬間、自分はいま血の海で溺れているのだと思った。誰かの手がカテリーナを海面にひっぱりあげようとした。やがて手がカテリーナを放し、死が訪れた。

マデラインがガブリエルの腕のなかに倒れこんだときには、銃撃戦は終わっていた。ケラーはAK47をその場に残し、グロックだけを手にすると、全速力で牧草地を突っ切ってジミー・フェイガンの住まいへ向かった。裏側の壁は弾丸の穴だらけ、開いた窓にカーテンがそよいでいた。ケラーは煉瓦に頬を押しつけて、なかから物音が聞こえないかと耳をすませ、それから両手で銃を握って構えたまま家に入った。ジミー・フェイガンがいた。撃とうとしたが、その虚《うつ》ろな視線と額の真ん中にあいた弾丸の穴に気づいて手を止めた。手早く家のなかを調べたが、クインの姿はどこにもなかった。ずる賢い男で、またしても戦場から逃げ去ったのだ。いずれ殺してやる。ケラーは決心した。

第四部

故郷

80

南アーマー——ロンドン

それは歌によくあるような夜だった。南アーマーの緑の丘で男が八人殺された。六人は銃で。二人はナイフで。ＩＲＡでもっとも悪名を馳《は》せた部隊のメンバーだった。マグワイア、マギル、キャラハン、オドンネル、ライアン、ケリー、コリンズ、フェイガン……南アーマーの緑の丘で男が八人殺された。六人は銃で。二人はナイフで。歌によくあるような夜だった。

しかしながら、そのすぐあとに生まれたのはバラードではなく、疑問だけだった。すっきりした答えの出ない疑問を挙げるなら、誰が警察に電話したのか、その理由は何か。北アイルランド警察の長官でさえ、記者団に詰め寄られても、緊急通報の時刻と発信元が出ている記録を呈示できずにいた。クロスマグレンの流血騒動の原因については推測するしかない、というのが長官の意見だった。そして、次のように説明した。ＩＲＡの派閥のあいだに長年残っていた敵対意識がこの騒動をひきおこした、と見るのがいちばん妥当と思われる。ただし、ドラッグの密売がからんでいる可能性も捨てきれない。ひょっとすると、クロスマグレンの流血騒動は、リアルＩＲＡと関わりのあった密売人のリーアム・ウォルシュの失踪とも関連があるかもしれない。

長官自身は気づいていなかったが、この点はまことに正確な意見だった。流血騒動の原因をめぐる長官の説に世間一般は納得したが、南アーマーの排他的な村々ではそうはいかなかった。村人たちが酒を飲むバーや、罪を懺悔《ざんげ》する教会の告解室で、真実が語られていた。殺戮《さつりく》は派閥の対立やドラッグとは無関係だ。クインのせいだ。村人たちはまた、長官がメディアにはけっして発表しなかった事実も知っていた。あの夜、騒動の渦中に二人の女がいた。それから、クリストファー・ケラーという名の元ＳＡＳ隊員も。片方の女は殺された。百メートル近く離れたところからクイン自身の銃で心臓を撃ち抜かれて。そのあと、クインはなんの痕跡も残さずに姿を消した。クインを見つけだして報復の弾丸を見舞おうと、村人たちは決めていた。本当はオマーの爆弾テロのあとでクインを射殺すべきだったのだ。村人たちはまた、ケラーという名のＳＡＳ隊員も見つけだして殺そうと決心していた。

人々はその決心をいつものように自分たちだけの胸に秘めて、日常の暮らしに戻っていった。クロス広場に立つ追悼碑に八つの名前が追加され、聖パトリック墓地に八つの墓が加わった。葬儀ミサのとき、神父が復活の話をしたが、ミサのあとで〈エメラルド・バー〉の暗い片隅に集まった者が口にしたのは復讐のことだけだった。南アーマーの緑の丘で男が八人殺された。六人は銃で。二人はナイフで。クインのせいだ。償いをさせてやる。

同じ日、ロンドンでは女王陛下の秘密情報部長官、グレアム・シーモアが、コーンウォール西部の辺鄙な地にあるコテージでMI6の警護担当者四名が殺害されたことを発表した。それに加えて、MI6の人事課職員がヴォクソール・クロスのテラスから飛び降り自殺をしたことも発表した。二つの事件に関連があるのかどうかについて、シーモアはコメントを拒否したが、報道陣のほうは、発表のタイミングからして関連性があるのは間違いないと見ていた。だが、ビリー・コンウェイという名のベルファストのパブ経営者がアントリム州の森の奥で死体となって発見されたことや、その三日後、メイヨー州の国境線を越えたところで、ハイキングの人間がリーアム・ウォルシュの腐乱死体を偶然見つけたことは、報道陣はほとんど知らなかった。両方の死体から九ミリ弾が回収されたが、弾道検査の結果、別々の銃から発射されたことが判明した。警察は別個の殺人事件として捜査を進めている。関連性はいっさい見られない。

ドイツのほうでもまた、厄介なものが見つかっていた。こちらも死体、こちらも九ミリ弾。死体はのちに、アレクセイ・ロザノフというロシアの情報関係者だったことが判明した。誰が銃を撃ったかは不明。おそらく、ハンブルクでロザノフの運転手とボディガードを射殺した工作員チームと関係のある人物だろう。この死体発見で捜査当局をひどく困惑させたのは、ロシアのパスポートが口に押しこまれていたことだった。どうやら、何者かがメッセージを送ろうとしたらしい。相手がそのメッセージを受けとったのは確かだった。ドイツ連邦憲法擁護庁という国内の反憲法活動を調査する機関が、ロシアの諜報活動レベルが大幅にひきあげられたことを感知している。英国でも、MI5がロンドンで同様の変化をつかんでいる。モスクワでは、クレムリンが不快感を隠そうともしなかった。ロシア大統領がアレクセイ・ロザノフ殺害犯に〝最高レベル〟の処罰を与えると宣言した。どういう意味か、ロシアの情報機関の人間なら誰でも知っている。おそらく、近いうちに新たな死体が見つかることだろう。

しかし、ドイツ、英国、三十二州からなるアイルランド共和国&アルスター地方で起きた事件のあいだに、何か関連があるのだろうか。見えない星を中心にして、これらの事件がくっきりした軌道を描いてまわっているのだろうか。二流の報道機関の一部はそう見ていたし、ほどなく、もっと信頼のおける報道機関も同じ結論に到達しはじめた。長い歴史を持つドイツのニュース週刊誌『デア・シュピーゲル』は、アレクセイ・ロザノフ殺しの陰にイスラエルがいると述べた。イスラエルの首相府が情報関係の事柄についてコメントすることはめったにないが、今回はきっぱりと否定した。それからほどなく、『アイリッシュ・タイムズ』がリーアム・ウォルシュの拉致・殺害について英国の関与をほのめかし、一方、アイルランド国営放送協会のほうは、一九九八年八月にオマーで起きた爆弾テロにウォルシュが関わっていたとされる件を追及しはじめた。次に『デイリー・メール』も割って入り、飛び降り自殺をしたＭＩ６職員はじつはロシアのスパイだったという単なる噂を特ダネ記事にした。

英国外務省はこの記事を全面的に否定したが、二日後にその否定が疑問視されることとなった。ジョナサン・ランカスター首相がロシアに対し、そして、クレムリンを牛耳っている元ＫＧＢの高官たちに対し、経済面と外交面できびしい制裁を科すことを発表したのだ。公式の理由は〝英国内及びその他の地域におけるロシアの行動パターン〟。制裁内容としては、クレムリンの庇護下にあるロシアの新興財閥《オリガルヒ》がロンドンに置いている資産の凍結、英国への渡航制限などがあった。ロシア大統領のほうも報復のための制裁を大々的に宣言した。このニュースを受けて、ロシアの株価は暴落し、ルーブルの為替レートも前代未聞の下落となった。

しかし、英国首相はなぜこうまできびしい態度に出たのだろう？　しかも、なぜいまになって？　リベラルな知識人階級は、首相の説明には何かが欠けていると感じていた。ロシアの態度が悪いことだけが理由ではないはずだ。ロシアの態度の悪さは前々からのことだ。そこで、新聞記者が嗅ぎまわり、コラムニストが意見を述べ、テレビのコメンテーターがさまざまな説を挙げた。真相すれすれまで近づいた説もわずかにあったが、かつてロシアの凍った湖のほとりで起きた殺人から、プリンセスの暗殺へ、そして南アーマーの緑の野の流血騒動へと、一本の細い線が続いていることに気づいた者は誰もいなかった。また、一見なんの関係もなさそうな数々の事件を、ロンドンのブロンプトン・ロードの爆弾テロで亡くなったイスラエルの伝説の工作員と結びつけて考える者もいなかった。

しかし、もちろん、その工作員は死んでいなかった。英国のメディアも多少の運に恵まれれば、クロスマグレンの殺戮に続く緊迫の四十八時間のあいだに、ロンドンでその姿を目にしていたかもしれない。時間が限られているため、彼の行動は迅速だった。祖国に戻り、緊急の用件に対処しなくてはならないからだ。ヴォクソール・クロスで未処理の件をいくつか片づけ、テムズ・ハウスで関係修復に努めた。〈オフィス〉のロンドン支局のスタッフと打ち合わせをしながらディナーをとり、翌朝の遅い時間にセント・ジェームズの画廊を予告もなしに訪ね、信頼できる旧友に自分が無事に生きていることを伝えた。旧友は彼の無事な姿を見て胸をなでおろしたが、自分までがだまされていたことに憤慨した。ガブリエルも、たしかに心ない仕打ちだったと反省した。

セント・ジェームズの次は、ハーフォードシャーの田園地帯に立つ赤煉瓦のヴィクトリア様式の荘園館まで出かけた。ここはかつて、MI6の新人研修施設として使われていた建物だ。現在はマデライン・ハートが滞在しているだけだった。ガブリエルは彼女と二人で霧に包まれた敷地を散策した。背後から警護チームがついてくる。人数は四人。コーンウォールでクインとカテリーナの手にかかって死亡した警護担当者と同じ数だ。

「いつかあそこに戻る気はあるの？」マデラインが訊いた。

「コーンウォールに？」

マデラインはゆっくりうなずいた。

「いや、たぶん戻らないだろう」

「ごめんなさい。わたしのせいでめちゃめちゃになってしまった」

「誰かを責めたいなら、ロシア大統領を責めることだ。大統領はきみを殺すために、きみの友達をこちらに差し向けた」

「カテリーナの遺体はどこに？」

「グレアム・シーモアがロンドンに駐在するＳＶＲのレジデントのところへ届けた」

「それで？」

「ＳＶＲは興味がないらしい。こんな女は知らないと言い張っている」

「カテリーナはどうなるの？」

「無縁墓地に葬られることになるだろう」

「典型的なロシア流の幕引きね」マデラインは暗い声で言った。

「きみでなくてよかった」

「カテリーナはわたしの命を救ってくれたのよ」マデラインはガブリエルをちらっと見て

つけくわえた。「あなたの命も」

ガブリエルは午後の半ばにマデラインに別れを告げ、ロンドンのハイゲートにまわって、この街でもっとも優秀な政治記者の一人に、未払いだった莫大な謝礼を渡した。ミーティングが終わったときには、時刻は五時近くになっていた。国に帰る飛行機は十時半に出発する。ガブリエルは歩道をせかせかと歩き、イスラエル大使館の車のリアシートに乗りこんだ。あと一つだけ用事が残っている。最後の修復。

81

ヴィクトリア・ロード、サウス・ケンジントン

そこはがっしりした小さな家で、錬鉄の門があり、白い玄関ドアまで石段が続いていた。狭い前庭には鉢植えの花が咲き乱れ、リビングの窓に明かりがついていた。カーテンの合わせ目が何センチかあいていた。隙間の奥に男性の姿が見える。ロバート・ケラー医師、ウィングチェアに姿勢よくすわっている。高級紙とおぼしき新聞を読んでいる。車の窓を雨が伝い、煙草のけむりが車内に立ちこめているため、どの新聞なのか、ガブリエルには見分けがつかなかった。ホルボーンにケラーの仮住まいがあり、ガブリエルは通りの角でケラーを車に乗せたのだが、以来、ケラーはひっきりなしに煙草を吸いつづけていた。いまは父親が住む家を、厳重監視作戦のターゲットででもあるかのように凝視している。ガブリエルは不意に気づいた。神経をぴりぴりさせたケラーを見るのはこれが初めてだ。

「老けたなあ」ケラーはようやく言った。「思ったより年寄りだ」

「長い時間がたったからな」

「だったら、あと一分か二分、ここでじっとしててもいいだろ？」

「好きなだけじっとしてろ」

「フライトは何時だ？」

「気にしなくていい」

ガブリエルは腕時計にこっそり目をやった。

「見たぞ」ケラーが言った。

家の窓の奥では、新聞を読む男性の肘のところに初老の女性がカップと受け皿を置いた。ケラーが顔を伏せた。羞恥からか、苦悩からか、ガブリエルにはわからなかった。

「いまは何をしてる？」ケラーが訊いた。

「窓の外を見ている」

「おれたちに気づいたのかな」

「いや、そうではないと思う」

「いなくなったかい？」

「いなくなった」

ケラーはふたたび顔を上げた。

「おやじさんはどんな種類の紅茶を飲んでるんだ？」ガブリエルは訊いた。

「ニューボンド通りの店で買ってくるスペシャル・ブレンド」

「きみも一緒に飲めばいいのに」

「あとで」ケラーは煙草を揉み消し、すぐまた次の煙草に火をつけた。

「吸わずにいられないのか」

「こんなときだからな、吸わずにはいられない」

ガブリエルは煙を追いだそうとして、窓を何センチか下げた。夜風が吹きこみ、頬に雨粒が当たった。

「二人になんと言うつもりだ？」

「あんたに何かアドバイスをもらえないかと思ってたんだが」

「まず本当のことを話すといい」

「二人とも年なんだぜ。本当のことを言ったら、ショック死するかもしれん」

「だったら、少量ずつにしろ」

「薬みたいなものか」ケラーは言った。いまも家をじっと見ていた。「おれを医者にするのがおやじの望みだった。知ってたか？」

「前に一度聞いたような気がする」

「医者のおれが想像できるか？」

「いや。無理だ」

「そこまで言わなくてもいいじゃないか」

ガブリエルは車の屋根を叩く雨音に耳を傾けた。

「二人がおれを受け入れてくれなかったら？」しばらくして、ケラーが言った。「出ていけと言われたら？」

「そんな心配をしてたのか」

「ああ」

「実の親じゃないか、クリストファー」

「あんたはやっぱり英国の人間じゃないんだな」ケラーは曇った窓をこすってのぞき穴を作り、雨に渋い顔を向けた。「このろくでもない国に戻ってきて以来、ずっと雨だ」

「コルシカでも雨は降るだろ」

「こういう雨ではない」

「生きることにするかどうか、決心はついたかい？」

「あの二人の近くで生きていく」ケラーは答えた。「あいにく、両親はおれの生存をおおっぴらにできないけどな。それがＭＩ６との契約の一部なんだ」

「ＭＩ６の仕事はいつスタートだ？」

「明日」

「最初の任務は？」

「クインを見つけること」ケラーはガブリエルにちらっと目を向けた。「あんたの組織の協力があれば、本当は大助かりなんだが……。今後はＭＩ６の規則に従わなきゃならん」

「気の毒に」

ケラーの母親がふたたび窓辺に姿を見せた。

「何を捜してるんだろう？」ケラーが訊いた。

「さあねえ」

「おふくろは誇りに思ってくれるだろうか」

「何を？」

「おれが今後ＭＩ６の仕事をすることを」

「当然だろ」

ケラーはドアハンドルをひこうとして、そこで手を止めた。「おれはこれまで、危険な場所に何度も飛びこんでいった……」彼の声が細くなって消えた。「もうしばらくすわっててていいかい？」

「好きなだけ時間をかけてくれ」

「フライトは何時だ？」

「いざとなったら、離陸を遅らせる」

ケラーは微笑した。「一緒に仕事ができなくなるのが寂しいよ」

「できなくなるなんて誰が言った？」

「あんたはもうじき長官になる。長官たる者、おれみたいな下っ端とはつきあわないものだ」ケラーはドアハンドルに手をかけ、家の窓のほうへ目を向けた。「あ、あの表情……」

「なんの表情だ？」

「おふくろの顔に浮かんだ表情。おれの帰りが遅くなると、いつもあんな顔で待っていた」

「ほらほら、遅くなったぞ、クリストファー」

ケラーははっと向きを変えた。「あんた、何をしたんだ？」

「行けよ」ガブリエルは片手を差しだした。「ご両親が待ちくたびれてるぞ」

ケラーは車を降りると、雨に濡れた通りを急いで渡った。庭の門をあけるのにちょっと手間どり、それから石段を駆けあがると、玄関ドアが大きく開いた。両親が玄関ホールに立っていた。おたがいの体を支えあい、信じられないという目をしている。ケラーは唇に指を当てて、二人をたくましい腕で抱き寄せてから、すばやく玄関を閉めた。リビングの窓辺を通りすぎるケラーの姿を、ガブリエルは最後にもう一度だけ見た。やがて窓のシェードが下りて、ケラーの姿は消えた。

82

ナルキス通り、エルサレム

その同じ夜、イスラエルとハマスの停戦協定が破られ、ガザ地区でふたたび戦闘が始まった。ガブリエルの乗った飛行機がテルアビブに近づくころ、照明弾と曳光弾が南の地平線を赤々と照らしていた。ハマスのロケット弾がベン＝グリオン空港のすぐ近くまで飛んできたが、アイアンドームの迎撃ミサイルに空中で撃墜された。ターミナルビルのなかはふだんと変わらず、しいて言えば、キリスト教圏のツアー客がテレビの前に集まって凍りついている程度だった。死んだはずのイスラエル諜報機関の次期長官が旅行カバンを肩にかけ、コンコースを通りすぎても、誰一人気づかなかった。ガブリエルは入国審査の長い列に並ぶことなく、海外でのミッションを終えて帰国する〈オフィス〉の工作員のための専用ドアを通り抜けた。ドアの向こうの待合室で、〈オフィス〉の警護担当者四人がコーヒーを飲んでいた。四人の先導で、ガブリエルはまばゆく照明された廊下を通って安全なドアまで行った。外に出ると、夜明け前の闇のなかでアメリカ製のＳＵＶ車二台がアイドリングしていた。ガブリエルは片方のリアシートにすべりこんだ。装甲ドアが閉まった瞬間、耳に気圧の変化を感じた。

向かいのシートに、諜報活動をざっとまとめた報告書がのっていた。ウージ・ナヴォトが用意してくれたものだ。まるで狂った世界から拾い集めた恐怖のカタログだ。アラブの春はアラブの惨事に変わってしまった。アフガニスタンからナイジェリアまでの地域がいまではイスラム過激派の支配下にある。そんなことになろうとは、あのビン・ラディンでさえ夢にも思わなかっただろう。米大統領が実行可能な代替案もないまま、これらの国の旧秩序を崩壊させてしまったのだ。そのような無謀なやり方は、現代政治においては前例のなかったことだ。そして、どういうわけか、この時期を選んでイスラエルを狼の群れに投げ与えることにした。ガブリエルは報告書を閉じながら思った。ウージは運のいいやつだ。堤防の穴を指でふさいで水漏れを防ぐことができたのだから。今後はわたしが箱舟造りを指揮する番だ。洪水が近づいているが、阻止する手段がないからだ。

エルサレム郊外に着くころには、星々の輝きが薄れ、ヨルダン川西岸地区の上空が白みはじめていた。ヤッファ・ロードに早朝から車が走っていたが、ナルキス通りは〈オフィス〉の警護チームの監視のもとでまだ眠りについていた。警護に関するエリ・ラヴォンの言葉は誇張ではなかった。通りの両端にチームが配置され、十六番地のこぢんまりしたアパートメントの外にも別のチームがいた。ガブリエルはガーデンウォークを歩いていく途中で、家の鍵を持っていないことに気づいた。だが、大丈夫、玄関はロックされていなかった。玄関ホールに旅行カバンを置いた。しかし、塵《ちり》一つ落ちていないリビングの様子に気づいたので、ふたたびカバンを手にして廊下の奥まで行った。

予備の寝室のドアが細めにあいていた。そのドアを大きくあけて部屋をのぞいてみた。以前は彼のアトリエだった部屋だ。いまはベビーベッドが二つ置いてある。片方はピンクの布団、もう一方はブルー。キリンと象がカーペットを行進している。ふんわりした雲が壁に浮かんでいる。ガブリエルは罪悪感に胸が痛んだ。彼の留守中にキアラが一人で部屋の模様替えをしたに違いない。おむつ交換台に手をすべらせたとき、過去の記憶がよみがえった。それは一九八八年四月十八日の夜のこと。ガブリエルがチュニスでアブ・ジハドを暗殺し、帰宅すると、ダニが高熱を出していた。その夜、燃えるように熱いダニの体を腕に抱いているあいだ、火と死のイメージがガブリエルの頭のなかを駆けめぐっていた。三年後、ダニは死んだ。

〝タリクという名前の男に何か関わりがあったようだ……〟

ドアを閉め、主寝室のほうに入った。彼の等身大の肖像画が壁にかかっている。〈神の怒り作戦〉が終わったあとでリーアが描いたものだ。その絵の下でキアラが眠っていた。ガブリエルはカバンをクロゼットの床に置くと、靴と服を脱いでから、キアラの横に潜りこんだ。彼女は身じろぎもせず横たわったままで、彼に気づいていないように見えた。だが、不意に尋ねた。「気に入ってくれた、ダーリン？」

「子供部屋のことかい？」

「ええ」

「最高だ、キアラ。ただ、雲だけはわたしに描かせてほしかったな」

ガブリエルは目を閉じた。そして、三日ぶりにぐっすり眠った。

ようやく目をさましたときは午後も遅い時刻になっていて、ベッドの上に影が細長く伸びていた。床に足を下ろし、コーヒーを飲もうと思って、のんびりした足どりでキッチンへ行った。キアラがテレビで戦闘の様子を見ていた。パレスチナの学校にイスラエルの爆弾が命中したところだった。女と子供でぎっしりの学校に。まあ、それはハマスの主張なのだが。以前と何一つ変わっていないようだ。

「そんなものを見なきゃいけないのかい？」

キアラは音量を下げた。ゆったりしたシルクのパンツ、金色のサンダル、膨らんだ胸とおなかをマタニティ・ブラウスが優雅に包んでいる。顔は少しも変わっていない。むしろ、ガブリエルの記憶よりさらに美しく輝いている。突然、一カ月ほどキアラと別れ別れだったことを後悔した。

「コーヒーならポットに入ってるわ」

ガブリエルはカップにコーヒーを注ぎ、気分はどうかとキアラに尋ねた。

「いまにも破裂しそうよ」

「ほんと？」

「いつ生まれてもおかしくないって、お医者さまも言ってるわ」

「何か問題は？」

「羊水の量が少なくなってきてる。それから、片方の子のほうが小さいみたい」

「どっちの子？」

「女の子。男の子は元気よ。ねえ、ダーリン、そろそろ男の子の名前を考えなきゃ」

「わかってる」

「出産前に考えておくほうがいいんじゃないかしら」

「まあな」

「モーシェっていい名前ね」

「うん」

「ヤコブも昔から好きだったわ」

「わたしもだ。優秀な工作員だしな。だが、やつの顔を見るのは二度とごめんだというイラン人もいる」

「レザ・ナザリのこと？」

ガブリエルはコーヒーカップから顔を上げた。「なんでその名前を知ってるんだ?」

「あなたが留守のあいだ、定期的に報告を受けてたから」

「誰から?」

「誰だと思う?」キアラは微笑した。「ところで、今夜、二人が食事に来るわよ」

「別の夜にできないかな。帰ってきたばかりなのに」

「疲労困憊だって、あなたから直接言ってみたら? きっとわかってくれるわよ」

うんざりした口調でガブリエルは言った。「ロケット弾の発射をやめるようハマスを説得するほうが、まだ簡単だな」

夕日が沈むころ、ガブリエルはシャワーと着替えをすませた。それから、夕食に必要な食材を買うため、車に乗りこみ、警護チームの車をうしろに従えてマハネ・イェフダ市場へ出かけた。キアラに買い物リストを渡されたが、それは丸めて上着のポケットに突っこんだままだった。自分の好きなやり方で行くことにして、気の向くままにあれこれ買いこんだ。ナッツ、ドライフルーツ、ホムス(豆のペースト)、ババガヌージ(茄子《なす》のピューレ)、パン、フェタチーズを使ったイスラエルサラダ、調理済みのライスと肉、ガリラヤ地方とゴラン高原産のワイン数本。ガブリエルが通りすぎるのを何人かが振り向いて見たが、それを別にすれば、混雑した市場のなかで誰にも気づかれずにすんだ。

ガブリエルの車がナルキス通りに戻ったとき、歩道の縁にプジョーのリムジンが止まっていた。アパートメントに入ると、キアラとシャムロンの妻のギラーがリビングにいた。周囲には服やその他の品々が入ったいくつもの袋。シャムロンは煙草が吸いたくて、すでにテラスに出ていた。ガブリエルは何種類ものサラダを皿に盛り、キッチンカウンターにビュッフェ形式で並べた。次に、温めたオーブンにライスと肉を入れてから、お気に入りのイスラエル産ソーヴィニヨンブランを二個のグラスに注ぎ、それを持ってテラスに出た。テラスは暗く、冷たい風が渦を巻きはじめていた。シャムロンのトルコ煙草の匂いが、建物の前庭にそびえるユーカリの木のつんとくる香りと混ざりあっていた。妙に心なごむアロマだとガブリエルは思った。シャムロンにワイングラスを渡し、横にすわった。

「〈オフィス〉の未来の長官ともなれば」軽い叱責の口調でシャムロンが言った。「マハネ・イェフダ市場へ買い物に出かけるようなことはしないものだ」

「妻が飛行船ぐらいのサイズになっていれば、買い物にも出かけますよ」

「わたしだったら、その意見は自分の胸にしまっておくだろう」シャムロンは微笑し、グラスをガブリエルに向かって掲げた。「お帰り、わが息子」

ガブリエルはワインを飲んだが、何も答えなかった。南の空を見つめ、ロケット砲が飛んでくるのを、そして、アイアンドームの迎撃ミサイルが発射されるのを待っていた。

「けさ、首相とコーヒーを飲んだ」シャムロンが言っていた。「きみにくれぐれもよろしくとのことだ。いつ長官に就任するつもりかと気にしている」

「わたしが死んだことを、首相は知らないんですか」

「鋭い意見だ」

「わたしには子供と過ごす時間が必要です、アリ」

「どれぐらい？」

「健康な子たちだったら」ガブリエルはそう言いながら考えこんだ。「たぶん、三カ月」

「三カ月も長官が不在では長すぎる」

「不在じゃないですよ。ウージがいる」

シャムロンはわざとらしく煙草を揉み消した。「やはりウージを残すつもりか」

「必要なら、暴力に訴えてでも」

「あいつをどう呼べばいい？」

「ウージと呼びましょう。じつにクールな名前だ」

ガブリエルは静かな通りに配置された警護の連中を見おろした。わたしが連中を連れずに人前に出ることはもう二度とないだろう。そして、わたしの妻と子供も。

シャムロンが煙草に火をつけようとしたが、そこで手を止めた。

「三カ月の育児休暇を首相が喜んでくれるかどうか、わたしにはわからん。じつは、きみに首相代理として外交任務をひきうけてもらえないかと言っていた」

「場所は？」

「ワシントン。わが国とアメリカの関係を少しばかり修復する必要がある。きみは昔からアメリカの連中とうまくやってきた。米大統領でさえ、きみがお気に入りのようだ」

「そんな遠くへは行けません」

「なんとか出かけてくれないか」

「絵画のなかには修復不能なものがあります、アリ。国家間の関係も同じことです」

「きみが長官になったら、アメリカの連中が必要になるぞ」

「アメリカとは距離を置くよう、いつもわたしに言ってたじゃないですか」

「世界は変わったんだ、わが息子」

「たしかに。米大統領がシーア派の指導者たちにラブレターを書いている。そして、われわれは……」ガブリエルは物憂げに肩をすくめたが、あとはもう何も言わなかった。

「とりあえず、レザ・ナザリが〈オフィス〉に偽の情報をよこすことはなくなった」シャムロンはつけくわえた。「わたしはもともと、やつを評価していなかったがな」

「どうして何も言ってくれなかったんです？」

「いま言った」シャムロンはようやく新しい煙草に火をつけた。「ところで、ナザリはテヘランに戻った。あそこから出ないほうがいいな。でないと、ロシア人に殺されてしまう」シャムロンは微笑した。「きみの作戦のおかげで、わが国と敵対する二つの国のあいだに不和の種をまくことができた」

「大木に育ってくれるといいのですが」

「次の爆弾記事の投下はいつだ？」

「日曜版に出ることになっています」

「しかし、ロシア側はもちろん否定するだろうな」

「ロシアの連中の言うことなど誰も信じません」ガブリエルは言った。「そして、連中もわたしの命を狙うのを今後はためらうことでしょう」

「連中を見くびっておるようだな」

「とんでもない」

二人のあいだに沈黙が広がった。ガブリエルはユーカリの木々を揺らす風の音と、リビングから聞こえてくるキアラの穏やかな話し声に耳を傾けた。南アーマーにいたのが前世のことのようだ。クインまでが彼の手をすり抜けてしまった。秒速三百メートルで進む火の玉を作ることのできるクイン。リビアでタリク・アル＝ホウラニという名のパレスチナ人と親しくなったクイン。

「想像どおりだったかね？」シャムロンが静かに訊いた。

「帰郷が？」ガブリエルは南の空を見あげて閃光を待ち受けた。「ええ」しばらくしてから答えた。「まさに想像していたとおりです」

83

ナルキス通り、エルサレム

ガブリエルは人生の大切な節目を迎えるときのつねとして、子供の誕生についても、作戦を立てるときのように綿密に準備をおこなった。脱出ルートを計画し、予備のプランを用意し、その予備プランの予備も考えた。効率の点でも時間の点でもまさに理想的、未知数の部分はほとんどない。ただ、ショーの主役がまだ登場しないだけだった。シャムロンが彼のプランに丹念に目を通した。ウージ・ナヴォトも、ガブリエルの名高いチームの面々も同様だった。全員が口をそろえて大傑作だと称えた。

もっとも、ガブリエルには他にたいしてすることもなかったのだ。数年ぶりに仕事から解放され、次の仕事が入る予定もなかった。〈オフィス〉を説得して復帰を先延ばしにしてもらったし、修復を頼まれている絵画もなかった。いまはキアラの世話に専念できる身だった。シャムロン夫妻とのディナーを最後に、キアラは人前に出るのをやめた。体調が思わしくないため、客をもてなすのは無理だし、短い電話だけでもぐったり疲れてしまう。

ガブリエルはレストランのボーイ長のごとく気を配り、空のグラスに水を注ぎたしたり、キアラが残した料理をキッチンに下げたりして、まめまめしく働いた。その物腰は非の打ちどころがなく、キアラのことをつねに第一に考えていた。ガブリエルの完璧すぎる振舞いにキアラがいらだちを覚えたほどだった。

　年齢のこともあるし、過去に流産も経験したため、キアラの妊娠は危険度大とみなされ、医者からは二、三日おきに通院して超音波検査を受けるように言われていた。キアラはガブリエルが不在だったあいだ、警護チームに、ときにはギラー・シャムロンに付き添われて、ハダーサ・メディカル・センターに通っていた。いまはガブリエルが付き添い、正規の護衛官みたいに厳重な警備ぶりを見せている。診察室でジェルを塗ったキアラの腹部に医者がプローブをすべらせるとき、ガブリエルは所有権を主張するかのようにキアラのすぐそばに立った。妊娠初期のころは、超音波が双子の姿を別々にくっきりと映しだしていた。それがいまでは区別しにくくなっている。ただ、ときたま、顔や手が息を呑《の》むほど鮮明に映しだされて、ガブリエルの心臓がずきんと疼《うず》くこともある。亡霊のように画像が浮かびあがるさまは、X線を受けて絵画の下絵が姿を現すのに似ている。羊水が減っているため、ところどころ真っ黒な島のように見える部分があった。

「あとどれぐらいでしょう?」ガブリエルは尋ねた。つねに盗聴を恐れている人間のごとく、声をひそめて。

「三日ですね」医者は答えた。「長くても四日」

「もっと早くなる可能性は？」

「なくはない。ひょっとしたら、帰宅途中で陣痛が始まるかもしれない。だが、可能性は低いですね。陣痛の前に破水する危険もある」

「そうなった場合は？」

「帝王切開がいちばん安全です」

医者はガブリエルの不安を見てとったようだった。「奥さんは大丈夫ですよ」それから、笑顔でつけくわえた。「あなたが死なずにいてくれてよかった。みんな、あなたを必要としています。お子さんたちも」

ベッドで横になって待ちつづける長い単調な時間のなかで、通院が唯一の息抜きだった。ガブリエルは怠惰な時間に耐えきれず、何かしたくてたまらなくなった。キアラの許可を得て、病院へ持っていくスーツケースに荷物を詰めたが、それも五分で終わってしまった。そこで他の用事を探しに出かけた。子供部屋に入った彼は片手を顎に当て、首を軽くかしげて、キアラが描いた雲の前に長いあいだ立ちつくした。

「きみ、気を悪くするかい？」キアラに尋ねた。「わたしが雲に少し手を入れたら」

「どこがお気に召さないの？」

「い、いや、すてきだよ」ガブリエルはあわてて答えた。

「でも?」

「ちょっと子供っぽい気がして」

「子供部屋だもの」

「そういう意味じゃなくてさ」

キアラはしぶしぶ手直しを認めた。ただし、絵具は子供に無害なものだけを使い、二十四時間以内に作業を終えるという条件つきで。ガブリエルは警護担当者をひきつれて近所の画材店へ急ぎ、必要な材料を買ってすぐさま帰宅した。ローラーを使うのは初めてだったが、それを何回かころがしてキアラの描いた絵を消し、全体を水色に塗り替えた。乾くまで待たなくてはならないため、その夜はそこで作業をあきらめ、翌朝早起きして、ティツィアーノふうに輝く雲を手早く描いていった。最後に、いちばん高いところに浮かんだ雲の端に、下をのぞき見ている男の子の天使を描いた。男の子のポーズはヴェロネーゼの《聖人に囲まれた栄光の聖母子》から借りたものだった。ガブリエルは涙ぐみながら、亡くなった夜に見た息子の顔を震える手で描き加えた。自分の名前と日付を入れて作業を終えた。

その日、ロンドンの『サンデー・テレグラフ』が特ダネをのせた。プリンセスの暗殺、ブロンプトン・ロードの爆弾テロ、コーンウォール西部でMI6の警護担当者四名が殺害された件、北アイルランドのクロスマグレンの流血騒動に、ロシアの対外情報庁が関与しているという内容だった。記事によると、莫大な利益をもたらすはずだった北海油田の採掘権を奪われたことと、一時期ランカスター首相とベッドを共にしていたロシアの女スパイ、マデライン・ハートが亡命したことへの報復だという。命令を下したのはロシア大統領で、先日ドイツで遺体となって発見されたSVR高官アレクセイ・ロザノフが実行の指揮をとった。ロザノフが使った工作員は、オマーの爆弾テロ犯から国際的傭兵に転身したエイモン・クイン。いまは姿を消していて、各国が行方を追っている。

記事はたちどころに大きな反響を呼んだ。ランカスター首相はクレムリンのやり方を〝野蛮〟と糾弾した。その思いは大西洋の向こう側のワシントンでも同様で、対立する二大政党が声をそろえてG8へのロシアの参加停止を要求した。モスクワではクレムリンのスポークスマンが『テレグラフ』の記事はロシアを陥れるための宣伝工作だと非難し、記事を書いたサマンサ・クックに対して情報源を明かすよう迫った。テレビでインタビューを受けたサマンサは頑としてそれを拒んだ。内情を知る者たちは、イスラエルの協力があったに違いないと述べた。なにしろ、ロシア側はイスラエルの伝説的スパイの命を狙ったのだから。ロシアの血を求める者がいるとすれば、それはイスラエル国民だ。『テレグラフ』の記事へのコメントを求められてそれに応じた者は、イスラエルの官界には一人もいなかった。首相府にも、外務省にも、もちろん、キング・サウル通りにも。ここでは外部からの電話はすべてシャットアウトだった。ただ、イスラエルのネットに出た小さな記事に対してはコメントがあった。どんな記事かと言うと、ブロンプトン・ロードの爆弾テロで死んだはずのイスラエルの伝説的工作員が、先日、マハネ・イェフダ市場で以前と変わらぬ元気な姿を目撃されたというのだ。ある補佐官が所属省庁も氏名も伏せたまま、この記事を〝たわごと〟と切り捨てた。

しかし、ナルキス通りの隣人たちなら、おそらく〝たわごと〟とは言わなかっただろう。ハダーサ・メディカル・センターのスタッフも、ラビも。そして、同じ日の午後、オリーブ山の墓地で墓石の上に石を置く彼を目にした二人のラビたちは彼に声をかけるのを遠慮した。悲しみに沈む様子を見てとったからだ。彼は夕暮れどきに墓地をあとにし、エルサレムの街を抜けてマウント・ヘルツル精神科病院へ向かった。そこに入院している女性に自分の無事を知らせておかなくてはならない。暇《いとま》を告げれば、向こうはすぐに忘れてしまうだろうが。

84

マウント・ヘルツル、エルサレム

オリーブ山から車で病院へ向かうあいだに、雪がちらちら降りはじめた。雪はマウント・ヘルツル精神科病院の円形の車寄せに積もり、塀に囲まれた庭の松の枝を白くしていた。病院に入ると、虚ろな表情のリーアが談話室の窓から雪を眺めていた。車椅子にすわっている。髪には白いものが交じり、短くカットされている。両手がねじれて火傷の跡が白い瘢痕《はんこん》組織になっている。ラビのような風貌をしたリーアの主治医が、談話室から他の患者を遠ざけておいてくれた。ガブリエルが無事に生きているのを知っても、主治医はさほど驚いた様子を見せなかった。リーアの主治医となってすでに十年以上たつ。伝説の人物についても、他の人々の知らないことをいろいろと知っている。

「すべてが計略だったことを、せめてこちらには知らせてもらいたかった」医師は言った。「そうすれば、病院のほうでリーアを守る手段を講じることもできたでしょう。あなたの死で、みんな、ずいぶん動揺したのですよ」

「時間がなかった」

「死の偽装にはもっともな理由があったと思いますが」医師は非難の口調で言った。

「ええ、ありました」ガブリエルは会話のとげとげしさを和らげたくて、しばらく黙りこんだ。「リーアがどこまで理解してくれるか、わたしにはわからなかった」

「思っておられる以上に理解しています。数日間、かなり不安定な状態でした」

「で、いまは？」

「多少落ち着いてはいますが、リーアに接するときはくれぐれも慎重に」医師はガブリエルと握手をした。「お好きなだけゆっくりしてらしてください。わたしにご用のときは、オフィスにおりますので」

医師が立ち去ると、ガブリエルは談話室のライムストーンの床をそっと横切った。リーアの横に椅子が置かれていた。リーアはいまも雪を見つめていた。しかし、雪が降っているのはどの都市だろう？　いまこの瞬間、彼女がいるのはエルサレムだろうか。それとも、過去に囚われの身となっているのだろうか。リーアは心的外傷後ストレス障害と鬱病が組みあわさった重い症状に苦しんでいる。幻のような記憶のなかでは、時間がするりと逃げていく。どんなリーアに会うことになるのか、ガブリエルにはいつも予測がつかなかった。ある瞬間のリーアは、ガブリエルがエルサレムのベザレル美術学校で出会って恋をしたときの天才的な画家であり、次の瞬間のリーアは愛らしい少年の成熟した母親になり、仕事を抱えた夫と一緒にウィーンへ行くと言いはった妻になる。

リーアは数分のあいだ、まばたきもせずに雪を見つめていた。ガブリエルがいることに気づいていないのかもしれない。あるいは、死んだふりをした夫を罰しているのかもしれない。ようやく首をまわし、ガブリエルに視線を走らせた。記憶という乱雑なクロゼットのなかで失った品を捜すかのように。

「ガブリエルなの？」

「そうだよ、リーア」

「本物？　それとも、わたしの幻覚？」

「本物だ」

「ここはどこ？」

「エルサレム」

リーアが向きを変えて雪を見つめた。「きれいねえ」

「そうだね、リーア」

「雪はウィーンの罪を許してくれる。ミサイルがテルアビブに降りそそぐあいだ、雪がウィーンに降りつもる」リーアはガブリエルに視線を戻した。「夜になると聞こえてくる」

「何が？」

「ミサイルの音」

「ここにいれば安全だよ、リーア」

「母と話がしたい。母の声が聞きたい」

「いまから電話しよう」

「ダニのシートベルトが締めてあるかどうか確かめてちょうだい。道路がスリップしやすいから」

「ダニなら大丈夫だ」

リーアはガブリエルの両手を見おろし、絵具のしみに気づいた。いっきに現在にひきもどされたようだ。「仕事をしてたの?」

「少しね」

「大事な仕事?」

ガブリエルは大きく息を吸ってから答えた。「子供部屋だ、リーア」

「あなたの子供?」

ガブリエルはうなずいた。

「生まれたの?」

「もうじきだ」

「男の子と女の子ね?」

「そうだよ、リーア」

「女の子の名前は何にするの？」

「アイリーンにしようと思う」

「あなたのお母さまの名前ね」

「そう」

「亡くなったんでしょ？　お母さまは」

「ずっと昔に」

「じゃ、男の子は？　なんて名前？」

ガブリエルは返事をためらい、それから言った。「ラファエルがいいかな」

「癒しの天使ね」リーアは笑みを浮かべて尋ねた。「あなたの傷は癒えた？」

「いや、まだだ」

「わたしも」

リーアはテレビのほうへ視線を上げ、困惑の表情になった。ガブリエルは彼女の手をとった。瘢痕組織のせいで冷たくこわばった感触だ。むきだしのカンバスに触れたような気がした。絵に修正を加えたかったが、できなかった。ガブリエルに修復できない唯一のもの、それがリーアだ。

「あなた、死んでるの？」不意にリーアが訊いた。

「死んでなんかいないよ、リーア。こうしてきみのそばにいる」

「ロンドンで死んだって、テレビで言ってたわ」

「そう公表するしかなかったんだ」

「どうして？」

「理由は気にしなくていい」

「いつもそう言うのね、あなた」

「ほんとに？」

「気にしなきゃいけないときに」リーアの視線が彼に据えられた。「どこへ行ってたの？」

「タリクの爆弾作りに手を貸した男を捜しに出かけていた」

「見つかった？」

「あと一歩だった」

リーアは励ますようにガブリエルの手を握りしめた。「長い時間がたったわね、ガブリエル。でも、何も変わっていない。わたしはずっとこのまま。そして、あなたは別の人と結婚したまま」

ガブリエルはリーアの非難の視線に耐えきれなくなり、かわりに雪を見つめた。しばらくすると、リーアも雪に目を向けた。

「わたしにも会わせてくれるでしょ、ガブリエル」

「できるだけ早く」

「あなたが子供たちの世話をするの？　とくに男の子のほうを？」

「そうだよ」

リーアの目が急に大きくなった。「母の声が聞きたい」

「わたしもだ」

「ダニのシートベルトがちゃんと締めてあるかどうか確かめてちょうだい」

「いいとも。道路がスリップしやすいからね」

車でナルキス通りに帰るあいだに、キアラからガブリエルにメールが入り、おおよその帰宅時間を知らせてほしいと言ってきた。返信は省略した。家の角まで来ていたからだ。真っ白な雪の上にサイズ10の足跡を残してガーデンウォークを急ぎ、アパートメントへの階段をのぼった。家に入ったとたん、彼の手で丁寧に荷物を詰めたスーツケースが玄関ホールに置かれているのが見えた。ワンピースとコート姿のキアラがカウチにすわり、小さくハミングしながら雑誌をめくっていた。

「どうしてもっと早く連絡をくれなかったんだ？」

「すてきなサプライズになると思って」

「サプライズは大嫌いだ」

「知ってる」キアラは美しい笑顔を見せた。

「何があったんだ？」

「お昼からずっと気分がよくなかったからお医者さまに電話したの。いよいよだそうよ」

「いつ？」

「今夜あたり。病院へ行かなくちゃ」

ガブリエルはブロンズ像のごとく立ちつくしていた。

「ここはあなたの手でわたしを立たせる場面なんだけど」

「う、うん、そうだね」

「それから、バッグを忘れないで」

「えっ……なんのこと？」

「スーツケースよ、ダーリン。入院したら、いろんな品が必要でしょ」

「あ、入院ね」

ガブリエルはキアラを支えて階段を下り、フロントウォークを通り抜けながら、雪の可能性を計画に組みこもうとしなかった自分を大いに反省していた。ＳＵＶ車のリアシートに乗りこむと、キアラは彼の肩に頭をもたせかけ、体を休ませるために目を閉じた。ガブリエルはバニラの魅惑的な香りを吸いこみ、窓ガラスに踊る雪を見つめていた。美しいと思った。これまで目にしたなかでいちばん美しい光景だった。

85

ブエノスアイレス

その春は世の中が騒然としていた。国際情勢に疎《うと》くて、不機嫌なときのグレアム・シーモアから〝脳死状態〟と非難される連中でさえ、世界が制御を失いそうな危険な状態にあることに気づいていた。人材不足のせいで、シーモアがその任務にまわしたMI6職員は一人だけだった。だが、なんの問題もなかった。一人で充分だった。シーモアはその男に現金の詰まったブリーフケースを渡し、作戦遂行のための時間を充分に与えた。ブリーフケースはジャーミン通りの高級店のものだった。現金はアメリカドル。スパイの世界という地獄では、ドルの信用度がいちばん高い。

その春、彼はいくつもの名前を使って旅をした。どれも彼自身の名前ではなかった。じつを言うと、彼の人生とキャリアには本当に名前を失っていた時期があった。最近になってようやく再会できた両親は、出生時につけた名前で彼を呼んだ。だが、仕事の場では、四桁の数字という暗号しか使われない。チェルシーにある彼のフラットは、表向きは、実在しない会社の所有となっている。そこに足を踏み入れたのは一回だけだ。

探索の旅のあいだ、多くの危険な場所に潜入したが、彼はつねに平然としていた。なにしろ、彼自身が危険な男なのだから。ドラッグと暴動が交差するダブリンの危険エリアで数日過ごし、次にリスボンへ飛んだ。捜し求める男がリスボンと深く関係している場合を考えてのことだった。黒い噂に導かれてベラルーシの寒村へ出かけ、盗聴したメールを手がかりにイスタンブールへも赴いた。そこで出会った情報屋から、シリアのＩＳＩＳ支配地域でターゲットの男を目撃したと聞かされた。渋るロンドンの承認を強引にとりつけて徒歩で国境を越え、アラブ人に変装して、ターゲットが暮らしていたとされる家まで行った。家はもぬけの殻で、ワイヤの切れ端が少しと、爆弾の製法がいくつか書かれたノートが一冊残っているだけだった。彼はノートをポケットに入れてトルコに戻った。旅の途中で、当分忘れられそうにない残虐な場面を何度も目にした。

二月下旬にメキシコに入り、賄賂のおかげで手がかりをつかんでパナマへ向かった。パナマに一週間滞在して、プラヤ・ファラヨンにある無人のコンドミニアムの監視を続けた。そのあと、ふと勘が働き、リオ・デ・ジャネイロへ飛んだ。怪しげな連中を患者として受け入れている整形外科医が、つい最近ある男の容貌を変えたことを認めた。外科医によると、患者の住所はボゴタとのことだったが、そちらに出向いたものの収穫はなく、やつれた女が住んでいるだけだった。男の子供を妊娠しているかどうか、まだはっきりしないという。ブエノスアイレスを調べてみるよう女に言われて、彼はそれに従った。四月中旬、ひんやりした午後のブエノスアイレスで、そこでようやく積年の恨みを晴らすことができた。

男はサン・テルモ地区の南にある〈ブラッセリー・ペタンク〉というレストランでコックをしていた。住まいは角を曲がった先のアパートメント、サンジェルマン大通りから移築したような建物の三階だった。通りの向かいにカフェがあり、店の表のテーブルでケラーがコーヒーを飲んでいた。つばのある帽子にサングラス。半白の髪には艶があり、まだ若いのに白髪がひどくなったような印象だ。スペイン語の文芸雑誌を読んでいるかに見える。だが、そうではなかった。

テーブルに数ペソ置いて通りを渡り、アパートメントの建物の玄関を入った。三〇九号室の郵便受けの名前を確認するあいだ、虎猫が足元をうろついていた。部屋まで行ってみると、ドアはロックされていた。だが、なんの問題もない。建物の管理人に五百ドル握らせて、合鍵を手に入れていた。

銃を抜いて部屋に入り、ドアを閉めた。アパートメントのなかは狭く、家具はほとんどなかった。ベッドの横に本の山と短波ラジオ。本はどれも分厚くて重く、何度も読んである感じだった。ラジオはもうめったに見かけないタイプだ。スイッチを入れ、音量をわずかに上げた。マイルス・デイヴィスの《マイ・ファニー・バレンタイン》。ケラーは微笑した。正しい場所にやってきたわけだ。

ラジオを消してカーテンをあけた。クインと世界をつなぐ最後の窓にかかったカーテン。ケラーは訓練を積んだ監視のスペシャリストとして、夕方になるまで窓辺に立ちつづけた。ようやく、カフェに男が姿を現し、ケラーがすわっていたテーブル席についた。注文したのは地元のビール、着ているものも地元の人々と同じだ。それでも、アルゼンチンの人間でないことは明らかだった。ケラーは超小型望遠鏡で男の顔をじっくり見た。ブラジルの医者の腕前はたいしたものだと思った。テーブルの男の顔には以前の面影がまったくなかった。ただ、運ばれてきたステーキにナイフを入れるその手つきが男の正体を示していた。クインはなんでも器用にこなすが、昔からナイフがいちばん得意だった。

ケラーは超小型望遠鏡を目に当てたまま窓辺にじっと立ち、クインが最後の食事をするあいだ監視を続け、待ち続けた。食事を終えたクインが支払いをすませて席を立ち、通りを渡った。ケラーは望遠鏡をポケットにしまうと、玄関ホールへ移動して両手で銃を構えた。しばらくすると、廊下に足音が響き、鍵穴に鍵を差しこむ音がした。クインがケラーの顔を見ることはなく、二発の弾丸の衝撃を感じることもなかった。一発はエリザベス・コンリンのため。もう一発はダニ・アロンのため。即死だったことだけを、ケラーは残念に思った。

著者ノート

　本書はエンターテインメント小説。あくまでもそのつもりで読んでいただきたい。作中に登場する人物、場所、事件はすべて著者の想像の産物であり、小説の材料として使っているに過ぎない。実在の人物（生死を問わず）、企業、事件、場所とのあいだにいかなる類似点があろうと、それはまったくの偶然である。

　ガンワロー入江の南端に愛らしいコテージがあるのは事実で、著者はそれを見るたびにモネの《プールヴィルの税関吏の小屋》を思い浮かべていたが、わたしが知るかぎり、ガブリエル・アロンやマデライン・ハートがそこに住んだことはない。また、ガブリエルに会おうとしてナルキス通り十六番地へ出かけたりしないよう、読者のみなさんにお願いしたい。ガブリエルとキアラは目下とても忙しい身なので。エルサレムからの知らせによると、母子ともに元気だそうだ。父親のほうはいささか様子が違うようだが、くわしいことはシリーズの次作で報告させてもらいたい。

　イングランド北部のフリートウッドという町に出かけて、フィッシュ&チップスの店の向かいにあるネットカフェを探しても、無駄骨に終わるだろう。それから、ガンワローに〈子羊と旗〉というパブはないし、クロスマグレンへ行っても〈エメラルド〉というバーはない。似たようなところは何店かあるけれど。サン・バルテルミー島の〈ル・ピマン〉というレストランの経営者には、IRAで爆弾作りをしていた男を小規模ながらもすばらしい厨房に入れてしまったことをお詫びしたい。また、ハンブルクのレストラン〈ディー・バンク〉、ウィーンのインターコンチネンタル・ホテル、それから、ベルリンのケンピンスキー・ホテルにもお詫びを申しあげたい。五一八号室は修羅場となったことだろう。

念のために言っておくと、イスラエルの秘密諜報機関の本部がテルアビブのキング・サウル通りからよそへ移ったことは、わたしも知っている。だが、小説のなかでは、今後もキング・サウル通りのままにしておくつもりだ。現在の所在地よりこちらの名前のほうが好きだから。ただし、現在の場所をここで明かすつもりはない。それから、ドン・オルサーティに実在のモデルはいるのかと、これまで何度も質問されたが、モデルはいない。ドンも、彼の住む渓谷も、ユニークな事業も、すべて著者が考えだしたものだ。

『英国のスパイ』は、ドンが抱えている最高の殺し屋で、元SAS隊員のクリストファー・ケラーに焦点を当てた作品としては、ガブリエル・アロン・シリーズのなかで四作目に当たる。本書のクライマックスの舞台となるのは、ケラーの物語が始まったのと同じ場所、南アーマーの危険な丘陵地帯だ。北アイルランドで流血の闘争が長期にわたって続いていた時代には、この土地は兵士や警官にとって間違いなく世界最悪の危険地帯だった。英国軍に甚大な被害を与えたのは一九七九年八月二十七日のテロ攻撃で、ウォレンポイントの道路脇に仕掛けられた二個の大型爆弾によって兵士十八名が死亡した。その数時間前には、英国の政治家でエジンバラ公の叔父にあたるマウントバッテン卿《きょう》のヨットにIRAが爆弾を仕掛けて、卿を暗殺している。わたしは『英国のスパイ』の冒頭にこの事件を思わせる場面を登場させた。作中のプリンセスを生みだすにあたって、ダイアナ妃の生涯から多くの要素を借りたのは事実だが、ダイアナ妃の死は暗殺であったと言うつもりはまったくない。ダイアナ妃がパリのトンネルで死亡したのは、泥酔状態の男性が車のハンドルを握っていたせいであり、国際的陰謀の結果ではない。

アイルランド共和国が違法薬物と長きにわたって戦ってきたことについては、詳細な記録が残っている。ただ、一九九七年に設立された強硬派テロ組織・リアルIRAのメンバーが麻薬取引に果たした役割のほうはあまり知られていない。この組織にはIRAの南アーマー旅団のメンバーも何人か加わり、北アイルランドが和平の方向へ進みはじめていた一九九八年の春から夏にかけて、大規模な爆弾テロを何回もくりかえした。最大規模のものは八月十五日にオマーのショッピング街で起きた爆発で、二十九名の死者と二百名以上の負傷者を出した。本書に登場するそのシーンは細部に至るまで正確である。ただ、作中のMI6長官グレアム・シーモアの行動を描写するにあたっては、わたしの自由にさせてもらった。あの日、爆弾を積んだ車に、エイモン・クインとリーアム・ウォルシュは乗っていなかった。二人とも著者の創造の産物だから。

これを執筆している現在も、爆弾テロの犯人グループは正式には特定されていない。爆弾を積んだ車をロウワー・マーケット通りに止めたのはなぜか。メディアと王立アルスター警察隊に偽の警告を送って膨大な数の罪なき人々の命を奪ったのはなぜか。その問いに答えられるのは犯人グループだけだ。もちろん、アイルランドと連合王国の警察にも、情報機関にも、犯人たちの氏名はわかっている。ただ、テロから十七年の歳月が流れても、史上最悪の大量殺人の罪に問われた者は一人もいない。二〇〇九年六月、北アイルランドのある判事が、マイケル・マクケヴィット、リーアム・キャンベル、コーム・マーフィ、シーマス・デイリーの四人に対して、オマーの犠牲者の家族に計五十万ポンドを支払うよう命じた。だが、いまだに支払いはされていない。二〇一四年四月、南アーマーで公然と暮らしていたシーマス・デイリーがショッピング・センターで逮捕され、二十九件の殺人容疑で取り調べを受けている。過去の例を参考にするなら、起訴まで持っていける可能性はきわめて低い。二〇〇二年に、アイルランドの特別刑事裁判所が爆弾事件の共謀者としてコーム・マーフィに有罪判決を下したが、上訴によって判決は覆された。マーフィの甥《おい》も二〇〇六年に北アイルランドで裁判にかけられたが、無罪判決をかちとった。

ベルファスト合意に続く日々のなかで英国の情報機関が知ったのは、高度な技術を駆使してIRAで爆弾を作っていた連中がその技術をよそへ売っているということだった。元IRAのテロリストたちが死の技術を売りつけた相手国の一つにイランがあった。報道記者ゴードン・トマスはMI6の歴史を記した著書『シークレット・ウォーズ』に次のように書いている。IRAのテロリストの一団が二〇〇六年にひそかにテヘランへ渡り、イランがレバノンのヒズボラのために進めていた対戦車兵器の製造に手を貸した。秒速三百メートルで進む火の玉を作りだすことのできる兵器だ。ヒズボラはこれをイスラエルの戦車や装甲車に対して使用したが、イラクに派遣された英国軍の兵士たちもまた、ＩＲＡが開発したテクノロジーの標的にされていた。二〇〇五年、英国兵八名がバスラで命を落としたが、そこで使用されたのが精巧なロードサイド爆弾で、ＩＲＡが南アーマーで使っていたのとまったく同じタイプだった。テロ対策の専門家たちは、この爆弾の設計図がイラクの手に渡ったのはＩＲＡとＰＬＯの長年にわたる協力関係の結果だと見ている。どちらの組織もリビアのカダフィ大佐の庇護を受け、悪名高き砂漠のキャンプで訓練を受けて、知識や人材を交換してきた。ＩＲＡが紛争の時代に用いたプラスチック爆弾は、その大半がリビアから供給されたものだった。

しかし、ＩＲＡのスポンサーはリビアだけではなかった。ＫＧＢもテロリストに物質的支援をおこなっていた。英国内に騒乱を起こし、ＮＡＴＯ諸国の結束を弱めることが目的だった。ソビエト連邦の崩壊から四半世紀のあいだにさまざまな変化が起きたが、いまもなお、西側同盟諸国のあいだに不和を生みだすことが、ウラジミール・プーチン大統領の支配するロシアがめざす第一のゴールとなっている。はっきり言って、プーチンが何よりも望んでいるのはＮＡＴＯの完全な崩壊だろう。そうなれば、お節介な西側諸国に邪魔されることなく、ロシアの失われた帝国の復興にとりかかれるからだ。プーチンのリーダーシップのもとで、ロシアはふたたび、西ヨーロッパの極右政党と極左政党の両方へ秘密裡に資金を送りはじめている。相手の政治信念などプーチンには興味がないようで、彼らがアメリカに敵対し、彼と同じような目で世界を見てくれさえすればいいのだ。それに、プーチン自身、本物の政治信念は持っていない。私腹を肥やすのが好きな政治家で、権力をふりかざすこと以外は何も考えていない。

ガブリエル・アロンがシリーズのなかで初めてロシアと対決したのは、二〇〇八年刊の〝*Moscow Rules*〟だが、当時のモスクワは石油の収益で潤い、クレムリンを批判する者が次々と殺されている時代だった。不幸なことに、この作品の内容が現実になってきた。最近のクレムリンのやっていることを考えていただきたい。シリアの残忍な政権を擁護している。高性能の対空ミサイルをイランへ売ることにした。クリミアとウクライナ東部はロシアの支配下に置かれている。ロシアの核爆撃機がNATOの同盟諸国の上空を飛びまわっている。現に最近も、ロシアの爆撃機二機がトランスポンダーのスイッチをオフにして英仏海峡に飛来し、数時間にわたって民間航空機の航行を妨げるという事件があった。西側が国防予算を大幅に削っているのに対して、ロシア軍は猛烈なペースで現代化を推進している。プーチンは国益を守るためには戦略核兵器の使用も辞さないと公言している。

フィリップ・ハモンド外務大臣は、当然ながら、最近の情勢に警戒心を抱いている。二〇一五年三月、イギリスの安全にとってロシアが〝最大の脅威〟だとコメントした。しかし、その一カ月後にオバマ大統領が大きく異なる声明を出し、ロシアは〝地域大国〟に過ぎず、その行動も強さより弱さから生まれたものだと述べた。ウクライナに侵攻し、クリミアを併合したことで、プーチンは敗北しつつあるのだ、と暗に言いたいのだろう。それが本当だったらどんなにいいか。現実には、プーチンは勝利を収めつつある。つまり、ウクライナが今後の世界情勢を予告していると言っていいだろう。

謝辞

妻のジェイミー・ギャンゲルに大きな感謝を捧げたい。わたしが『英国のスパイ』のひねりやどんでん返しを工夫するあいだ、妻は辛抱強く耳を傾けてくれ、〝第一稿〟とわたしが婉曲《えんきょく》的に呼んでいた紙の山から百ページ分を削ってくれた。妻の絶えざる支えと細かい点へのすばらしい気配りがなければ、締切までに執筆を終えることはできなかっただろう。妻への感謝の念は計り知れない。妻への愛情も同じく。また、娘のリリーと息子のニコラスも、執筆のあいだつねにインスピレーションを与えてくれた。この子たちにどれだけ助けられたことだろう。

大切な友人であり、古くからの担当編集者であるルイス・トスカーノは、わたしの原稿に大小さまざまな改善を加えてくれた。鷹《たか》のような目をした校閲者のキャシー・クロスビーは、タイプミスや文法の誤りをすべて訂正してくれた。この二人のきびしい検閲を逃れたミスがあれば、その責任は二人ではなく、わたしにある。

ハーパーコリンズの担当チームの支えがなかったら本書が無事刊行に漕《こ》ぎつけることはなかっただろうというのは、言うまでもないことだが、それでもやはり言っておきたい。彼らは出版業界で最高のチームだ。ジョナサン・バーナム、ブライアン・マレー、マイクル・モリソン、ジェニファー・バース、ジョシュ・マーウェル、ティナ・アンドレアディス、レスリー・コーエン、リーア・ワジーレフスキー、ロビン・ビラルデッロ、マーク・ファーガソン、キャシー・シュナイダー、ブレンダ・セーゲル、キャロリン・ボドキン、ダグ・ジョーンズ、ケイティ・オストロフカ、エリン・ウィックス、ショーン・ニコルズ、エイミー・ベイカー、メアリ・サッソ、デイヴィッド・コラル、リーア・カールソン＝スタニシック。また、法律顧問のマイクル・ジェンドラーとリンダ・ラパポートには、支えと聡明な助言に対して心から感謝を捧げたい。

執筆中、何百という書籍、新聞雑誌の記事、ウェブサイトを参考にしたが、膨大な数にのぼるので、個々の名前を挙げるのは省略したい。ただ、怠慢にならないよう、次の方々の優れた博識と記事に助けられたことだけは記しておこう。マーティン・ディロン、ピーター・テイラー、ケン・コナー、マーク・アーバン、ジョン・ムーニー、マイクル・オトゥール、そして、南アーマー旅団に関する名著を記したトビー・ハーンデン。

最後にひとこと。ガブリエル・アロン・シリーズの前十四作と同じく、本書もデイヴィッド・ブルの協力がなければ、とうてい書きあげられなかっただろう。フィクションの世界のガブリエル・アロンと違って、デイヴィッドは現実に世界最高の美術修復師の一人であり、わたしは彼と友達になれたことを幸運に思っている。デイヴィッドのような男たちが世界を動かしていれば、わがヒーローは安らぎに満ちた人生を送ることができるだろう。たぶん、カラヴァッジョを修復する時間もできたことだろう。そして、修復にとりかかる前にきっと、デイヴィッドにアドバイスを求めたことだろう。

訳者あとがき

ジャーナリスト出身のベストセラー作家、ダニエル・シルヴァの新たな傑作をお届けできることとなった。主人公は前作『亡者のゲーム』と同じく、美術修復師にしてイスラエルの諜報機関に所属する凄腕スパイ、ガブリエル・アロン。

『亡者のゲーム』の最後のシーンからわずか三日後、ある歴史的名画の修復にとりかかろうとしていたガブリエルに、英国秘密情報部MI6長官から重大な依頼が舞いこむ。未来の英国王の妃となったものの、のちに離婚したプリンセスが、豪華ヨットでカリブ海をクルージング中に船の爆発炎上により死亡したのだ。爆破の実行犯として捜査線上に浮かんだのはIRAの元メンバーで、爆弾作りの名人と言われる悪名高きテロリスト。世界でもっとも危険なこの男を排除するようMI6の長官に懇願され、ガブリエルは旧知の殺し屋、クリストファー・ケラーの協力を得て、ダブリン、リスボン、ウィーン、ハンブルクなど、さまざまな都市を駆けめぐり、テロリストを追うこととなる。

余談ながら、冒頭に登場するプリンセスはまさに故ダイアナ妃のイメージ。シルヴァ自身もダイアナ妃から多くの要素を借りたと言っている。ただし、豪華ヨットの爆破については、ヴィクトリア女王の曾孫でエジンバラ公の叔父にあたるマウントバッテン伯の暗殺事件がモデルとのこと。一九七九年、マウントバッテン伯はＩＲＡ暫定派がヨットに仕掛けた爆弾により死亡している。

ガブリエル・アロンのシリーズは最初の四作が日本で論創社から翻訳出版され（五〜十三作目は未訳）、ニューヨーク・タイムズ紙のベストセラーリスト第一位を飾った十四作目『亡者のゲーム』がハーパーＢＯＯＫＳより新たに紹介される運びとなった。同じく全米ベストセラー一位に輝く本作『英国のスパイ』はシリーズ十五作目。どの作品にも過去のエピソードがちりばめられているが、今回はとくにその傾向が強く、『亡者のゲーム』のひとつ前に書かれた *The English Girl* と密接に結びついているので、その内容に少し触れておこう。

The English Girl はコルシカ島で物語の幕を開ける。首相と不倫関係にあるマデライン・ハートという若く美しい女性が、バカンス中に突然姿を消し、英国首相のもとに身代金を要求する連絡が入る。しかも身代金はガブリエル・アロンに届けさせろという条件つきで。スキャンダルの発覚を恐れる首相から金を絞りとるための誘拐事件——最初はそう思われたが、事件の裏にははるかに大がかりな陰謀が隠されていた。

本書でマデラインは約一年ぶりにガブリエルとの再会を果たす。彼女の過去と深い関わりを持つ女性とも再会する。特異な環境で育てられた女性二人の愛憎相半ばする複雑な感情のからみが、本書の読みどころの一つと言えるだろう。

また、本書はガブリエルの良き相棒、クリストファー・ケラーの物語でもある。イギリスの元兵士ながら祖国を捨てコルシカ島に渡ったケラーだが、今回、人生最大の転機を迎えることになる。新たな人生を歩んでいくのか、それとも、コルシカ島に戻るのか、大いに気になるところだ。

さて、この作品をより楽しんでいただけるよう、物語の背景となっている北アイルランド紛争とＩＲＡ（アイルランド共和軍）について少し述べておきたい。

アイルランド島はケルト系文化とカトリック信仰を土台とする地域だったが、十二世紀後半からイギリスの勢力下に入り、十七世紀半ばのクロムウェルの侵略によって実質的な植民地となった。カトリック系住民の土地が奪われ、北部でプロテスタント（国教徒）の勢力が増すなか、十八世紀後半に独立運動が始まった。イギリス政府はそれを抑えるためにアイルランド併合に動き、一八〇一年、グレートブリテン及びアイルランド連合王国が成立する。だが、アイルランド国内ではイギリスの支配に対する不満が高まり、一九一九年の武装蜂起によって独立を宣言。それを認めないイギリス政府とのあいだで独立戦争が勃発した。一九二一年、ついにアイルランドの自治が認められ、英連邦の一部としてアイルランド自由国が誕生。ただし、自由国となったのはカトリック勢力の強い南部二十六州で、プロテスタント系住民の多い北部六州はイギリスへの帰属を続ける道を選んだ。

　第二次大戦終結後の一九四九年、アイルランド自由国は英連邦を離れて、完全な共和制のアイルランド共和国へ移行した。いっぽう、イギリスへの帰属を選んだ北アイルランドでは、多数派のプロテスタントと少数派のカトリックの対立が激化。カトリック派は共和国との統一をめざして、イギリスに対する徹底抗戦を主張し、一九七〇～八〇年代に激しいテロ活動を展開した。中心となったのがＩＲＡ（アイルランド共和軍）で、その後、一九六九年に内部分裂してＩＲＡ暫定派が生まれ、武力闘争をエスカレートさせていく。『英国のスパイ』でケラーがベルファストに潜入していたのが、この時期にあたるわけだ。

　一九九八年のベルファスト合意によって、イギリスのブレア政権と北アイルランドのあいだで和平が成立したが、前年、暫定派の和平路線への転換に反対した過激派メンバーがリアルＩＲＡとして分派し、一年間にわたって、車爆弾を用いた無差別テロをくりかえした。なかでも最大最悪のものが本書でも言及されているオマー爆弾テロ事件である。

　二〇〇〇年代に入ると、ＩＲＡの活動停止と武装解除への動きが具体化し、二〇〇五年に武装闘争終結宣言が出された。

　シルヴァはアイルランドのこうした歴史にフィクションを巧みに織りまぜながら、なるほど、とうなずかされるストーリーを創りあげている。

ここで、シルヴァの作品を読むのは初めてという方のために、シリーズのレギュラー陣を紹介しておこう。

・ガブリエル・アロン……シリーズの主人公。腕のいい美術修復師で、イスラエルの諜報機関〈オフィス〉の工作員という裏の顔を持つ。
・キアラ……ガブリエルの妻。〈オフィス〉の元工作員。
・アリ・シャムロン……〈オフィス〉の元長官。ガブリエルを実の息子のように思っている。
・ウージ・ナヴォト……〈オフィス〉の現在の長官。
・グレアム・シーモア……ＭＩ６長官。諜報活動への協力をガブリエルに頻繁に要請。
・クリストファー・ケラー……プロの殺し屋。かつてガブリエルの暗殺を依頼されたが、いまでは親しい友となっている。
・ドン・オルサーティ……コルシカ島のマフィアのボス。ケラーの雇い主。
・ジュリアン・イシャーウッド……ガブリエルと親しいロンドンの画商。

こうした面々が毎回登場してストーリーを盛りあげてくれる。どうぞお見知りおきのほどを。

最後に次回作のお知らせを。*The Black Widow*（クロゴケグモ）――恐怖と魅惑を秘めた題名だ。〝パリでのショッキングなシーン〟で始まるらしい。さて、どんな話になるのだろう? テロが続き、核の脅威が高まり、混迷の様相を深めるいっぽうの世界情勢を、シルヴァは次にどんな角度から描きだすのだろう? アメリカ本国ではこの七月に刊行されたばかりとのこと。日本で紹介できる日を楽しみに待ちたいと思う。

二〇一六年七月

訳者紹介　山本やよい

同志社大学文学部英文科卒。主な訳書にシルヴァ『亡者のゲーム』をはじめとするガブリエル・アロン・シリーズや、フィッツジェラルド『ブックショップ』(以上ハーパーコリンズ・ジャパン)、クリスティー『ポケットにライ麦を』、パレツキー『クロス・ボーダー』(共に早川書房)などがある。

ハーパーBOOKS

英国《えいこく》のスパイ

2016年7月25日発行　第1刷
2022年6月20日発行　第2刷

著　者　ダニエル・シルヴァ

訳　者　山本《やまもと》やよい

発行人　鈴木幸辰

発行所　株式会社ハーパーコリンズ・ジャパン
東京都千代田区大手町1-5-1
03-6269-2883 (営業)
0570-008091 (読者サービス係)

印刷・製本　中央精版印刷株式会社

定価はカバーに表示してあります。

ISBN978-4-596-55029-3